검은 개나리

검은 개나리 2

일어탁수—魚濁水
-진흙탕 속 일본 제국주의-

송기준

장편소설

도서출판 동인

검은 개나리 　－송기준

사방천지 방방곡곡 개나리
잊혀질 산천에
흐드러지게
노랑 꽃 피어낸다.

가냘픈 가지로
모진 추위 삭풍 받아내고
따사로워진 햇살에
꽃망울 맺고 피워
그 끈기 이어 간다.

몇백 년 만의 풍설(風雪)이던가
갑작스럽고 서슬 퍼런
춘삼월 역 추위
눈보라 짙 퍼부으니
화사하게 피어나던 꽃봉오리
얼음조각 맺히고
하얀 수의 포 내려쓴다.

철없는 짓궂음에
변색되어
검은 개나리 되고
죄 떨어지니
그 누가 사연 알리오.

제2권___ **일어탁수**(一魚濁水) －진흙탕 속 일본 제국주의－

*일어탁수(一魚濁水): 물고기 한 마리가 큰물을 흐리게 한다.

중국 유격대의 공격
-조선 젊은이들의 죽음-

　객실 중간에 앉았던 여러 명의 병사가 그 자리에서 절명을 하거나 깨진 유리가 튀면서 얼굴을 치니 병사들의 얼굴이 찢어지면서 순간적으로 피가 솟구친다. 모두들 너무나 돌발적인 상황이기에 어찌할 바를 모르고 그저 멍하니 있다. 이때 상황이 수습되고 일본군 중기관총도 응사가 시작된다.

　기차가 탈선하는 충격으로 일시 멍하니 있던 여타 일본군은 그제야 사태의 심각성을 알고 즉시 기관총으로 응사한다. 객실에 있는 일본군들도 창밖을 향하여 사격한다. 그런데 적의 총알이 어디서 날아오는지를 분간할 수 없다. 적은 어두운 기찻길 양 옆 언덕에 숨어서 조준사격을 하고 있는 반면 일본군은 계곡 아래 저지대에서 높은 곳을 향하여 맹목적으로 사격을 할 수밖에 없다.

　양쪽 유리창이 동시에 계속 박살이 나고 있는 것을 보면 적이 양 언덕에서 사격을 하고 있는 것이 분명하다.

그리고 총소리도 계곡의 특성상 메아리치고 공명하여 더욱 크게 들려오며 방향을 전혀 알 수 없는 천둥소리처럼 들린다. 천영화와 조영호, 김장진 그리고 윤형진은 일단 바닥에 엎드려 있다가 정신을 차린 후 낮은 포복으로 화장실 즉 객실 승강구 쪽으로 이동한다.

이곳은 유리 창문이 없기 때문에 총알이 직접 날아오지는 않는 일종의 안전지대이다.

조선 출신 병사들은 총은 있었지만 총알이 없었기 때문에 적의 총탄을 피하여 엎드려 있기만 하였다. 객실 앞뒤 중간에 있던 일본 호송 병사들은 총구를 창밖으로 내어 밀고 방아쇠를 당긴다. 어느 일본 병사가 외친다.

"신병들도 나누어준 총으로 대응사격을 하여라!"

"총알이 없습니다. 총알이..." 한 신병이 다급하게 대답한다. 그제야 신병에게는 총기만 지급해준 사실을 깨닫고 객실 앞뒤에 있던 탄약통 여러 개를 바닥으로 밀어주면서 외친다.

"탄약통이다. 총알을 나누고 다음 사람에게 넘겨주어라."

양쪽 승강구 쪽에서 탄통을 밀어주니 기동할 수 있는 병사는 각기 총알을 장전하고 창문에 총을 내어 밀고 어딘지 모를 곳에 일단 사격을 한다. 그런데 잠시 후 "꽝" 하는 대포소리처럼 굉음이 두 번 들려온다.

그리고 일시적으로 잠잠해진다. 모두들, 이게 뭐지? 왜 그렇지? 의문을 가지려는 순간 다시 연달아 두 번 "꽝 꽝" 하는 폭음이 들려온다. 객실이 몹시 흔들거리고 덜덜 떨려왔으며 이번에는 단말마의 비명소리가 들려온다. 아비규환이 된 것 같은 비명소리와 총소리가 섞여 들려온다.

적이 가까운 곳에서 바주카포와 박격포를 발사하였던 것이다. 천영화가 탄 객실 중간이 박살나는 소리였다. 천영화는 순간 깜짝 놀라서 가습이 심하게 뛰었으며, 어떻게 하면 이 위기를 피할 수 있을까 생각하였으나 별 뾰족한 수는 없다. 단지 엎드려 한쪽 구석에 들어가 총알을 피하는 수밖에 없다. 이어서 또다시 박격포 소리가 들려왔으며 일본군의 기관총 대응소리가 잠잠해진다.

앞에 세 번의 포 소리는 반격이 심한 객실에 대한 공격이었고, 뒤에 들린 두 발의 소리는 일본군의 기관총좌에 대한 박격포 공격 소리였다. 객차 외부가 철판으로 되어 있다 하더라도 박격포의 화력을 감당할 수 없어서 객차의 중간 부분이 박살나며 날아가버린다.

그리고 객차와 화물차 앞뒤에 배치되었던 일본군의 위력 있는 중기관포가 일순간 무력화된다. 객실도 포탄을 맞아 이지러지고 많은 병사가 살상되었거나 중경상을 입는다. 적군은 여성들이 탄 객실에 대하여서도 바주카포를 발사하였다. 적군은 여자들이 탄 객실인지 어떤지도 모르고 있으며, 그곳에 포탄을 발사한 것은 그 객실에서도 호송 일본군 여러 명의 대응사격이 있었기 때문이다.

여자들도 혼비백산이 된다. 비명소리가 여섯 량의 객실 모두에서 터져 나온다. 어찌할 바를 모르고 공포에 젖어들어 그저 소리 내어 울기만 하는 여자들이 태반이다. 이때 누군가가 여자들에게 이렇게 외친다.

"엎드려! 바닥에 엎드려라!"

이 소리에 모두들 반사적으로 엎드렸으나 바주카포 포탄이 명중한 우측 2/3 지점에 있던 여러 명의 여성들이 절명하였으며 수 명이 중경상을 입게 된다.

지금 이 상황에서 천영화와 그의 전우들 모두 적의 실체가 무엇인지 궁금하였다. 어느 군대가 일본군을 이처럼 무차별하게 공격할까? 적의 실체는 중국군 유격 부대였다.

이 중국 유격대는 전쟁이 장기전에 빠지자 장개석 주석이 양성하여 일본군 점령 후방지역에 투입하였던 것이다. 일본군은 만주를 완전히 점령한 지 오래되었고, 요령성도 공략하여 장작림과 그의 아들 장학량을 축출하며 천진-화북 선을 경계로 중국을 압박하고 있었다. 중일전쟁이 시작되면서 화북과 화남 지방 그리고 그 이하 중남부 동안 지방을 장악하고 장개석 국민군을 일거에 서쪽으로 몰아 붙였다.

중국군은 종심 깊은 작전을 수행하면서 일본군의 공격을 완화시키고 패색이 짙었던 모든 군을 재정비하며 때로는 반격하고 혹은 치고 달아나는 작전을 구사하였다. 일본군이 항주-남창-우환-낙양-태원-오원을 잇는 남북이 연결된 선 동쪽을 점령한 뒤에는 일진일퇴를 하고 있었다. 하지만 일본군의 무리한 전쟁 확대 즉 1941년 12월 8일 미국 하와이 섬의 진주만에 있는 함정과 비행장을 공격하여 대파하면서 대미선전포고를 하였다.

그리고 동남아 지역과 태평양의 주요 섬을 공략하여 전쟁영역을 확대함으로써 중국전선에 더 이상 군을 증강하거나 병참을 지원할 수 없었다. 오히려 중국과 만주지역에서 정예군을 빼내어 돌릴 수밖에 없는 상황에까지 이르렀다.

원래 유격대 즉 게릴라 부대 전술은 모택동이 사용한 전술로 알려지고 있다. 국공전투에서 모택동이 유격대를 이용하여 유격전술을 처음 사용한 이후 국공합작 하여 일본군과 싸울 때 장개석은 모택동의 유격전술이 탁월하다고 생각하여 모택동 측의 교관을 초빙하여 유격 전사 교육을 시켰던 것이다.

장개석의 중국군은 전선이 교착에 빠져 있을 때 이 유격대를 이용한 전술을 구사하여 일본군을 후방에서 괴롭혔다. 일본군이 화북지방에서 중국군과 대치하고 또한 대다수의 관동군 병력이 두만강과 노문한 전투가 벌어진 몽골과 외몽골 사이 그리고 우수리 강 쪽에 소련과 대치하면서 만주와 열하성, 요녕성은 일종의 군 공백 상태가 되었다.

또한 일본군은 철도를 보호하기 위하여 킬로미터 당 15명이란 막대한 군 병력을 투입하여 철도를 보호하였다. 하지만 이제는 점령지란 이유로 그 병력을 일선 접전 지역에 보냈기 때문에 후방지역의 방어는 예전보다 많이 허술해져버렸다. 그래서 중국군은 일본군의 병참선 즉, 만주와 조선에서 오는 병력과 물자를 차단하기 위하여 각 정거장마다 첩자를 두어 정보를 획득하였고, 그 정보에 따라 유격대를 투입하여 후방차단 작전을 벌이고 있었다.

이러한 첩자의 활약에 의거하여 중국 유격대는 오늘 조선에서 출발한 보충 병력과 강제로 붙잡혀온 여자들이 탄 기차에 대하여 사전에 정보를 입수하여 공격을 감행하였던 것이다. 그들의 주요 공격 목적은 화차에 탑재된 보급품과 현금이었다. 유격대원들은 1개 중대 130여 명으로 구성되어 마치 20년 전의 마적 떼처럼 바람과 같이 떠돌면서 일본군의 후방을 괴롭혔다.

그들은 말을 타고 다니면서 길이 없는 지역을 마음대로 누비었고 각 지역에 있는 첩자들의 정보에 의하여 공격할 목표물을 선정하고 실행에 옮겼다. 이번 공격도 선양에 있는 첩자가 파악한 정보에 의거하여 많은 현금과 보급품이 실려 있다는 것과 신병이 증파되어 화북 전선으로 가고 있다는 정보로 이루어진 것이다.

유격대는 들판에서 공격하는 것보다는 기차가 계곡에 들어서서 철로를 이탈하도록 하여 일차 피해를 입히면서 혼란을 일으키고, 아군이 사격하기에 유리한 위치를 잡아 포와 기관총으로 적을 제압한다는 작전을 구상하였다.

이렇게 하기 위하여 터널을 두 개 지나고 구배가 좌로 지면서 기차가 가속되는 지역, 그리고 양쪽으로 언덕이 있는 지역을 선정하여 미리 철로의 한 구간의 나사를 풀어버려 기차 바퀴가 선로를 이탈하여 철로 옆 가파른 경사지에 처박히게 만들었다.

그들은 미리 기차 통과 시간을 계산하여 탈선하도록 만들어놓고, 탈선이 예상되는 양 언덕에 기관총과 박격포를 여러 정 설치한 후 조용히 기다리고 있었다. 최근 들어 자주 출몰하는 적 게릴라에 대항하여 일본군은 경비를 강화할 수밖에 없었으나 워낙 방어해야 할 철로가 길고 병력이 모자라 기차자체의 방어력을 강화하는 수밖에 없었다.

그래서 열차 앞뒤로 중기관총을 각기 두 정씩 배치하고 호위 병력을 최소 2개 소대를 탑승시키는 방법을 택하였다. 후방에서 이 정도의 병력이면 어떠한 게릴라도 방어할 수 있으리라는 생각에서였다.

이날 일본군은 기차의 탈선과 중국군의 기습공격에 의하여 제대로 반격하지 못하였으며, 전혀 예상하지 못한 박격포와 바주카포의 공격으로 캄캄한 밤에 일종의 공황상태에 빠져들어 무엇을 어떻게 하여야 할 줄 몰라 허둥대는 모습이 드러났다.

기차의 일부가 전복되고 나머지 객실과 화물칸이 철로 위에 서자마자 유격대원들은 일단 일본군의 반격을 최소화하기 위하여 가장 뒷부분에 달려있던 중기관포에 대하여 집중적으로 사격한다. 그러나 중국 유격대는 일본군의 기관포가 방탄화 되어 있어 쉽게 제압하지 못하게 되자 미리 준비하여둔 바주카포와 곡사포를 발사하여 기관포를 완전히 제압해버린다. 또한 객실에서도 개인 소총에 의한 반격이 계속 있자 역시 바주카포를 발사하고 객실을 관통시키어 엉망으로 만들어버린다.

이렇게 곡사포, 바주카포로 때리고 기관총을 난사하여 일본군의 대응이 잠잠해지자 비로소 적 유격대가 유령처럼 모습을 드러낸다. 그들은 화물칸으로 몰려나온 뒤 미리 만들어온 횃불을 밝히고 화물칸을 강제로 열어젖힌다. 화물칸에는 곡식, 기관총, 각종 개인 소총과 탄약 그리고 1/3 정도 되는 칸에는 특별히 만들어진 금고가 들어 있었다.

중국군은 자동소총을 난사하여 금고를 열고 그 안에 들어 있는 금괴와 돈을 마대자루에 쓸어 담았으며, 곡식 중에 가져갈 수 있는 가벼운 것은 어깨에 메고 가져갈 수 없는 보급품에는 불을 질러버린다.

미리 들고 온 석유통의 기름을 이곳저곳에 뿌리고 불을 붙이니 순식간에 화물칸은 활활 불이 붙어 타오른다. 그러고는 중국군 유격부대 수백 명이 전리품을 각자 챙겨들고 순식간에 사라져버린다. 중국군이 사라지고 조용해지자 한쪽 구석에 엎드려 있었던 일본군 수송관 중위가 제일 먼저 일어나 100여 킬로미터 떨어져 있는 준화시에 주둔하고 있는 철도지역본부로 초 긴급무전을 타전한다.

"모시모시! 여기는 제1151 열차 수송관 아베 중위다. 긴급 사태다. 적 게릴라 부대가 수송 중인 보충병 그리고 위안부 여자들과 화물을 싣고 그쪽 화북 방향으로 이동하는 열차를 공격하였다. 빠른 구조를 바란다. 자세한 내용은 상황을 파악을 한 후 다시 보고하겠다. 이상 긴급 구조대를 보내기 바란다."

긴급 타전한 중위는 전 병력을 지휘하기 시작한다. 먼저 모든 장병들에게 타고 있는 화물칸의 불을 끄라고 지시하였고 일부 장병에게는 사망자를 수습하고 중상자를 긴급 구호하도록 한다. 임시 구호를 하고 불을 일단 진압한 다음에 파악된 인명 피해 상황은 사망 46명, 중상 28명, 경상 42명이었다. 사망자 중에서 절반 이상인 29명이 조선 출신 병사와

15

여자들이고 나머지 17명은 일본군 병사다.

이처럼 조선 출신 남녀가 피해가 많았던 것은 무방비 상태의 객실에 대한 무차별 사격과 근거리에서 정조준 사격한 곡사포와 바주카포에 정통으로 피격되었기 때문이다.

천영화는 계속 객실 화장실 부분에 엎드려 있다가 주변이 조용해지고 일본 병사들이 외치는 소리가 들리자 얼른 일어나서 객실 중간 부분으로 달려갔다. 화물차가 계속 불타고 있어 주변을 밝혀주어 객실의 상황을 적나라하게 볼 수 있었다.

여기저기 피가 낭자한 전우들이 기차 의자에 그냥 어지럽게 기대어 있거나 객실 의자 사이에 나뒹굴어져 있다. 그리고 피 비린내가 진동한다. 부상자들도 한쪽 구석에서 신음하거나 바닥에 그냥 너부러져 있다. 천영화를 비롯한 신체에 이상이 없는 조선 출신 병사들은 쓰러져 있는 전우들을 살펴보고 필요한 응급조치를 한다.

의무병이 한 명 있기는 하였지만 역부족이었기 때문에 신병 교육 때 배운 응급조치 방법에 따라 임시로 환자들을 보살펴준다. 신병 때 같은 내무반, 같은 소대에 배정되어 훈련을 받았던 전우 6명은 천영화와 안면식이 있고 이야기를 나눈 전우였는데 사망하였고 여러 명이 중경상을 입어 마음이 심히 편치 않다.

이 같은 마음은 천영화 혼자만의 느낌은 아니다. 기차를 타고 있는 모든 생존자들의 심정이었으며 그나마 경상을 당한 전우들은 안도의 숨을 길게 내쉬기도 한다. 이게 무슨 재변이고 날벼락이란 말인가!

여자들이 탄 객실은 더욱 심각하다. 열두 명의 처녀가 불귀의 객이 되어버렸고 십여 명이 중경상을 입었다. 여성들은 피투성이가 된 동료를 어떻게 해야 할지 모른다. 그저 엉엉 소리 내어 울기만 한다. 이 때 평양 출신 아이코 김애자(愛子)가 냉정한 목소리로 사태를 수습한다.

"이보기요 친구들아 울지말기요! 이제 총질이 끝났음메. 지금 요기 몇 명의 동무가 죽었는데 바리바리 시신을 수습해야 하겠다 아니갔음. 자 요리들 와서 들어보지비! 와서 객실 밖으로 나가게 요리 와서 거들지비!" 그녀는 사망하였다고 생각되는 동료의 팔을 잡고 들어본다.

혼자의 힘으로는 되질 않아 동료 여섯 명이 힘을 모아 겨우 한 구의 사체를 운반하고 나머지 사망자도 다른 여러 친구들에 의하여 기차 밖으로 옮겨진다. 다행히 여성들이 탄 객실에는 불이 붙지 않아 모두들 기차 객실 밖으로 나가 구조대가 오기를 기다린다.

여자들은 사람이 피투성이가 되어 죽어가고 부상자가 속출하는 전쟁이란 것을 처음 보고 겪는지라 모두들 공포에 질려 있다. 여름인데도 사지가 떨려 제대로 서 있지 못하고 털퍼덕 땅바닥에 주저앉아 넋두리 하는 여성도 있다.

조선 출신 남녀 젊은이들이 한 기차를 타고 여태껏 왔는데도 그동안 남자들과 절대로 접촉하지 말라는 철저한 지시와 경고로 어떤 사람이 같은 기차를 타고 왔는가가 몹시 궁금하였다. 오늘 그 사슬이 풀리고 그저 모든 장병과 여자들이 기차 밖에서 구조대를 기다리는 상황이 되어서야 비로소 그들이 나의 이웃집 젊은이였다는 사실에 놀라게 된다.

남자들도 궁금하기는 마찬가지이다. 이 많은 여자들이 어떻게 이곳까지 오게 되었을까? 또 그들은 무슨 일을 하게 될까? 그리고 늙거나 어지간히 나이든 것도 아니고 대다수가 처녀인 듯한데 여성들이 자원을 하였을까? 아니면 강제로 끌려왔을까? 온갖 의문이 일어서 마주보고 여러 가지 물어보고 싶지만 일본 후송병들의 감시의 눈초리 때문에 그저 멍하니 상상 속에서 질문을 던지고 있다.

실제로 한 조선 출신 병사가 여성에게 말을 걸려다가 일본군 병사의 개머리판에 두드려 맞았다. 일본군 병사들은 아예 두 집단을 분리하여 따로 떨어져 있게 만든다.

구조대는 거의 날이 샐 무렵에야 도착하였다. 화차에 기중기와 사상자를 나를 들것, 그리고 구호장비를 객차에 싣고 일개 중대 병력이 일제히 나와서 신속히 작업을 진행한다. 모든 병사와 여자들은 준화시에서 온 새로운 기차를 타고 사전에 정하여진 여행 계획에 따라 계속 열차를 타고 가도록 한다. 병사들과 여자들은 다시 객차에 오른다. 모두들 공포에 떨었던지라 시간이 얼마나 지났는지 가늠할 수도 없다.

기차가 준화시에서 쉬지 않고 당산시라는 곳에 도착한 것은 날이 새고 또다시 해가 질 무렵이었다. 일행은 모두 내려 역사에 마련된 임시천막에서 하룻밤을 지내게 된다. 슬픔을 대신 말해주는 것인지 비가 추적추적 내린다. 빗물이 천막으로 스며들지는 않았지만 여행을 하는 데 비는 여간 귀찮은 존재가 아닐 수 없다. 천막 안에 들어가 누워서 모두다 간밤에 일어났던 사건에 대하여 이야기하고 있다.

"야아 정말 어제는 무서웠어. 그런데 일본군대 이거 혹시 허수아비 군대 아니야? 이곳은 전선과 한참 떨어진 후방인데도 몇 명 안 되는 적 하나 제압하지 못하고 수많은 장병이 죽고 당하고 있으니 말이야."

윤형진이 말을 꺼냈다.

"궁게 말이여! 일본 놈들 말만 최정예 군대니 천황폐하 군대니 어떻다 허는듸 적 게릴라 하나 막지 못하고 아니 즈그들이 자랑으로 여기는 철도방어대가 철도 방어도 제대로 못 하는듸 이거 믿을 만한 군대라고 허겠어?" 김장진이 대답한다.

"그렇게 이곳이 아까 봉게로 당산이라고 되어 있는듸 우리가 온 만주에서 중국으로 이어지는 일본군의 철도 보급을 차단한 셈이군!" 윤형진이 어제 전투의 성격을 정의한다.

"그래 그래 맞아! 그런 거야. 일본 장교가 말하는 것을 엿들었는데 중국 유격대가 기차를 공격하고 기차에 실린 현금 그리고 일부 식량과 총하고 탄약을 가져가버리고 식량 하고 그— 무거워서 못 가져간 것은 다 불 질러 버렸다네. 조선과 만주로부터 중국 전선으로 보급이 못되게 하는 것이 그 유격대의 임무라고 하더구만!" 천영화가 들은 이야기를 전하고 김장진과 윤형진이 주고받는다.

"허 근디 무섭데—에. 우리 친구들 수십 명이 죽었는디 참말로 어떻게 해야 쓰겄는지 모르겄네, 긍게 내 말은 말이여, 그 유객대허고 우리가 시방 총질하면서 싸워야 허느냐 말이여?"

"그려! 그게 죄께 애매헌기는 헌디 내 생각에는 싸우기는 싸워야 혈 거여, 왜냐허면 말이여 가만있으면 우리가 죽으니께로!"

"그래 그래 형진이 니 말이 맞다 아니가! 내 생각도 그거 아닝교! 에~ 일단 우리가 살고 보아야 허는 것 아닝교."

조영호가 심각한 얼굴로 응답하였고 윤형진과 김장진의 이야기는 계속된다.

"그런디 이곳 산들도 여간 아니고만잉! 첩첩이 산중을 얼마나 지났는지 거의 하루를 지났지? 혹시 여그가 옛날에 광개토대왕이 점령한 곳이 아니여?"

"아니지 아니여, 이 지역은 열하성이라는 지역으로 알고 있는데 옛날 연나라가 있었던 곳이라고 생각되네. 굳이 말하자면 우리가 지난 넓은 들판까지가 옛날 고조선의 땅으로 추정되고, 광개토왕 시절의 영토는 선양 서쪽부터 남서쪽에 있는 지금의 금주 서쪽까지가 옛 고구려의 영토일 거여. 그러니까 우리가 건넌 들판의 2/3 서쪽 지역과 지금의 중국인들이 말하는 동북삼성이 고구려의 영토란 말이지." 윤형진이 설명하자 김장진이 말한다.

"그런디 들리는 말에 의허면 일본 놈들이 만주로 가서 거기에 있는 광개토대왕의 비문 문자를 바꿔서 역사를 조작하였다는 말이 들리던데 그게 무신 말인지 모르겠네! 그것이 가능헌 겨?"

"그기 대해선 내가 잘 알지예. 학교 그룹에서 배운 적이 있는데예. 광개토왕비 일부 내용 중에 몇 자의 글이 있는데 예, 그것을 왜가 200년 동안 낙동강과 섬진강 사이를 점령해서 임나본부라는 일종의 총독부를 두고 다스렸다는 역사로 둔갑을 시켜버렸다 아닝교! 지금 예! 일본 역사 학자들 사이에 예! 그 설이 정통으로 받아들여지고 있고, 아니 아예 그렇게 고쳐서 믿고 있고 예! 여러 조선 학자들도 그것에 대하여 동의를 하고 있다고 들었다 아닝교!"

그는 장황하게 설명을 늘어놓는다.

"그런데 예! 신채호 선생님허고 정인보 선생님은 그게 사실이 아니라고 주장했다 아닝교! 그러니께네 지들이 말하는 조선 침략을 정당화하기 위해서 광개토왕 비문의 해석을 자기들이 유리한 방향으로 해석하고 거기에 일부 글자를 고치고 석회를 부여 탁본을 떠서 임나본부가 실존한 역사처럼 만들었다 아닝교! 거기에 관동군이 관여했다는 말도 있다 아닝교!" 조영호가 설명을 마무리 한다.

"아하 그런 게 있었구나! 조영호 너 참 많이 알고 있네." 김장진이 칭찬하니 조영호는 수줍은 듯이 얼굴이 약간 붉어지며

"내사마! 그 정도밖에 모른다 아니가! 내가 뭐 유식하노!"

"여하튼 영호 너 학교에서 공부 많이 했구나. 부럽다."

천영화도 옆에서 잠잠히 듣다가 칭찬을 한다.

"거참 일본 놈들 참으로 나쁜 놈들이네그려! 역사도 날조하고 지들이 잘나지도 않았는디 잘났다고 지랄을 치고 있으니 말이여!" 윤형진이 화를 내며 말을 받는다.

"에이 여보시오! 일본 놈들 왜 잘나지 않아? 참 잘나지 잘나, 우리 조선을 별로 힘들이지 않고 하루아침에 들어 잡수시고, 우리는 우리 땅인데도 찍 소리 한번 못하고 살고 있었던 만주를 힘 안들이고 역시 성찬으로 잡수셨고, 우리는 대국(大國)이라고 늘상 우러러보았던 쭝국놈들을 작살내고 있는디 잘난 게 아니고 뭐여! 잘났지 잘나!"

김장진이 비관적인 생각으로 반문도 해본다.

"그러게 말여! 일본 놈들이 그럴 때 우린 뭐헌 거여?"

"뭐! 하긴 서로 잘났다고 싸우고 세상 돌아가는 것도 모르는 방안퉁수 쫌팽이들이었지 뭐. 우리가 이렇게 일본 놈 앞잽이가 되어 중국군과 쓰잘디 없이 싸우러 가고 있는 것도 우리 손자 또 손자들이 다 알아내어 '내 할아버지는 뭐했는가? 왜놈들 앞잽이가 되어 싸운 것 아닌가?'라고 또 숭볼 거여! 숭!" 김장진이 세 명에게 손가락으로 가리키고 웃는 얼굴로 말한다.

"하모! 그래 니 말이 맞다 아니가. 내사마 손주들헌테서 그런 말 듣기 싫다 아닝교 그런데 그기 참 에레운기다. 그렇다 아니가? 내말이 안 맞나?"

"니 말이 맞어! 니 말을 들으니 힘 떨어진다. 헤이 참! 이게 뭔지 뭐 하려고 사는지! 사는 게 뭔지" 김장진이 한탄을 한다.

"야 야 그러지마. 괜시리 사기 떨어뜨리지 말아. 우리는 어떻게든지 살아나야 해. 살아서 각자 고향에 가서 잘 살도록 해야 해!" 천영화가 모두들 살아 집으로 돌아가야 한다고 힘주어 말하였다.

한편, 여성들도 일찍 침대에 들어가니 잠이 오지 않아 여러 이야기로 잠을 대신하고 있다. 물론 어젯밤에 벌어졌던 중국 유격대의 공격에 대한 이야기다. 그동안 피곤하고 공포에 물들어 말문을 닫고 있었는데 이제 신상이 안전해졌고 식사도 하였고 그런대로 잠도 편안히 잘 수가 있어 자기 전에 하고 싶었던 말과 질문이 쏟아진다. 대화의 중심은 전쟁이다.

"전쟁이란 것이 이런 것이구나." 아직도 그들이 겪은 일로 가슴이 떨려온다. 남자들이 치열하게 총질을 하고 서로 죽이고 한다는 말은 들었는데 설마 이 정도인지는 전혀 상상하지 못한 무차별 대량살상이라는 것을 체험하였고, 그 공포에 떨던 순간과 분위기에 대하여 이야기한다.

그리고 고인이 된 동료의 이야기다. 그녀들이 한사코 걱정한 것은 어떻게 하면 죽음을 당한 여성들의 소식을 그녀들의 부모에게 전해줄 것인가였으며 이에 대한 의견을 주고받기도 하였다.

그러나 별다른 방법이 없는 그녀들로서는 오로지 일본군 책임 호송관에게 이야기해서 사망한 친구들의 소식을 전해줄 것을 요구하는 것으로 결론이 났다.

다음날 식사 후 출발 전에 대표자로 선임된 김애자가 그녀들의 요구를 책임 호송관에게 말한다. 책임 호송관은 김애자의 요구에 선뜻 긍정적인 대답을 한다. 그러나 나중에 알게 된 사실이지만 그것은 말뿐이었다.

일본인의 특성 중 하나가 즉각적인 부정을 하지 않는다는 것이다. 그들로서는 귀찮은 그런 일을 할 이유가 없었다. 그 여자들은 전시 소모품이었다. 그런 일을 하는 것은 단지 행정력 낭비에 해당되는 일이었다.

사망한 그 여자들은 중국의 열하성 어느 곳에 아무렇게나 버려져 백골이 되어 저승에서 조국이 자기들을 버렸음을 한탄하고 영원히 구천을 떠돌고 있을 것이다.

그들은 드디어 천진에 도착하였다. 중국 천진은 발해만을 앞에 둔 넓은 평야지대에 자리 잡은 북경과 상해 다음 가는 중국 제3의 도시이다.

천진은 북경의 남동쪽으로 약 100킬로미터, 황해의 발해만으로부터 약 60킬로미터 내륙에 자리 잡고 있다. 천진은 원나라 13세기 때부터 무역과 상업의 중심지였다. 상해 다음 가는 중국 제2의 공업 중심지이며, 화북 지방의 첫째가는 항구이다. 천진은 19세기 유럽인 무역상 집단의 출현 훨씬 이전부터 대도시 중심지로 유명하였다. 바다와 인접해 있고 북경의 상업적 관문으로 역할을 담당하게 됨에 따라 이곳이 혁신적이고 적극적이며 실용적인 지역으로 변모하였다.

1935년 일본은 천진에 일본 군부정권에 의해 행정 통제를 받는 동부 화북성의 자치지역을 정착시킴으로써 중국 북부에 그들의 통제권을 확장하려고 시도했다. 1년 후 일본은 중국 당국에 천진지역에 대한 영향력을 줄이라고 요구하였다.

중일전쟁(1937)의 개시와 함께 천진은 일본에 점령되었으며, 1939년 일본은 반 일본 시위에 대한 응답으로 영국과 프랑스의 조차지를 봉쇄했다. 천진은 철도의 중심지로서 일본군의 중국진출에 제일기지가 되었다. 일본군은 천진을 중국 화북지방의 진출 교두보로 활용하고자 일찍이 이곳을 점령하였다.

천진에 도착하여 징병된 병사와 조선 여자 근로정신대는 각자 길을 갈라섰다. 조선 출신 징병들은 다시 남서쪽으로 기차를 타고 중국군과 접전을 하고 있는 전선으로 이동하고 조선 여자 근로정신대도 일본군의 정책에 따라 다른 곳으로 이동하였다.

중경 독립군을 찾아서
-남경, 무한, 한구의 유한(遺恨)-

상해의 여름날은 찌는 듯이 무덥다. 이곳의 더위는 한반도와 비교할 수 없을 정도로 심하고, 한여름 한꺼번에 쏟아지는 비의 강도는 마치 양동이로 퍼붓는 것처럼 한두 시간 정도 지속된다. 아열대기후에 일부 속하면서 한여름에 내리는 비는 꼭 열대지방의 스콜처럼 강력하다.

그리고 여름도 두어 달 더 길다. 그러나 겨울에 혹독한 추위는 없고 평균 온도가 영상이며, 많이 내려가면 0도나 영상1도 정도이기 때문에 그다지 춥지는 않다.

약속하였던 보름이 지나고 한 달이 후딱 지나버렸을 무렵 하얀 명주 적삼과 모시 반바지를 입고 가죽으로 된 서류가방을 든 청년이 세 사람을 찾는다.

마침 이날은 공판장이 쉬는 날이라서 세 사람은 숙소에서 쉬고 있을 때다. 아침식사를 하고 방을 정리하고 있을 때 조선말로 "송금섭, 최상현이 있소?" 세 사람은 무슨 일인가 싶어 우리말로 부르는 소리에 방문을 살짝 열어보니 한 건장한 젊은이가 모자를 벗고 한국말로 묻는다.

"아! 나는 정 선생님의 심부름을 왔습니다."

세 사람은 얼른 대답한다.

"잠깐만 기다려주십시오. 옷을 입고 밖으로 나가겠습니다."

이렇게 대답하니 젊은이는 주저 없이 방에 들어와 대뜸 증표를 내민다.

"지금 굉장히 중요한 상황이니 사람이 없는 여기서 말씀을 드리리다."

그가 내민 증표와 세 사람이 가지고 있던 증표를 맞추어보니 잘라진 부분이 딱 들어맞았고 "大韓 民國"(대한 민국)이라는 글자가 된다.

세 사람은 젊은이를 침대 중간에 앉히고 마주보는 침대에 앉는다. 자기들보다는 일고여덟 살이 많은 것처럼 보였으나 외관상으로도 단련된 몸이 탄력적으로 보였으며 눈매는 매우 날카롭게 느껴진다.

"다름 아니라 여러분이 기다리는 정 선생님께서 만들어주신 이 서류를 전해주려고 왔습니다."

그는 몇 가지 서류와 증명서를 가죽가방에서 꺼내어 놓는다.

"이 서류는 당신들이 탄광에 취직하는 데 꼭 필요한 것입니다. 당신들이 중국 내에서 탄광에 취직하러 그곳까지 가는 데 반드시 있어야 할 서류입니다. 탄광의 이름은 암기하기도 쉽습니다. 승리광산(勝利鑛山)입니다. 찾아가는 길은 정 선생께서 이미 알려드렸을 것입니다. 이것은 중국 내 통행증이요, 이것은 탄광고용증, 그리고 이것은 중국 내 친일정부와 일본군에 의한 신분보증서입니다. 그리고 이것은 철도여행증입니다.

마지막으로 이 증명은 광복군에 들어갈 수 있는 확인증입니다. 일종의 암호이고 신분보증서니까 잘 간직하였다가 광복군이 신분보증을 요구할 때 제출하십시오. 자! 각기 가져가서 절대 잃어버리지 않도록 하십시오."

그는 멀리 떠나는 제자들에게 마지막으로 충고하듯 차근차근히 설명한다.

"그리고 정 선생님께서는 세 가지 말씀을 하시고 꼭 지키라고 하셨습니다. 첫째는 내가 준 신분증을 신주(神主: 죽은 사람의 위패)라 생각하고 절대 잃어버리지 말라고 하셨습니다.

둘째는 탄광고용증서를 보시면 알 수 있듯이 당신들은 일본군이나 경찰이 불심검문을 하고 혹 질문을 하면 화차를 움직이기 위한 유연탄을 캐기 위하여 내지에 들어간다고 말하라고 하셨습니다. 즉 당신들은 석탄을 생산하러 가기 때문에 일본군으로서는 매우 귀중한 자원을 확보하는 중대한 일을 하고 있다는 말을 꼭 하라고 하였습니다.

셋째는 어떤 지역에 들어가기 전 반드시 일본군과 중국군의 전투현황을 가능하면 자세히 알아보고 가도록 하셨습니다. 지금 시기는 일본군이 중국군에 대한 대대적인 공세를 한 지 몇 개월이 지났으나 아직도 전선은 긴박하고 위험하다고 하였습니다. 마지막으로 여러분들에게 신의 가호가 충만하기를 빌겠습니다." 그는 할 말을 다했다는 듯이 긴 설명의 마무리를 지었다.

"아! 정말로 고맙습니다. 이 은혜는 꼭 갚겠습니다. 저! 성함이라도 알려주시지요!" 세 사람이 동시에 인사를 하고 묻는다.

"임시정부의 광복군이 되어 일본군을 격파하는 것이 은혜를 갚는 것입니다. 부디 성공하기를 빌겠습니다. 그리고 이곳에서는 접선하는 사람의 성명을 모르는 것이 서로 신상에 좋답니다."라고 말하면서 뒤도 돌아보지 않고 떠나버린다.

세 사람은 뒤따라 나가면서 거듭 고맙다는 인사를 하고 그를 배웅하였다. 다시 방에 돌아와서는 지갑 외에 별도의 주머니를 마련하여 여러 증명서를 생명이나 다름없다고 생각하고 소중히 잘 집어넣는다. 세 사람은 상의를 하고 곧바로 내일 출발하기로 하였으며 앞으로 오천 리 길을 가야 하기에 필요한 것이 많을 것으로 생각하고 오늘은 시장에 가서 여러 가지를 구입하기로 한다.

신발과 담요, 반합, 쌀도 샀으며 여기에 집에서 입고 온 겨울옷과 양말 몇 켤레, 속옷까지 넣으니 꼭 군인의 배낭처럼 부풀어 오른다.

장을 다본 후에 상해역까지 가서 남경으로 가는 기차시간을 알아본다. 기차는 하루에 세 번 이곳에서 출발하는데 각기 아침, 점심, 저녁나절에 출발하는 기차다.

그들은 아침 일곱 시에 출발하는 기차를 타기로 한다.

이창에 가려면 꼭 무한을 거쳐야 하기 때문에 세 사람은 일단 기차로 무한에 들어가서 여러 정보를 파악하여 이창까지 가고 난 후에 '승리광산'을 찾아가기로 한다.

세 사람은 다음날 아침 일찍 일어나 챙겨놓은 짐을 들고 거의 두 달을 생활하였던 선원숙소를 떠난다. 그들은 떠나기 전 전사춘 아저씨를 찾았지만 조업을 나갔는지 보이지 않는다. 방문을 두드려도 반응이 없다. 그들은 "謝謝 朝鮮人 三人(고맙습니다. 조선인 3인)"이라고 간단한 메모를 남긴다. 처음 중국에 와서 살게 된 숙소라서 그런지 서운한 마음이 들기도 한다.

세 사람은 표를 끊고 시간이 남아 식당에 들어가 간단하게 국수를 시켜서 먹는다. 중국의 국수는 대부분 비비거나 볶은 종류여서 먹기에는 그다지 낯설지 않다. 다만 이상한 향료가 들어가는 것이 비위에 거슬리지만 잘 골라서 먹으면 향료를 넣지 않는 국수도 많았다.

대합실에 나가니 기차가 이미 정차하고 있었고 앞부분은 화물차가

10량, 뒷부분에는 5칸의 객실이 연결되었다.

이처럼 화물차와 객차를 같이 연결한 것은 전쟁이 장기화됨에 따라 병참선이 길어지고 중국군의 공중공격과 유격대의 철로 및 화물차 파괴 공작도 자주 발생하여 많은 화물차가 파괴되기 때문이다. 또한 그로 인하여 병참지원에 큰 차질이 생기자 일본군은 군수지원을 원활히 수행하려고 아예 철도수비 전문대를 후방지역에 편성 운영하여 철로를 보호하도록 하였다.

중국 대륙의 철로는 엄청나게 길어서 간선만 보호하기 위해서도 많은 수비 병력이 투입되어야만 하였다. 일본군이 중국군에 대한 최후의 공세인 이치고(一號) 작전을 벌이고 있는 4월 이후에는 중국군도 수비를 하면서도 적의 후방 병참을 공격하여 일본군의 공세를 늦추고 완화시키려는 의도로 저 많은 유격대를 투입하여 일본군 점령지 내의 화물열차 공격을 감행하였다. 따라서 전선으로 향하는 많은 화물차가 공중공격을 당하여 파괴되고 전복되었으며 그 피해는 상당하였다.

또한, 중국 유격대 중에 철도파괴 공작대원들이 은밀한 공작활동을 전개하여 철로를 부분 파괴하였고, 파괴된 사실을 모르고 달리던 열차가 전복되어 병참지원에 문제가 생기기도 하였다. 일본군은 화물차도 방탄 시설을 설치하여 적의 기관총이나 중소형의 화력에 완벽하게 방어가 되도록 하였다.

화물차가 공격을 받아 손실이 커지자 일본군은 일반 여객 열차의 앞 부분에 화물차를 달고 뒷부분에는 객차를 연결하여 중국군이 공격을 하더라도 양민이 탄 객차가 같이 전복되거나 파괴되어 중국 내국민도 같이 피해를 입게 만들어 중국군의 공격을 완화시키려 시도하였다.

그래서 세 사람이 탄 열차도 뒤에 이어진 다섯 칸만 객실이었고 앞에는 일반화물을 실었다. 화물은 대부분 공산품이나 생활필수품 그리고 일본군을 지원하기 위한 보급품이 주로 실렸다. 그리고 화물수송의 우선 순위를 군수품–생활필수품–일반 영업용품 순으로 탑재시켰다.

일본군은 철도를 보호하기 위하여 1킬로미터 당 평균 15명의 병력이나 수비대를 투입하였다. 따라서 수천 킬로미터에 달하는 전 중국 내의 철로를 보호하기 위하여 거의 일고여덟 개 사단의 병력인 10만 명이나 투입하여야만 하였다.

그래서 일본군은 10킬로미터 내에 거주하는 지역민을 결집하여 애로촌(愛路村)이라는 제도를 만든다. 화북지방을 예로 들면 그 규모는 1941년에 촌락 8,400여 촌, 촌민 약 1100만 명에 달한다. 주요 공작내용을 들면, 애로촌 결성과 지도를 비롯하여 애로 정보망 설치, 애로촌민의 선로 순찰, 애로 소년대 결성과 지도, 연선 주변의 줄기가 높은 식물 제거 및 식목금지 지도, 연선의 물자부족에 따른 보급방법 알선 등이다. 그 결과 유격대의 공격을 미연에 방지한 사례가 1,300여 건이나 되었다.

일본군 탈출자 세 사람은 맨 마지막 칸의 중간에 앉았다. 아침 출근 시간이라서 그런지 제법 사람이 많고 송금섭이 혼자 앉아 있는 자리에는 중국인 할머니가 앉기도 하다가 대부분 두세 정거장을 가서 내리고 또 다시 새로운 사람들이 탄다.

아침 아홉 시가 되어 단거리 손님이 줄어들었다가 소주(蘇州)라는 도시에 가까워지자 역시 단거리 손님이 타고 내리기를 반복한다. 소주는 춘추전국시대에 오(吳)나라의 수도였고 수(隋)나라 때 대운하(항저우–북경 연결 운하, 1782킬로미터, 5개의 강을 연결함)가 개통되자 강남 쌀의 수송지로 활기를 띠면서 항주와 더불어 번영하였다. 역사적으로 소주는 지주(地主)

문화가 발달된 곳이다. 시내에 운하망이 발달되어 물의 도시로 그리고 옛 관료·지주들이 꾸민 정원들이 많아 정원도시라고도 부른다.

기차가 소주를 지나고 무석(無錫)시를 출발하자 일본 경찰 두 명이 객실 뒤로 들어와 검문을 하면서 앞으로 이동한다. 군 탈출자 세 명 앞에 이르자 이리저리 살펴보더니 일본말로 송금섭에게 여행증을 보여달라고 한다. 송금섭은 당당하게 주머니에서 여행증을 꺼내서 보여준다. 여행증을 본 경찰은 나머지 두 사람도 보여 달라고 한다. 두 사람도 얼른 꺼내서 보여주니 별다른 이의를 제기하지 않고 돌려주며 그냥 앞으로 이동하여 다른 사람들 검문을 계속한다.

탈출자 세 명은 안도의 숨을 쉬었고 여행허가증명서의 효력에 대하여 다시 한 번 생각하게 되었으며, 마음속으로 정 선생님의 주도면밀한 준비에 대하여 감탄하게 된다.

기차는 대평원 지역을 느리게 간다. 해가 똑 떨어지고 밤이 깊어졌을 때 기차는 남경에 도착한다. 대합실에 들어간 탈출자들은 일단 여관을 찾아 들어가기로 하고 대합실을 나와서 시내로 향한다. 그런데 대합실을 나와서 보니 시내는 온통 암흑 속에 들어 있다. 마침 같이 기차를 타고 온 사람으로 추정되는 사람이 있어 최상현이 궁금한 점을 물어본다.

"니하우! 실례하겠습니다. 뭐 좀 물어보아도 될까요?"

"니하우! 예 그러시지요."

"우리는 이곳에 처음 오는데 왜 이렇게 시내가 조용하고 깜깜합니까? 시내는 이곳에서 멉니까?" 그 사람은

"이곳 남경은 죽은 도시가 되었답니다. 몇 년 전 일본군이 이곳에 쳐들어 왔을 때 장개석군은 일본군을 견제하기 위하여 상해와 남경 사이에 강력한 진지를 구축하고 선전(善戰)하였으나 중과부적으로 이러한 상

태가 되었습니다. 장개석은 예하 사령관들에게 끝까지 이곳을 사수하라고 하였으나 한번 무너진 진영은 걷잡을 수가 없었으며 물러가는 병사들을 향하여 기관총을 쏘아가며 독려하지만 결국 사선(死線)이 무너져 많은 사람들이 죽었으며 입성한 일본군은 닥치는 대로 인민을 죽이고 집은 불태워버렸답니다.

지금까지도 그 영향이 있고 아직도 공포의 도시로 남아 있습니다. 지금 이 근방에는 여관이 없고 아마도 기차 대합실에서 자는 것도 생각해봐야 할 것입니다."라고 설명한다.

세 사람은 그제야 도시의 사연을 알게 되었다. 대부분 역 앞은 번화하여 여관도 있고 상점도 있어 지금이라면 불이 훤하게 밝혀져 있어야 할 시간인데, 암흑이 되어버린 시내의 모습이 당시의 슬픈 사연을 말해주는 것 같아 안타까웠다.

그리고 그들이 상해에 와서 얼마간 머물렀을 때 현지인들이 말한 것을 들은 적이 있는데, 일본군이 들어와 30만 명을 죽였다고도 하고 100만 명을 죽였다고 하는 남경대학살을 자행하였다고 하였다. 그 말을 들었을 당시에 세 사람은 설마 일본군이 그렇게 많은 사람을 죽일 수가 있었을까? 하는 의문도 가지고 있었는데 지금 이곳에 와서 첫 인상만 보니 그 일은 분명한 사실일 거라는 생각이 들었다.

그리고 만약 자신들이 일본군이 되어 이곳에 배속되어서 중국군과 전투를 하고 입성하였다면 그런 끔찍하고 천인공노할 살인마가 될 수도 있을 거라는 생각이 들어 온몸에 닭살이 돋고 전율이 일어난다. 설마 일본군이 사람의 탈을 쓰고 그럴 수가 있을까? 하고 생각하며 다른 중국사람을 잡고 자세히 물어본다. 최상현이 물어본 사람은 마치 도사처럼 생겼고 얼굴에 건강미가 넘쳐 있는 길 가던 노인이었다. 최상현은 서투른 중국말로 물어보면서 말이 잘 통하지 않는 것은 필기구를 꺼내어 글자를 써 보인다.

日本軍 殺戮 三十萬 名 年齡不問 小兒, 女子 老人 多 沒殺 事實?
일본군 살육 삼십만 명 연령불문 소아, 여자 노인 다 몰살 사실?
(일본군이 나이나 여자 혹은 아이, 노인을 불문하고 다 몰살시킨 것이 사실이냐?)

그 사람은 필기구로 다음과 같이 써서 주었다.

日本軍 殘忍 殺戮 銃, 刀, 斤, 百萬 名 殺 埋穴 我 見到
일본군 잔인 살육 총, 도, 근, 백만 명 살 매혈 아 견도
(일본군이 잔인하게 총과 칼 도끼로 백만 명을 죽여 매장하였고 내가 목격하였다.)

글을 읽어본 최상현은 정말 일본군이 전쟁과 전혀 관계가 없는 사람들을 잔인하게 살육하였으며 이것이 사실이란 것을 확인하고 다시 한 번 입술을 깨문다.

탈출자 세 사람은 남경에서 무한으로 가는 기차를 확인하였다. 밤늦은 시각에는 없었고 아침에 출발하는 기차가 있다. 세 사람은 여관에서 자는 것을 포기하고 대합실에 다시 돌아와 잠이나 자야겠다고 생각하고 빈 의자를 찾는다. 다행히 긴 나무 의자 몇 개가 한쪽 구석에 남아 있어 담요를 절반 접어 깔고 덮고 배낭을 베개로 삼아 눕는다.

대합실에는 자신들만이 있는 것이 아니라 노숙자들 수십 명이 여기저기에 눕거나 앉아있다. 시간이 지나 밤이 무르익자 역무원이 전등불을

끄고 문을 닫아 버린다. 기차가 끊겨서 더 이상 운행하지 않으므로 새벽이 되기까지는 전기를 아끼려고 불을 꺼버린 것이다.

벌써 노숙자들의 코고는 소리가 들려온다. 이남제는 예민해서 그런지 좀처럼 잠이 들지 않는다. 그리고 딱딱한 나무의자라서 등과 엉덩이가 아주 부자연스럽고 고이기 시작한다. 옆으로 누우면 이번에는 어깨가 아파온다. 얼마나 시간이 지났을까 깜빡 잠이 들었는데 베개 대용으로 베고 있는 배낭이 쓱 빠지는 것을 느낀다. 이남제는 순간 반사적인 행동으로 배낭을 두 손으로 빠져나가지 못하게 두 손으로 감싸고 붙들었다. 그러고는 배낭을 잡고 벌떡 일어났다.

배낭을 빼어내리던 손길이 쏙 들어가고 후다닥 하는 소리가 나더니 이내 어둠 속으로 사라져버린다. 어렴풋이 몇 명의 노숙인들이 아무 일도 없었다는 듯 앉아 있거나 누워 있다. 옆과 발목 뒤 의자에서 잠을 자고 있는 송금섭과 최상현은 아무 일도 없는 듯 잘 자고 있다.

이남제는 완전히 잠을 설쳐버렸다. 자는 둥 마는 둥 어느덧 동이 터오르기 시작하였으나 시간이 더디게 가는 것이 원망스럽기도 하다.

새벽 다섯 시가 되자 역무원이 들어와서 불을 켜고 청소원이 청소하기 시작한다. 세 사람은 출발 기차를 알아내어 기차에서 개인용무를 해결하고 의자에 기대어 간밤에 설쳤던 잠을 대신한다. 그런데 막상 기차가 출발하고는 계속 가지 못하고 간간이 한참을 중간 아무데서나 섰다가 다시 가곤 한다.

기차가 멈추면 화차의 연기가 현저하게 줄어들고, 일정한 시간이 지나면 석탄을 태워서 연기를 피우며 다시 간다. 하도 이상하여 좌석 너머의 중국인에게 물어보니 공습이 있을 경우에는 화차의 연기를 피우지 않고 공습이 종료되면 다시 출발한다는 것이다.

그렇게 한다고 연기가 즉시 없어지는 것이 아니어서 긴 열차를 공중에서 비행기가 발견 못할 것인가? 하는 의문이 들기도 한다. 기차는 끝없는 대평원을 한 마리 작은 지렁이처럼 지나가고 있다. 기차가 출발하여 정오를 한참 지났을 때 합비(合肥)라는 도시에 정차하였고 이 역에서는 거의 한 시간을 서 있었다. 이때 기차를 향하여 군인과 경찰이 우르르 몰려오고 있는 것이 차창으로 보였다.

검문이 또 다시 있으려는가 보다 생각하고 그저께의 경험이 있어서 자신감을 가지고 앉아 있었다. 기차가 출발하자 총 여덟 명의 군경이 객실의 맨 앞과 뒤 칸으로 올라 검문을 수행한다. 맨 뒤에 앉았던 탈출자들은 거의 제일 먼저 검문을 받게 된다. 군경 네 사람이 한 조가 되어 각기 한 열씩 담당하여 뒤에서부터 샅샅이 검열을 시작한다.

마주 앉아 있는 세 사람 앞에 와서는 일단 인상을 확인해본 다음 어디로 가느냐고 중국말로 물어본다. 그들은 일본말로 대답을 하였다. 그러자 일본 병사가 흠칫 놀라며 묻는다. 송금섭이 대답한다.

"당신들 목적지가 어니냐?"

"예, 우리들은 이창 지역에 있는 광산으로 갑니다."

"거기는 무엇을 하러 가는가?"

"예, 탄광에서 유연탄을 생산하려고 갑니다."

"그래요? 그렇다면 탄광고용증이 있는가?"

"예, 있습니다."라고 하며 각자 탄광고용증을 꺼내서 보여준다. 헌병은 찬찬히 탄광고용증 석 장을 전부 세밀하게 확인하더니

"당신들의 국적이 어디인가?"

"예, 일본입니다!"

"그래, 살던 곳은 어디냐?"

"예, 조선입니다!"

"흠 조선! ... 조선이라... 조센징 데스네 조센징 데스."라고 중얼거리 듯 세 사람이 들리도록 말하고는

"그럼 철도여행증과 신분확인증 좀 봅시다."라며 다시 다른 증명서를 요구한다. 세 사람은 자신들이 가지고 있는 증명서를 보여준다. 헌병은 한참을 뚜렷이 보고나서 탄광고용증의 진위를 확인해야겠으니 모두 다음 역에서 내려 함께 가서 확인을 받자는 동행명령을 내리며 잠시 대기하라고 한다. 세 사람은 순간 낙담하고 가슴이 두근거렸지만 이 난관을 어떻게 하든 벗어나야 할 것 같기에 마음을 굳게 먹는다.

"야뜰아! 저 시끼가 왜 그렁거여? 왜 우리를 잡고 늘어지는 거여!" 송금섭이 낮은 소리로 말하였다.

"그렇게 말이여, 우리가 도둑놈처럼 생겼는가 아니면 범죄자처럼 보이는가? 혹시 의명하게 보였는가?" 두 사람이 맞장구친다.

"아니여! 내가 생각허기로는 중국 놈들처럼 생겼는듸 일본말을 허는 조센징이니 수상허다고 생각되는 거겠지!"

"글씨 나도 고로코롬 생각허는듸 쪼매 기다려 봐서 저놈들이 어떻게 허는가를 보아야 헐 것 같여."

"이 탄광고용증을 보고 진위를 확인해야겠다고 허는 것을 보니 이것이 그렇게 가짜가 많은가보네!"

"하여간 뭐! 어떻게 헐 수도 없응게로 그냥 있다가 나중으 순순히 따라 내려야겠네 뭐!"

세 사람은 서로 말을 주고받으면서 마음의 준비를 하자고 한다. 그리고 물어보면 대답할 여러 구실을 만들었다.

다음 역에 가까워져 정차하려고 기차가 속도를 줄이자 네 명의 군인

과 경찰이 다시 와서 세 사람에게 내릴 준비를 하라고 한다. 기차가 멈추어 서자 군경 두 명이 앞서고 두 명이 세 사람 뒤에서 따라 내린다. 세 사람은 배낭을 들고 내리면서 두 명의 군경 뒤를 따라간다. 10여 분을 걸어 역 근처에 있는 헌병지구대에 들어갔다. 상병 계급장을 단 앞장섰던 헌병이 지구대에 앉아 있는 군조 계급의 헌병에게 탈출자 세 명에 대하여 보고한다.

"조장님. 이 세 명의 탄광고용증을 좀 더 확인해봐야 하겠습니다. 요즈음 이 고용증이 허위가 많아 진위 여부는 꼭 확인해야겠습니다. 더군다나 저들은 조센징입니다."

"그래? 알았다. 확인해봐라."

헌병 군조 계급자가 허락을 한다. 상병은 어디론가 계속 전화를 한다. 아마도 증명서를 발급하여준 상해의 어느 관공서라고 생각된다. 한시간이 훨씬 경과된 후에야 상병이 다시 들어와서는 말한다.

"당신들 탄광고용증을 확인해보니 진짜로 확인이 되었다. 당신들은 다음 기차로 다시 목적지로 가도 좋다! 에— 또, 시간표를 보면 이 역에서 두 시간 후에나 있다. 자! 이제 너희들 가도 좋다!"

송금섭이 재빨리 상병의 약점을 파악하고

"우리는 무한까지 가서 다시 이창까지 가야 하는데 혹시 중국군이 공격을 하지 않을까 두렵습니다. 무한 이후에 보다 안전하게 갈 수 있는 방법이 있습니까?"

"무한 이전부터 중국 유격대가 활발히 활동하고 있고 중국 공군의 공습도 자주 있다. 기차는 공습을 피하느라 아마도 밤에 주로 다닐 것이다. 그러나 밤에는 또 유격대의 공격이 예상되어 기차를 타더라도 주의를 해야 한다. 언제 어디서 무슨 사건이 터질지도 모른다.

그리고 무한 이후에는 철로가 없는데 이창까지 가려면 걸어갈 수밖에 없고 잘 해야 배를 타고 갈 수는 있지만 다니는 배가 거의 없을 것이다. 그래서 문제는 무한에서 탄광까지 어떠한 방법으로 가야 하는 것인데 내 생각에는 배를 수소문해서 타고 가는 방법을 추천한다. 그리고 배를 타고 가더라도 험한 뱃길을 조심해서 가야 할 것이다.

내가 지금 당신들의 신변보증서를 써줄 것이니까 이것을 보이면 모든 검문은 쉽사리 통과될 것이고, 이 증명서를 보이고 우리 일본군의 부대에 들어가서 도움을 청하면 특별한 일이 아니면 도움을 받을 수 있을 것이다."라며 신분보증서라고 써진 문서를 꺼내서 세 사람의 인적사항을 적고 관인을 꺼내 찍어준다.

문서에 쓰여 있던 내용은 다음과 같다.

「상기 근로자는 일본군을 위하여 석탄을 생산하려고
이창지역의 승리탄광에 가니 본 헌병대가 신분을
보장하고 필요시 보호 및 도움을 줄 것」
육군 0000 부대장 소장   인

탈출자들은 중간에서 연행된 것이 오히려 군의 도움을 받을 수 있는 증서를 받게 되었고 가는 방법을 알게 되어 기뻐하였고 전화위복이라 생각했다. 세 사람은 역으로 가서 기다리다가 기차를 다시 탔다. 그런데 기차는 예정시간보다 두 시간 반이나 늦게 도착하였다. 그들은 기차가 왜 이렇게 늦은지 이해가 되었다. 기차는 출발 후 지겹게 몇 번을 더 멈추다 다시 가더니 저녁 어둠이 찾아온 후로는 아예 서서 갈 생각을 하지 않는다.

왜 그러한지 알아보니 중국 유격대가 철도의 고정 핀을 뜯어내었고, 그러한 사실을 모르고 가다가 일부 화차가 살짝 탈선하였다 한다. 세 사람은 기차 속에서 밤을 지새우고 언제 출발할 것인지 알아보지도 않고 그냥 포기하다시피 하였다. 갈 때 되면 가리라 생각하니 마음이 오히려 더 편하다. 문득 잠에서 깨어나니 기차는 열심히 달리고 있었고 날이 훤히 밝아오고 있었다. 창밖을 쳐다보았다. 아직도 광활한 평야지대를 달리고 있다.

원래 남경과 무한은 양자강을 중심으로 발달되어 있는 도시로 대부분이 평야지역 혹은 분지 그리고 야산과 구릉으로 중국 대평원 남쪽지역에 위치하고 있으며, 양자강과 함께 인류문명과 문화의 한줄기가 이어져온 도시다. 그러나 두 도시는 양자강을 따라간다면 거의 두 배나 거리가 멀었고, 지름길로 두 도시 사이에 산악지역만 통과하면 거리가 절반으로 줄어들게 된다.

그래서 철로는 강을 따라 가지 않고 가로질러 산악지역을 지나게 되어 있다. 세 사람은 며칠 동안 들판을 달려오면서 자신들이 정말 우물 안 개구리 격이라는 생각이 들기도 한다.

세상이 넓다는 것을 이제야 실감하였으며, 조그마한 나라에서 서로 단결하지 못하고 자기주장만 내세우다가 끝내는 일본에 나라를 빼앗긴 위정자들이 정말로 원망스러웠으며, 그러한 상태로 방치한 자신을 포함한 모든 백성들이 불쌍하다는 생각이 들었다.

한반도의 바로 옆 중국 내에 있는 특정지역을 가는데도 이렇게 먼데 미국이나 유럽은 얼마나 멀고 어떻게 가야 할까? 그리고 조선보다 수십 배나 넓고 큰 나라도 많은데 그런 나라들은 얼마나 넓을까? 생각을 하니 작은 나라에서 아웅다웅하다 나라를 빼앗긴 조선이 부끄러웠다.

그리고 미국이나 유럽에서 여기까지 군함을 몰고 수만 리를 며칠 만에 와서 일본과 싸우는 나라들이 솔직한 심정으로 우러러보였다. 그래서 자신들을 포함한 모든 백성들의 의식과 삶이 전향적으로 바뀌어야 이 힘들고 벅찬 세월을 이겨낼 수 있다고 생각해보았다.

"야뜰아! 중국이 참말로 때국이여 때국(大國)! 옛날에 동네 어른들 한 티 주워들은 얘기로 여그 중국의 한 고장이 우리나라 만허다 혔는듸 그 게 맞는 말 이그만 잉! 봐봐! 지도상에서도 이만끔 찔끔 가는 것으로 돼 야 있는듸 이것 좀 지나갈려고 며칠이 걸렸는디 참말로 큰 대륙이네 그 려!"

이남제가 지도를 보며 말한다.

"그렇게로 참 넓기도 넓네그려! 우리나라에서는 우리가 살고 있는 호남 평야가 넓다고 혔는듸 거그에 댈 바가 아니고만 잉?" 최상현이 응답하자,

"그렇게로 옛날 수천 년 전에도 100만 대군을 동원하여 서로 싸웠다 는 것이 그짓말이 아니었다 생각되는구만... 이 넓은 땅에서 외려 그 정 도 사람만이 나서서 싸운 것이 인구 비례허여 적은 숫자가 아닐까 생각 도 드는고만 잉!"

송금섭이 자신의 생각을 더한다.

"시상이 참 넓네 그려! 우리도 독립허여서 일본 놈들처럼 빨리 유럽 의 선진문물을 받아들여 나라가 강해져야 헐 거여!" 최상현도 한탄하듯 자기생각을 말한다.

"그리고 봉게 일본 놈들이 참으로 영악허고 숭악헌 놈들이여, 이리나 승냥이 같은 놈들이여. 한편으론 의뭉헌(겉으론 아닌체하고 속으로는 엉뚱한 뜻을 지닌) 놈들이여! 솔직히 말하자면 우리들보다 훨씬 낫다고 볼 수도 있다 고! 임진왜란 때는 조총을 들여와서 침략을 하더니 두어 세기 지나서는

군함을 만들어 그것으로 우리를 묵사발을 만들고 이제는 전차와 비행기도 만들어 세계를 상대로 전쟁을 하고 있으니 그들이 우리보다 훨씬 생각이 앞서가고 있다는 마음이 든다 이 말이여!" 이남제가 자신의 생각을 이야기한다.

"그려어 니 말이 맞기는 맞는 말이고만! 언지 한번 우리도 큰소리치고 사는 날이 올까?" 두 사람이 맞받는다.

"야! 야! 해방이 언제 될지도 모르는듸, 만약에 시방 해방되고 겁나게 노력한다 허더라도 아마 최소 50년은 지나야 헐 것이여!"

최상현이 말하자 송금섭이도 끼어든다.

"야! 50년이면 우리가 몇 살이여 칠십도 넘네그려! 그때면 우리 모두 땅속에 들어가 있을지도 몰라!"라고 응답한다.

"아녀. 난 말이여 손주 봐서 그 손주가 다시 장개가서 진손자까장 보고 죽을란다!" 이남제가 억지부리듯 말한다.

"허어! 욕심도 참! 그려! 너 백살까장 살어라 내가 인심 썼다. 였다. 받아라. 백 살 내 것까지 받어 120살까지 잘 먹고 잘 살아라!"

최상현이 두 손을 마주하여 이남제에게 물을 푸는 행동을 한다.

"야! 그려 그려! 주어라 주어. 다주어. 그런데 속으로 악담은 허지 말거라. 증말이다. 난 꼭 살어서 집에 갈 거고 집에 가서 공부 좀 더 할란다. 내가 몇 개월 중국에 와서 살아봉게로 사람이 좀 알아야 쓰겄어! 공자 왈 맹자 왈도 좋고 신식문물도 좀 배워야 허겄어! 특히 신식 문물은 더욱 필요허다고 생각되야."

"그려 좋아 좋아! 그런 꿈 꼭 이루어지기를 빌어 비네"

"그나 저나 무한부터는 어떻게 가지?"

최상현이 자신들의 앞길이 걱정이 되어 두 사람에게 의견을 타진하려 물어본다.

"지도상에서 보니께로 거리가 수백 키로는 될 것 같은듸이 걸어가려면 정말 험할틴디."

"우리가 무한에 가서 제일 먼저 헐 것이 바로 그것이여. 가능한 한 많은 정보를 얻어내야 허겄지!" 송금섭이 신중하게 대답한다.

"글씨 무슨 정보를 얻어야 허지?" 이남제가 막막하다는 듯 머리를 만지며 말한다.

"내가 생각허기로는 우리가 제일 안전하게 목적지까장 가는 방법이라고 생각허네."

"그려 그 말이 맞긴 맞는듸 일본군에 가서 좀 도움 좀 청해볼까? 그려도 될까?"

"글씨 그 자식들이 우리에게 친절히 혀줄까? 군사비밀이라고 난리치고 일반인에게는 안 된다고 그러는 거 아녀?"

"하여간 부딪혀보지 뭐! 우리가 받은 신분보증서를 보여주면 우리를 깜 보지는 않을 거 같여!" 세 사람은 자신들의 생각을 주고받으며 군에 직접 가서 도움을 청해보기로 한다.

아침 7시가 되자 기차는 한 시간 반 정도 쉬었다 다시 간다고 객실여객원이 와서 이야기한다. 기차소리와 바람소리 때문에 무슨 말인지 정확히 몰라 앞 칸에 있는 사람에게 물어보니 "한 시간 반을 정차할 것이고 식사할 사람은 하여라."라는 말이라고 한다.

기차가 멈추자 모든 승객들이 내려 세 사람도 짐을 챙겨서 따라 내린다. 사람들이 우르르 몰려가는 곳으로 따라 가보기로 하였다. 정류장 대합실 옆에 여러 개의 식당이 있고 많은 사람들이 모두 식당 안으로 들어간다.

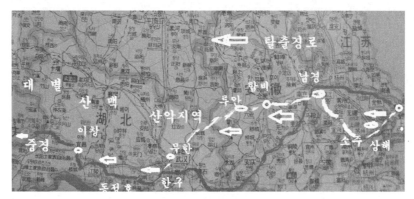
세 사람의 탈출경로

　세 사람도 무엇을 먹을까 상의하다가 밥을 먹는 것이 좋겠다고 하여 밥에 고기 삶은 것을 올려주는 덮밥을 주문하였다. 여기에 김치나 반찬 한두 가지를 곁들여 먹으면 맛이 최고일 것이라고 생각되었건만 그럴 수 없는 지금 이 상황이 안타깝고 아쉬웠다. 다양하게 먹는 고향의 음식이 그리워진다. 식사를 하고 다시 기차를 타고 무한으로 향하였다.

　널따란 평야의 끝이 보이지 않는다. 낮은 지대를 지나기 때문에 비가 오면 철로가 물에 잠기지 않게 주변보다 상당히 높게 흙길을 쌓고 그 위에 철로가 놓여 있어 야산조차도 없는 푸른 들판이 내려다보였다.

　이때 갑자기 기차가 멈추어 섰고 누군가가 "경시 경시(공습 공습)!"라고 소리쳤다. 그러면서 사람들이 기차 객실 밖으로 모두 뛰어나가서 철로 옆 낮은 곳에 엎드렸다. 세 사람은 같이 나가 땅바닥에 엎드리기가 거북스러워서 기차 밑에 쪼그리고 앉았다.

　두 대의 비행기가 나타나서 처음에는 낮게 날아가더니 다시 빙 돌아와서는 폭탄을 투하한다. 비행기는 아주 낮게 내려와서 앞에 연결된 8량의 화물차에 대해서 두 번의 폭격을 한 후에 사라진다. 기차 밑에 앉아 있었던 세 사람은 기차가 폭탄을 맞아 부르르 떨리며 흔들리자 화들짝 놀라 기차 밑에서 재빨리 나와 주변 구덩이에 몸을 던진다.

화물칸이 폭탄에 맞아 같이 연결되었던 객실까지 큰 충격이 와 흔들 거리며 괴상한 마찰음이 났던 것이다. 전투기가 가버리자 승객들은 다시 탔지만 기차는 좀처럼 갈 생각을 하지 않는다. 하도 답답하여 세 사람은 기차 밖으로 나가보았는데, 이미 다른 칸에서도 여러 사람들이 나와서 무슨 영문인지 살피고 있다. 세 사람은 화물차 쪽으로 가보았다.

기관사와 화부 등 여러 명이 나와서 부서진 화물차 처리를 어떻게 할 것인가 궁리하고 있다. 화물차 두 칸은 옆구리에 직격탄을 맞아서 철 판이 마구 휘어져 있었고 중간 부분은 주저앉아서 땅에 닿아 있어 더 움 직일 수가 없고 이로 인하여 다른 화물차도 움직일 수가 없어 두 차량을 어떻게 할 것인지를 궁리하고 있는 듯하였다.

다행히 폭격에 불이 붙지는 않아 화물차를 처리하는 것은 어렵지 않 게 생각되었다. 그들은 한참 상의하더니 화차 2량의 연결 쇠를 풀었다. 그런 다음에는 화물차 안에 남아있는 물건들을 화물차 밖으로 모두 꺼 내서 철길 양옆에 쌓아 놓기 시작한다. 일손이 부족해지자 기관사가 주 변에 와서 구경하는 사람들에게 뭐라고 말을 한다.

사람들은 고개를 끄덕이며 함께 도와서 두 화물차에서 물건을 모두 꺼낸다. 꺼낸 물건은 차곡차곡 철로 옆 공간에 쌓아 놓는다. 큰 물건이 아니라서 작업을 하는 데 불편함은 없다. 물건이 다 꺼내지자 기관사가 각 차량에 가서 젊은 사람들은 물건을 꺼낸 화물차 앞에 다시 모이라고 한다. 그러더니 빈 화물차를 철로 밖으로 밀어내자고 설명하고 직접 화 물차 중간에 서서 소리친다.

"손으로 밀어서 이 두 화물차를 철길 옆으로 넘어뜨려 길을 틀 터이니 모두들 밀어라."

이 말에 장병 백여 명이 화물차의 한쪽에 붙어서 밀었다 다시 놓았다 여러 번 반복하니 화물차가 철길 옆으로 넘어진다. 신이 난 사람들은 다음 빈 화물차도 같은 동작을 하여 길을 텄고, 기관사는 화차를 뒤로 가게 하여 끊어진 화물차와 객실을 잇는다. 모두다 환호성을 지른다.

탈영자 세 사람도 중국 청년들 사이에 끼어 도와주었다. 내렸던 모든 사람들이 객실에 다시 오르자 기관사는 경적을 "퓌...이...꽥" 울리며 기차를 출발시킨다. 사람들은 신경을 쓴 탓인지 아무 말도 없이 눈을 감고 기차에 몸을 맡긴다.

기차가 루안역을 통과하니 멀리 높은 산이 눈에 들어온다. 대별산맥의 마지막 남쪽 줄기다. 산들의 높이는 200미터에서 최고 1,000미터 정도로 기차는 낮은 지역을 굽이굽이 돌며 골짜기를 달렸고 올라갈 수 없는 산은 터널을 통과하여 지나간다. 산이 가까워지면서 오래간만에 우거진 숲과 바위산 그리고 졸졸 흐르는 계곡물을 바라보니 마음이 흥겨워진다.

그러나 이런 지역에는 으레 중국 게릴라들이 나타나서 기차를 공격하거나 탈선시켜서 일본군의 병참선을 교란시키고 전쟁수행 능력을 반감시키었다. 이곳 산악지역은 북쪽에서 태행산이 끝나고 서쪽 지역으로 높은 고원지대를 형성하면서 마치 신이 창조 작업을 하다가 한 점의 흙무더기를 흘린 것처럼 대평원의 끝단을 이루고 있고 이 끝은 양자강의 지세로 이어진다.

일본군은 이 지역에서 중국 유격대가 자주 출몰하여 화물차를 공격하자 아예 2개 대대를 상주시켜서 철로와 터널을 보호하였다. 유격대들이 비밀리에 다니는 통로를 교묘히 알아내어 외부에서는 식별할 수 없도록 은폐물을 만들고 그 안에서 잠복을 하고 있다가 역으로 유격대를 공격하여서 큰 성과를 거두기도 하였으며 화물차의 통행에 안정을 기하였다. 유격대의 출현과 기차가 전복될 것을 우려하는 가운데 기차는 수십 킬로미터의 산악지대를 무사히 통과하여 무한을 향해 나아갔다.

산이 끝나고 다시 앞이 휑하게 뚫린 벌판이 눈에 들어온다. 기차는 높은 산악지역에서 낮은 곳으로 달려가니 속도를 더 얻게 되어 덜커덕거리는 소리가 아주 빨리 요란스럽게 들려온다. 멀리 무한 시내가 보였다가 이내 시내에 근접한다. 어느덧 기차가 무한 시내에 들어가면서 시가지를 바라보니 의외로 황폐화되어 있다.

이미 수년 전부터 최근까지 지속되었던 전투의 중심지였기 때문에 그 흔적이 아직도 뚜렷이 남아 있다. 무한을 중심으로 한 양군(兩軍)의 공방이 얼마나 치열하였는지 역에 내려 대합실 밖으로 나가 시내를 바라보니 금세 알 수 있었다. 남경처럼 수많은 집과 건물이 무너져 있는 것을 보고 세 사람은 혀를 끌끌 차며 일본군의 만행을 다시 한 번 떠올린다. 그들은 가까스로 폭격을 맞지 않은 한 여관을 찾아 들어갔다.

지난 며칠간의 기차여행에 몸이 굉장히 피곤하여 이곳에서 좀 쉬면서 앞으로의 일을 도모하기로 하였다. 세 사람은 제일 먼저 식당에 들어가 식사를 하며, 송금섭은 이창까지 가야 하는데 어떻게 그곳까지 갈 수 있을지 물어보았다. 식당 주인은 자세하게 설명해준다.

"두 가지 방법이 있다해. 하나는 도보로 가는 방법이요, 다른 하나는 배를 이용하는 방법이 있다해. 쓰- 나는 개인적으로 배로 가는 방법을 추천한다해. 그러나 배로 가려면 반드시 일본군의 허락이 있어야 한다해."

일행은 이곳의 일본군 주둔지를 물어보았고 주인은 시내에서 그다지 멀지 않은 곳을 가르쳐주었다. 다음날 아침, 식사를 하고 식당 주인이 알려준 일본군 주둔지를 찾아간다. 철조망으로 둘러싸인 출입구에는 무장한 헌병 두 명이 서서 지키고 있고 그 주변에는 장갑차를 탄 채 기관총을 두 손으로 붙들고 있는 기동 타격대가 위엄을 자랑하고 있다.

세 사람은 정문 헌병에게 다가가서 인사를 하고 자기들이 찾아온 사유를 말하였다. 헌병은 약간은 가소롭고 귀찮은 듯한 표정을 지으면서 어디론가 전화를 하였다. 그러고는 뭐가 어떻게 되었다는 말도 없이 다시 근무를 선다. 세 사람은 하릴없이 기다리는 수밖에 없다. 한 시간이 지나지 않아 한 병사가 어슬렁어슬렁 나오는 것이 보인다. 계급이 상병인 그는 헌병과 이야기하더니 세 사람 앞으로 다가와서

"아노! 당신들 무엇 때문에 왔으므니까?"

그는 이미 알고 있을 텐데도 짐짓 모르는 체하면서 다시 묻는다. 최상현이 앞에 나서서 말한다.

"예. 우리들은 이창에 있는 승리광산에 가서 유연탄을 생산하러 가려고 합니다. 그런데 여기 무한까지는 기차를 타고 왔지만 이창까지 가는 수단이 없어 배를 타고 갈까 해서 왔습니다.

우리가 듣기로는 육로는 험하고 멀고 중국군 때문에 갈 수 없다고 들었습니다. 그래서 여기 부대에서 배를 타도록 도와주시면 고맙겠습니다."라고 자신들이 여기에 온 이유를 상세히 설명하고 자신들이 배를 타도록 허가해주고 도와달라고 한다. 그리고 자신들은 빨리 가서 석탄을 파내어 기차를 움직일 연료를 생산하여야 한다고 넌지시 이야기한다.

"여기 우리들의 신분보증서와 탄광고용증이 있습니다."그는 세 사람의 탄광고용증과 일본군 부대장이 증명해준 신분보증서를 병사에게 내

민다. 일본군 상병은 증명서를 확인하더니 잠시 기다려달라고 말하고 서류를 가지고 부대 안으로 사라진다.

이번에도 지루한 기다림이 사람의 인내심을 시험한다. 거의 점심시간이 다 되어서야 상병이 다시 와서 그래도 반가운 소식을 준다. 그는 배를 탈 수 있는 선박탑승허가증을 주면서 배가 3일 후에 한구(무한과 한구는 강을 맞바라보며 붙어 있음) 선착장에서 출발한다고 한다. 세 사람은 매우 기뻐하였다.

무한과 한구 그리고 양자강

절친(切親)을 잃다

세 사람은 배를 타고 가면서 먹을 것을 사러 시장에 갔다. 간이 재래 시장인 이곳에는 전쟁 중임에도 여러 가지 먹을거리와 공산품들이 싸게 많이 나와 있었다. 그들은 간식거리와 쌀 그리고 말린 고기를 샀다. 다음날에는 내의를 모두 내어 빨래하여 널었고 그래도 이틀의 여유가 있자 이남제가 이곳의 유명한 곳을 찾아 구경하는 것이 어떻겠냐고 제안한다.

두 사람은 이구동성으로 좋은 생각이라 하고 여관 주인에게 물어본 결과 근처에 절과 옛 성문이 있다고 하여 가는 길도 아울러 물어서 오래간만에 여유 있는 유람도 하게 되었다.

그들은 치아문과 황학루 사원을 찾아보았다. 경치가 좋은 호시절이지만 찾는 사람이 없어 텅 비어 있다. 그러나 중국의 세월만큼이나 유구함과 불교문화의 일부분을 엿볼 수 있는 하루 반 동안의 좋은 여행이었다. 이틀 동안 세 사람은 몸과 마음을 충전하고 짐을 다시 꾸린 뒤에 한구 선착장으로 갔다.

수소문해서 알아본 결과 이창으로 가는 배는 방금 막 도착하였고 배에 싣고 온 석탄을 하역하고 다시 화물을 실어서 오후 중반 정도에나 출발한다고 한다.

세 사람은 시간이 있어 한구 선착장 근처 이곳저곳을 구경삼아 돌아다녔고 배가 준비되어 마지막으로 배에 탑승하였다. 양자강의 물은 탁하였으나 비가 많은 시기인지라 강 양안이 뚜렷하게 제 모습을 나타내고 있다. 멀리 티베트에서 발원하고 사천성의 고원과 산악지역에서 합류해 온 지류들은 수천 킬로미터를 가늘게 흘렀다가 다시 뭉쳐서 흐르며 지구에서 첫 손가락에 꼽히는 강이 되었다.

인류보다 먼저 이 땅에 나타나 모든 것을 다 품고 억만의 생명이 이 강물에 의지하여 연연히 목숨을 이어가고 있다.

강물은 누런 흙탕물이었으며 거슬러 올라가는 화물선의 속도를 현저히 늦추고 있고, 뱃전에 부딪쳐 작은 파도가 되어 물방울을 허공에 흩뿌린다. 세 사람은 선장의 인도에 의하여 조타실 뒤에 비좁게 만든 6명이 잘 수 있도록 마련된 선실에 들어갔다.

선실 뒤쪽에는 자그마한 식당과 부엌이 있었고 선장은 시간이 되면 밥이나 하라고 한다. 세 사람은 아직은 해가 남아 있어 양안에 벌어지는 무한과 한구 시가와 외곽 그리고 소택지를 하염없이 바라본다. 감회가 새로워진다. 배가 시가지를 벗어나고 굽이굽이 흘러가는 평탄한 지역을 지나갈 때 하늘에는 높은 구름이 끼기 시작한다. 그러다 바람은 동남풍으로 바뀌었으며 그러잖아도 물살을 거슬러 올라 속도가 현저히 줄어들었는데 더욱 배의 속도에 영향을 끼쳐서 더디게 만든다.

몇 시간이 지나자 중간층의 먹구름이 끼고 바람이 점차 거세어진다. 그러더니 일순간 바람은 줄어들고 굵은 비가 한두 방울 떨어지더니 봄에 오는 보슬비처럼 부슬부슬 내리기 시작한다. 물방울 지어 부옇게 된 유리창을 닦으며 창밖을 쳐다보니 내리는 빗방울이 공중으로 날아올라 낮은 안개가 되어 부슬부슬 내리는 비를 분위기 있게 만든다. 이런 날은 뱃놀이를 하면서 시가지 쪽으로 간다면 이태백처럼 시 한 구절이 저절로 입에서 나올 것만 같다.

저녁이 되어 선원 한 명의 시범 하에 밥을 하였으며 모두들 교대하면서 식사를 하였고 밤이 깊어지자 침대에 누워 양자강의 첫 밤을 보낸다. 하루를 달려 중간 기착장인 양자강 우안에 있는 강변 도시의 선착장에 접안을 하였고 선원들은 내려서 음식집에 들어간다. 세 사람은 선원들을 따라 올라갔다. 이때 한 사람이 다가오더니 조선말로 묻는다.

"여보시오! 젊은이들. 당신들은 어디서 오는 사람이요?"라고 묻는다. 세 사람은 조선 사람이 이런 곳에서 일하고 있다는 사실에 깜짝 놀라 어안이 벙벙하면서도 송금섭이 대답한다.

"예 저그 우리들은 조선에서 왔는디요?"

"그려? 참 먼디서 여그까지 오느라 고생들을 하셨소. 그런디 여그는 무슨 일을 하려고 오셨소들?"

"예. 지들은 승리광산이라고 허는디서 석탄을 캐낼 것이구만요."

"허허 그래요. 나도 거그 근방에 있는 다른 탄광에서 일하고 있는디, 그려 고향은 다들 어디시오 잉?"

"예 지들은 다 전라도 김제에서 왔구만요."

"아 그렇구면요 잉! 난 충청도 청양에서 왔구면요우."

"아 그러시구만요! 지그들 셋은 여그 탄광에 대해서 아무것도 모르는 사람들잉게 잘 좀 지도도 해주시고 앞으로 많은 것을 쪼매 잘 알려 주시지요 잉!"라고 세 사람은 몸을 굽혀 악수하고 통성명을 하였다.

그를 따라가면 목적지에 손쉽게 도착할 수 있을 것이고 탈출하는 데 도움을 받을 수 있을 것이라고 생각하여 매우 반가웠다. 그 사람의 이름은 배전헌이었고 나이는 그들보다 네 살이나 많은 형뻘이라 형님이라고 호칭하였다. 그들은 선원과 함께 반주도 하면서 한 시간 정도 쉰 다음 다시 배에 올라 출발하였다.

비는 그치지 않고 계속 내린다. 석탄이 묻어난 배의 갑판이나 벽 등에 온통 검은 물이 들여져 있다. 지금까지는 중간층의 구름에서 비가 왔지만은 이제는 낮은 구름이 끼고 바람이 일어나기 시작한다. 폭풍우가 치려는가 배가 흔들리기 시작한다. 그러나 심하지는 않아서 하릴없이 세 사람은 침대에서 뒹굴뒹굴하다가 잠이 들었다.

깊은 잠에 빠져 세상모르고 자고 있을 때 갑자기 침대가 좌우상하로 급격하게 흔들리기 시작한다. 세 사람은 몇 개월 전에 큰 배를 탄 경험을 살려 배에 무슨 일이 있으면 즉시 탈출하려고 짐을 꾸려 선실 벽에 기대어 중심을 잡고 있었다.

잠시 후 "꿍" 소리가 낮게 들리더니 배가 순식간에 중심을 잃고 직각을 넘어 90~100도 정도로 넘어졌으며 곧바로 완전히 뒤집어질 태세다. 세 사람은 즉시 배낭을 어깨에 메고 출입구 반대편으로 배가 기울어 출입구가 한 길 정도 높아진 문으로 갔다. 가장 가까이 있던 송금섭이 먼저 몸을 껑충 일으켜 난간을 잡고 허리를 걸치고 밖으로 나가면서 물로 첨벙 뛰어 들었다.

두 번째 이남제도 같은 동작을 하여 나갔고 최상현이 마지막으로 뛰어나가려 할 때에 배가 완전히 뒤집어지면서 열린 문으로 물이 힘차게 밀려들어와 최상현을 선실 문 반대편으로 떼밀어버린다.

물은 순식간에 들어와 가득 찼으며 그는 순간 숨을 크게 몰아쉬고

문이라고 생각되는 곳으로 팔과 발을 휘저으며 헤엄치면서 떠올라 나아
간다. 헤엄을 치면서 눈을 떠보았으나 워낙 흙탕물인지라 아무것도 보이
지 않고 오히려 눈만 따갑다.

다시 눈을 감고 손으로 더듬어 문을 찾아서 문밖으로 나가려는 순간
무엇인가가 등 뒤의 배낭을 잡아당긴다. 그는 등에 멘 배낭을 벗어내리
고 시도한다. 한쪽 팔은 벗겨졌지만 다른 한 팔을 벗겨내려 할 때에 더
이상 호흡을 참을 수가 없다. 무심코 숨을 들이키게 되었고 그동안 참아
왔던 숨이 일시에 터지며 흙탕물이 호흡기속으로 밀려들어 온다.

"케에 케엑" 거리며 숨을 참고 다급하게 계속 몸을 앞으로 나가려 시
도해본다. 그러나 마음뿐이지 좀처럼 몸이 앞으로 나아가지질 못한다.
그래도 팔을 휘둘러 간신히 문 쪽으로 다가간다. 이번에도 한줄기 물 더
미가 그를 배안으로 다시 밀어 넣어버린다.

배가 마저 가라앉으면서 물의 압력에 의하여 안으로 그를 밀어 넣어
버렸고 문이 있는 쪽이 완전히 뒤집히어 이번에는 강바닥 쪽으로 경사
지게 떨어져 묻혀버린다.

그는 간신히 문가까지 가서 손으로 더듬어보니 나가는 문이 바닥에
닿아 없어지자 문틈을 찾아본다. 문이 있을 것으로 추정되는 부근을 돌
면서 더듬으니 윗부분에 약간의 틈을 발견하여 그쪽으로 나갈 것으로
생각하고 머리를 밀어 넣을 때 더 이상 숨을 참을 수가 없었다.

호흡이 멈추는 것을 풀어버리니 순간 호흡기와 뱃속으로 물이 쑤욱
들어온다.

그는 다시 숨을 참고 계속 탈출을 시도하였지만 한번 들어온 물은
멈추지 않고 계속 들어왔으며, 더 이상 양발과 팔을 사용할 수가 없고
온몸이 늘어지기 시작한다.

의식도 희미해지는 것을 느끼며 마지막 힘을 다하여 숨을 멈추면서
발버둥을 쳐보았지만 하나의 환영만 잡힌 채 몸을 움직일 수가 없다. 고
향집 다섯 칸짜리 기와 본채와 세 칸의 초가집 사랑채가 문득 보인다.
멍멍이가 마당에 나와서 노닐고 초가집 지붕과 담장에 호박꽃이 활짝
피어 있다. 어머니와 아버지가 담장 위의 푸르고 둥근 호박을 따신다.
노란 호박꽃이 우수수 떨어지고 널찍한 호박잎이 시들해져버린다.

－무시화(無視花)－

향취가 비릿하다 일컫고 탓하지 마오
노랑 원 색상을 띠고 펜타곤(오각형) 입체 형상의
신비함을 간직한 향기의 발원이요
가까운 친구들 모여 성찬 즐기는
마법의 계곡이외다.
넓은 이파리 펼치고 줄기 뻗어
홍수 가뭄 갖은 풍파 이겨내고
어미닭의 어지러운 헤집음도 참아내며
오뉴월 뙤약볕엔 우산 그늘 만들어
병아리 시들 건들 오수에 빠져 들게 한다.

둥글고 길쭉한 파랗고. 노란 열매 만들어
구수한 맛 드릴지니 무시화(無視花)라 부르지는 마오
오염되고 척박한 곳 가리지 않고
울타리 초가지붕 뒤덮는 순수하고 열정 있고
만민을 어루만지는 무시화
그 이름 호박꽃

강물에 뛰어든 두 사람은 숨을 쉬러 물위로 떠올랐다. 칠흑 같은 밤, 장대 같은 비가 내리면서 바람이 거세게 불어 쳤으며 무섭게 파도가 일렁거린다. 두 사람은 물살과 파도에 밀려 하류 쪽으로 밀려 떠내려간다. 비록 시골 개울가에서 배운 개구리헤엄일지라도 이 위기의 순간에는 도움이 된다.

　두 사람은 물살에 밀려가면서도 강가로 헤엄을 쳤고 마침내 강가에 자란 가늘고 작은 나무 더미를 손에 잡는다. 나무더미를 잡고 강 밖으로 나오니 둑이 없는 경사진 곳이었으며, 제일 높다고 생각되는 곳으로 나가 덜퍼덕 주저앉아 휴식을 취한다. 송금섭과 이남제의 거리는 불과 몇백 미터였지만 어둠과 낮게 깔린 비구름 때문에 누가 어디에 있는지도 알 수 없을뿐더러 서로 찾을 마음의 여유도 없다.

　거의 한두 시간을 그렇게 어찌할 바를 몰라 하염없이 비바람을 맞고 앉아 있으니 날이 어렴풋이 밝아오고 정신도 들어온다. 이남제가 먼저 배 침몰지점이라 생각되는 약 1킬로미터 정도의 상류로 올라가보기로 한다. 이남제가 질퍽한 길도 없는 강가를 천천히 걸어 올라가는데 땅바닥에 주저앉아 있는 송금섭을 발견한다. 송금섭도 제정신을 차리고 젖은 옷을 대충 짜서 다시 입고 있는 중이었다.

　두 사람은 반갑게 서로 등을 두드렸고 최상현을 찾아야 한다고 배 침몰지점이라고 생각되는 곳으로 가보자고 하였다. 대충 침몰지점이라고 추정되는 곳에 와보니 아무것도 없고 누런 탁류만 거세게 흐르고 있다. 혹시나 하여 계속 상류 쪽으로 1~2킬로미터 더 올라갔지만 아무것도 발견할 수가 없다. 그들은 이번에는 하류 쪽으로 내려가 본다. 자기들이 떠내려 왔던 지점을 훨씬 지나 내려가 보았지만 아무런 흔적도 찾을 수 없다.

그럼 배를 운행하였던 선장이나 기관사 그리고 석탄 운반자들은 어떻게 되었을까? 궁금하기도 하다. 선장 일행은 배가 90도 이상 기울자 조타실과 기관실에서 바로 나와서 헤엄쳐 탈출하여 살았고, 배가 순식간에 기울고 전복되어 침실에 자고 있던 세 사람에게는 탈출지시를 하지 못하였다. 그리고 당시의 물살이 송금섭과 이남제를 선장 일행과 다른 반대편 강가로 떠밀어버렸고, 날은 어둡고 낮은 구름과 안개가 끼어있어 서로를 보지 못한 것이다.

두 사람은 할 수 없이 중간 기착지였던 곳으로 계속 걸어가면서 최상현이 혹시나 어디 떠돌고 있거나, 강가에 기진맥진하여 엎드려 있을 가능성이 있다고 생각되어 나름대로 강가를 살펴보면서 계속 내려간다. 거의 정오가 다 되어서야 그들이 식사를 하고 출발한 중간 선착장에 도달하게 된다. 두 사람은 곧장 중국 수상관원을 찾아간다.

"니하우! 배 침몰사고가 발생하여 신고하러 왔습니다."

"니하우. 그래요. 어떤 배가 어디서 사건이 일어났다해?"

두 사람은 상세히 손발 짓을 다하며 풍랑에 배가 전복되어 침몰하였다는 사실과 자기들이 나름대로 사람을 찾아보았지만 아무것도 찾을 수 없었고 이곳까지 걸어왔다고 하였다.

"아하 그래 알겠다해. 사건을 접수하겠다해."

관원은 몇 가지를 간단히 묻고 적더니 더 이상 뭔가를 하지 않고 가만히 앉아 있다.

"저- 전복된 배를 찾으려고 수색은 하지 않습니까?"

"쓰- 지금은 풍랑이 계속되고 비가 내리어 물살이 매우 세다해. 따라서 오늘은 어떠한 배도 나갈 수가 없다해. 아마도 내일이나 폭풍우가 그치면 수색을 할 예정이다해." 관원은 담담히 말한다.

더 이상 할 말이 없는 두 사람은 일단 관(官)과 나란히 있는 여관에 방을 잡고 들어가 옷과 속까지 젖은 배낭을 말리고 휴식을 취하기로 한다.

다음날 아침, 식사 후 두 사람은 관에 나가서 관원을 찾으니 어제 근무하였던 그 사람이다. 송금섭이 관원에게 인사를 하며 묻는다.

"니하우마. 저 안녕하세요!"

"아! 니하우. 잠들은 잘 잤는가해?"

관원이 그들을 알아보고 안부를 묻는다.

"아 예, 잠이 제대로 올 리가 있겠습니까? 밤새 뒤척거렸습니다. 혹시 모르는 조선 청년 한 사람이 어제 우리가 여관으로 간 이후에 여기 관에 왔습니까? 아니면 모르는 사람이 여관에 들어가는 가는 것을 보신 적이 있나요?"

"어제 선장과 선원들 여러 명이 오후에 이곳으로 들어왔다해. 그들도 당신들처럼 사고 난 것을 신고했다해. 쓰- 아마 지금 여관에서 휴식을 취하고 있을 거다해. 그 사람들 말고는 다른 사람은 보지 못했다해! 여관주인에게 직접 물어보는 것이 확실하다해."

"예, 고맙습니다. 그런데 수색은 언제 하나요?"

"아마도 이 비가 끝나면 해야지. 바람도 잠잠해지면 할 것이다해. 오늘은 안 된다해. 내일이나 가능하는지……"

두 사람은 서두르지 않는 그들이 이상하였지만 하는 수 없이 다시 여관으로 돌아와서 주인에게 물었다. 이번에는 이남제가 먼저 물어보았다.

"저 혹시 어제 우리 말고 청년 한명이 여기에 들어왔는가요?

"아 예, 어제 여섯 명이 들어오기는 했다해. 거기에 조선 청년이 있는지 어떤지는 모르겠다해."

"아 예 그래요. 혹시 배전헌이라는 사람이 명단에 있는지 봐주시고 방 번호 좀 알려주시겠습니까?"

"예, 그 사람 방 번호는 28호다해." 주인은 두 사람이 자기 여관에 투숙하니 명부를 보고 바로 알려준다.

"아 예. 고맙습니다."

두 사람은 28호를 찾아가서 가볍게 노크를 하였다.

"배 형, 배 형, 계시오? 우리요. 같이 배를 탔던 사람들이요. 잉!"라고 배전헌을 불러본다. 잠시 주춤하다가 안에서 배전헌이 대답한다.

"예 나갑니다. 잠깐만 기다려 – 유우"

옷을 입은 배전헌이 문을 살짝 열면서 빠끔히 쳐다보더니 문을 완전히 열어젖히면서 두 사람을 포옹하고 악수하며 반가이 맞는다.

"어이구 이거 동상들이구먼! 나는 보이지 않아 다 어떻게 되얐는가 혔는디 이렇게 살아있구만잉! ...... 어 – 그런디 한 사람은? 한 동상이 안보이네 잉!"

"예 성님 그렇구만요. 친구 최상현이 아직 행방 묘연하구만요...... 못 보셨는가 혀서? 혹시 아는 바가 있는지 그래서 찾아왔구만요. 그리고 성님도 괜찮은가 혀서 –" 송금섭이 조심스럽게 최상현의 소식을 가지고 있는지 물어보면서 말을 잇는다.

"잉! 나는 보지 못하였고 별다른 소식도 들은 것이 없는디유. 그려! 그럼 어저끄 동상들은 한디 있지 못허고 헤어졌는가? 한 동생이 안 보잉게 걱정이구만잉! 이를 어쩐디야 어쩔그나 잉!"

세 사람은 어제의 상황을 간략히 이야기하고 최상현을 찾아보자고 한다. 먼저 그들은 나머지 선원 다섯 명이 혹시 누구를 본 적이 있느냐고 일일이 각방을 찾아가며 물어보았지만 아무도 본 적이 없었고 아는 사람도 없다. 세 사람은 실망을 하고 앞으로 어떻게 하면 좋겠느냐고 선장에게 조언을 구한다. 선장은 여기서 다음 배가 올 때까지 최상현이 나타나기를 며칠 기다려보고 또 수색을 한다 하니 그 결과에 맡기고 모두 다음 배가 올 때 그것을 타고 가자고 한다.

다음날 아침이 되어서야 비는 완전히 그쳤고 언제 그랬느냐고 말하듯 거짓말처럼 파란 하늘이 나타난다. 두 사람은 하릴없이 최상현을 기다렸으나 그는 나타나지 않았고 두 사람의 애간장을 태운다. 두 사람은 날이 좋아지자 강 양안으로 거슬러 올라가 각기 최상현을 찾아보기로 한다. 양자강의 탁한 물살은 아직도 소용돌이치며 힘차게 흘러가고 있다. 두 사람은 둑을 따라 어제 일어난 사고지점까지 강둑과 주변을 샅샅이 살피면서 올라간다.

반나절을 걸어가니 어제의 사고지점에 도착하였다. 아무것도 없다. 무심한 강물만 콸콸거리며 흐르고 있고 "내가 최상현을 거두었노라."라고 소리치는 것 같다.

송금섭이 "상현아 최상현!"이라고 두 손을 입에다 대고 크게 불러보았지만 메아리만 울려 퍼지고 강물은 그 소리를 빨아들여 버린다. 두 사람은 되돌아오면서 다시 이곳저곳을 두리번거리면서 살펴본다. 배에서 빠져나오지 못한 그가 보일 리가 없다. 해가 꼬박 져서 아무것도 보이지 않을 때 두 사람은 여관에 돌아왔다. 다음날이 밝아오자 두 사람은 이번에는 강둑을 바꾸어 또다시 침몰된 지점을 가본다.

역시 어제와 마찬가지로 최상현을 보거나 보았다는 사람을 찾을 수 없다. 실망하고 걱정하는 마음으로 여관에서 머물고 있는데 금방 나흘이 지나 이창에 가는 배가 오자 모두들 배에 오른다. 양자강은 며칠 전의 사나운 모습은 찾아볼 수 없고 강 위에 안개처럼 보얗게 이는 수증기와 수면 위의 잔물결은 신비한 풍광을 자아내고 있다. 배의 모든 침실이 완전히 꽉 차게 되고 그만큼 비좁았지만 선원들은 불평 한마디 없이 임무를 수행하면서 강을 거슬러 올라간다.

나중에 안 사실이지만 이창 가는 중간에 소상팔경이라는 절경이 있는 아주 거대한 동정호수가 있다. 그 호수에 물이 넘치면서 양자강으로 급류가 되어 흘러 들어가고 넘치는 강물과 공명이 되어 급물살과 소용돌이로 변하였으며 그 소용돌이와 폭풍우에 배가 침몰하였다고 한다.

이곳에는 이런 종류의 사고가 가끔 일어난다고 덧붙이기도 한다. 과연 이틀을 항해하자 좌측에 널따란 호수가 보이고 그 우측으로는 구불구불하게 이어진 양자강의 상류 물길이 계속 이어져 있다.

송금섭은 〈춘향전－사랑가〉의 한 구절에 동정호 칠백 리라는 대목이 나오는 것이 떠올랐다.

> "둥둥둥 내 낭군. 어허 둥둥 내 낭군. 도련님을 업고 보니,
> 좋을 '호'자가 절로 나 부용 작약의 모란화,
> 탐화봉접이 좋을 '호',
> **소상 동정 칠백리** 일생으 보아도 좋을 '호'로구나.
> 둥둥둥 어허 둥둥 어허 둥둥 내 낭군.
> 도련님이 좋아라고, 이 애 춘향아, 말 들어라.
> 너와 나와 유정허니 정자 노래를 들어라." (중략)

그는 이 동정호가 우리 판소리 가사에 나올 정도로 크고 유명하다는 것을 이제야 알았으며 스쳐지나가면서 다시 한 번 동정호를 쳐다보았지만 보이는 것은 수평선밖에 없다. 그는 나중에 시간이 되면 이곳에서 뱃놀이를 해보리라고 마음먹기도 한다.

배는 꾸역꾸역 달려 드디어 이창이라는 자그마한 현에 도착한다. 이창을 지나면 강 쪽을 제외한 세 방면이 높은 산들로 병풍처럼 가로막혀 있었고 이 산들을 경계로 접적지역이 형성되었으며 그 접전지역 가까이에 여러 광산들이 자리 잡고 있다. 일본군은 자원 확보를 위하여 최전선의 접전지역을 방어하려고 많은 병력을 집중 배치하여 중국군의 공격에 대비하고 있었다.

배는 이창에서 멈추지 않고 계속 좁아진 계곡의 물길을 한 시간 정도 더 올라가서 탄광 근처 갈림길에서 멈추었다. 배전헌은 배에서 같이 따라 내린 두 사람을 보고 말한다.

"허이 동상들!"

"예 예! 성님."

"내가 근무하는 광산은 여그에서 서쪽으로 십 리를 더 들어간 곳에 있다네, 저기 동상들이 근무헐 그 승리광산은 이짝 길로 십여 리를 더 올라가면 된다네."

"예에 성님. 이짝으로 쭉 계속 길을 타고 가면 나오겠지라우!"

"그려 그려. 다른 길로 새지 말고 큰 질로만 죽 가게나."

"예 알겠습니다. 그럼 몸 건강하시오 잉! 시간 나면 들릴께요."

"그려 잘 가시게나. 어려운 일이 있거들랑 찾아오소!"

두 사람은 배전헌과 헤어졌다. 가파르지는 않지만 계속 올라가는 산길을 타고 한 시간 정도를 걸어가니 지면에 시꺼먼 탄들이 흩어져 있는 것이 보이자 이제 탄광지역에 거의 다 왔음을 직감한다.

얼마를 더 올라가니 '승리광산'이라는 까만 널빤지에 하얀 페인트로 글이 써진 팻말이 보이고, 입구 우측에 사무실로 추정되는 나무로 된 건물이 있어 가볍게 문을 두드렸다.

"누구요? 들어와요." 안에서 말이 들리자 두 사람이 문을 살짝 열고 들여다보니 한 사람이 의자에 출입문을 보고 또 한 사람은 밖을 보고 앉아있다. 그가 앉아 있는 시커멓게 변색된 책상머리에는 '管理所長(관리소장)'이라고 쓰여 있는 자그마한 명패가 자리 잡고 있다. 두 사람은 이 사람이 관리소장이라 판단하고 허리 굽혀 인사를 한 뒤에 자신들을 소개하였다.

"나하우마! 안녕하세요. 저희들은! 이곳 승리탄광에 일을 하러 자원해서 왔습니다. 제 이름은 송금섭, 이 친구는 이남제라고 합니다."

"니하우. 아! 이거 반갑습니다. 환영합니다. 이렇게 외진 곳까지 어려운 탄광 일을 하러 오시다니 정말 고맙습니다. 저 혹시 추천서는 가져오셨는지요?"

"아 예에. 여기 있습니다." 두 사람은 일본관원이 준 신분보증서와 탄광고용증서를 보여준다.

"아! 좋습니다. 좋아요. 나는 이곳 승리탄광을 총 관리하는 관리소장입니다. 이곳에서 중국으로 넘어가는 사람들이 많아서 저희는 이 추천서를 가지고 있지 않는 사람은 고용하지 않고 있습니다. 일본군이 가끔씩 점검도 오고 감시를 합니다. 그러잖아도 지금 일손이 부족하여 유연탄의 생산량이 목표량보다 현저히 못 미치고 있는데 시기적절하게 잘 오셨습니다. 가능하다면 내일부터 당장 일을 하여야겠습니다."

"예? 내일부터요? 내일 하루만 좀 쉬었다하면 안 될까요? 먼 길을 배 타고 오니 정말 피곤합니다. 하루만 쉬면 될 것 같은데요."

"예, 먼 길을 오시느라고 고생 많이 하셨겠지만 이곳의 사정이 여유가 없으니 오늘 오후에 교육을 받고 밤에 푹 쉬시고요. 내일부터 작업에 들어가기로 하시지요."

"예 그렇다면 할 수 없지요."

관리소장은 중국계 일본인 같이 생각된다. 일본말을 아주 잘한다. 두 사람은 나무로 지어진 이층 숙소로 안내 되었고 2인 1실로 된 방에 들어가서 여장을 풀었다. 세 시간여를 졸면서 쉬고 있으려니 방문을 두드리는 소리에 얼른 일어나서 문을 열어보았다.

아까 사무실에서 본 소장 옆에 앉아 있던 사람으로 자신은 관리사무실에 근무하는 직원이라면서 지금 관리사무실로 가서 교육을 받아야 한다고 하여 사무실로 내려갔다.

사무실에 들어가자 한 늙수그레하고 꾀죄죄한 옷을 입은 광부라고 추정되는 사람이 소장 책상 옆의 의자에 앉아 있다가 두 사람이 오자 악수를 하며 반갑게 맞이한다.

"니하우, 두 분을 환영한다해. 먼저 나를 소개하겠다해. 나는 이곳에서 10년째 일하고 있는 작업반장 호요방이라고 한다해. 두 사람의 이야기를 들었다해. 이왕 여기에 왔으니 열심히 하라해. 석탄 생산량을 늘리고 돈도 좀 벌어보자해. 지금부터 석탄을 캐는 작업요령에 대하여 교육을 하려고 한다해. 잘 들어라해. 그리고 한 치의 오차도 없이 작업을 해서 이곳에서 자주 벌어지고 있는 매몰 사고를 미연에 방지하여야 한다해."

"예 잘 알겠습니다. 그런데 이곳에서 작업을 하다 사고가 많이 발생하고 있군요."

"그렇다해. 통상 초보자들이 맥을 잘못 건드린다해. 그래서 가끔씩 석탄 광맥 일부가 무너져 내려 매몰사고가 발생한다해."

"아 예 그렇군요."

거의 세 시간 동안이나 교육을 받으니 오래간만에 공부를 하는 것 같은 느낌이 들어 앉은자리가 거북하였지만 열심히 경청하였다. 교육은 흥미도 없는 작업 요령과 순서, 유의사항 그리고 사고 발생시 행동절차였다.

교육이 끝난 후 작업반장의 안내로 사무실 뒤에 있는 광산 갱도 입구로 간 두 사람은 주변을 휘둘러보았다. 갱도 입구에는 석탄을 나르는 협궤의 석탄 운반차가 몇 대 철로 위에 얹혀 있다. 갱도 우측에 축구 운동장 절반만한 광장에는 파낸 석탄이 수북이 쌓여 있다. 이 탄이 이번 주에 배로 운반되어야할 탄이라고 한다.

경사진 입구에 가서 뒤를 돌아 내려다보니 갱도입구 앞과 우측에 사무실 건물과 숙소가 검은 색깔을 뒤집어쓰고 있고 주변도 온통 까만색 천지다. 작업반장은 내일부터 이곳에 들어와서 작업을 한다고 말하고 오늘은 들어가서 쉬라고 한다.

다음날 두 사람은 생전 처음 탄광 깊은 갱도에 들어갔다. 탄광은 다행히 수직갱이 아닌 수평갱도라서 출입하거나 채광(採鑛)을 하는 데는 크게 어려움이 없다. 곡괭이와 삽으로 석탄을 파내서 협궤 차량에 담아 운반하는 작업이다.

첫날 오전에는 선배 광부들의 시범과 실습이 있었고 오후부터는 배운 방법대로 직접 작업을 수행하였다. 두 사람 다 농촌 출신으로 어릴 때부터 삽질을 해본 경험이 있어 금방 작업에 숙달되었고 모든 광부들도 두 사람을 귀여워하고 신뢰하였다. 다른 초입 광부보다 빨리 적응하였고 생산량이 많았기 때문이었다.

두 사람은 다른 광부들과 잘 사귀면서 탄광 근처의 일본군과 중국군의 주둔 상황과 그리고 지형지물에 대하여 가능한 한 최대한 정보를 수집하려 시도하였다.

그러나 문제는 광부들이 그들이 알고자 하는 군사적인 내용을 생각보다 아는 게 없었고 신빙성도 적었다는 것이다.

광부들은 단순히 열심히 일하고 그 대가로 먹고사는 순진한 사람들이 대부분이었다. 그래서 광부들이 일주일에 한 번씩 이창으로 외출할 수 있는 기회를 통하여 자신들도 외출하여 더 많은 정보를 얻기로 하였다. 아무래도 일본군 병사들이 외출을 많이 하는 시내로 나가면 병사들의 한마디 한마디가 정보가 되어 더 많은 정확한 정보를 얻을 수 있을 것 같았다. 그래서 매주 이창시내로 꼭 나가기로 하였다. 이러한 정보는 일본군이 주로 출입하는 음식점이나 선술집에서 더 많이 접할 수 있었다.

이창시내는 그들이 생각하던 시골의 작은 동네가 아니었다. 이창은 유구한 역사를 지니고 있는 도시로서 옛 이름은 이릉이었고 초나라와 파(巴) 문화의 발상지이며 군사적 요지였다.

이창에서부터 양자강의 3협곡인 서릉협, 귀향협, 무협이 시작된다. 협곡 양 기슭에 7백 리에 걸쳐 산이 이어져 있어 하늘과 해를 가리므로 한낮이 아니면 해와 달을 볼 수 없다고도 한다. 삼국시대에 오나라의 육손은 촉나라의 유비를 무찌르고 협구를 제압해 촉나라를 사천분지에 가두었다. 시인이자 정치가인 굴원과 중국 사대미인의 한 명인 왕소군이 태어난 곳이다. 삼국시대에는 이릉대전의 전장이었다.

나름대로 정보를 수집하였지만 아직도 많은 부족함을 느꼈고 두 사람은 배전헌을 떠올린다. 그들은 수소문하여 휴일에 배전헌을 찾아간다. 마침 배전헌은 시내에 나가지 않고 숙소에 머물면서 개인용무를 보고 있다. 반갑게 두 사람을 맞이한 그는 차를 대접하면서 이런 저런 이야기를 하다가 자신이 여기까지 오게 된 사연을 이야기한다.

이 사람도 일본군에 속아서 이곳까지 오게 되었으며 다행히 받는 임금이 다른 곳보다 많고 떼먹지 않아 계속 일하고 있다 한다. 만약 경영진이 그들에게 임금을 지급하지 않거나 지연시키면 탄광 근로자들은 탄 생산을 중단해버리기 때문이다. 그래서 이곳에서 작업하는 노동자들에게는 기간을 어기지 않고 꼬박꼬박 지급하였다. 그만큼 자원 확보가 일본군의 사활과 연관되어 있다.

그는 충청도 칠갑산의 어느 골짜기 입구에서 나무를 해서 팔거나 간혹 숯을 만들어 근근이 생활하고 있었다. 어느 날 일제가 좋은 일자리에 많은 임금을 준다는 감언이설에 속아 결국 이곳까지 오게 된 것이다. 두 사람도 자신들이 이곳에 온 사연을 간략하게 이야기한다.

"성님, 사실은 우리들은 이곳에 일을 하러온 것이 아니고 중경에 있는 독립군에 합류하러 온 것이랍니다. 성님도 우리와 함께 이곳을 나가지 않겠습니까?"

"그려? 그런 사연이 있었구면유우! 어 어, 나는 지금 여그에서 일해서 돈을 벌어 집에 부쳐야 어머니허고 처자식이 먹고 살지 그렇지 않으면 굶어죽을 것인디이. 나도 가고 싶기는 허는디 노모와 처자를 부양할 마땅한 대책이 없네유그려!"

"아! 그렇군요. 지는 이곳에서 열심히 일해서 돈 벌어 집에 부쳐주는 것도 애국하는 방법의 하나라고 생각헙니다. 성님은 여그서 계속 돈을 벌어야 쓰겠네요." 이남제가 당연하다는 듯 말한다.

"힘은 들지만 이곳 탄광에서 일하는 것이 내가 고향에서 나무를 베어다 팔거나 숯을 만들어 파는 것보담 훨씬 났지유우."

"저기 그런디 혹시 성님은 일본군에 대해서 뭐 아는 것이 있으신가요? 거시기 말허자면 일본군이 이곳 어딘가를 지키고 있다든가. 그들의 숙소가 어디에 있다든가 또 초소가 있는 곳을 알면 자세히 알려주시오 잉!" 송금섭은 배전헌이 뭔가를 알고 있을 것이라 생각하고 말한다.

"내가 뭘 알어야지ー! 가끔씩 가다 일본군이 광산에 한 번씩 총 메고 오더구만유. 나는 관심이 없어 벨로 아는 게 없는 심이지유."

"바로 그거시여 성님. 그들이 어디에서 옵디까?"

"그렁게로 저기 저쪽 산 중턱에 갸들이 집짓고 있다더구만 이ー. 나는 그것밖에 더 이상 모르네그려어!"

"어디 저기 저 산이요?"

"아니 이쪽 가운데 산이지!"

"예 그렇군요! 좋은 정보 고맙습니다. 저그 혹시 더 좋은 사실을 알게 되면 우리한티 좀 일러주시오 잉!"

"그려 그러고말고! 가능허다면 최선을 다하여 알아볼게유ー" 그는 고개를 끄덕거려 동의하였고 두 사람은 자신들이 생각하기에도 상당한 정보를 확보하였고 탈출계획을 실행하기에 이른다.

중국에 대한 일본군 최후의 공세

-이치고 작전(一号 作戦)-

세월은 인간의 끊임없는 탐욕을 모른 채 유유히 흘러 어느덧 가을이 무르익기 시작하였다. 일본군은 태평양전쟁의 발발로 전선이 수천 킬로미터나 되는 중국대륙에서 더 이상 작전을 벌일 수 없는 상황에 처하였다. 그뿐만 아니라, 미국의 공세에 결국 언 발에 오줌 누기인 동족방뇨나 고식지계가 되어 잠시 효과가 있었지만 거대한 역풍을 맞게 되니 중국전역과 만주의 소련전선에서 병력을 빼내야 할 지경에 이르렀다.

이 조치는 태평양지역과 남방전선이 점점 악화되면서 북상하는 미군의 공세에 도처에서 패퇴하고 있던 일본은 1943년 12월부터 두 가지 야심찬 공세작전을 추진하였는데 하나는 인도에 대한 공세, 또 하나는 중국에 대한 적극적인 공격작전이었다.

1943년 12월 일본대본영은 중국대륙에 대해서 "지나사변 이래 최대의 작전"을 계획하였다. 그나마 전력이 비교적 온존해 있는 지나 파견군의 모든 역량을 총동원해 중국을 남북으로 관통하기 위하여 세 가지 목적을 두고 계획하였다.

첫째, 우선 화북에서 대규모 공세를 통해 중국군 제1전구를 격멸하고 북평-한구를 연결하는 경한철도를 개통시킨 후 이어서 오한철도(무한-광주)와 상계철도(형양-계림-유주)를 확보하여 한반도에서 만주를 거쳐 중국대륙과 프랑스령 인도차이나, 미얀마, 말레이 반도에 이르는 철도와 육로를 연결하여 남방의 자원을 일본까지 육상으로 수송한다.

둘째, 이때 진격로에 있는 형양, 계림, 유주, 영릉 등 중·미연합공군의 주요 비행장과 기지를 점령하여 B-29의 일본 폭격을 막는다.

셋째, 그보다 더 큰 목적은 중국에서 결정적인 승리를 거두어 아시아에서 미-영-중 연합군의 한 축을 무너뜨린다는 구상이다.

추축국의 전세가 기울어가는 상황에서 유럽전쟁이 종결된다면 일본은 미, 영, 소, 중에 의해 4면에서 포위공격을 받을 것이 뻔하다. 그러나 현재 미·영연합군은 이탈리아전선에서 교착상태이고 소련 역시 동부전선에서 독일과 치열한 소모전을 벌이고 있기에 독일이 1, 2년 안에 쉽게 항복하리라고는 생각도 못한다.

이런 상황에서 인도를 점령하고 중국을 연합군의 전열에서 이탈시킨다면 미·영과 강화할 수 있을지도 모른다고 기대한다. 또한 중국에서의 승리는 국민들의 사기 진작에 큰 도움이 될 것이라고 생각한다. 그리하여 중국을 먼저 선점하려 공격 계획을 수립하게 된다.

일본군은 이 공격작전을 "이치고 작전(一号 作戦)"이라 명명하였다. 예상되는 작전거리는 2,400킬로미터이고, 북지나방면군(북경주둔)과 남지나방면군(광동→남경 주둔), 화남의 제23군까지 지나 파견군이 가용 가능한 모든 병력과 물자가 총동원되는 중일전쟁 최대의 작전이었다. 투입 병력만도 17개 보병사단, 1개 전차사단, 6개 독립여단 등 50만 명에 달하였다. 또한 전차 800대, 차량 1만6천 대, 군마 10만 마리의 제공권 확보를 위해 제5 항공군 항공기 200대도 동원되었다.

그런데 이 이치고 작전 계획은 계획단계에서부터 전투 수행과 전쟁에 관한 기본 원칙을 무시한 형편없는 즉흥적인 계획이었다. 계획수립을 주도한 핫토리 다쿠시로 대좌는 이시하라 간지(남만주철도 폭파 사건을 조작해 만주사변을 일으킴)처럼 일본군 현실을 반영하지 않고 대본영의 전쟁지침도 따르지 않는 무모한 계획을 수립하였다.

일본 대본영도 강력한 리더십으로 작전계획 수립을 감독하고 통제해야 하였지만 어느 누구도 그들의 작전계획에 대하여 반대하거나 제동을 걸지 않았다. 오히려 개인적인 인맥을 동원하여 상층부의 지시를 수시로 묵살하거나 왜곡하였다.

이론에만 해박하고 실전에는 약한 그가 입안을 주도했던 노몬한(만주와 몽골의 국경지대 도시) 전투, 과달카날(남태평양 솔로몬제도 남부) 전투는 일본군의 참담한 패배로 끝나기도 하였다.

즉 전쟁 전반에 대한 전략적인 측면을 고려하지 않은 국지적인 전술적 승리만을 염려에 둔 소인배의 작전계획이었다.

그나마 다행히도 지나 파견군 사령관은 작전수행 전 만주와 본토, 조선에서 대량의 전차와 차량, 야포를 화북으로 수송하고 병참에서도 이전처럼 주먹구구식이 아니라 철저하게 준비하였다. 그리고 부상자의 후송부터 물자의 수송에 관한 대책을 세우기도 하고 심지어 동물들을 위한 수의사까지 동원하였다.

제1차 경한작전

1944년 3월말까지 병력과 물자의 전개를 끝낸 일본군 제12군은 4월 20일 황하를 건너 하남에서 중국군 제1전구에 대한 공격을 시작하였다. 제1전구는 농해철도와 경한철도가 교차되는 정주 서쪽을 점령하는 것으로 이 작전을 "경한작전"이라고 불렀다. 이 전투에 투입된 병력은 제12군 산하 제37사단, 제62사단, 제110사단, 제3전차사단 등을 주력으로 14만 8천명, 군마 3만3천 필, 전차 700대, 차량 6천 대에 달했다.

작전목표는 하남성과 호북성에서 중국군 제1전구를 격멸하고 중국대륙의 심장선인 경한철도(북평-한구)를 완전히 장악하는 것이었다. 여기에 대항하는 중국군 제1전구는 17개 군 40개 사단 약 30만 명 정도였다. 일본군 제37사단의 공격을 받은 중국군 제23사단은 전멸당했고 일본군의 압도적인 공격 앞에서 중국군의 최일선은 속수무책으로 붕괴되었다.

4월 하순 정주가 함락되었고 말일에는 2일 간의 격전 끝에 허창이 함락되어 수비대인 제29사단장이 전사하였다.

제1전구 부사령관이 제12군을 직접 지휘하여 구원에 나섰으나 일본 군의 역습으로 격파되었다. 콘크리트로 된 토치카에서 저항하는 중국군 의 방어선 앞에서 일본군 역시 고전을 면치 못했으나 우세한 포병 화력 과 전차, 항공지원으로 돌파할 수 있었다.

남쪽에서는 제11군이 북상하여 5월 초순 양군이 남북에서 합류함으 로써 경한철도를 장악하였다. 정주를 점령한 일본군은 서쪽으로 계속 진 격하여 5월 하순 경 하남성 서쪽 중국군 제1전구의 보급기지가 있는 노 씨현을 점령하였다. 이어서 같은 달 중국군 제1전구의 최대거점인 낙양 을 포위한 후 치열한 격전을 벌여 25일 점령하였다. 여기서 중국군 제 36집단군 사령관이 전사하였다. 이로써 일본군은 하남성의 대부분을 점 령하고 경한철도와 농해철도를 개통하였으며 중국군 제1전구는 완전히 붕괴되어 패주하였다.

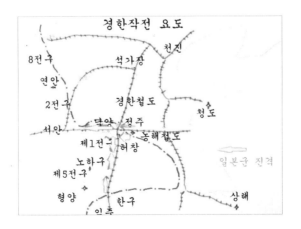

설상가상으로 이 과정에서 농민들의 폭동으로 무려 5만 명의 중국군이 무장해제되고 수천 명이 생매장되는 참사가 벌어졌다. 이것은 42년 이후 하남성에서 유례없는 기근이 반복되어 300만 명 이상이 아사했음에도 중국군 군대가 식량을 약탈하자 농민들의 불만이 극에 달했기 때문이다.

약 한 달간의 경한작전에서 북지나방면군은 중국군 사살 32,000여명, 포로 7,800명을 획득하였다고 발표하였다. 이때 중국군 제1전구는 고립되면서 엄청난 인명이 희생되었으며 다른 전구로부터 어떤 증원도 받을 수 없는 상황에 처하게 된다. 그동안의 손실로 각 사단 병력은 2~3천명에 불과했고 물자와 탄약도 고갈된 상태였다. 거기에다 전염병과 영양실조까지 만연하였다.

그러나 피아간의 화력이 압도적인 차이가 있고, 일본군의 대규모 전차부대를 상대할 무기가 거의 없었음에도 중국군의 저항은 예상 이상으로 완강하였다. 장개석의 명령에 따라 많은 부대들이 후퇴하지 않고 끝까지 싸우다 전멸 당하였다.

결국 일본군의 경한작전(중국 측은 "예중회전"이라고 함)의 결과로 제1전구는 와해되어 낙양에서 서안으로 후퇴하였고 황하의 중국군 방어선은 완전히 붕괴되었다.

제2차 상계작전

경한작전이 종료되자 일본군 제11군은 곧장 병력을 악주에 집결시켜 상계작전을 시작하였다. 상계작전은 4단계로 나누어 1단계 형양 공격, 2단계 계림 유주 공략, 3단계, 남부지방의 오한 공략 그리고 마지막 단계인 후단작전으로 남녕과 인도차이나를 공략하는 작전이었다.

상계작전을 벌이는 지역의 중국군은 제9전구로서 제9전구의 중심인 장사는 일본군이 이전에 3번이나 공략에 실패하여 경한작전보다 더 대규모의 병력을 동원하였다. 동원된 병력은 제11군 휘하 11개 사단 등 총 36만 2천 명, 군마 6만 7천 두, 전차 100대, 자동차 9,450대에 달하였다.

작전목표는 오한철도와 상계철도를 따라 남하하면서 장사와 형양, 계림, 유주, 남녕을 점령하고 중·불 국경(중국-베트남 국경)까지 진격하는 것이었다.

여기에 대항하는 중국군 제9전구는 29개 사단 40만 명 정도였다. 제9전구 사령관은 그동안 일본군의 장사 공격을 여러 차례 성공적으로 방어하였고 후퇴하는 일본군을 추격해 큰 타격을 입혔다. 그러나 6개월 전 상덕회전(동경호 남쪽 상덕에서 일어난 전투, 일본군은 독가스도 사용)에서 제9전구는 완전히 기진맥진한 상태였으며 그 때 입은 손실도 제대로 보충하지 못하고 있었다.

반면 일본군은 기존의 3번에 걸친 장사공격에서 중국군을 과소평가하고 단순히 정면공격을 하다가 큰 피해만 입고 퇴각했던 것을 교훈으로 삼기로 하였다. 그래서 이번에는 수적, 화력의 우세를 확보하고 양익에서 우회한 후 포위공격하기로 하였다.

1944년 5월 하순 일본군은 항공지원을 받으며 양자강을 도하하여 중국군의 방어선을 돌파하였고 6월 중순 장사 북쪽까지 진출하였다. 장사를 지원하기 위해 중·미 연합공군이 수 없이 출격했으나 제공권에서도 일본이 우세하여 중국군 증원부대와 물자를 실은 바지선들을 마구잡이로 격침시켰다.

그러나 시간이 지남에 따라 중·미 연합공군이 신속하게 증강되면서 일시적으로 일본이 차지했던 제공권은 곧 중·미 연합공군으로 넘어가 일본군은 야간에만 이동해야 했고 병참선의 확보에도 심각한 차질이 발생하였다.

중국 전구 사령관은 일본군의 공격이 압도적이라고 판단되자 장사 방어를 포기하고 주력부대를 남쪽으로 후퇴시켰다. 장사수비를 맡은 제4군은 1만 명에 불과했고 일본군 3개 사단(제34, 제58, 제116사단)에 완전히 포위되어 6월 18일 장사가 함락되었다.

중국 사령관은 피아간의 전력 차이가 너무 커서 철수하였다. 만약 그가 끝까지 장사 사수를 고집했다면 제9전구의 주력은 포위 섬멸되었을 것이다.

장사를 점령한 일본군은 병력을 재편하는 한편 2개 사단(제68사단, 제116사단)이 계속 남하하여 6월 하순 형양을 포위하였다. 형양은 오한철도와 상계철도가 교차하는 전략적 요충지이자 중·미 연합공군의 기지가 있다. 형양을 수비하는 중국군은 제10군 4개 사단 2만 명 정도였다.

반면 일본군은 수적으로 약 5만에 달했고 155밀리 중포도 배치하여 중국군을 완전히 압도하였다.

수적으로나 화력에서도 월등히 열세했음에도 중국 제10군은 강력한 방어선을 구축하고 격렬하게 저항하여 7월 초순 일본군의 제1차 공격을 막아내었다. 일본군은 포병과 항공지원을 강화한 후 7월 중순 재차 공격했으나 고작 수백 미터를 진격한 후 중국군의 반격을 받아 격퇴 당하였으며 10일 만에 재개된 제2차 공격도 완전히 실패하였다.

이 과정에서 고위급 사단장이나 참모장이 중국군의 저격을 받아 전사하였다. 일본군으로서는 중국군의 이런 강력한 저항이 지금까지 볼 수 없던 일이었고 형양성에 미군부대가 투입된 것으로 오인까지 할 정도였다.

장사를 손쉽게 점령했던 제11군은 형양에서 예상외로 고전하자 제11군 사령관이 직접 현지로 내려와 지휘를 맡아 3개 사단과 포병을 대거 증원하여 형양에 대한 포위를 강화하였다. 그러나 제공권에서 중.미 연합 공군이 점차 우세를 점하면서 일본군의 병참선이 차단되어 식량과 탄약도 부족했고 전염병까지 만연하여 사령관조차 이질에 걸려 설사로 고통 받았다.

일본군의 목표는 중국 주둔 미 공군 최대기지인 계림(해남섬 북쪽 내륙, 마카오 서쪽 지역에 있는 광서장족자치주)이었다. 11군 사령관은 공격을 시작하기 전 "우리 군은 계림에 당도하기까지는 전멸을 각오하여 싸우고, 계림성 위에 일장기를 게양하는 것은 우리 11군이 아니라 우리의 시체를 넘고 진군하는 후속군이 될 것이다."라며 독전하였다.

한편 중국군 역시 극도로 피폐해진 데다 사기가 땅에 떨어진 상태였고 더 이상 증원할 수 있는 병력도 없었다. 장개석은 미군 사령관에게 최소한 2개월은 버틸 것이라고 하였으나 중국군은 계림과 유주의 방어를 포기한 채 퇴각하여 1944년 11월 10일 두 도시는 동시에 함락되었다. 하지만 이 과정에서도 중국군 제131사단은 최후까지 저항하여 사단장이 전사하였다.

남쪽에서는 광주와 홍콩에 주둔한 일본군 제23군 산하 제22사단이 남녕을 공격하여 11월 24일 재점령하였고 1944년 12월 10일 중·불 국경에 당도함으로써 이치고 작전은 종료되었다.

후속작전으로 철도 부근에서의 중국군에 대한 소탕작전과 비행장 점령은 1945년 2월까지 계속 진행되었다. 이로써 경한작전과 상계작전으로 일본군은 중국을 완전히 반토막 내는 데 성공하였다. 그러나 일본군으로서는 심혈을 기울여 작전을 수행하였지만 얻은 것이 별로 없는 쓸데없는 작전이 되어버렸다. 또한 다른 전장에서 참패함으로써 부분적인 중국에서의 승리는 무의미한 것이 되어버렸다.

만약 일본에 훌륭한 전략가가 있어 일본이 동남아의 일부지역과 중국의 일부분을 일본 영토로 할 것을 제안하고 전쟁을 종결하거나 휴전을 하였다면 일본은 패전을 피할 수 있을 것이고 엄청난 영토를 갖게 될 수도 있었다. 왜냐하면 연합군은 진주만 기습이전 혹은 후에 이치고 작전을 수행하기 전에는 일본군에게 응징할 능력이 없었고 독일 전선이 더 긴박하였기 때문이었다.

중국의 전쟁터

-첫 배속지-

드디어 기차가 최종 목적지 낙양에 도착한다. 그런데 오늘이 며칠인지 계산이 잘 되지 않는다. 기차 안에서 세운 밤과 중도에 임시막사에서 숙박한 날을 치면 거의 열이틀 정도 된 듯한데 그동안의 피로가 쌓여서 그런지 계산하기도 귀찮아진다. 총책임자인 호송관 대위가 지시하고 다시 기차 각 객실의 안내 호송관들의 지시와 호송에 의거하여 조선 출신 병사 전원이 트럭을 탄다.

이제는 일본군 정예군대가 되어 있었고, 그들의 행동은 일사불란하다. 군사훈련을 받기 전에는 오합지졸 수준이었지만 훈련을 받고 적 게릴라 부대의 습격에 의한 간접전투 체험과 기차여행을 통하여 오랫동안 단체이동을 한 관계로 전투병사로서 몰라보게 변환되고 있다.

역 밖으로 나가니 수십 대의 트럭이 도로에 정렬하여 있다가 조선 출신 신병들을 맞아준다. 트럭은 두 시간여 먼지를 피우면서 남서쪽 방향으로 가더니 각기 3개 방면으로 갈라져 자기 연대를 찾아 들어간다.

천진에서 갈라져 이곳으로 온 조선 출신 장병 300여 명은 북지나방면군(사령부: 북경)의 한 사단 내 3개 연대와 포병 등에 각기 70~80명씩 보충 배치된다. 조선 출신 병사들은 연대장과 대대장에게 배속신고를 한다.

사단장에게는 일개 신병의 보충은 아예 배속신고의 대상이 되지 않는다. 연대장은 훈시 없이 신고만 받고 대대장은 신고를 받은 후에 일장 연설을 한다.

"귀관들 우리 사단과 대대에 배속된 것을 진심으로 환영한다. 우리는 대동아공영권 설립을 위하여 현재 각별한 투쟁을 전개하고 있다. 우리 일본군은 모든 아시아 민중의 평화를 위하여 각 나라의 종파분자와 심각한 전쟁을 벌이고 있으며, 그동안 천황폐하의 영도에 힘입어 마지막 종파분자인 중국을 멸살하기 직전에 와 있다.

여러분들은 대동아공영권을 만드는 작업의 최전선에 와 있으며 앞으로 최일선에 서서 적과 사투를 하게 될 것이다. 이곳은 틈만 나면 공산군 잔당이나 장개석 유격부대가 시기와 장소 그리고 방법을 가리지 않고 공격하고 습격을 해오고 있지만 우리가 반드시 점령해야 할 지역이다.

오늘 이곳에 배속된 병사는 각자의 안전을 위하여 최선을 다해 적과 싸워야 할 것이며 그만큼 자신과 우리 부대를 위하여 노력을 해야 한다는 사실을 알고 있어야 하겠다. 여러분들이 최선을 다하여 싸울 때 우리 천황폐하의 은덕이 여러분에게 내려지게 될 것이며 여러분은 불사신의 영예를 차지하게 될 것이다.

그리고 최근 들어 불순분자 잔당들의 교묘한 공작으로 순진한 병사가 탈영을 자행하다 적군에 사살되거나 혹은 사로잡혀 고문을 당하고 모진 고문에 끝내는 숨지는 안타까운 현상이 발생되고 있다. 공산당이란 조직은 원래가 패륜분자들이 모인 집단이란 것을 여러분들도 잘 알 것이다. 그들은 최종목적 달성을 위하여 수단, 방법, 시기, 장소에 구애받지 않고 제멋대로 행동하는 흉악한 범죄 집단이라는 것을 다시 한 번 인식하고 그들의 선전선동에 절대 넘어가지 않도록 마음을 굳게 먹고 전투에 임하도록 하라.

가끔 여러분은 삐라를 습득할 수 있을 텐데 그런 것은 읽지 말고 즉시 각 본부에 연락하여 수거하도록 하라. 그리고 만약 어느 누구라도 탈영하다가 발각된다면 군법에 의하여 현장에서 사살될 것이다. 천황폐하의 가호가 여러분에게 있기를 기원하겠다. 이상!"

천영화를 비롯한 모든 조선인 출신 병사들은 처음에는 대대장 훈시가 무슨 말인지 잘 이해가 되지 않고 여러 가지 의문사항이 떠올랐다.

첫째, 공산군의 세력이 일본과 맞서거나 혹은 일본군도 어찌할 수 없는 상당한 힘을 가진 집단이 아닌가?

둘째, 조선 출신 병사가 공산군에 투항하고 있으니 공산당에 귀순하지 말라는 것이 아닌가?

셋째, 공산군이 일본군에 대하여 심리전을 벌이고 있는데 특히 조선 출신 병사들에게 상당한 효과를 내고 있지 않은가?

넷째, 일본군이 중국을 대부분 점령하여 중국이 무너질 날이 머지않았다고 하더니 현재 일본은 진퇴양난의 갈림길에 있지는 않은가?

다섯째, 지금 조선 출신 병사들이 나름대로 고심을 하면서 전투를 하고 있구나. 비단 우리만 그런 것이 아니라 이미 전투에 임한 모든 병사가 그렇게 생각하고 있다.

여섯째, 우리가 전투를 할 때 이미 여러 병사들이 고민하였듯이 진정으로 일본을 위하여 전투를 벌여야 할 것인지 아니면 형식적으로 전투에 임할 것인지 진퇴양난과 자기모순에 빠져 있는 점 등의 의구심을 갖게 된다.

일행은 중대에 가서도 중대장에게 신고를 한다. 중대장은 대대장보다 좀 더 상세한 설명을 곁들인다.

"이곳은 지금 중국공산군과 또 한쪽 지역은 정규군인 중국군과의 접전지역이다. 그런데 실질적인 문제는 적군의 실체파악이 잘 되지 않는다는 점이다. 그것은 적군이 다음 네 가지 형태로 분류되기 때문이다.

첫째 적은 국민당 군으로 장개석 산하에 있는 정규군이다. 이 군대와 우리 일본군은 주전장에서 정규전을 벌이고 있고 모든 전투가 교범적인 상황으로 수행되고 있다.

둘째 적은 공산군으로서 주로 연안을 중심으로 한 섬강열구(서안을 중심으로 한 연안지역)에 주둔하면서 우리와 대치하고 있는 일명 팔로군이라는 집단이다.

셋째 적은 중국 인민이다. 중국 놈들은 보이는 곳에서는 우리 편인 척 하다가 보이지 않는 곳과 때와 장소에서는 항상 돌아서 우리와 적이 되고 있다. 가장 주의해야 할 적이다. 이놈들의 형체를 알 수가 없고 우리에게 협조하는 체 하다가 적이 되어버리는 아주 동전의 양면 같은 놈들이다. 지금 우리가 싸워야 할 주적중의 하나이기도 하다.

네 번째의 적은 불순분자들의 집단이다. 상당수의 불순분자들이 국민군과 공산군들과 협조를 하면서 우리를 괴롭히고 있다. 주로 조선에서 탈출하여 나온 불순분자들이 모여 우리 황군에 적대행위를 하고 있다. 천황폐하의 녹을 먹은 그들이 반역의 무리에 가담하여 우리를 공격하고 있다. 이들 또한 우리의 주적이다. 우리는 최선을 다하여 그들을 멸살시켜야 한다.

그리고 조선 출신 병사 몇 명이 이곳에서 탈출을 하다가 현장 사살되었다. 그런 정신이 썩은 놈들은 즉석에서 사살될 뿐만 아니라 사체는 까마귀밥이 될 것이다. 이상과 같이 우리 군대의 적대세력과 귀관들의 마음가짐에 대하여 설명을 하였는데 너희들에게는 절대 그런 일이 발생하지 않기를 바란다. 이상!"

다음에는 최종적으로 소대장에게 신고한다. 소대장은 적 게릴라에 대하여 더 자세히 설명해준다.

"솔직히 말해서 이곳 중국 내 전투지역의 일본군은 우리가 생각하고 있는 것만큼 강력하지가 않다. 지금 우리가 대치하고 있는 중국군의 병력은 200만 명 정도로 추정되는데 우리는 80만 명 정도가 이곳 중국에서 전투에 임하고 있다. 그런데 문제는 많은 우리의 병력이 만주와 외몽골에서 소련과 대치하여 60만 명이 묶여 있다.

태평양전쟁에 다시 백만 명의 군대가 투입이 되고 있다. 그런데도 태평양 지역의 전세가 여의치 않아 이곳에 주둔하고 있는 지나방면군의 일부가 차출되어 태평양 전투지역으로 이동이 되고 있다. 거기에 추가하여 관동군의 일부도 돌려지고 있다.

따라서 산 너머에 있는 중국군에 대하여 강력한 작전을 수행할 수 있는 능력도 떨어졌고 자체방어 수준을 벗어나지 못하고 있는지라 점령지 내에 거주하는 중국 토착민들이 겉으로는 우리에게 협조하는 척 하고 있지만 보이지 않는 곳에서는 적군이 되고 있다.

그들은 시간에 구애됨이 없이 특히 야밤에 우리를 되레 공격한다거나 우리들의 약점을 공격하는 한마디로 양의 탈을 쓴 늑대와 같은 행동을 하고 있는 것이다.

그래서 우리가 야간에 특히 조심해야 할 세력은 지역민 중에 상황에 따라 행동하는 게릴라들이다. 이놈들은 이곳 주변의 지형지물을 우리 일본군보다 더 상세히 알고 있어 순식간에 침입하여 우리를 괴롭히고 쥐도 새도 모르게 사라지곤 한다. 한마디로 신출귀몰하는 놈들이라 때로는 속수무책으로 당하는 경우가 허다하다.

그래서 야간에 경계 근무하는 보초병들은 잠시도 한눈을 팔아서는 안 된다. 그의 어깨에 수천 명의 우리 사단 병사들의 목숨이 달려 있기 때문이다. 그리고 낮에 정찰을 다닐 때에 이 주변 지역의 지형지물에 대하여 가급적 샅샅이 연구하여 전부 뇌리에 집어넣어라. 앞으로 이곳에서 많은 작전을 수행하게 될 것이다.

보통 연대 아니면 사단 단위로 나갈 터인데, 지역 주민들의 눈빛과 행동거지에 대하여 주의 집중하고 그들의 의도를 미리 파악하여 행동하고 조치를 할 경우에만 귀관들의 목숨이 지탱이 될 수 있다. 다시 말하면 귀관들의 목숨은 귀관 자신이 보호하여야 한다는 사실이다.

군대, 군인에게는 관용과 용서라는 단어가 없다 오직 생과 사만 있을 뿐이다. 마음이 약해서 관용을 베풀 때 총알이 되레 너희들의 정수리에 날아와 박힌다는 사실을 명심하여라. 상세한 기본적 행동에 대한 것은 경험이 매우 풍부한 각 분대장이 여러분들을 직접 지도하고 이끌어갈 것이다. 이상!"

대대장, 중대장, 소대장들의 훈시는 길고 지겨운 감이 있었지만 접전 지역에 배속 받은 병사로서 당연히 알아야 할 기본 요소였고 자기의 목숨을 부지하기 위해서는 그들의 말보다 더 신중하고 앞을 내다보는 행동을 하여야만 한다.

천영화와 조영호는 1중대 1소대, 김장진과 윤형진은 3소대에 배속되고 원주 출신 박한설, 전주 출신 이세찬, 그리고 경상도 출신 권세진은 3중대에 배속된다. 도착 첫 날부터 쉬지도 못하고 일사천리로 소대장에게까지 신고한 후 내무반까지 지정받으니 저녁때가 되어 고참병 인솔

하에 식당에 가서 식사한다.

식사라야 덮밥에 단무지 그리고 낫토(일본식 발효 콩)가 다였다. 그래도 덮밥과 낫토가 나오는 식사는 전투지역에서는 최고급 식사라고 고참병사가 안내해주며 말한다. 식사 후 개인 신병정리를 하고 오래간만에 내무반에서 지친 몸을 눕히게 되니 모두들 정신없이 잠에 떨어진다.

다음날 모든 조선 출신 병사들에 대한 교육을 사단본부에서 수행한다고 하여 트럭을 타고 사단본부로 이동한다. 300여 명의 조선인 출신 병사들이 일제히 임시로 천막을 크게 설치한 어느 한 강당에 모여 오전 내내 강의를 듣는다. 강의 내용은 사단본부 주변의 지형지물, 게릴라전 정의 및 대책, 아 방면군의 점령지 정책, 정신훈화 등이다.

네 시간 동안 강의를 듣고 나니 어렴풋이나마 어떻게 전투에 임하여야 할지 윤곽이 잡히는 듯하다. 특히 게릴라전에 대하여 명확히 알게 되었고 그런 상황에서 어떻게 하면 살아남을까를 생각해보는 계기가 되었다. 중국 점령지 내에서 일본군이 어떠한 정책을 펴왔고 그 정책으로 인하여 어떠한 상황이 벌어지고 있는지 조금은 짐작이 갔다.

특히 일본군의 정책 "무주지대(無主地帶)", "집가공작(集家工作)" "보갑제 정책", 무시무시한 "삼광정책"은 지금도 점령지의 완전한 치안확보를 위하여 수행되고 있는 작전으로서 이해를 잘 해야만 하였다. 그리고 그동안 궁금하였던 일본군의 제4의 적 실체도 알게 된다.

제4의 적이란 아이러니하게도 조선을 탈출하여 중국에서 결성한 독립군의 후속체였다. 그들은 모두 중국 국민군 장개석이나 공산당 팔로군에 속하거나 혹은 중국의 지원을 받고 중국군에 소속되어 일본군과 직접 전투를 벌이고 있는 조선 사람들이 구성한 독립군이었다.

이것은 매우 고무적인 일로서, 후에 알게 된 사실이지만 제4의 적 상당수가 일본 진영에서 탈영하여 중국군에 가담하고 있다가 다시 독립군으로서 활동하게 된 병사들이었고, 이 사실을 각 지나방면군 사령부에서는 특급비밀로 분류하고 있었다.

일본군 수뇌부는 이것을 상당히 심각하게 생각하고 숨겼으며 어떻게 하면 이들의 탈영을 방지할 것인가 고민하였다. 그 결과 게릴라가 준동하고 있는 지역 내에서 작전을 수행할 경우에는 가급적이면 조선 출신 병사를 제외하도록 하고 후방작전을 수행할 때만 참여시켰다.

많은 병력이 필요한 작전에 투입할 경우에는 각 소대나 분대에서 일본 병사 3명이 조선 출신 병사 1명에 대하여 감시하여 별도의 행동을 할 수 없게 하는 책임제 즉 일종의 연좌제를 실시하고 있었다. 그래서 조선 출신 병사를 아예 소대 내에 최대 7명만 배속시킨다. 그리고 분대장, 소대장, 중대장에게 조선 출신 병사가 탈영을 할 경우에는 현장에서 사살할 수 있는 지휘관의 권한을 부여한다.

물론 이 날도 군형법에 관하여 교육하였으며 탈영 시에는 현장 사살된다는 사실을 각별히 주입시킨다.

천영화와 여타의 조선인 출신 병사들은 교육 후 내무반에 들어와서 모든 내부반의 잡일을 시범을 통하여 일본인 차(次) 고참병들에게서 승계한다. 신병이 와서 자기가 하던 모든 허드렛일이나 잡일을 대신하게 되고, 그러한 잡일로부터 손을 떼고 말로 지시하는 위치가 되는 순간 모두 환호하고 좋아한다.

군대 계급이 가져다주는 일종의 독특한 묘미다. 그리하여 말단이 해야 할 모든 일 즉, 보초, 임시내무반 청결정돈, 간이화장실 청소, 보급품 수령 및 배분, 편지 수령과 배달, 고참들의 개인 부탁 등 전투를 나가지 않는 경우 잡다한 일들이 너무 많아 신병들은 눈코 뜰 사이가 없다.

그리고 수시로 야간에 초병을 서야만 한다. 주간에는 주로 고참병들이 보초를 서고 신참 병사들은 중참 병사들과 야간에 보초를 섰다. 따라서 게릴라들이 침투해올 때 최초로 교전을 하게 되고 그 결과 희생도 많이 따르게 된다. 물론 야간에는 보초의 인원을 증가시켰으며 그 외에도 별도의 기동타격대를 구성하여 운영하였다. 즉 각 대대에서 윤번제로 1개 소대가 별도의 기동타격대로 선정 편성되어 5분 안에 출동할 수 있는 대기상태를 유지하고 있다.

이 기동타격대는 밤 7시부터 다음날 새벽 6시까지 전투복장을 하고 아예 전투화까지 신고 내무반에 대기하고 있다. 그러다가 상황이 발생하여 비상 출동 지시가 내려지면, 즉시 전투철모를 쓰고 총가에서 총알이 완전히 장전된 개인 총기를 들고 뛰어 나간다. 그리고 내무반 앞에 대기하고 있는 트럭에 분승하여 5~7분 이내에 전투현장에 투입된다.

더불어 사단 장갑차 여러 대 중 2대는 마찬가지로 병력을 싣고 즉각 현장에 이동하여 적에게 접근, 괴멸시킬 수 있도록 대기하고 있다.

다음날 다시 사단의 모든 신병들이 소집되어 오전에는 총기 사용법과 수류탄 투척법에 대하여 재교육을 받는다. 오후에는 실전과 같은 실제 사격과 수류탄 투척을 해본다. 이렇게 훈련을 하는 이유는 실제 벌어지는 전투에서 자신감을 가지고 총을 쏘고 싸워보라는 의미에서였다.

정규 일본군 복장과 행군

중국 유격대 소탕작전

한 달이 지났을까 녹음이 절정을 이루는 8월 하순 어느 날, 이제는 병영생활이 어느 정도 낯설지 않게 되었을 때, 각 대대별로 주요 보직자들인 중대장과 소대장이 모였다. 대대 작전참모가 앞으로 수행할 작전계획에 대하여 설명한다. 대대 작전참모가 사전에 모여 사단 작전참모로부터 상세한 작전 설명을 듣고 주요 보직자에게 작전계획을 설명하려는 자리이다.

이번 작전은 일개 사단의 단독작전으로서 방면군 사령부의 승인 하에 게릴라 부대가 가장 준동하는 지역에 있는 사단이 벌이는 단독작전이다. 작전의 대강은 사단의 주요시설 즉 탄약고, 유류저장고, 창고 기타 등 시설 방어를 위한 수비방어전력 1/4을 제외한 3/4 병력을 투입하는 작전으로 약 6,500명의 병력이 이 작전에 참가하게 된다.

이번 참가 전력 중 특이사항으로는 사단의 포병과 기계화 부대의 전차 일부만 참석하게 된 점이다. 이것은 전투가 험한 산에서 백병전 형식으로 이루어질 가능성이 많고, 구릉이나 평야지대에서 이루어지는 작전이 아닌 산악지형에서 교전이 이루어지기 때문이다. 그리고 만약의 사태에 대비하여 전차부대 일부를 평지 쪽에서 예비부대로 대기시키고 지휘소를 보호하려는 생각으로 소수의 전차와 장갑차만 참여시킨 것이다.

작전은 주간에 미리 적 예상 도주로에 2개 대대 병력이 은밀히 침투하여 잠복을 하고 1개 연대와 나머지 3개 대대, 그리고 일부 참가 포병과 기계화 부대는 산을 포위하여 산 밑에서부터 아군의 잠복 지역으로 적을 몰고 올라가면 잠복중인 2개 대대가 쫓겨 올라오는 적을 소탕을 하는 작전으로 일명 "토끼몰이 작전"이라 하였다.

아침 식사 후 갑자기 "전 장병은 총기 수입을 철저히 하라."

그리고 "점심 후에 각자 주먹밥을 4개씩 그리고 여분의 총알을 지급받고 약식 배낭을 꾸리라."라는 지시가 내려진다. 조선 출신 신병들은 영문을 모르고 그저 하라는 대로 수행을 하지만 일본 고참 병사들은 벌써 눈치를 채고

"오늘 무슨 작전이 벌어질 것이고 작전은 밤새워서 진행된다."라고 귓속말로 알려준다.

점심식사 후에 전 장병 전투 집합 지시가 내려왔다. 무거운 군장 즉 삽, 모포, 기타 개인 소지품, 내의 등을 빼고 단지 주먹밥 네 개만 배낭에 넣고 수통만 차니 한결 몸이 가벼워 하루에 수백 리는 뛸 것 같다.

먼저 집합한 대대는 잠복조 2개 대대였다. 잠복조 2개 대대는 각 대대별 그리고 중대별로 별도로 모이더니 소대장을 중심으로 금일의 작전 계획의 대강만을 알려준다.

이처럼 작전 출발 직전에 작전의 성격만 알려주는 이유는 사전에 상세한 작전을 알려주면 이 모든 정보가 순식간에 적에게 알려지기 때문이다. 그래서 작전보안을 위하여 그렇게 출동 직전에 작전의 큰 줄거리만 알려주고 출동 지역이나 시간 등은 중대장 이상만 알고 작전을 진행

시켰다. 이렇게 보안을 철저히 유지하는 것은 이번 작전이 게릴라가 움직이는 지역에서 큰 효과를 거둘 수 있는 벼락같은 기습작전의 유형이기 때문이다. 해가 중천에 떠 있을 때 잠복조 2개 대대가 먼저 조용히 출발한다.

산 밑까지는 트럭을 이용하여 신속하게 이동하고 산언저리에서부터는 중대별 소대별로 나뉘어 별도의 길을 통하여 산을 올라가되 나중에 합류지점은 중대별로 같아지게 등산로를 설정한다. 그리고 중대별로 모든 등산로 길을 차단하도록 병력을 곳곳에 점조직으로 분산 배치하되 화력을 집중시키도록 화망을 구성한다.

잠복조는 20여 킬로미터에 달하는 산언저리에서 빙 돌아가면서 축차적으로 차에서 내려 작은 등산로 하나에 1개 소대 병력이 배정되어 산을 오르기 시작한다.

여름철이라 사람이 다니지 않던 오솔길은 온갖 잡초나 넝쿨식물 그리고 작은 수목이 다닐 수 없을 정도로 우거져 있다. 산중턱 부근에 올라가니 이제부터 걸어가야 할 가파른 경사의 돌산이 눈에 들어온다.

이 지역은 잡초가 크게 우거지지 않고 뜸하였지만 군데군데 작은 나무와 큰 나무들이 어우러져 멋진 풍경을 이루고 있다. 확 트인 곳에서 먼 곳을 바라보니 기암절벽이 수목과 더불어 절경을 이루고 있다.

한 시간 정도 올라가니 산중턱에 다다랐는데 이제부터는 심심산골 고고함이 잠겨 있는 큰 산의 위용을 만끽할 수 있는 지역으로 더 이상 사람이 올라가기에는 너무나 가파른 끝자락에 다다르게 된다.

병사들은 올라오면서 일절 말하지 못하게 한다. 비밀리에 산에 잠입한 일본군이 노출되어 입산했다는 사실을 알게 되면 작전 실패 가능성이 있기 때문이다. 중대장은 소대장과 분대장을 집합시키더니 지형을 정찰하도록 하였고 결과에 따라 적 예상 도주로를 선정하여 소대별로 병력을 배치하였다. 이들이 잠복한 지역은 최초로 모인 지역보다 수십~수백 미터 아래쪽으로 내려간 경사가 상당히 완만하고 밑에서 올라오는 적을 한눈에 식별할 수 있는 시야가 좋은 지역이다. 그리고 개인의 엄폐, 은폐가 용이하고 적을 향하여 총을 발사할 수 있는 유리한 지점에 병력을 잠복시켰다.

이런 일련의 잠복조 배치 작전은 해가 서쪽 산꼭대기에 걸렸을 때에 완료되었다. 깊은 산인지라 들녘보다 빨리 해가 넘어가고 어둠도 그만큼 빨리 찾아온다. 잠복조는 이렇게 적의 준동이 예상되는 산 일부 지역에 2개 대대의 병력을 은밀히 매복시킨다.

아직은 주변이 캄캄해지지 않았으나 주변에서 풀벌레 소리가 애처롭게 들려오기 시작한다. 여기저기서 벌레들이 제멋대로 날개를 부비니 화음으로 혹은 때로는 불협화음으로 요란하게 들려온다. 사람이 다가갈 때는 일시에 조용해지더니 엄폐물에 몸을 숨기고 가만히 엎드리거나 앉아 있으니 조용해졌던 벌레들의 긴 합창 소리가 다시금 계곡 등성이를 일깨운다.

한편 몰이 부대는 해가 지기 전에 부대를 출발하여 트럭을 타고 신속히 작전지역의 산 1/4 지역을 에워싼다. 이렇게 일본군이 특정지역을 골라 산을 에워싸고 잠복조를 투입하는 데에는 나름대로 특급정보가 있었기 때문이다.

이 지역은 민간지역과 상당히 가까이 근접하여 있고 산이 험준하고 곳곳에 천연의 큰 동굴이 산재해 있기 때문에 게릴라들이 아예 정착을 하고, 산 너머에 있는 정규군과 수시로 내통하여 보급품과 탄약을 공급받고 있었다.

또한 산 너머 정규군과 연계작전도 감행하고 단독 후방 교란작전을 수시로 하고 있어 이곳을 소탕할 필요성이 강력히 대두되었기 때문이다.

최근에는 게릴라들이 이 지역의 동굴 속에서 아예 기거하면서 가끔씩 주민들과 연합하여 일본군을 공격하고 다시 이 지역으로 퇴각하여 웅거하기를 반복하고 있다는 것이다.

근래에 이러한 공격 양상이 계속되어 후방의 치안유지에 상당한 지장과 우려를 자아내고 있었다. 일본군으로서는 이러한 암 덩어리를 제거해야 할 필요성이 있었다.

그러다가 최근에 결정적인 정보 하나가 사단 사령부에 날아들었다. 이것은 통신감청과 적군에 잠입하여 있던 한간 즉 밀정에 의하여 적의 작전계획을 감지한 것이다. 적의 계획은 오늘 1개 대대나 되는 게릴라 부대가 이곳에 집결한 후 사단 본부를 심야에 공격하기로 계획되어 있다는 정보다. 유격대 1개 대대면 개인적인 전투능력을 따져 볼 때 거의 1개 연대 병력과 맞먹는 아주 강력한 적이다.

처음 도청하였을 때는 신빙성이 아주 낮았으나 점점 시간이 갈수록 한간에 의한 첩보와 통신도청에 의한 정보를 수집 분석한 결과 이들의 작전 계획을 어느 정도 파악하게 된 것이다. 이것을 인지한 사단장은 적의 작전을 역 이용하여 적을 완전히 소탕할 것을 생각하고, 세부 작전 계획을 수립하여 군 사령관에게 작전을 설명하였고, 승인을 받은 후에 사단 단독 작전으로 수행하게 된 것이다.

해가 지고 밤이 무르익어갈 즈음에 잠복조에 의하여 최초로 적 탐색이 보고된다. 암호명은 "토끼"라고 정하였다. 사단본부 내의 무전기에 단 한마디 "232 우사기(토끼)"라는 암호화된 목소리가 조용히 점잖게 뚜렷이 들려온다. 이 암호는 "2대대 3중대 2소대 지역에 적 출현"이라는 의미이다. 그리고 이어서 잠시 있다가 "232, 이치(하나)"라는 소리가 들려 온다. 이것은 1개 소대 병력쯤 되는 적군이 통과하였다는 의미이다.

또한 일본군은 잠복조 이외에 특수훈련을 받은 3~4명이 한 조를 이루는 특공 수색조를 잠복조와 포위조, 몰이조의 중간 곳곳에 투입하여 잠복하고 있었다. 그들에게 적의 동향을 보고하라는 특수임무를 주었기 때문에 적의 이동이나 집결 상황을 수월히 파악할 수 있었다. 이처럼 여러 곳에서 적군의 동향이 임시 지휘부에 들어왔다.

지휘부는 일본군의 잠복조, 포위조의 위치와 적군의 위치, 이동방향을 지도에 도식하면서 적의 동태를 살피고 예상 공격시간과 예상 도주로를 분석하고 있다.

보고된 정보를 종합한 결과에 의하면 가장 먼 게릴라 군과 가까이 있는 게릴라와의 거리 차는 30분 정도이고 집결지에 제일 늦게 도착하는 게릴라 부대는 한 시간 정도 후에 도착할 것이라고 추정한다.

지금 작전을 벌이고 있는 지역은 산의 북동쪽으로, 사단 임시지휘부 상황실이 있는 곳으로부터 게릴라들이 모이는 예정 지점은 불과 3킬로미터 정도 밖에 떨어지지 않은 곳이다. 이 지점은 산으로 올라가는 경사가 시작되는 평지이며 골짜기 입구로 주변에 큰 나무가 숲을 이루고 있는 지역이다. 사단장은 양 변두리에 있는 몰이(포위)조 일부 병력을 예상 집결지에 보충하였다.

병력을 트럭으로 이동시킬 경우에 한 시간 정도면 충분하다. 그렇게 예상 집결지에는 이중삼중으로 종심을 깊게 하여 적을 몰아갈 예정이다. 사전에 준비된 정찰에서 세세히 작은 사잇길까지 알아냈기 때문에 도주할 수 있는 길은 다 차단하면서 토끼몰이 준비를 완료한다.

예견하였던 대로 게릴라들이 집결하고 있다. 그런데 이상하게도 한 곳에 모여드는 인원은 소수이고 잔여 게릴라들은 산 곳곳에서 머무르며 더 이상 모여들지 않았다. 그들은 예상 집결지 반경 2킬로미터 정도까지만 접근하고는 멈추어 각 대표자와 두세 명의 호위 병사만 집합한다. 그리고 주변에 집합한 총 인원도 1개 대대 병력이 아닌 대략 절반 정도 병력 밖에 되지 않는다.

사단 임시지휘부 상황실에서는 적의 숫자가 적은 것을 수상히 생각하여 사단장에게 보고하였고 여러 참모들의 의견을 들어본 결과 절반의 병력은 이곳에 들어오지 않고 있음을 알게 된다.

나머지 게릴라 부대는 이곳에 집결하지 않고 직접 사단을 공격하려고 별도로 출발한 것으로 분석된다. 사단장은 직접 사단본부에 무전을 하여 부대방어를 하고 있는 부사단장을 불러내어 긴급작전을 지시한다.

"지금 이곳의 적 전력은 대대 병력의 절반 밖에 되지 않고 절반의 병력은 사단을 직접 공격할 것으로 예상되니 부대방어를 철저히 하라."

사단장은 부대 잔류 병력으로 1~2개 중대 병력의 게릴라는 충분히 방어할 수 있을 것으로 판단하였다. 부사단장은 부대에 남아 있는 전 병력 2개 대대와 기계화 부대에 대하여 비상소집과 기지방어 명령을 발동한다.

이 정도의 병력이면 부대방어를 하는 데 전혀 문제가 없는 많은 병력이다. 그리고 적은 불과 1개 중대라고 하지 않는가. 아무리 특수훈련을 받은 적일지라도 수비병력 1,500여 명을 뚫고 들어올 것으로 생각할 수도 없고, 거기에다 전차부대와 포병 그리고 장갑차 수십 대가 있기 때문에 화력만으로도 적을 충분히 제압할 것이라고 생각한다.

부대에 남아 있는 모든 병력을 비상소집을 하여 출동명령을 내리고 각 부대별로 방어전담지역을 할당한 뒤에 방어지역을 책임사수 하라고 지시를 내린다.

그리고 기동타격대를 더 편성하여 장갑차를 최대로 활용하도록 하였으며 장갑차 12대중 8대를 2대씩 각 4방면에 투입한다. 장갑차 안에는 7~8 명의 병사가 탑승하여 언제든지 신속하게 전투지역과 취약지역에 투입될 수 있도록 하였으며 4방면에 있는 부대 출입구에는 전차 여러 대를 배치한다.

또한 탄약고 3개 동과 창고 3개 동 그리고 2곳의 유류저장고에 대해서도 방어인원을 증가시켰으며 나머지 4대의 장갑차를 배치한다. 그야말로 파리새끼 한 마리 샐 수 없는 철통같은 경계를 하고 있다.

이 사단주둔지는 총 외곽 거리가 거의 7킬로미터에 달하였고 부대 밖으로 사방이 낮은 야산과 자그마한 개울이 산기슭에서부터 이어져 방어하기에 쉬운 지형은 아니다.

가장 방어하기에 좋은 지형이 옛날 산성과 같이 평야지대에 어느 정도 높은 야산이 있어 적을 굽어보거나 적이 숨을 장소가 없는 곳이다. 하지만 이곳은 부대 안팎에 야산과 개울이 산재되어 있어 게릴라가 잠입하기에는 상당한 지리적 이점이 있었다.

그리고 부대의 울타리는 장기적으로 주둔할 수 없는 부대 특성 때문에 임시로 원형 철조망과 일자 철조망을 쳐놓았지만 게릴라에게는 이정도 침투는 아주 손쉬운 장애물에 불과한 것이 문제점이다.

이러한 취약점을 보완하기 위하여 사전에 방어 취약지점을 선정하여 참호를 파고 방어에 유리한 곳곳에 저격수를 배치하고 있어서 게릴라가 쉽사리 침투하기는 어려운 상황이다. 예상과는 조금 달랐으나 한 시간쯤 지나자 금일 작전에 참가할 중국군 게릴라 부대의 주요 보직자가 한 곳에 모여든다.

그리고 오늘의 작전에 대한 작전참모의 브리핑과 대대장의 간단한 주의사항이 하달된다. 오늘 게릴라 부대의 주요 작전 목표는 일본군 사단본부 내의 탄약고, 유류저장고 그리고 창고를 폭파하는 것이다.

따라서 이미 출발한 공격부대는 대대장의 지시와 세부 작전지시를 받았으며 이곳에 모인 장병들은 부대를 정면과 다른 한쪽 측면에서 공격하여 적의 주력 수비부대를 유인해내어 일본군이 침투부대에 전력을 집중하지 못하게 만드는 것이 주 임무이다.

그러니까 후방과 측방에서 일본군을 교란하고 침투한 게릴라에 의하여 목표물을 공격하고 탈출하도록 하는 일종의 기습공격이 가미된 양동작전(陽動作戰)이면서 성동격서(聲東擊西)의 전술이다.

이런 작전계획을 수행하기 위하여 정문과 좌측방에 각각 주화기인 곡사포 4문씩 8문과 중기관총 8문으로 지원 사격하도록 하였다. 또한 후방과 우측방의 주력 기습부대는 자동경기관총을 배치하여 경량화, 기동화 하였다.

일본군이 주둔하고 있는 지형도 후방지역에 몇 개의 야산이 있어 침투 공격조가 사전에 침투 잠복하여 있다가 공격하고 철수하는 데 최적의 지형을 갖추고 있다.

후방과 측방 침투 게릴라의 1차 주요목표는 앞서 말한 탄약고, 유류고, 창고 등이며 2차 목표는 인명살상이다. 장기전에서 가장 효과를 발휘하는 전투수행 방법 중의 하나가 적의 병참선을 차단하는 작전이다. 병참선의 차단은 적의 사기 즉 싸울 의지를 제거하여 전투를 벌이기 전에 전투의지를 와해시키는 가장 첩경인 전략이다.

따라서 중국 유격대의 최종 목표는 각 사단 내의 병참을 우선 제거하고 장기적으로는 일본군의 지속적인 병참선 차단을 위하여 주 보급망인 철로와 화물 기차를 공격하는 후방 차단작전을 준비하고 있는 중이었다.

어둠이 완전히 내려 주위가 깜깜해지자 유격부대 대표자는 4개 경로를 통하여 집결지에 내려온다. 중대장과 소대장 등 각 단위부대의 대표자들 20여 명이 이미 당도한 대대장이 있는 유격대 본부에 합류하자 브리핑을 시작한다. 먼저 작전참모가 간결하게 작전계획에 대하여 설명하고 유격대장은 주안점과 주의사항을 하달한다.

중국 유격대는 총 유격대 1개 대대 400명을 동원, 유인공격 병력으로 240명 탄약고와 유류저장고, 보급 창고를 공격하기 위하여 총 32팀 160명을 침투시킨다.

일본군은 이때쯤에는 완전히 포위망을 형성하여 놓고 즉각 발포 할 수 있도록 각자 유리하게 엄폐, 차폐된 지형지물을 이용하여 몸을 숨긴 뒤에 대기하고 있다. 그들은 유격대가 산 어귀까지 내려오기만을 기다리고 있다. 또한 중국 게릴라 부대의 이동경로를 알아차리고 멀리 외곽에 포위망을 형성하고 있던 부대에 대해서는 일부 접전이 예상되는 지역으로 신속히 이동시키어 포위망에 대한 화력 집중과 종심을 강화한다.

그리고 도주로를 차단하기 위하여 포위한 양익의 끝 병력을 일부 산 쪽으로 올리고 끝부분에 있는 병력을 접전 예상 지역으로 좁혀서 다가오도록 한다. 말하자면 일자로 된 함정을 항아리 형태로 만들어 오므려서 빠져나갈 수 없도록 만드는 것이다.

유격대는 일본군이 이렇게 미리 그들의 공격을 알고 포위망을 형성하여 기다리고 있다는 것은 꿈에도 모른 채 오늘의 작전에 대하여 열심히 브리핑하고 있고 일본군 주력부대는 포위망을 압축하여 그들에게 은밀하게 접근한다.

일본군 지휘관이 최적의 공격시점이라고 판단하여 권총으로 발포하여 공격명령을 발한다. 그의 발포를 신호로 기관단총과 개인 소총이 산속의 적막을 깨뜨리며 총성은 메아리쳐 산 전체에 멀리 울려 퍼진다.

이어서 여기저기서 단발마의 비명소리가 나고 총소리가 요란해짐에 따라 다급한 비명소리가 계속 화답한다.

일본군은 중국 유격대 머리 위에 조명탄 여러 발을 쏘아 올린다. 주변이 대낮처럼 밝아졌으며 기습을 당하여 우왕좌왕하는 중국 유격대의 모습이 적나라하게 일본군의 눈에 들어온다. 일본 병사들은 신이 나서 더욱 방아쇠에 힘을 주어 당긴다. 인간 사냥이라고 표현하여야 할까!

당황한 중국 유격대는 산중턱으로 달아나기 시작한다. 그러나 중국 유격대는 단순한 오합지졸이 아니었다. 그들은 일반 장교와 하사관 중에서 젊고 강인한 자를 선발하여 장장 10개월간 특수훈련을 시킨 일당백의 정예 장병들이다.

집결지에 모인 유격대원 20여 명은 1개 대대의 능력을 발휘할 수 있는 강인한 장교와 고급하사관들이다. 제일 앞장서 있던 유격대원 장교와 하사관 5~6명이 비명을 지르면서 쓰러졌지만 나머지 장병들은 즉각 엄폐물에 몸을 숨기고 개인 기관단총으로 반격을 시도한다. 그들은 이러한 긴박하고 어려운 상황에서 탈출하는 훈련을 수없이 받아왔다.

훈련시 실제 상황을 가상으로 하여 초기 대응 절차와 극도로 어려운 상황 하에서 반격 방법 그리고 불리한 전투지역을 벗어나는 방법을 교육받았기 때문에 지금 최악의 불리한 상황에서도 더 이상 당황하지 않고 반격을 할 수 있는 것이다.

어설픈 일본군 병사 몇 명이 유격대원의 반격으로 사망하거나 큰 부상을 입게 되니 일본군의 공격도 잠깐 주춤한다. 그리고 집결지에 모이지 않은 잔여 중국 유격대 병력의 일부가 합류하여 제각기 자리를 잡고 그들이 보유한 소형 곡사포와 바주카포로 일본군을 향하여 수발을 발사하니 일본군도 일시적으로 당황한다.

중국 유격대는 이틈을 이용하여 퇴각하기 시작한다. 그들의 산 타는 솜씨는 놀라웠다. 가파른 산인데도 불구하고 평지처럼 달려 산꼭대기 쪽으로 달아나기 시작한다. 평소에 얼마나 피나는 훈련을 받았는지 그들의 날렵한 몸놀림이 그것을 보여주고 있다. 그러나 일본군의 상당수 병사도 산전수전을 다 겪은 전투경험이 있는 병사들이다. 노련한 일본군 병사들은 중국 유격대의 반격을 교묘히 피하면서 달아나는 적을 추격하기 시작한다.

천영화를 비롯한 여러 병사들은 포위조에 배정되어 각자 소총을 들고 총알을 장전하여 안전장치를 푼 상태에서 방아쇠만 당기면 나갈 수 있도록 만반의 준비를 하고 있다. 그동안 조용히 산 밑에서 적을 포위하여 서서히 포위망을 압축하고 이제는 주변의 장애물을 이용하여 몸을 숨기고 적이 오기만을 기다리고 있다.

그런데 중국 유격대는 김장진과 윤형진이 잠복하여 있는 지역으로 도주해와 그들은 일본군과 함께 유격대를 향하여 사격한다. 조준사격은 아니다. 훈련을 받고 난생 처음으로 사람을 향하여 발사해보는 것이기 때문에 그냥 머리 위로 총구를 올리고 대충 방아쇠를 당긴다.

유격대가 반격을 하며 뒤로 물러나면서 도주하자 대대장이 "적을 추격하여 섬멸하라!"라고 명령 내린다. 이때까지 엄폐물에 몸을 숨긴 채로 사격을 가하였던 병사들이 튀어나와 적이 사라지는 쪽으로 신속히 추격한다. 처음에 쏘아 올라 불타던 조명탄이 지면 가까이 내려오면서 불꽃이 수그러들자 또 다시 새로운 조명탄이 발사되어 작전지역을 밝혀준다.

유격대가 사라진 방향을 향하여 군견을 대동한 수색대 요원이 앞서면서 정확히 유격대의 뒤꼬리를 잡는다. 소총과 기관총의 탄알이 적군을 향하여 날아가지만 바위투성이의 땅만 맞추고 적군은 여간해서 쓰러지지 않으며, 총알이 바위에 맞고 튕기며 '핑-핑-'거리는 소리가 귓전을 때린다.

중국 유격대원의 반격도 만만치 않다. 조명탄이 비추고 있지만 나무와 바위에 의하여 불빛이 차단된 곳은 사물의 분간이 잘 되지 않아 유격대원은 이런 곳에 의지하여 몸을 숨기고 반격하고 있어 섣불리 다가가다가는 오히려 적 총탄에 맞을 수가 있어 함부로 앞으로 나가지 못한다. 소대장은 소대원 중 많은 전투 경험이 있는 하사관 2명과 고참병 여러 명을 불러 작전을 지시한다.

문제가 되는 적군의 반격이 있는 곳을 좌우 양방향으로 우회하여 공격하는 방법이다. 이들은 신속히 그러나 은밀히 각자 좌우로 다가간다. 수류탄을 정확히 던질 수 있는 20여 미터를 다가가서 3명이 일시에 수류탄 핀을 제거하면서 던지고 몸을 엎드린다.

"꽝 꽈 광…"

수류탄 터지는 소리가 울려 퍼지고 기관총 소리가 이어진다. 일본군의 기관총 사격이 멈추니 일시 주변이 잠잠해진다. 몇 명의 병사가 수류탄이 터진 곳을 향하여 중간 포복으로 조심스럽게 다가가서 살펴본다.

한 구의 사체가 나뒹굴어 있고 한 명은 피를 낭자하게 흘리며 낮은 신음소리를 내고 있다.

일본군 하사관이 소총으로 한 발을 더 쏘니 신음소리가 끊어진다. 어차피 죽어야 할 사람 고통을 덜어주겠다는 생각이었을까?

　그런데 이 유격대원 2명은 시간 지연용이었다. 즉 다른 유격대원들의 안전한 퇴각이 이루어질 때까지 일본군 추격대의 발을 묶어 놓는 일종의 희생양이었다. 중대장은 완전히 사라진 유격대에 대하여 임시본부에 무전으로 보고한다.

　한편, 산중턱보다 훨씬 위에 있었던 잠복조는 사단임시본부의 지시에 의거, 적 예상도주로라고 생각되는 지점으로 다시 이동하여 잠복하면서 기다리고 있었다. 밑에서부터 올라오는 유격대를 소탕하기 위해서는 아무래도 나무보다는 바위가 엄폐물로 좋을 것 같아 도주로 양 옆으로 주공격수를 배치하고 중국 유격대가 달아날 것에 대비하여 길이 아닌 곳에도 병력의 일부를 배치한다.

　얼마 후 총성이 울린 다음에 조명탄이 올라온다. 대낮처럼 밝지는 않았지만 위에서 밑으로 내려다보니 물체는 구분할 수 있어 적을 식별하고 사격을 하는 데에는 문제가 없다. 이어서 산 밑에서 상호간에 교전하는 총소리가 여러 방면에서 치열하게 들려온다. 10여 분이 지났을까?

　작전참모한테서 무전이 온다. 산 정상 쪽으로 적이 도주하고 있으니 소탕하라는 지시이다. 모두 긴장을 하고 여차하면 방아쇠를 당겨버릴 준비를 하고 있다. 이윽고 검은 물체들이 헐레벌떡거리며 시야에 들어온다. 지척에 왔을 때 중대장이 첫 사격을 한다.

　이것을 신호로 1차 잠복조의 총구에서 불빛이 번쩍거린다. 수 명의 적이 고꾸라지면서 절명하였고 일부는 중경상을 입는다. 줄지어 올라오던 유격대는 제각각 엄폐물에 몸을 숨기고 대응 사격을 한다.

　그러나 이미 위치상 혹은 여러 형태로 수세에 몰려 있는 유격대는 매우 당황하였고 사상자를 내면서 일부는 일본군의 포위망을 뚫고 달아난다. 잠복조는 도망가는 적을 끝까지 추적하지는 않는다. 막다른 곳에 빠진 적을 공격하려다 오히려 아군의 피해가 더 많아질 가능성 때문에 어느 정도만 추적하고 그만둔다.

중국 게릴라는 이런 식으로 몇 개의 집단으로 나누어 흩어져 일본군의 포위망을 벗어나려 응사 혹은 반격을 하면서 도주를 계속한다.

중국 유격대의 침투

한편, 사단본부에서는 잔여 병력을 모두 투입하여 방어체제로 들어가서 중국 유격대가 들어오기만을 기다리고 있었다. 중국 침투유격대는 정·측면 공격 주 부대와는 다르게 일찍부터 은밀히 조별로 출발을 하여 일본군이 산의 일부를 포위하기 전에 이미 산에서 내려왔다. 그래서 일본군과 조우하지도 않았고 각자 정해진 구역에 예정대로 침투하여 부대 가까이 접근하였다.

그들은 해가 떨어지기 조금 전에 각 지역별로 도착하여 일단 지형을 정찰하였다. 주변의 제일 높은 산에 올라가 사단본부 전체를 내려다보고 사전에 침투 지역에 대하여 연구하였던 것과 실제의 지형이 어떻게 다른지 대략적인 형세를 파악하고 천천히 접근하였다. 그들은 일단 유사시 퇴각을 위한 퇴로, 불리해졌을 때의 비상도주로를 설정한다.

그리고 주변의 장애물과 엄폐 은폐물을 확인해두고 적이 추격할 때 돌아서서 반격할 유리한 지형도 설정해놓는다. 이들 유격대는 일주일 전부터 특별팀 수 명이 비밀리에 이 지역의 지형을 사전에 정찰해두었기에 처음 온 대원들을 위한 일종의 현장 확인 차원이었다. 밤이 되니 제법 이슬이 맺히기 시작한다.

침투하면서 발걸음에 차이는 잡초에 맺힌 이슬이 군화와 바지에 묻어나지만 걷는 데에는 전혀 지장이 없다. 오히려 습기로 인하여 잡초에 부딪히는 소리가 줄어든다.

일본군 진지는 조용하고 평상적 수준이다. 그런데 밤이 이슥해지자 갑작스럽게 사이렌 소리가 들리더니 기지방어 강화지시가 내려지고 부대 내 이곳저곳에서 병사들이 부지런히 움직이는 것이 포착된다.

유격 중대장은 적이 뭔가 낌새를 챈 것 같아 불안한 느낌이 든다. 그러나 이미 계획된 작전대로 수행해야 하기 때문에 정문과 좌측 문에서 아군의 공격만을 기다렸다. 정문과 좌측 문에서 발사하는 박격포 발사 소리를 유격대의 기습침투 후 공격시간으로 설정해놓았다.

그런데 약속된 시간이 지났는데도 공격하는 포 소리는 들려오지 않고, 오히려 유격대가 지나온 산에서 조명탄이 올라오고 희미하나마 총소리가 들려온다. 사단본부를 기습할 두 중대장은 경거망동하지 않고 일단 기다린다.

그들은 대대장의 암호 지시를 기다리고 있었으나 무전기에서는 다른 중대장의 짧고 다급한 소리만 들려온다. 정확한 상황파악이 어려웠지만 공격계획이 일본군에 누설되어 역으로 공격당하고 있다고 생각된다. 따로 떨어져 있던 두 중대장은 서로 통화를 하여 일단은 기다리다가 단독 작전을 수행하기로 한다.

밤이 깊어 자정이 가까워지자 산 쪽에서 들려왔던 총소리가 어느 정도 줄어든다. 그런데도 유격 대대장의 지시는 아직 없다. 이런 상황에서 유격대는 원래 계획대로 작전 진행이 되지 않을 경우 차선의 임무가 계획되어 있다. 원래 유격대는 자생적인 작전을 수행하기도 한다.

즉 상부의 작전지시도 받지만 교전지역에 들어가서는 상황에 따라 임무를 완수하기 위해서 시간과 장소 그리고 수단 방법을 가리지 않고 전투를 수행한다. 그것이 유격대의 첫 번째 덕목이기도 하다.

두 번째 덕목은 임무완수와 더불어 사지에서 살아 돌아오는 것이다. 적지에서 우군 지역으로의 도피와 탈출을 위한 모든 수단과 방법을 동원하는 것이다.

두 중대장은 상의하여 일본군의 경비가 느슨해지는 새벽 3시에 양쪽에서 기습하여 원 목표인 일본군 사단본부의 탄약고 보급창고, 유류저장고를 공격하여 파괴시키기로 한다. 얼굴에 검댕을 잔뜩 발라 빛에 의한 반사를 최대한도로 줄이고 임시 철조망으로 빙 둘러쳐진 기지 울타리에 접근한다.

유격대원들의 잠복 침투는 가까이 있는 군견도 눈치 채지 못할 정도로 은밀히 그리고 아주 느린 속도로 때로는 전광석화와 같이 접근을 한다. 냄새가 역겹고 구멍이 작아 도저히 접근할 수 없다고 판단되는 수챗구멍이나 전선을 탄다든지 혹은 엄폐물과 은폐물을 적절히 사용하여 목표물에 신출귀몰하게 접근한다.

철조망에 접근한 유격대는 경비가 좌우측으로 20여 미터 떨어진 곳 그리고 경비초소와 약간 후미진 곳을 침투지점으로 택한다. 초병 2명이 동초로 자기 구역을 이동하며 경비를 서고 있다.

그 후방에는 몇 개의 참호가 있고 참호 속에는 삼삼오오 그룹을 지어 경계하고 있다. 동초 2명을 소리 없이 해치우고 참호 사이로 그림자처럼 이동하여 목표물에 접근하면 될 것 같다. 만약에 접근하다가 발각이 되면 수류탄으로 공격하여 처치하면 그 다음 목표물까지는 별다른 저항이 없을 듯하다. 이 지역은 숲이 제법 우거져서 깜깜한 밤인데도 나무 그늘이 져있으며, 달빛이 시들하고 별들만 가득하여 유격대가 은밀히 행동하기에 가장 좋은 새벽이다. 드디어 공격 작전개시다.

선두에 선 유격대 5명은 일단 동초 2명을 제압하기 위하여 철조망 제일 밑 가시철망을 몇 개 잘라낸다. 니퍼를 사용할 때에 소리가 나지 않게 한 번에 삭둑 자르지 않고 야금야금 몇 번에 걸쳐서 그러나 신속하게 원형으로 된 가시철조망을 잘라낸다.

누워서 철조망을 통과한 한 팀 5명은 동초가 지나가 자기구역 끝에서 돌기 전에 재빨리 동초가 다니는 길 안쪽의 얕은 도랑에 몸을 숨긴다. 동초는 숨어 있는 유격대 앞으로 아무것도 모른 채 습관적으로 지나간다. 즉시 두 사람은 전혀 소리도 내지 않고 전선줄을 이용하여 일본군의 목을 낚아채면서 조른다.

두 보초는 총을 땅바닥에 놓치면서 두 손을 들어 전선줄을 잡아 더 이상 졸리지 않도록 반항을 시도하지만 유격대원은 어떠한 동작에도 계속 목만 조르고 동시에 다른 한쪽 발을 이용하여 떨어지는 총을 소리가 나지 않게 잡아주어 다른 병사가 그 총을 재빨리 받아낸다.

두 보초는 발버둥을 쳤으나 더 이상 특별한 저항도 어떤 소리도 내지 못하고 허무하게 늘어진다. 보초를 제압하고 신호를 보내니 밖에 대기하고 있던 나머지 두 팀이 순식간에 들어와서 대형을 이루고 각자 공격할 참호를 정하여 흩어져서 은밀히 접근한다.

이와 같은 분대별 침투가 우측방과 후방지역 전 구간에 걸쳐서 이루어지고 있다. 거리가 지적인 참호 속에서는 아직 인지하지 못하고 있다.

새벽시간에 수비하는 병사들을 심히 괴롭히고 있던 것은 졸음이다. 상당수의 병사들이 간밤에 초병을 서다가 잠을 제대로 자지 못하고 부대방어에 이끌려나왔고, 새벽 한두 시까지는 그럭저럭 졸음을 참고 견디었으나 세 시가 지나자 쏟아지는 졸음을 참을 수가 없었다.

잠시만 졸다가 일어나야겠다고 생각하다가 눈을 뜨지 못하고 잠이 들어버리기도 한다. 그러나 중국 유격대 2개 중대가 잠복하여 사단본부 내의 여러 목표물에 침투하는 것이 성공될 듯하였지만 일본군의 이중삼중으로 되어 있는 종심 깊은 방어망에는 그 모습을 드러낼 수밖에 없다.

일본군 병사들이 졸고 있던 여러 개의 참호를 통과하여 목표물 쪽으로 접근하니 마침내 한 개의 참호에서 유격대를 발견하고 발포한다. 이를 시발점으로 수비에 동원된 전 참호에서 집중 사격을 가하여 온다.

이처럼 일본군 수비 병력이 총격을 가해오니 유격대의 행동은 완전히 제한되고 수비벽을 뚫기에 많은 희생이 뒤따를 수밖에 없다. 거기에다 기동타격대의 장갑차가 출동하여 더욱 어려운 상황에 직면하게 된다.

준비된 방어망을 뚫기가 이처럼 어렵고도 험난하기만 하다. 그러나 소수의 유격대원 몇 명은 일본군과 치열한 교전 가운데서도 목표물에 한두 발자국씩 접근한다.

탄약고 공격

탄약고 주변에는 생각한 대로 수십 군데 참호가 있고 각 탄약고 출입 정문에는 기관총으로 무장한 장갑차가 주변을 지키고 있다. 장갑차가 탄약고 문을 지키고 있으면 아무래도 탄약고에 접근하기가 매우 어렵다는 것으로 판단하고 유격대원 네 팀은 양동과 유인작전을 쓰기로 한다.

일단 공격 네 팀을 분리하여 한 팀 당 5명을 탄약고 뒤편으로 이동시키어 먼저 공격하도록 하고, 다른 한 팀은 측면에서 공격을 하다가 후방 팀이 공격하는 방향으로 장갑차를 유인하여 정면에서 장갑차의 공백이 되도록 만든다.

이 상황에서 남아있는 두 팀이 정면 공격을 시도하여 탄약고 문을 뚫고 수류탄을 투하하여 탄약고를 폭파한다는 작전이다. 작전 계획에 따라 탄약고 뒤쪽으로 이동한 유격대원 한 팀이 탄약고에 접근하자 몇 개의 일본군 참호에서 기관단총과 소총을 난사하며 강력하게 저항한다. 유격대원은 이리저리 피하면서 참호에 접근하여 일본군 2개의 참호 안에 수류탄을 투척한다.

"꽝" "꽝" 참호 두 군데에서 수류탄 터지는 소리가 귀청을 떨어지게 할 정도로 크게 들렸고 일본군 참호는 조용해진다. 그러나 탄약고를 에워싼 참호는 수십 개가 넘었다. 두 개의 참호는 제압을 하였지만 옆에 몇 미터 떨어져 있던 다른 몇 개의 참호에서 이리저리 움직여 다가오는 유격대원을 향하여 난사한다.

이 저항으로 유격대원 두 명이 정통으로 총에 맞아 절명하고 다른 한명은 깊은 총상을 입는다.

나머지 두 명은 그 사이에 유격대원을 사살한 참호에 가까이 다가가 복수의 수류탄을 던진다. 참호에서 사격을 가하던 일본 병사 수 명이 살상을 당하고 더 이상 반격을 할 수 없게 된다.

그런데 이 참호 옆에 또 다른 참호가 연이어 후방에 있었고 그 곳에서 한 명의 유격대원을 향하여 총알을 비 오듯 발사한다. 유격대원은 몸을 최대한 땅바닥에 붙여 총탄을 피하면서 약간 파인 구덩이를 찾아 굴러 들어간다.

그리고 다시 전열을 가다듬어 기관단총을 발사한다. 그런데 그가 엎드려 총을 쏘면서 잠시 적을 견제하고 있는 순간 일본군의 수류탄이 그를 향하여 날아 들어온다. 그는 수류탄임을 인지하고 구덩이에서 몸을 밖으로 던지면서 피하여본다. 그러나 수류탄의 폭발과 함께 발생하는 파편이 유격대원의 행동보다 훨씬 빠르다.

그는 몇 개의 파편을 맞고 부상을 입는다. 그의 부상은 다리 부분이어서 절명이 되지는 않고 의식도 있다. 그는 이를 악물고 최후의 일본군 한 명이라도 쓰러뜨리고 죽겠다는 생각으로 다시 총을 잡는다. 일본군 병사 세 명이 수류탄을 던진 후 조용해진 적을 확인하러 다가온다.

그는 죽은 척 엎드려 있다가 일본군이 몇 미터 앞으로 오자 기관총을 난사한다. 순식간에 일본군 세 명이 쓰러지며 두 명은 사망하고 한 명은 중상을 입는다. 주변에서 지켜보고 있던 일본군 병사들이 일제히 다시 집중 대응사격을 하고 또다시 수류탄을 던진다.

유격대 한 명은 그 수류탄을 피하지 못하고 몸은 산산조각 나버린다. 나머지 한 명은 점령한 참호 속에서 계속적으로 적을 유인하는 시간 끌기 전투를 하고 있다.

이때 측면의 유격대 한 팀 5명이 탄약고 옆쪽으로 접근한다. 이것을 발견한 일본군은 그들을 사살하려고 장갑차를 투입하여 치열한 총격전을 벌인다.

장갑차에 타고 있던 일본군 6명은 즉각 내려서 장갑차의 뒤를 따라가면서 사격을 가하고, 장갑차는 유격대원이 있는 곳으로 천천히 이동하며 중기관총을 난사한다. 철갑을 두른 장갑차가 앞장서 가자 이것을 엄폐물로 하여 6명이 뒤편에서 따라가면서 사격을 가한다.

유격대원은 장갑차에 총을 쏘아보았자 소용없는 일임을 알고 사방으로 분산하여 후방지역으로 장갑차의 공격을 피하고 유인하면서 참호 속이나 혹은 개활지에서 반격하는 일본군 병사와 교전한다.

경상도 밀양 출신 권세진은 어젯밤부터 아침까지 초병근무를 서서 유격대 토벌작전에는 참가하지 못하고 하루 종일 쉬다가 저녁 식사 후 비상소집이 되어 탄약고 방어에 나오게 되었다. 아침 식사 후 휴식을 하였지만 곤한 잠을 잘 수 없는 주변 환경 때문에 몸이 천근만근이다.

그는 제일 큰 탄약고에서 흙으로 만들어진 한 엄폐호에 일본군 병사 4명과 함께 중국 유격대를 기다리고 있었다. 밤 1시가 넘어도 조용하자 병사들 모두 졸음이 오기 시작하였고 2시가 훨씬 넘자 눈꺼풀을 도저히 이기지 못하여 일부는 꾸벅꾸벅 졸기 시작한다. 권세진도 예외는 아니어서 어제 밤새 근무를 한 탓으로 더욱 졸음이 엄습한다.

그러나 3시가 넘어 유격대가 총을 쏘며 다가오자 긴장된 마음으로 다시 총을 잡고 전방을 주시하며 사격자세를 취한다. 총알이 빗발치듯 오가는 상황인데도 그는 밀양강의 정겨웠던 시절이 생각난다.

그는 밀양 시내를 한 바퀴 빙 감돌고 낙동강에 합류하러 급히 뻗어 나가는 밀양강에 천렵을 하러 친구들과 함께 나간다. 바위를 들치니 큼직한 가재가 몸을 도사리고 있다. 꺽저기, 돌마자 등 여러 민물고기가 바위틈에서 유유히 헤엄치고 있다. 그는 재빨리 가재와 물고기를 낚아채서 가장자리에 던져 놓는다.

어지간히 잡았다고 생각되어 던져놓은 고기를 수거하다가 문득 수많은 개미떼가 돌마자 한 마리를 놓고 전쟁 중인 것을 목격한다. 약 1~2미터 떨어진 곳에서부터 양 진영의 개미가 물고기를 향하여 새까맣게 줄지어 오고 있고, 물고기 반경 수십 센티미터 안에서는 상대방 적군과 전투를 벌이고 있다. 그는 흥미가 일어 두 개미떼를 관찰한다.

두 종류의 개미떼는 크기가 약간 다를 뿐 아니라 색깔도 다르다. 작은 종류의 개미떼가 더 검고 윤기가 났다.

그런데 이상한 일이 일어났다. 몸집이 큰 개미떼의 사체가 서서히 많아지기 시작한다. 자세히 살펴보니 큰 개미 한 마리당 두세 마리의 작은 개미가 야무지게 공격하고 있다. 수적으로 열세하여 국지 전투에서 패하면서 사체를 많이 남긴 몸집이 큰 개미떼가 퇴각하기 시작한다. 물고기는 작은 몸집의 개미떼가 차지하게 된다.

권세진이 개미떼를 물고기에서 떼어내려 손으로 털어내자 개미떼가 강하게 저항하였다. 개미 몇 마리가 손등에 올라 힘차게 깨문다.

이때 중국군의 유격대가 기관총을 난사하면서 권세진이 들어있는 엄폐호에 수류탄을 던진다. 권세진과 일본군은 별다른 저항도 하지 못하고 꿈결에서 전투를 하다가 짧은 생을 이국에서 맞이하게 된다.

한편, 정면의 두 팀 유격대원은 기동타격대인 장갑차가 측방을 통하여 뒤편으로 이동하자 즉시 행동에 들어간다. 한 팀 5명이 엄호 사격을 하고 5명이 탄약고에 접근을 시도한다. 이 작전은 수월한 듯 보인다. 5명의 엄호 유격대는 탄약고에 접근하는 부근의 참호에 집중 사격하니 참호에서는 잠시 대응사격을 하지 못한다.

이때 5명이 일어나 탄약고 방향으로 지그재그로 냅다 달린다. 적이 정조준을 하지 못하도록 요리저리 피하면서 구덩이가 보이면 몸을 굴려 들어갔다가 다시 일어나 뛴다. 긴 거리는 가지 못하고 4~5미터를 뛰다가 몸을 굴러 피하고 다시 일어나거나 낮은 포복으로 계속 접근한다.

일본군도 그냥 접근하게 내버려두지 않는다. 다섯 명이 탄약고 쪽으로 다가오자 그들을 향하여 집중 사격한다. 탄약고 정문에 거의 도달하였을 때에 세 명의 유격대가 쓰러진다. 그 중 한 명은 치명상을 입지 않았던지 잠시 쓰러져 있다가 수류탄을 옷에서 떼어내 안전핀을 입으로 뽑아 물고 있다가 엎드려 있는 상태에서 손으로 탄약고 문을 향하여 던진다. 수류탄은 탄약고 문에 정통으로 맞지 못하고 약간 미달되었으나 그 충격으로 문 일부가 파손된다.

뒤이어 도착한 나머지 두 명은 약간 파손된 문에 수류탄을 또 하나 던지고 엎드린다. 성공이다. 탄약고 문은 산산이 부서져 흩어진다. 이때 후방으로 간 장갑차가 다시 돌아 와서 엄호하고 있는 병사들에게 다가와 중기관총을 난사한다. 장갑차의 출현으로 대등한 접전이 한쪽으로 기울어버린다.

유격대원은 뿔뿔이 분산하여 목표물을 다중화 시킨다. 그렇지만 장갑차의 불도저식 돌격과 공격에 유격대원 2명이 절명하고 한 명은 중상을 입어 기동을 전혀 할 수 없다. 다른 한 명은 가벼운 경상을 입는다.

이때 간신히 탄약고에 접근한 유격대 두 명이 부서진 문틈으로 두 발의 수류탄을 던져 넣는다.

처음 폭발하는 소리는 수류탄이 터지는 소리였으나 잠깐 시간이 경과되어 들려오는 소리는 천지를 뒤엎는 소리이며 탄약고 안에 보관하고 있던 각종 포탄과 총알이 연쇄 폭발을 일으킨다. 유격대 요원은 수류탄을 던져 탄약고가 완전히 터질 때까지 있다가 탄약고가 폭발할 때 생기는 폭풍으로 하늘 높이 치솟아 오른다.

탄약고의 폭발은 정말 대단하다. 불꽃이 하늘을 찌르고 폭발 시 일어나는 폭풍은 반경 100미터 안을 붉은 구름과 불빛으로 휘몬다. 탄약박스 하나가 폭발할 때마다 "꽈 꽝" 소리가 천둥치듯 나고 파편이 튀어 오르면서 불꽃이 치솟는다. 폭발하는 탄약고 가까이 있던 여러 명의 일본군 병사의 몸이 허공에 떠올라 내팽개쳐지며 파편과 폭발력에 의하여 절명한다. 탄약이 폭발할 때마다 주변의 병사들이 움찔 움찔하면서 몸을 낮추고 당황한다.

전투를 벌이고 있는 일본군과 유격대원은 전투를 멈추고 즉시 폭풍의 영향권에서 벗어나야만 한다. 그들은 적군과 우군을 구별할 틈 없이 즉시 일어나 피해 반경 밖으로 벗어나느라 혼잡스러워진다. 일단 대형 탄약고를 폭파시켰지만 아직도 2개의 탄약고가 더 남아 있다.

물론 탄약고는 폭발한 탄약고로부터 약 200미터 이상 떨어져 있다. 그러니까 만약 하나의 탄약고가 폭발했을 때 탄약고 간의 거리가 최소 200미터 이상 이격이 되어 있어야 폭발의 영향이 미치지 못하여 탄약고가 안전한 것이다.

이번에 폭파한 탄약고가 가장 큰 탄약고였다. 이것을 폭발시키려 4개 팀을 투입하였고 나머지 3개의 탄약고에도 전투의 중요도를 생각하여 동시에 12개 팀이 침투하여 접근을 시도한다. 그러나 강력한 일본군의 저항으로 인하여 탄약고 접근이 그렇게 쉽지 않는다.

왜냐하면, 나머지 3개의 탄약고는 완전히 개활지에 위치하고 있어 침입할 때 몸을 숨겨서 접근할 수 있는 엄폐 은폐물이 없고, 장갑차와 참호 안에서의 거센 응사로 쉽사리 근접할 수 없기 때문에 애를 먹고 있다.

접전 중에 가장 큰 탄약고가 폭발하고 그 폭발음과 후폭풍이 인접 탄약고에 미쳐서 탄약고 중간에 있던 장갑차와 참호 속의 일본군은 철수할 수밖에 없다. 잠시 10여 분 정도 지나 초기 화염과 폭풍이 줄어들자 유격대 두 팀은 혼란한 시점에 일본군이 철수하였던 방향으로 진입한다. 이때 탄약고 바로 근처에 있던 철수하지 않은 참호에서 소총이 난사된다. 유격대 두 명이 쓰러진다.

유격대원도 응사를 하였고 두 명이 옆쪽으로 접근하여 수류탄과 기관총을 난사한다. 참호 안에서 더 이상의 대응은 없다.

이들이 접근하고 있던 다른 방향에서도 유격대 두 팀이 일본군과 접전을 하고 있다. 총소리가 탄약고 연쇄 폭발 소리와 함께 섞여 불협화음을 내고 있다. 유격대원은 몇 명의 손실을 입으며 천신만고 끝에 탄약고에 도달하였고 탄약고 안에 두 발의 수류탄을 투척한다.

가볍게 두 발의 수류탄 터지는 소리가 나더니 이번에도 폭약이 연쇄 폭발하면서 조금 전과 마찬가지로 폭풍이 일어나고 검은 구름과 회색 구름이 치솟아 오른다. 동시에 벼락 치는 소리가 근처에 있는 모든 사람의 귀를 멍하게 만든다. 이 탄약고에는 대형 폭탄의 탄두가 보관되어 있었다.

유류저장고와 창고 공격

한편 같은 시간대에 유격대의 또 다른 팀, 즉 기지 우측방에 침투한 유격대원은 탄약고나 일본군 병사들이 기거하는 숙소와 상당히 떨어져 있는 유류저장고를 공격하러 접근하였다. 유류저장고는 부대 내의 남과 북 두 군데에 나뉘어 있었으며 별도의 큰 저장탱크가 있는 것이 아니고 드럼으로 된 수백 통의 기름 저장 통이 산처럼 쌓여 있다.

북쪽에 있는 유류저장고는 전차와 장갑차 등 기계화 부대가 사용하는 것이었고, 다른 하나는 트럭과 지프 그리고 오일 등을 보관하는 일반 차량용 저장고였다.

이곳 유류저장고도 탄약고와 마찬가지로 많은 병력이 참호에서 유격대를 기다리고 있었다. 유격대는 탄약고에 침입한 유격대와 거의 유사하게 철조망을 돌파하고 도랑과 야산을 이용하여 유류저장고 100미터까지 접근하였다. 이곳에서부터는 정말 귀신 같이 접근을 하여야 유류저장고에 유격대원의 손실 없이 작전을 달성할 수 있을 것이다.

하지만 여기저기 산재해 있는 일본군 진지 참호는 순탄한 접근을 절대 허락할 것 같지 않았다. 이 순간 탄약고 근처에서 전투가 먼저 벌어지고 총소리가 부대의 새벽 공기를 가를 때 별도의 유격대원은 유류저장고를 중심으로 네 방향에서 접근하였다.

그러니까 한 개의 유류저장고를 폭파시키려 네 방향에서 총 4팀 20명의 유격대원이 공격에 나선 것이다. 유격대원은 유류저장고를 빙 둘러 나열된 참호를 각 방면에서 하나씩 점차적으로 제거하고 접근하기로 하였다. 이곳에는 장갑차뿐만 아니라 전차까지 한 대 나와 있었다.

전차는 생각보다 방어에 유용하지 않지만 제자리에 선 채 빙빙 돌며 중기관총을 쏘기 때문에 화력은 어느 화기보다 강하다. 그러나 유류고와 탄약고 같은 인화성 물질을 저장하고 있는 곳에서는 가지고 있는 화력을 십분 발휘할 수 없었고 기민성이 떨어졌다. 즉 가까운 적을 제압하는 데 전차포를 발사할 수도 없는 노릇이었다.

하지만 전차 좌우에 붙어 있는 기관총의 화력은 엄청났고 위협적이었으며 좀처럼 제압할 수 없다. 그래서 유격대원들은 여기에서도 유인작전을 쓰기로 한다. 즉 전차를 정면 공격하다가 유격대가 공격하려는 다른 방향으로 달아나면서 전차를 유인하여 팀의 다른 대원을 침투시키는 방법이다. 최소한 유격대원 수 명의 희생이 예상되는 작전이다.

한 팀 다섯 명이 전차 앞 낮은 포복으로 전차의 사각지대를 향하여 다가간다. 나머지 대원들은 엄호사격을 가한다. 한 팀이 낮은 포복과 갈지자로 이동하자 전차 주변에 있던 일본군의 엄폐호에서도 빗발치듯 두 사람을 향하여 총알을 쏟아낸다. 다섯 명은 예정한 방향으로 급히 방향을 바꾸어 달아난다. 전차와 장갑차 그리고 일본군의 사격이 다섯 명의 유격대를 향하여 집중된다.

전차는 두 사람을 추격하여 수십여 미터를 이동하였고 유격대원은 집중된 사격에 벗어나지 못하고 절명한다. 이 사이에 남은 유격대원이 목표물에 상당한 거리까지 접근할 수 있었다.

이러한 유인전술이 성공하여 나머지 유격대는 이런 상황이 벌어질 때 계속 접근하여 수류탄을 유류저장고에 던진다. 검은 연기가 하늘로 치솟고 기름이 잔뜩 차있는 드럼통이 연쇄 폭발을 일으킨다. "펑" 소리를 내며 폭발할 때마다 드럼통은 하늘로 치솟는다.

연이어 검고 붉은 불길이 드럼통을 따라서 하늘로 날아올랐다. 파괴의 예술, 염라국의 불꽃이라고 표현을 하여야 맞을 것 같은 느낌이다. 한동안 모든 사람들이 유류저장고 폭발을 지켜보고 있다. 서로 죽어라 총을 쏘아대던 사람들은 난생 처음 염라대왕의 불꽃놀이를 지켜보며 일시적으로 황홀한 기분에 빠져든다.

우측방과 후방에서 침투하여 창고에 접근하였던 유격대원 8개 팀도 상당한 희생을 치르면서 2개의 창고를 불태운다. 창고는 부대 안 깊은 곳에 있어 접근하는 데 시간이 많이 소요되었기 때문에 노출이 되어 생각보다 더 많은 희생자가 발생하였다.

처음 한 개의 탄약고가 폭발하는 소리를 들은 부사단장은 즉시 모든 전차와 장갑차 그리고 정면과 후면에서 적과 싸우는 병력을 모두 탄약고, 유류저장고 그리고 창고 쪽으로 병력을 돌렸다. 하지만 유격대의 행동이 더 빨랐다. 병력이 트럭을 타고 현장에 가는 시간은 최대 10여 분이 걸렸다. 그리고 장갑차의 증파도 5~10분 정도 걸렸기 때문에 증파된 병력이 현장에 도착하였을 때는 이미 늦은 조치였다. 거의 동시에 두 개의 탄약고, 한 개의 유류저장고 그리고 창고 2개에 불이 붙는다.

사단본부 지역은 타오르는 드럼통과 폭발하는 탄약에 의하여 대낮처럼 밝아졌고 검은 연기가 몰려가며 퍼지는 지역은 다시 어두워진다. 일본군이 증원되어 다가오자 유격대원들은 혼란한 틈을 이용하여 모든 전투지역에서 썰물처럼 빠져 나가기 시작한다.

한편, 토끼몰이를 하던 일본군 사단의 주력부대는 새벽하늘이 밝아올 때까지 수색 소탕작전을 여러 곳에서 계속 진행하고 있었다. 그러나 중국 유격대 상당수는 이미 산을 넘어 뿔뿔이 흩어져 달아나버렸기 때문에 소수의 유격대만 사살하였고 더 이상의 전과확대를 위한 추격전을 벌일 수는 없었다.

전과확대를 하려고 계속 추적하다가, 이 험준한 산에서 적군의 반격이라도 받게 되면 적을 사살하는 것보다 아군의 희생이 훨씬 더 클 것이기 때문이다. 또한 지형적인 여건의 불리함과 미숙함 그리고 병사 각각의 역량이 중국 유격대에 비하여 현저히 떨어지는지라 계속 추격한다는 것은 섶을 지고 불길 속에 들어가는 것과 같은 것으로 여겨졌다.

따라서 사단장은 작전 종료를 선언하고 사살된 적군 수와 아군의 피해 현황에 대하여 파악하여 보고하라는 지시를 내린다. 파악된 결과 보고에 의하면 중국 유격대 사망자는 50여 명, 포로 20여 명, 중경상자 10여 명이었고, 곡사포 2문과 중기관총 2문을 노획하였다. 사단장은 생포된 중상자를 처단하라고 지시하였으며, 움직이지 못하는 포로 10여 명에 대하여 일본군에 대한 반역죄를 적용하여 현장에서 사살해버린다.

일본군의 피해는 사망 20여 명, 중경상자 10여 명으로 토끼몰이 작전은 성공적이라고 말할 수 있었으나 문제는 사단본부였다. 작전이 거의 막바지에 도달하여 피치를 올리고 있는 아직 어둠이 가시지 않은 새벽 시각에 사단본부 지역에서 폭발음이 들려오고 불꽃이 보인다. 사단장은 자신의 실수를 인정하며 즉시 작전을 종료하고 부대로 철수하여 병력을 증파하기로 한다.

그는 포위조로 사단본부에 인접하여 작전을 벌인 1개 중대를 차량에 탑승시키어 부대방어에 즉각 투입하게 한다. 부대에 귀환하면서 줄곧 사단 내에서 일어나는 불꽃을 보고 폭음을 들으니 착잡한 마음이 앞선다.

한편, 접전지역을 퇴각하여 제1차 집결지에 모인 유격대는 생사여부를 먼저 확인하였다. 확인 결과 이번 작전에 총 32개 공격 팀 160명이 투입되어 절반 정도인 72명이 사망하고 10여 명이 중상을 입고 일본군 진영에 남겨졌으며, 20명이 경상을 입고 제1차 집결지에 모이게 되었다.

목표물을 일부 파괴시켰으나 거의 3/5의 병력이 손상을 입었으니 유격 팀으로서는 최악의 싸움이었다. 중상자는 움직이지 못하여 일본군 진영에 남겨진 채 물러나야만 하였고 일본군은 중국 유격대 중상자들을 총으로 현장에서 확인 사살하였다.

제네바협약에 의하면 아무리 적군이라도 저항을 못하고 항거불능인 병사는 일단 치료를 해주도록 되어 있지만 일본군은 그런 인도적인 처사나 어떠한 자비심도 없었다. 그들에게는 오직 불타는 적개심만 남아 있어 모조리 확인 사살해버린다.

일본군 측도 많은 사상자가 발생하였다. 2개 소대 병력 정도가 사망하였고 중경상자도 다수 발생하였다. 유류고 한 군데가 완전히 소실되었고 탄약고 네 군데 중 두 곳이 폭파되었으며 보급창고 2동이 불타버렸다.

사단장은 부대에 돌아와서 부사단장의 전투결과를 보고받고 좀 더 부대방어에 치중하지 못한 것을 뼈저리게 느꼈다. 그는 차후 작전을 감행할 때에는 어떠한 방식으로 할 것인가 생각하게 되었다.

특히 유격대는 보통 병사와 달라서 겨우 1개 대대 밖에 되지 않는 병력에 불과한데도 엄청난 인적, 물적 손실을 일으켰으니 이것은 작전 실패와 같다. 준동하는 유격대를 소탕하려고 작전을 벌였는데 이 정도의 인적, 물적 손실을 가져올 바에야 차라리 싸움을 하지 않는 것이 나았을 정도였다.

그런데 이것은 방어적인 입장에서 공격적인 입장으로 전환하였던 데서 발생한 결과였다. 만약에 적군의 사전 공격 정보를 얻지 못하고 평상시 같은 경계를 하고 있다가 유격부대의 공격을 정통으로 받았다면 엄청난 피해를 입었을 거라고 말하며 서로 위로 삼는다.

이번 작전이 그렇게 손실만 입은 것이 아니었다. 중국 유격대가 이 지역에서 준동할 수 없는 치명타를 입었고 가장 중요한 군 기밀 즉 중국 유격대가 공격하는 예상일자와 지역 등이 거의 일본군이 미리 파악한 내용과 유사하게 진행되었다는 점, 그리고 그것을 사전에 알아내어 작전을 벌인 결과 더 이상 유격대가 준동할 수 없도록 만들었던 점이 가장 중요한 작전 결과였다. 일본군은 이것을 적군에 대한 완벽한 통신도청과 암호의 해독에 그 승리 요인이 있다고 분석하였다.

중국 유격대는 이와 반대로 자신들의 작전 계획이 어떻게 유출되었는가에 대하여 반성의 시간을 가졌다. 그들은 두 가지로 분석하였다. 분명히 우리 유격대원이나 혹은 우리의 작전을 아는 첩자 즉 한간이 어딘가에 있어 일본 놈들에게 정보를 팔아먹었을 가능성, 또는 자기들이 암호로 주고받은 통신이 적에게 완벽히 해독되었을 것이라고 추측하였다.

이번에 신규 전입하여 생애 최초로 작전에 참가하게 된 조선 출신 병사들 중에 10명의 병사가 사망하였고 8명이 중경상을 입었는데 이것은 실전 경험이 부족한 연유였다. 그리고 전투에 임하는 적극성의 부족도 그 원인의 하나로 꼽을 수 있었다.

여하튼 조선 출신 병사 거의 20명이 중·사상을 입었다는 데에 모든 조선 출신 생존 병사들의 마음을 아프게 만들었다. 천영화는 같은 내무반 출신 권세진이 사망하였으니 더욱 가슴이 아파왔다. 지난번 기차에서 유격대의 기습으로 인한 동료들의 사망에 이어 이번에 참가한 작전에서 그것도 부대에 남아 작전에는 참가하지 않았던 동료를 잃게 되니 천영화를 비롯한 여러 친구들은 슬펐다.

그리고 전쟁의 참상과 자신 앞에 놓인 죽음의 덫이 수없이 많다는 것을 알게 되었다. 앞으로 어떻게 하면 이러한 생지옥에서 살아날 수 있을까? 그리고 전투가 벌어지는 상황에서 어떻게 살아남을 수 있을까? 나름대로 고민하고 생각하게 된다. 이러한 생각은 천영화만이 가진 것이 아니고 모든 조선 출신 병사들의 공통 관심사가 되었다.

다른 한편, 그들은 상당수 조선 출신 젊은 병사들이 독립군이 되어 이곳 중국의 오지에서 사투를 벌이고 있다는 것을 알게 된다. 일본군 지휘부가 처음에 왜 그렇게 교육을 강화하고 별별 회유와 협박성 말을 되풀이하였는지 알게 되었다.

조선 출신 병사들은 삼삼오오 모여서 전투에 관한 이야기를 주고받으며 자기들이 겪은 일을 동료들에게 알려주기도 한다.

"야 영호야!"

천영화가 몇 명 친한 전우들이 모인 가운데서 조영호를 부른다.

"어? 와 그러노? 뭔 일 있노?"

"너 이 부대에 배속되고 전투에 참가하고 더더구나 전투에서 많은 전우들이 죽었는데 이번 전투를 하고 나서 뭐 느낀 것 없냐?"

"와 없겠노? 여러 가지 있지만 그중에서 내는 와? 우리가 여그까장 와서 죽자 살자 중국 애들하고 싸우고 있는지 모르겠다 아닝교?"

"그려 그려! 맞어! 그것 우리가 말이여 짐짓 걱정하고 어떻게 싸울까 생각헌것인디 - 우리가 이미 결론을 냈었지만 사실은 그것 땜세 우리 친구가 많이 죽은 것 아닌가 하고 그러코롬 생각되는 대목이여!"

김장진이 의견을 말한다.

"내는 또 우리덜을 이런 사지에 몰아넣은 짜식들이 정말 미웁다 아니가!" 조영호가 근본적인 문제를 끄집어낸다.

"나는 말이여! 지금까장 여그에 와서 우리 조선 사람들을 몇 가지로 분류할 수 있다는 생각이 들었어!" 윤형진이 말하자

"맞다 맞다 아니가! 그래 니가 생각하는 부류가 뭐꼬? 내는 예 독립 군이 되어 남의 나라까지 와서 독립을 위하여 싸우는 사람. 또 일본군이 말하는 천황폐하를 위하여 이 한 몸 기꺼이 바치겠다고 외치는 사람. 그 라고 그냥 관심도 없고 중립을 지키는 사람들. 마지막으로 예, 아무짝도 모르는 사람들로 대별할 수가 있겠다고 생각했다 아니가! 니는 뭐라꼬 생각하나?"

조영호는 자기가 질문하고 답변을 해버리고 다시 묻는다.

"그래 영호 말도 일리가 있다. 그럼 우리는 어떤 부류에 속하는 사람 들일까? 두 번째일까 아니면 첫 번째 부류일까?" 천영화가 여러 친구를 둘러보며 말한다.

"바로 그게 문제 아니가! 우린 다른 사람들이 볼 때에 행식적으로도

두 번째에 속한다 아니가? 사실 우리는 그놈을 위해서 싸우는기 아닌데 말이다. 다들 오해하고 있지 않다 아니가?" 조영호가 속이 탄다며 가슴을 치며 말한다.

"사실 우리들의 정체성이 문제지. 정말 누구를 위해서 싸워야 하느냐 말이다. 우리가 참말로 천황폐하라는 자를 위하여 싸운다고 말할 수가 있을까? 그런데 중국 놈들하고 싸울 때 조금만 늦추어주면 우리들 쪽으로 들이닥쳐 우리 친구들이 많이 다치고 죽게 된 것이 사실인데 우리가 앞으로 어떻게 행동해야 하느냐가 숙제지 우리들의 과제야."

천영화가 문제를 확실히 짚어주자,

"정말 애매하다 아니가? 누가 우리들의 죽음을 알아 줄끼고. 앞으로 우찌 해야되노?

"그러게 말이야 참으로 애매허지 애매해. 내가 생각혀봉게로 그건 말이여 각자가 자신이 죽지 않을 만큼 혀야 되지 않을까 생각혀. 상황에 따라 행동혀야지." 윤형진이 말하자,

"그러니끼니 니 말은 개죽음을 당하지 말아야 된다 이거 아니가? 내 말이 맞제이?"

"그려 그려 그려야지. 어짜피 우리는 시방 우리 광복을 위하여 싸웅게 아닝게로 일단 목심은 살려놓고 기회를 보자 이거여! 느그들도 그 말이지?" 김장진이 반문한다.

네 사람은 상황이 어떻든 끝까지 살아야 하고, 자신이 있어야 나라도 존재하게 된다는 생각을 이번 일을 기화로 다시 한 번 살피게 된다.

조영호의 말처럼 정체성에 혼란을 주고 있는 문제는 두 번째 부류, 즉 일본군이 말하는 천황폐하를 위하여 이 한 몸 기꺼이 바치겠다고 외치는 사람들이다. 수십 년 전부터 이 땅에서 독립을 위하여 싸우다가 만

주나 시베리아로 방랑하면서 일본군의 강력한 토벌에 중국 본토나 소련 그리고 몽골로 흩어져 간 독립군의 존재를 그들이 모를 리 없었다.

그런데도 그들은 세 번째나 네 번째 부류로 자신을 치부하였으나, 기실은 일제치하에서 개인의 영달을 위하여 일본 군사학교에 들어가 소위로 임관되거나 스스로 일본군이 되어 독립군을 소탕하고 독립군이 포함되어 있는 중국군과 싸우는 데 앞장서고 있다. 이러는 데 대해서 전혀 이해할 수 없었으며, 그들과 비슷한 처지에 있는 자신들의 정체는 무엇인지 혼란스러움에 빠지고 심리적 갈등이 생기기 시작한다.

부대에 돌아와서 바로 사망자에 대한 합동 장례식을 거행한다. 한여름이라서 사체가 금방 부패하기 때문에 코를 막아도 냄새를 참을 수 없어 군의관 검시 하에 이름과 군번을 확인하고 부대 밖 야산에 공동으로 매몰시켜버리는 것이 이곳 전투부대의 장례식이다.

삽으로 대충 구덩이를 파고 사체를 묻은 후에 나무를 잘라 다듬은 뒤 "이곳에 일본군 제00 사단 용사 00명이 잠들다."라고 써서 무덤 앞에 세워 박아놓고 묵념 후에 예포로 소총 10발을 발사하는 절차가 장례식의 전부이다.

장례를 마치고 개인 군번줄은 회수하여 인사참모가 행정처리를 하는데, 각 부대의 내무반에 가서 개인 소지품을 정리하고 흰 광목으로 싸서 전사통지서와 함께 부모의 집주소로 보내어졌다.

실제 일본군이 우송한 전사 통지서 일부

무주 공산지대 및 삼광작전

    치열한 유격부대와의 전투가 끝나고 여름도 막바지에 다가서고 있었다. 그동안 부대는 중국 군대의 공격이나 아군의 작전 없이, 중국 유격대와의 전투에서 발생한 피해를 치료하고 보충하는 시간을 가졌다. 그리고 북지나방면군 사령부로부터 임시로 여러 가지 물품을 다시 공급받았다.

    시급한 당면 과제는 식량창고가 불타버렸기 때문에 매일 먹어야 하는 식량의 보충이었다. 하지만 더 큰 문제는 기계화 부대를 움직이기 위한 유류가 전부 소실되어버렸다는 것이다. 특정 탄약의 폭발은 작전 수행에 지장을 초래할 것이기 때문에 인접 사단과 군 사령부에서 임시방편으로 보급을 받아 군이 유지하여 할 최저 수준을 견지하고 있었다.

    어느 날 소대장이 모든 소대원을 내무반에 모이게 하여 무주지대 순찰과 주민들의 소개라는 연대 작전에 대한 설명이 있었다. 내일부터 3일 동안 행하여질 작전의 대강은 다음과 같았다.

1. 작전명: 날파리 (쫓아낸다는 의미)
2. 목적: 점령지 무인지대 내의 주민 소개(疏開) 및 삼광작전의 후속
   조치 확인
3. 작전기간: 연대별 3일
4. 참가 전력: 1개 보병 연대 (3개 연대 순환 출전)
(사단 내 점령지역에 대하여 연대별 순회 작전 수행)

무주지대란 일본군이 점령한 지역에 사람이 살지 못하게 설정한 지역을 말한다. 전략상 기존에 있던 모든 마을은 폐쇄해버리고, 주민들은 일본군이 통제할 수 있는 구역으로 이동시켰다. 이때 별도로 집을 지어 집단으로 이주시켰는데 이것을 집가공작(集家工作)이라고 하였다.

일본군이 만주 지역에서 치안상태가 불량한 곳의 주민들을 치안방비 시설이 갖추어진 일정 지역에 집결시켰다. 그리하여 지역주민과 항일세력의 연계를 차단해서 항일운동을 근본적으로 제압하기 위한 방편으로 건설한 촌락이 그 시초이며 집단촌 형태로 만들어졌다.

공작은 그 결과가 탁월하여 일제는 이것을 중국의 점령지에 적용하기 시작한다. 만주항일무장투쟁은 항일무장세력(주로 항일 게릴라)이 만주 농민과 긴밀한 유대를 가지고 그들을 인적·물적 자산을 모태로 하여 전개되었다. 만주 농민들은 항일투쟁에 필요로 하는 인적 자원·식량·무기·탄약·의복·약품·소금·성냥, 그리고 일본의 만주군에 관한 각종 정보 등을 항일무장 세력에 제공했다.

그런데 괴뢰 만주국의 대 게릴라 정책이 군사적 토벌을 위주로 무장 세력에만 초점을 맞추었던 결과 큰 토벌효과를 거둘 수 없었다. 그래서 만주 관동군은 항일 게릴라와 이들을 지지하고 그들에게 각종 인적·물

적 자원을 제공하는 만주 농민을 격리시키기 위해 집단부락 정책을 실시하게 된다.

집단부락 정책은 일제의 치안숙정공작의 일환인 게릴라와 민중을 구분하기 위한 비민분리 공작의 핵심이다. 일제는 이 공작의 추진과정에서 주로 항일유격구를 무주지대에 설정한 뒤 이 지구 내에 산재해 있던 촌락들을 불태우거나 파괴하고 거주하던 주민들을 방비시설이 갖추어진 집단부락에 강제로 수용하였다.

동시에 이들의 일상생활을 통제, 감시함으로써 항일유격대의 부락 내 잠입이나 주민과의 접촉을 막으려고 하였다.

집단부락의 효시는 일제가 1916년부터 1931년까지 길림성에 107개소를 건설한 것을 들 수 있다. 이를 계기로 조선총독부에서는 1933년부터 간도지역에 28개소의 집단부락을 건설한다. 그리고 만주국에서도 1933년부터 항일유격활동이 활발한 지역을 중심으로 집단부락을 건설해 항일무장 세력과 주민들의 연계를 단절시키는 공작을 전개한다.

조선총독부에서 추진한 집단부락에는 주로 만주에 거주하고 있는 한인들이 수용되고, 만주국에서 추진한 집단부락에는 주로 중국인들이 수용되었다.

집단부락의 구조를 살펴보면 부락 주위에는 흙이나 나무 혹은 돌로 성벽이 둘러쳐지고 성벽 위에는 전기 철조망을 설치하였다. 그리고 성벽 주위에는 빙 둘러 해자를 만들었다. 마치 옛 고성의 해자와 유사하게 해자를 만들어 성벽을 넘지 못하게 하고 반드시 정문만을 통하여 출입하게 만들었다.

그리고 성벽의 사방에는 포대를 설치하고 출입 대문에는 자위단이나 경찰이 상주하면서 부락민들의 출입을 일일이 검사하고 감시하였다. 그들은 이를 통해 항일 게릴라의 부락 내 잠입이나 부락민과 항일 게릴라와의 접촉을 차단하려 하였다.

집단부락 건립정책이 추진됨으로써 만주의 항일유격대들은 점차 자신들의 인적·물적 토대를 상실함으로써 괴멸적인 타격을 입게 된다. 집단부락민들 역시 경제적인 궁핍과 질병, 정치적인 압박을 겪는 등 많은 피해를 입게 된다.

이 공작에 의해 1933년부터 6년 동안 건설된 집단부락 수는 1만 3,400여 개에 달했으며 여기에 수용된 사람들은 수백만 명에 달했다. 결국 일본군의 집단부락 정책이 효과를 거둠에 따라 만주항일무장투쟁은 1940년을 전후로 사실상 소멸상태에 이르게 된다.

일본군은 중국의 점령지가 워낙 넓어 80만 명의 일본군을 가지고는 주요도시나 철도의 연결지점 정도만 통제하게 되자 자체 경비와 치안을 명분으로 괴뢰 정권을 수립한다. 그러나 중국 민중이 괴뢰정부를 잘 따르지 않아 유명무실한 상태에 빠지자 일본군은 중국 점령지를 세 개 지역으로 나누어 치안유지를 명목으로 삼광정책(三光政策)을 수행하면서 중국 민중을 통제하려고 시도하게 된다.

이번에 벌이는 작전은 100~150킬로미터에 달하는 사단의 관리지역 내에서 1개 중대가 과거 무주지역에 있던 수십 개 마을을 하루에 수색해야 하는 임무이다. 주 임무는 무주지대(無主地帶) 내에서 사람이 발견되면 노약자는 살해해버리고 젊은 사람이라면 일단 생포하여 사단본부에 데리고 가서 노동력이 필요한 탄광지역이나 광산에 보내거나, 마루타 즉 생체실험의 대상으로 보내는 일이다.

만약 생포된 사람이 반항을 한다든가 제대로 말을 듣지 않는다면 즉시 현장 사살해버리도록 지시가 내려진다. 그리고 집에 있는 모든 식량은 몰수해버리고 살고 있던 집을 불살라버리게 된다.

일본군이 만주에 들어가 독립군을 말살할 때 처음 적용하였던 정책이 삼광정책이다. 삼광정책이란 용어는 군 작전 용어로 삼광작전(三光作戰)이라고도 하였다.

혹은 "다 죽여, 다 부숴, 다 태워"의 "삼다 작전"이라고도 하였다. 중국어에서 '光'자는 "모두 ~를 하여 남는 것을 없게 하다."라는 뜻으로 쓰여 '殺光'은 "모두 죽이다" '소광(燒光)'은 "모두 태우다" '창광(搶光)'은 "모두 빼앗다"로 번역한다.

삼광정책의 원조격인 만주에서의 대한독립군에 대한 일본군의 삼광정책을 살펴보면 다음과 같다.

동만주 즉 연변에서 독립군은 항일군대를 창건하였으며 2만여 명의 거주민이 살고 있는 동만 항일유격 근거지는 당시 가장 큰 근거지였다.

항일독립군 제2군과 길림성 항일여성열사의 대부분이 우리 한민족이었다.

1932년 한 해 동안 일본관동군은 독립구을 멸살하고자 연변에서 4,000여 명의 항일간부와 군중을 살해하였다.

1932년 봄부터 1933년 봄까지 일본군은 연길 해란구에 대해 94번의 토벌을 감행하여 공산당원과 항일군중 1,700여 명을 살해하였다. 이 사건이 바로 "해란강 대참사"이다.

해란강 유역을 주축으로 하는 간도는 당시 조선반도의 항일독립운동의 중심지였고 간도는 항일무장투쟁의 최전방이었기에 간도의 조선인들은 일제의 총칼아래 수없이 피를 흘리며 죽어갔다.

해란강 대참사 이외에도 1932년 일본군이 연변에서 구산 참사(1932.3), 금곡촌 참사(1932.3~1933.1.), 기신촌 참사(1932. 봄) 등을 저질렀다.

일본은 이 지역에서 삼광작전을 수행하여 조선인과 가옥을 보면 깡그리 빼앗고 죽이고 집을 불태워 아예 모든 것을 초토화시켜버렸다.

만주의 연변이나 간도 지역에서 살고 있던 동포는 항일운동에 앞장섰으며, 한인사회는 독립군에 대하여 여러 가지를 지원하는 근거지였다.

이에 일본군은 삼광작전을 전개하여 독립군을 아예 뿌리째 뽑아버리려 한인사회를 초토화시켜버렸고 만주에 사는 동포는 처참한 희생양이 되었다.

중국의 경우, 중국내 동북 군을 이끌고 있던 장학량이 장개석을 감금한 1936년의 시안사건으로 국민당과 공산당이 민중의 항일운동을 받아들여 항일공동전선이 성립되어 제2차 국공합작이 실행되었다. 이에 초조해진 일본군은 중국의 항일세력이 더 이상 커지기 전에 중일전쟁을 완승으로 이끌어야 한다는 긴박감으로 노구교사건을 조작하여 일으켰다.

북경교외의 노구교에서 훈련 중인 일본군이 중국군으로부터 공격을 당했다는 구실로 1937년 화북 지방을 침략한 사건이었다. 이 사건은 일본군부가 전쟁을 확대하기 위한 조작극이었다.

이 사건 외에도 일본군은 북경에서 천진으로 돌아오는 장작림이 탄기차를 폭파하였다. 이때 일본군은 폭파현장에 장개석군 복장을 한 사체에 석 통의 편지를 넣어 마치 장개석 측이 폭파한 것처럼 조작하여 두 사람을 이간질하는 음모를 꾸몄다.

그리고 만주의 만보산에서는 농수로 때문에 조선인과 중국인 간에 작은 충돌이 일어났었는데, 일본군은 마치 중국인이 조선인을 핍박하고 사살한 것처럼 국내의 유력지에 보도하게 만들었다.

이에 평양을 비롯한 국내 여러 도시 그리고 일본에서도 중국인 화교를 살해하고 재산을 불태우는 사건이 발생하였다. 일본군은 한·중 공동의 적인 일본에 대한 연대의식을 약화시키며 한·중 사이의 민족감정을 자극해 두 민족을 분열시키고, 만주사변을 일으키는 데 이용하고자 하였다.

또한 일본군은 내몽고에서 일본군 간첩을 사살한 중국군을 트집 잡아 만주 내에서 철도에 대한 권리를 확보하여 병참지원을 원활하게 하고 만주를 침범하려는 책략을 꾸미기도 하였다. 이외에도 홍교 공항사건을 일으키어 상해를 침범하였다.

이처럼 일본군과 내각은 침략을 위하여 사건 조작하는 자작극의 달인이었다.

이로써 1931년 만주사변으로 시작한 중일전쟁은 중국 전 지역에 확대되면서 전면전쟁으로 발전하였다.

일본은 이 전쟁이 2개월 정도면 종결될 수 있다고 판단하여 이를 북지사변으로 그 성격을 한정 단순화시켰으나, 중국인들의 저항이 강하자 곧 상해방면으로 전쟁 범위를 확대하면서 이 전쟁을 지나사변이라 불렀다.

일본 육군은 전 중국으로 전쟁을 확대하면서 무고한 양민에 대하여 태우고, 빼앗고, 죽이는 이른바 삼광작전을 수행하였고 살육전이 일반화되었다. 특히 상해전투에서 예상외로 고전하고 군의 피해가 심하자 삼광작전을 수행하기로 작정을 하고 남경(南京)을 함락시킨 후 대학살과 방화를 자행하였다. 이것이 남경대학살이다.

일본군 학살 장면

무주지대 작전

일본군은 삼광정책의 일환으로 주민들을 아예 소개(疏開)시키어 살지 못하게 하는 무주지대를 만들기 위하여 중국 점령지를 지역별, 특징별로 세 가지 구역과 부류로 나누었고 이를 바탕으로 치안강화에 나섰다.

첫 번째 구역이 비 치안지대이다. 팔로군 세력과 합세하여 일본 세력에 적극적으로 저항한 사람들이 살던 산간지대를 비 치안지대라고 한다.

산간지역 대부분이 항일 유격 근거지였으며 이들 지역의 주민들은 공산당 세력과 상대적으로 밀접한 관계를 유지하고 있었을 뿐만 아니라, 가족 구성원 가운데 많은 사람이 팔로군이나 공산당 간부들이었다.

그래서 일본군은 소탕전을 벌일 때 산간지역에 대해 더욱 무자비한 보복을 가한다. 따라서 이 지역에서는 일본군에 의하여 가족과 친척들이 살해되거나 재산상의 피해를 본 사람들이 많았다. 일본군의 무자비한 소탕전에서 살아남은 근거지의 주민들은 일본에 대한 적개심과 원한이 깊을 수밖에 없었다.

이에 따라 일본의 잔혹한 점령지 정책과 전술은 공산당의 선전공작에 좋은 소재거리로 활용된다. 수많은 청장년들이 유격구에서 도망치거나 팔로군 혹은 민병에 가담한다. 일본군은 비 치안지대 내에 무주지대를 설정한다.

두 번째 구역은 치안지구라고 말하는 지역으로 이 지역 주민들은 비교적 일본측에 협조적이었다. 이렇게 된 이유는 일본군이 확고하게 통치하고 있는 지역이나 괴뢰군이 주둔하고 있던 현성(縣城), 군사거점 혹은 그 부근에 거주하여서 즉각 보복이 따랐기 때문에 일본군에게 협조하지 않을 수 없었다.

이 부류에는 팔로군 민병 공산당원으로서 일본군에 투항한 자, 일본군의 특무나 괴뢰행정 기관원들, 지주, 부농 등이 많았다. 이들은 대부분 현성 부근에 있는 촌락의 괴뢰행정 기관원으로서 일본 측에 협력하고 있었지만 공산당을 위하여 복무하려고 하거나 항일운동에 대하여 적극적이지 않았다. 그리고 당시 지주들은 대부분 생명과 재산을 지키기 위하여 현성으로 도망쳤기 때문에 농촌에는 지주가 매우 적었다.

그리고 이곳 주민들의 대부분은 일본의 강력한 통치력 때문에 항일운동을 할 수 없었거나 공산당 측이 일본 세력을 제압하지 못할 것이라는 비관론에 사로잡혀서 일본 측에 협력하였다.

세 번째 구역은 정세에 따라 일본군과 공산당 팔로군 어느 쪽에도 협조적인 태도를 취하는 이중적인 태도를 가진 자들이 많은 지역이다. 구체적으로 말하자면 친일성이 강하면서도 일본군과 팔로군 모두와 관계를 맺는 양면성을 띤 행정촌이다. 이러한 촌은 주로 일본 측 주둔지 부근이나 군사거점 소재의 농촌 혹은 평원 지구에 분포되어 있다.

이 지역에서는 일본군이 주도적으로 치안활동을 벌이고 있는 동안 공산당 측의 무장세력과 공작원도 촌에 들어가 항일공작을 펼쳤다. 이러한 촌에서는 팔로군에 대해서도 일정량의 양식을 제공하였지만 주로 일본 측을 위하여 일하였다. 그렇지만 이들 역시 공산당 세력을 두려워하였기 때문에 때로는 공산당 측의 위협을 견디지 못하고 공산당 측을 위하여 마지못해 일하기도 한다. 일본군은 이러한 지역을 준 치안지구라 부른다.

이번 작전은 비 치안지구인 무주지대를 순찰하여 삼광정책을 적용하는 일이다. 그러니까 거주를 못하게 한 지역에서 살고 있는 사람들을 수색하여 제거하는 작전이다. 작전에 투입하는 인원이 1개 연대 병력이지만 사단지역을 1/3로 나누어 그 지역을 수색하는 임무이다.

워낙 수색 범위가 넓고 길고 마을 수도 많아 하루 80제곱킬로미터(20킬로미터×4킬로미터) 정도의 구역을 수색하는 데 많은 시간과 노력이 예상되기 때문에 효율적인 수색을 위하여 각 부대별로 수색구역을 사전에 설정하여 배정하였다.

나머지 2/3의 병력과 기계화 부대는 작전수행 중 중국 유격대의 기습에 대비한 방어 병력으로 사단 내에서 출동태세를 유지하고 있다. 치안 유지를 위하여 이토록 후방에 많은 병력을 투입하는 작전은 있을 수 없다. 하지만 일본 점령지 내에서 발생되는 유격대들의 준동, 게릴라 부대와 인민들 간의 유대를 단절시키고 게릴라 부대에 대한 식량 공급 그리고 게릴라가 민간을 무장시키는 일을 근본적으로 제거하려면 이렇게밖에 할 수 없는 일이다.

후방을 안정시키고 적과 접촉하고 있는 전선을 안정시키거나 공격을 하려면 이것은 중요한 작전의 하나라고 말할 수 있다. 일본군은 점령 초창기 모든 사람을 무주지대에서 준 치안지대나 치안지대로 이동시키려

하였으나 주민들은 대대로 살던 땅과 집을 버릴 수 없었고 일본군의 정책을 반신반의하여 움직이지 않았다. 일본군도 그러한 문제점을 알고 이동하는 가정에 대해서는 집을 지어주고 농사일을 계속할 수 있도록 새로운 경작지를 알선하여 주었다.

그러나 기존에 땅을 가지고 있던 자들이 반발하였고, 남의 땅에서 농사지어 도지를 내고 세금을 내면 남는 것이 별로 없었기 때문에 이동을 꺼려하였다. 이동하였던 사람들도 다시 옛날 살던 집으로 돌아와서 농사를 지었다. 일본군들은 이러한 문제점을 해결하기 위하여 집가공작과 비민 분리작전을 하였던 것이다.

작전에 참가하는 모든 병사들이 트럭을 타고 신속히 무주지대로 향한다. 각자 부대별로 정해진 마을에 도착하니 시간이 꽤 많이 흘렀다. 각 중대별 소대별로 마을을 나누어 수색하여야 할 방향과 집을 설정하였다. 천영화와 조영호는 같은 중대였지만 소대가 달라 수색조가 달랐고 각기 일본군 5명과 함께 한 조가 되어 수색에 참가하였다.

일본군은 굳게 닫혀 있는 대문을 열어젖히고 집안으로 들어가 모든 방문을 열어보고 사람이 살고 있는 흔적이 보이면 집안 구석구석을 이잡듯이 뒤지고 살펴보았다. 한 마을을 수색하는 데도 꽤 많은 시간이 흘러간다. 몇 번의 수색 경험이 쌓이니 어떻게 하면 빨리 그러나 철저하게 수색할 수 있는지 요령이 생기기도 한다.

거의 저녁 무렵 이제 오늘 마지막 마을의 가옥을 수색하려 마을입구에 도착하였다. 소대별로 가옥을 배정하여 작전에 들어간다. 중간 정도 수색을 하였을까. 몇 개의 집을 수색하고 다음 집으로 이동하려 골목을 나서자 어디선가 "후다닥" 뛰어가는 소리가 들린다. 모두들 2명씩 갈라져 세 방향으로 달려가 본다.

한 골목길 쓰레기통 옆에 꼬마 두 명이 쪼그리고 앉아 숨을 헐떡이면서 숨어 있다. 일본군 2명은 재빨리 꼬마들의 뒷덜미를 잡아채 마을 입구에 있는 트럭에 태운다. 나중에 귀대할 때 사연을 알아본즉슨 그들은 열 살, 열두 살 난 형제로 아버지는 전쟁에 나가 죽고, 어머니는 일본군에 잡혀 어디론가 가버렸다는 것이다.

두 형제는 고아가 되어 무주지대와 집가정책이 무엇인지도 모르고 그동안 집에 약간 남아있던 잡곡과 고구마, 감자 그리고 들과 산에서 나무뿌리와 열매를 따서 먹고 살았다는 것이다. 그동안 두 번의 수색에도 용케 도망 다니고 피하여 걸리지 않았다.

한번은 마을에 일본군이 당도하기 전에 산으로 나가 열매를 따다 수색대가 다 철수한 후에 와서 들키지 않았던 것이다. 두 형제는 못 먹어서 그런지 비쩍 말랐으며 씻지도 않았고 영양실조까지 걸렸는지 검게 된 얼굴이 핏기가 하나도 없어 보인다. 조영호는 이 어린아이들의 운명이 어떻게 될까 궁금하였다.

나중에야 알게 되었지만 일본군은 이런 어린 아이들을 죽이지는 않았다. 하지만 의학 실험 대상으로 어디론가 보냈다는 것이다. 조영호는 의학 실험이 무엇인지 그냥 병원에서 무슨 실험을 하는 정도로만 막연히 생각하였다.

그러니까 순진한 생각으로 어린 아이들이 현재 가지고 있는 병에 대하여 조사하고 그 병을 낫게 하려고 약을 개발하거나 혹시 몹쓸 병에 걸렸다면 그 병에 대하여 수술을 한다든지 임상실험을 하는 정도로만 알고 있었다. 실상은 이 어린 형제는 만주에 있는 일본군 731부대의 생체 실험 대상인 마루타가 되었다.

첫날 작전은 별일 없이 해가 질 무렵에 끝이 났다. 수색결과 어린아이 두 명을 제외하고는 어른이나 혹은 게릴라가 준동하지는 않았고 무주지대 작전이 제대로 된 마을이었다. 오늘은 부대 복귀 없이 그대로 모든 병사들이 비어있는 집에서 텐트를 치고 자기로 한다. 잘 만한 자리가 있을 경우에는 그런 곳을 이용하도록 하였다.

오늘의 식사는 아침에 출발할 때에 이미 개인적으로 주먹밥이 주어졌기 때문에 그것을 먹고 잠을 자도록 하였다. 사실 한창 힘을 쓰는 장정이 그까짓 주먹밥 한 개로 끼니를 때운다는 것은 늘 배가 고프다는 것을 의미하였다. 그러나 작전을 나왔을 경우에는 어쩔 수 없이 참을 수밖에 없다.

그래서 때로는 병사들이 현장에서 직접 해결하였고 지휘관들도 그것을 방치하였으며 때로는 권장을 한다. 긴 작전을 나갈 때에 보통 7~9일치 끼니인 쌀이나 곡식을 한꺼번에 몰아주고 그 외의 식사는 각자 현지에서 해결하도록 하였다. 이런 연유로 작전지역 내에 있는 중국 인민들은 많은 피해를 당하기도 하였다.

다음 날 아침 일찍 일어나 사단본부에서 트럭으로 날라 온 식사를 하고 서둘러 작전에 나선다. 오늘은 산과 비교적 가까운 곳에 있는 마을을 수색하기로 되어 있다. 이 마을은 남서쪽으로 큰 산과 연이어 산맥이 이어져 있고 동북쪽으로는 널따란 평야가 자리 잡아 조영호가 보기에도 농사짓고 살기에 아주 좋은 고장이라 생각한다.

조영호가 살고 있는 상주도 북쪽에 자리 잡고 있는 속리산에서 흘러나오는 계곡물과 태백산맥에서 발원하여 굽이굽이 흘러내려오는 낙동강 물이 상주를 중심으로 벌여져 있는 비옥한 농토를 적셔주고 있다. 자신이 살고 있는 상주와 이 마을을 비교해볼 때에 이곳이 참으로 더 좋은 옥토라고 생각한다. 상주에 비하며 북동쪽으로 확 트여 지평선이 보일 정도로 널따란 평지를 보니 마음에 들었다.

"야 참으로 우리 동네보다 훨씬 좋은 이런 곳도 있구나." 하는 생각이 들었다. 기차타고 지나온 만주도 넓지만 만주는 겨울에 추위 때문에 꼼짝 못한다지 않다던가! 그런 것에 비하면 이곳은 지상 낙원과 같은 느낌이다.

그런데 일본군에 의하여 이 좋은 곳에 어떠한 작물도 경작하지 못하게 하고 아예 주민들을 쫓아내버렸지 않은가? 자신은 지금 일본군으로 복무하고 있지만 이것은 참으로 너무한 처사가 아닌가하고 조영호는 속으로 생각해본다.

이 마을은 상당히 큰 촌락으로 500여 가구 이상이 되어 수색하는 데 최소한 반나절은 족히 걸릴 것 같았다. 정말 마을이 텅텅 비어 있는지 개 짖는 소리도 나지 않는다. 개 짖는 소리가 나면 사람이 살고 있다는 의미도 된다. 사람들에게서 떨어져 나온 주인 잃은 집개가 들개가 되었을지도 모르는 일이지만 대부분의 개는 사람을 따라가게 마련인지라 개 소리가 들리지 않는 것은 사람이 근방에 없다는 것이다.

조영호가 속하여 있는 중대가 일제히 사방에서 수색해나간다. 마을 중간 정도 수색을 해나가는데 어느 집에 가니 인기척이 난다.

일본 병사 4명과 조영호가 자그마한 대문을 밀고 들어가니 방안에서 인기척이 들려온다. 일본 병사 아베 상병은 군화발로 방문을 왈칵 밀어 열어젖힌다. 안에 있던 사람들은 깜짝 놀라 소리를 지르면서 느닷없는 일본군의 출현에 아연실색 한다. 놀랍게도 그 집에는 중년 여인과 두 명의 아이들이 살고 있으며, 모두다 못 먹고 못 씻어서 그런지 꾀죄죄한 얼굴로 겁먹은 표정을 짓고 있다.

제일 고참 일본 병장 가네코의 눈빛이 순간 빛났고 이내 음흉한 눈빛으로 바뀐다. 그리고는 휘하 병사들에게 눈짓을 한다. 병사들은 그것이 무슨 의미인지 즉시 알아차리고 아무것도 모르고 총을 겨누고 있는 조영호의 옷자락을 잡아끌고 집밖으로 나간다.

조영호는 무슨 영문인지 몰랐다. 어리둥절하면서 일본 병사 동료를 쳐다보는데 그들은 조영호를 보고 빙그레 웃으며 다음 집으로 가자고 하며 따라오라고 손짓을 한다.

이상하다고 생각하면서도 계급 높은 상병의 지시이니 다음 집에 들어갔는데 이집에서도 사람 사는 냄새가 난다. 조영호는 작은 다락방을 뒤진다. 작은 방 이곳저곳을 뒤졌으나 처음에는 별다른 점을 발견하지 못하였다. 그런데 벽의 한군데서 이상한 것을 발견하였다.

다른 곳보다 유달리 손때가 많이 타고 약간 번들거리는 곳이 눈에 뜨이었다. 물론 이 벽은 전체가 같은 색깔과 형태의 널빤지로 되어 있기 때문에 쉽사리 차이점을 발견할 수 없다.

조영호가 손으로 그곳을 뚝뚝 때려보니 꿍꿍 소리가 일정하게 난다. 소리로는 별다른 점이 없지만 손으로 힘껏 밀어보았다. 그랬더니 약간의 틈이 생기면서 비밀의 문이 열리고 위로 올라가는 계단이 보인다. 안쪽에는 다락과 같은 제법 큰 공간이 눈에 들어왔으나 안이 어두워서 잘 보이지는 않는다.

조영호는 일본인 병사와 눈짓을 주고받으며 자그마한 횃불을 만들어 불을 붙이고 안쪽을 비추어본다. 구석 쪽을 비추어 보니 뭔가 보인다. 사람의 등 부분이다.

조영호는 중국말로 "라이 라이"라고 말하고 "來自(라이쯔)" 나오라 하니 한동안 움직이지 않으면서 나오기를 거부한다. 조영호는 난감하였다. 하는 수 없이 일본 병사에게 눈짓을 하니 그는 총을 들어 철컥 총알을 장전하면서 총구를 다락 안으로 밀어 넣어 곧 방아쇠를 당기려고 한다.

이때 안에서 뭔가 움직이면서 울부짖으며 비쩍 마른 한 노인네가 나온다. 팬티만 걸쳐 입고 수염은 깎지 못하여 아무렇게나 자란 깡마른 모습으로 나온다.

일본 병사는 총구를 들이대며 밖으로 나가라는 눈짓을 한다. 노인은 앞장서서 소대본부가 있는 마을 한쪽 공터에 끌려 나간다.

소대본부에는 잡혀온 중국인 여러 명이 손을 등 뒤로 하여 끈으로 묶인 채 아무렇게나 땅바닥에 주저앉아 있고 병사 한 명이 총을 들고 지키고 있다.

조영호는 계속 남아 나머지 두 사람과 같이 수색하였다. 그 노인 말고는 수상한 점을 발견하지 못하였다. 집안에는 곰팡이가 성긴 먹다 남은 밥이 조그만 양재기에 남아 있는 것을 제외하고는 쌀 한 톨도 발견할 수 없다.

다음 옆집으로 이동하려 대문을 나서자 그제서야 가네코 병장이 만족스러운 표정으로 나타난다. 가네코 병장이 아베 상병에게 다가가 귓속말로 뭐라고 말하자 아베 상병도 고개를 끄덕이며 병장이 나온 집에 교대로 들어간다. 병장은 대문을 나서면서 두 아이들의 손을 묶어 소대본부에 인계하고 다시 돌아온다.

조영호는 병장과 함께 다른 집을 수색하러 들어갔다. 이때 여자의 비명소리가 길게 상병이 들어간 집에서 울려 나온다. 그리고 때리는 소리가 울려 퍼지고 비명소리는 금방 멈춘다. 조영호는 그제야 일본 병사들이 무엇을 하고 있는 것인지 눈치 챘다. 그는 묻지 않았지만 남자로서 직감이 있었다. 이런 상황에서도 그런 짓을 서슴지 않고 저지르는 일본 병사들의 만행과 전쟁의 비정함을 체감한다.

조영호가 속해 있는 조의 성과는 좋았다. 네 번째 집에서도 다시 40대 남자를 잡아낸다. 점심 후에 계속된 수색에서도 또다시 부녀자와 노인들을 찾아낸다. 그렇게 하여 이 마을에서 총 5명의 남자와 6명의 여자, 10여 명의 아이들을 붙잡아왔다.

소대장은 남자 5명 중에 3명이 일할 수 있다고 판단하고 3명을 별도로 골라 두었다. 그리고 아이들 중 나이가 10살 이상인 4명을 구분하여 어른들과 합류시키고, 나머지 여자들과 노인 그리고 어린아이들 모두 합쳐 14명을 산과 인접한 공터로 끌고 간다.

이 공터는 주변에 나무가 무성하여 마을에서는 잘 보이지 않는 곳이다. 소대장이 눈짓을 하자 소대원 모두 쏘아 총 자세를 하였고 소대장의 "발사" 지시에 의거 손목이 뒤로 묶여 있던 사람들에게 발포한다.

몇 명은 소총으로 몇 명은 기관단총으로 사격을 하니 비명을 지르지도 못하고 순식간에 14명이 하늘로 사라진다. 일본군 소대장은 이들이 다 쓰러지자 죄목을 다음과 같이 붙인다.

첫째 죄목: 일본군에 저항한 죄
둘째 죄목: 일본군 정책에 대한 반항 죄
셋째 죄목: 게릴라에 협조한 죄

조영호도 총을 쏘면서 이들을 보았다. 손가락이 당겨지지 않는다. 옆에서 방아쇠를 당기는 소리가 철컥철컥 울려 퍼지고 총소리가 땅땅 울려오자 하는 수 없이 그냥 방아쇠를 당기었다. 총알이 나갔는지 총구가 들썩 들린다. 방아쇠를 당기면서 그들이 쓰러지는 것을 보았다.

총소리가 가슴을 짓뭉긴다. 처음 한 명이 쓰러지는 것을 보고 이내 눈을 감아버린다. 그러나 죽어가는 그들의 비명소리는 지우지 못하고 듣고야 말았다. 순간, 어떻게 반항 한번 제대로 하지도 않는 노약자들에게 이렇게 서슴지 않고 총질을 할 수 있을까?

조영호는 일본군 자체에 대한 심한 거부반응이 일어나기 시작한다. 그리고 개인적으로 엄청난 실망감을 느끼게 된다. 그들의 비겁함과 반인륜적인 행동, 또한 그러한 행동을 서슴지 않고 저지르는 일본인들의 동물보다 못한 내면을 익히 알기는 하였지만 이렇게 사악하며 무자비한 줄은 미처 몰랐다.

작전은 다음 마을로 계속 이어진다. 이 마을도 아침부터 수색한 마을과 비슷한 규모의 마을이다. 그런데 이 마을에서는 앞서 수색한 마을보다 더 많은 사람이 체포되었다.

중대장은 대대장에게 연락을 하더니 무슨 지시를 받았는지 휘하의 병사들에게 이 마을의 모든 집을 하나도 남김없이 불태워 없애버리라고 명을 내린다. 수색이 다 끝나지도 않았는데 많은 사람이 나오자 아예 다시는 이 마을에서 살지 못하도록 불태워 없애버리자는 것이다. 이것이 일본군이 벌이고 있는 삼광작전의 하나인 모조리 불태워 없애버리라는 소광(燒光)의 집행이었다.

일본 병사들은 지푸라기와 가느다란 싸릿대 나뭇가지를 잘라 횃불을 수십 개 만들어 횃불 일부분에 석유를 붓고 불을 붙인다. 석유가 묻은 횃불은 검은 불꽃을 내며 확 불이 붙고, 생나무가지가 탁탁 소리를 내며 타기 시작하자 일본 병사들은 하나씩 나누어 갖더니 집집마다 돌아다니면서 불을 붙이기 시작한다.

판잣집, 초가집은 금세 불이 붙어 활활 잘 타오르지만 기와집은 불이 잘 붙지 않는다. 이럴 경우에는 석유를 한 되 정도 마루나 나무로 된 부분에 가볍게 뿌린 후 횃불을 갖다 댄다. 금세 검거나 하얀 연기, 회색 연기가 나면서 불이 하늘로 치솟기 시작한다.

집에 불이 붙어 불길이 지붕으로 올라가면서 더욱 거세어지자 기왓장이 벌겋게 변하면서 공중으로 튀어 오르기 시작한다. 불을 지르지 않은 이웃집에까지 불티가 날아서 이집 저집에 붙었다. 이런 광경을 지켜보는 일본 군인들은 일종의 광적인 희열을 맛보기 시작한다. 하얀 이빨을 드러내어 야수 같은 광란의 웃음을 짓기 시작한다.

"으하하하…… 하 하…하"

"하하하하 아하하하"

한 명이 웃어젖히자 여러 명이 덩달아 따라 웃기 시작한다. 마을 바깥에 빙 돌아 서서 불을 질러놓고 구경하던 일본 병사들에게 웃음 히스테리가 돌았다. 그들은 알 수 없는 쾌락을 느끼고 있다.

일본군 일개 중대 병력은 삼삼오오 주요 골목과 마을에서 밖으로 통하는 큰길을 포위 봉쇄한다.

그리고 일본군은 잡아온 십여 명의 주민을 끌고 마을에서 조금 떨어진 곳으로 가서 불문곡직하고 사살해버린다. 그러더니 장병 두 명이 주검 하나를 질질 끌고 다시 마을로 와 불이 붙은 집에 던져버린다. 집 가까이 있던 병사들은 뜨거움에 점점 더 멀어지면서 땀을 비 오듯 흘리고 있다.

연기는 하늘과 태양을 가린다. 뜨거운 여름의 한낮 태양이 연기 속에 가려져 밤하늘의 중천에 떠있는 보름달처럼 보인다. 이런 광경은 일부 일본 병사나 조선 출신 병사들은 처음이라서 신기한 듯 이곳저곳을 몸을 돌려가며 쳐다본다. 불구경이라고 해야 옳았다.

이러한 처참한 광경을 걱정하는 마음보다 신비하고 황홀한 장면으로 즐기는 듯 묘한 심리가 발동되는 것을 보면 한편으로 인간의 심리가 사악한 면이 있는 것 같다. 불이 본격적으로 온 집에 옮겨 붙어 타오르자 이제까지 집안에 깊이 숨어 있던 거주민들이 불길의 뜨거움을 참지 못하고 집 밖으로 마을 밖으로 튀어 나오기 시작한다.

튀어 나오는 사람들의 행색은 바지나 치마만 입은 상태였고, 아예 아무것도 입지 않고 벌거벗은 사람도 있다. 개중에는 여러 명의 아이들도 있다. 어떤 사람은 옷에 불이 붙어 집밖으로 나오면서 땅바닥에 굴러 불을 끄려고 하거나 어떤 사람은 옷을 벗어버려 위기를 벗어나려 한다.

그러나 그들이 집 밖으로 튀어나와 이제는 살았다고 생각하고 외곽으로 대피하려는 순간 일본군의 총부리는 그냥 놔두지 않는다. 외곽에 빙 둘러 경비하고 있던 일본군 병사들의 기관단총과 소총이 튀어나오는 중국인들을 향하여 무차별 사격을 가한다.

사람들이 털퍼덕 털썩 그 자리에 쓰러지고 정통으로 총알을 맞지 않은 사람은 몇 자국 비틀거리더니 연속되는 사격에 몇 미터를 가지 못하고 "꿍" 소리와 함께 쓰러지며 절명한다.

총 소리와 불이 타오르는 소리가 불협화음을 이루면서 마을에 울려 퍼진다. 인간 사냥이다. 예를 들어 사냥꾼은 토끼를 사냥할 때 토끼굴 이곳저곳에 불을 놓는다. 불길이 토끼굴 안에 들어가거나 연기가 들어가 토끼가 더 이상 참기 어렵게 된다. 사냥꾼은 토끼굴을 튀어나와 달아나는 토끼에게 굴 입구에서 지키고 있다가 엽총을 발사하는데, 그런 행태와 다름이 없다.

인간이 먹고 살기 위하여 사냥을 한다면 삶을 위한 것이라고 둘러 댈 수도 있지만, 단순히 오락의 한 부분처럼 오직 살기 위하여 달아나는 생물을 죽임으로써 얻는 기쁨은 일종의 정신병이라고 말할 수 있지 않을까? 잇따라 튀어나오는 인간에 대하여 무차별 사격을 하여 죽음에 이르게 하는 것으로 그들의 마음이 그렇게도 시원하였을까?

지금 그들의 마음은 자학적 희열과 보상심리를 맛보려는 의도가 확실하다. 방아쇠를 당기는 손가락의 힘이 리듬을 타기도 한다. 누가 정확히 맞추어 쓰러뜨리는지 서로 시합을 벌이는 것처럼 자신이 쏜 총알이 경쟁 물체를 쓰러뜨렸을 때 순간적인 환희를 맛보는 것처럼 환호한다. 마치 내기를 하는 듯하다.

그러나 피가 뿜어져 나오는 순간의 끔찍한 광경과 쓰러진 사람에게서 진동하는 피비린내와 쓰러지는 사람의 절규가 반드시 무의식에 각인될 것이다. 그리고 각인된 무의식의 영상은 이후 자주 꿈에 나타나 환상과 환청이 되어 그를 끊임없이 괴롭히게 되리라. 이러한 현상은 집단범죄에 대한 염라대왕의 심판이고 신의 저주가 될 것이다.

더 이상 튀어나오는 사람이 없고 불이 절정을 이루어 태양을 가리자 이번에는 모두들 넋을 놓고 타오르는 불길을 바라본다. 높이 치솟는 화염, 화끈거리는 불길, 뭉게구름처럼 치솟아 오르는 연기, 여러 가지 집자재들이 타는 소리, 조금 전에 울려 퍼졌던 요란한 총소리와 피비린내, 마을은 한마디로 아비규환이 되었으며 지옥이 있다면 바로 지금 이 장면이리라. 한동안 일본 병사들은 움직이지 않고 조용히 서서 불길을 응시하고 있다. 불길이 어느 정도 수그러들자 중대장이 소리친다.

"사체를 불길에 던져 넣어라!" 전 중대원은 피를 내뿜고 멈춘 사체를 여러 명이 한 구씩 들어 불길 속에 던져 넣는다. 일부 주검은 불길이 번져 이미 타버렸거나 시신 일부만 탔다. 이상야릇한 시신 타는 냄새가 주변에 진동한다. 일부분만 탄 시신은 다시 활활 타오르는 불구덩이에 던져 넣는다.

완전범죄를 꿈꾸는 것일까? 그러나 그냥 덮을 수도 잊을 수도 없다. 일본군 병사 자체가 목격자들이고, 또 다른 목격자들 조선 출신 병사들의 머릿속에 깊이깊이 새겨진다. 이것은 군인이 총을 들고 적과 마주쳐서 싸우는 전투가 아니라 집단 방화 살인 사건이다.

전쟁에 처음 참가한 그들로서는 전쟁이라는 것을 단지 적을 죽이거나 자기가 적에게 죽임을 당하는 것으로 알고 있었다. 즉 상대방의 군인과 싸워 승패를 가리는 것이 전투라는 것이 상식이었다. 그런데 이처럼 상대를 가리지 않고 전혀 대항하지 않는 자들을 죽이는 것은 전투라 할 수 없다.

단순히 자신들의 정책을 따르지 않았다는 죄명 아닌 죄명으로 무차별하게 죽이는 것은 생각도 할 수 없는 일이다. 이것은 분명히 전쟁이 아니라 민간인 학살이고 눈 하나 깜빡이지 않고 벌이는 심각한 범죄라 생각한다.

사람이 어디까지 잔인해질 수 있을까? 그 잔인함의 극치를 일본군이 보여주는 것 같았다. 조선 출신 병사들은 제각기 왜 이렇게 일본군이 잔악한 짓거리를 하고 있을까, 왜 그들은 그렇게 잔인할까 생각해본다.

섬나라의 특성에서 나오는 폐쇄증이 원인일까? 아니면 끊임없이 다가오는 일본 열도를 침몰시키려는 지진의 공포가 그렇게 심리적 회피지역으로 만들었을까?

자칭 쓰나미라 불리는 해일의 공포와 해마다 되풀이 되는 태풍의 내습이 일본인들의 성격을 그렇게 모질게 만들었을까? 아니면 섬나라라서 들판이 적고 산만 많아 농사를 짓고 먹고 살기가 힘이 들어서 악착같은 삶을 추구한 결과가 그렇게 만들었을까?

아니면 험한 바다에 나가 고기를 잡아먹고 살아야 하기 때문에 언제 죽을지 몰라 이판사판식으로 살게 되는 극단적인 삶이 그렇게 사악한 마음을 가지게 만들었을까?

그들은 열도 탈출을 끊임없이 노려왔고 탈출의 시도는 다른 민족 땅의 정복과 침략으로 이어진다. 일본은 유사 이래 끊임없이 한반도를 침입하였으며 임진왜란을 치른 뒤 명치유신으로 국가의 힘이 조금 생기자 먼저 태평양상의 자그마한 섬을 수중에 넣기 시작한다. 청일전쟁과 러일전쟁의 승리를 기반으로 하여 대만을 비롯한 여러 지역을 전쟁의 배상으로 점령하게 되었으며, 처음 착수한 식민지로 국경을 마주하고 있는 조선을 제일의 목표로 삼았다.

그들의 욕심은 끊임이 없었다. 제1차 세계대전에 엉거주춤 참전한 일본은 별다른 피를 흘리지 않고 패전한 독일이 장악하고 있던 남태평양의 섬 또한 그들의 수중으로 만들었다. 이어서 터져 나온 세계 경제 대공황으로 그들은 내심 다양한 계산을 하게 되었으리라.

"대일본의 경제 타개책을 중국과 만주에서 활로를 찾아야 한다."

"일본군이 앞장을 서서 만주와 중국을 식민지로 만들어 경제를 활성화시켜야 한다."라고 생각하며 생존전략도 세웠으리라.

"일본 국민 7500만 명이 먹고 살아야 할 식량을 만주에서 확보해야 한다."라고 하였다.

일제는 조선 독립군의 소탕을 핑계로 그리고 여러 가지 사건을 조작하여 아무런 허락도 없이 군을 투입하여 만주를 점령하여 버렸다. 일본은 이러한 과정에서 역사를 조작하기도 하였다. 광개토대왕의 비문을 조작하여 임나본부설을 만들어 냈으며 여러 가지 역사를 조작하여 조선과 만주침략 그리고 만주 괴뢰국 설립, 중국 침략을 정당화 하려고 하였다.

근본적으로 일본인의 DNA 속에는 평화란 단어대신 침략과 아집만이 새겨져 있어 그렇게 되지 않았을까? 여기서 이러한 여러 추측들이 전혀 사실과 다르다는 것을 일본인들은 만방에 보여주어야 할 것이다.

해가 넘어가려고 할 즈음에 이날의 작전이 끝난다. 중국 민간인 수십 명을 사로잡아 트럭에 태우고 사단본부로 돌아온다. 포로들은 빈 창고에 갇힌다. 살려서 중노동을 시키기 위하여 개밥보다 열악한 밥을 던져주듯이 넣어준다. 굶주렸던 중국인들은 게걸스럽게 먹는다. 삶에 대한 인간의 근본적인 욕구가 얼마까지 굽혀지는 것인가를 확연히 들여다 볼 수 있는 현장이다.

다음 날도 일찍 일어나 식사 후 바로 작전을 나간다. 작전에 나가기 앞서 중대장은 각자 총기를 다시 한 번 점검하고 실탄을 확실히 장전시키라고 지시를 내리고, 개인에게 지급된 수류탄 2발도 점검하라고 한다.

그 이유는 오늘 가는 마을은 규모가 크고 무주지대와 집가정책에 아주 비협조적인 마을이라 어쩌면 전투가 벌어질지도 모르기 때문이다.

마을이 클 뿐만 아니라 수색범위도 넓고 전투가 벌어질 가능성이 많은지라 이 마을에 한꺼번에 1개 대대 병력 전부를 투입하기로 한다. 2개 중대는 구획을 2개로 나누어 수색하고, 1개 중대 중 2개 소대는 장갑차 2대와 함께 각각 1개 중대를 엄호하고, 나머지 1개 소대는 대대장과 같이 기동타격대로 출동대기 하기로 한다.

몇 집을 수색하자마자 젊은 부부가 아이들과 함께 붙잡혀 나온다. 수색을 벌인 결과 한 시간도 되지 않아 수십 집에서 100여 명 정도의 아이들이 포함된 중국인이 생포된다.

144

그러나 조선 출신 병사들은 집에 숨어 있는 중국인을 적발하여 끌어내면 그들의 운명이 어떻게 될 것인지 알고 있다. 그래서 그들은 집안에 들어가 이곳저곳 수색을 하다 막상 사람이 숨어 있는 것을 발견할 경우에는 마당으로 차마 끌어내기가 어려워서 그냥 손으로 쉿! 하여 조용히 하라는 신호를 주고 못 본 체 나와 버린다. 그렇게 해서 수십 명의 주민이 체포되지 않고 비밀 장소에 숨어 있게 된다. 그러나 조선 병사들의 그러한 노력은 허사가 된다.

일본군은 중국인이 많아지자 모든 집을 불태워버리라는 소광작전 지시를 내린다. 발각이 되지 않았거나 조선 병사가 적발하지 않은 주민들도 모든 가옥을 불태워버림으로써 집밖으로 뛰쳐나올 수밖에 없었다. 그들은 뛰쳐나오다 일본군의 총알에 맞아죽고 집밖으로 나오지 못한 사람은 산 채로 화장이 되어버렸다. 이럴 경우에는 조선 출신 병사들은 속이 뜨끔해지고 중국 사람에게는 죄스러운 마음이 앞서게 된다.

조선 출신 병사들은 자신들이 나서서 중국 사람들의 목숨만은 살려달라고 간청하고 싶지만 그렇게 되면 조선 놈들도 똑같은 놈들이라고 마구 구타하거나 상급자일 경우에는 오히려 총으로 조선 출신 병사를 사살하는 경우도 있다. 그래서 감히 어떠한 동정도 하지 못하고 묵묵히 일본인들이 하는 짓 그대로 구경만 할 수밖에 없다.

만약에 일본인 상급자의 눈 밖에 나면 전투임무 중에 상급자가 하급자를 몰래 처형하고는 단순히 적의 총탄에 죽었다고 하거나 적을 이롭게 하는 이중첩자라고 둘러대면 그것으로 마무리되고 만다. 어느 누구도 그것을 가지고 따지거나 시비를 거는 자가 없었으며 아예 눈감아버렸다.

특히 조선 출신 병사들이 중국군에 귀순해버리는 사건이 빈발하는 요즈음에는 정말로 조심히 행동하여야 한다. 그래서 그들은 불이 붙은 가옥에서 뛰쳐나오는 중국인을 향하여 일본인 병사와 같이 발포 하지 않을 수 없었다. 다만 정조준은 하지 않고 대충 발사한다.

발사할 때 죽는 모습을 보지 않으려고 두 눈을 감아버린다. 어차피 일본군의 총에 죽기 마련이고 총 맞아 죽지 않으면 불속에 던져져 죽을 것이기 때문이다.

이날도 일본 병사들의 강간 행위는 어제와 마찬가지로 여기저기서 발생한다. 이 마을은 일본군 점령지에서 가장 먼 곳에 있고 높은 산 바로 옆에 자리 잡고 있어 일본군의 입장에서 보면 제일 위험지대로 생각 되었던 마을이다. 그리고 실제로 이 마을에는 중국 유격대가 수시로 드나들었고 마을의 일부 청년은 유격대에 가입하여 유격대를 따라 깊은 산으로 들어가버렸다.

일부 청년들은 무기를 받아서 낮에는 일본군에 협조하는 척하고 밤에는 일본군을 괴롭히는 게릴라 역할을 하고 있었다.

마을을 중간 정도 수색하고 있는데 어느 큰집에서 10여 명의 중국인 청년들이 슬며시 나와 아주 작은 골목을 빠져 나가고 있다. 일본군이 지키고 있는 주요 골목을 피해서 울타리나 담을 넘거나 혹은 집을 통하여 마을 밖으로 달아나기 위하여 은밀히 그러나 신속하게 행동한다.

그들은 어젯밤부터 새벽까지 일본군 진지를 탐색하고 이 마을에 들어와 잠을 자고 있다가 일본군이 가가호호를 수색하고 있다는 긴급한 상황을 듣고는 총기를 숨기고 평상시의 민간인처럼 행동하려 하였다.

그러나 민간인이라도 모두 색출하여 죽인다는 소문에 일단 이곳을 벗어나려 최대한 시도해보았으나 사방팔방이 일본군에 포위되었다.

할 수 없이 일본군이 가장 적게 눈에 띄는 곳을 탐색하여 돌파하고자 집을 나선 것이다.

그들은 두 패로 나뉘어 일본군이 눈치 채지 못하게 골목길을 이리저리 잘 빠져나간다. 그러나 그것도 한계가 있다. 잠복하고 있던 수색 2인 1조 일본군에게 발각된다. 처음 발견한 일본 병사가 그들을 향하여 발포한다. 총소리에 모든 일본군이 긴장을 하여 사격자세를 취한다.

총소리가 난 곳으로 대대장은 기동타격대와 1개 예비소대를 긴급 이동시킨다.

처음 목격한 병사의 이야기에 의하면 총을 든 수 명의 유격대가 앞쪽 골목을 돌아 우측으로 사라져 갔다는 것이다. 대대장은 일부 구역의 수색 작전을 일시 중단시키고 1개 중대 병력 중 1개 소대, 원래 대비하고 있었던 1개 소대와 기동 타격대 1개 소대, 총 1개 중대와 장갑차 4대를 투입시킨다.

대대장은 가가호호 수색을 하되 움직이는 모든 것을 사살하라는 명령을 내린다. 이때 다른 지역에서도 같은 상황이 발생한다. 중국 유격대의 인원 절반이 다른 중대 수색구역으로 탈출을 시도하다가 발각된 것이다. 대대장은 중대장을 불러 모든 수색을 중단하고 달아나다가 어디론가 숨어버린 유격대 적을 수색하도록 지시한다. 중국 유격대 수색은 두 군데서 동시에 진행되었고, 대대장은 병력도 둘로 분할하고 장갑차도 둘씩 나누어 배치하여 수색하도록 한다.

일본 수색대가 붉은 벽돌과 콘크리트로 지은 정원이 있는 어느 큰집을 수색하기 위하여 굳게 닫힌 나무대문을 총으로 쏴서 박살을 내 열어젖히고 안으로 들어간다. 그들이 정원과 부속건물인 창고를 막 수색하려 할 때 건물 안쪽에서 유격대가 정조준 하여 일본군 병사 두 명을 쓰러뜨린다. 한 명은 즉사하고 한명은 어깨를 맞아 중상을 입고 쓰러진다.

같이 들어가 수색을 하려던 나머지 병사 4명은 엄폐물에 의지하여 응사한다. 상호간 치열한 총격전을 벌이고 있을 때 일본군 1개 중대 병력이 이집을 완전히 포위한다. 대대장이 도착하여 상황을 파악하고 직접 지시한다.

수색병사 십여 명을 동시에 네 방면에서 집으로 접근하도록 하고, 접근할 때 전 병력이 엄호사격을 하도록 한다. 엄호 병력이 집 밖에서 담장이나 기타 건물에 숨어 유격대가 응사를 하고 있는 곳에 집중 사격을 가한다.

네 방면에서 접근한 병사와 엄호병사가 유격대가 있음직한 곳에 무차별로 기관총과 소총을 발사하니 안에서 일시적으로 조용해진다. 일부 병사가 접근하였고 세 명이 수류탄을 가슴에서 떼어내 안전핀을 제거하고 응사가 있었던 집안에 던져 넣는다.

"꽝 꽝 꽝" 하는 소리가 수류탄 폭음과 함께 들리며 여러 잡다한 가재들이 부서지면서 집안에서 밖으로 흩어져 나왔고 집안은 조용해진다. 그 사이에 병사 댓 명이 집 거실 쪽으로 바짝 다가간다.

잠시 조용하였던 집안에서 다시 총알이 날아온다. 접근하였던 병사들은 즉시 땅바닥에 엎드렸으나 이미 늦었다. 병사 3명이 중경상을 입고 힘없이 쓰러진다.

이때 옆쪽에서 가까이 다가간 분대장이 수류탄을 꺼내어 핀을 뽑아 던졌고 연이어 부분대장도 총알이 발사된 집안에 깊숙이 던져 넣는다.

꽝음에 이어 총소리가 멈춘다. 잠시 후 유격대 한 명이 다리를 절면서 뒷문 쪽으로 달아난다. 그러나 그 집은 이미 일본군에 포위되었기 때문에 어디로 가더라도 발각되기 마련이다.

뒤쪽으로 접근하고 있던 일본 병사 십여 명이 그를 발견하고 일제히 방아쇠를 당겨 불을 뿜는다. 유격대원은 힘없이 앞으로 고꾸라졌고 절명한다. 방에 접근한 일본 병사 몇 명이 잠잠해진 거실을 신중하게 들어가며 수색한다.

여기저기 유격대들의 시체가 보이고 거실은 완전히 엉망이 되었으며 피가 낭자하다. 사체를 발로 건드려 보고 완전히 절명한 시신 4구를 확인한다. 중대장은 현장을 확인하고 일본군 병사 사체 2구를 수습하도록 하고, 중경상자 3명을 즉시 응급처치하고 후송하도록 한다.

한편 다른 지역에서도 사라진 유격대를 수색하고 있다. 근처의 여러 집을 수색하였지만 찾을 수 없었고 다른 지역의 전투가 거의 종료될 때까지도 발견하지 못하고 있다. 그런데 마을 입구 쪽에 있던 사당을 수색하던 병사가 이상한 점을 발견한다.

사당의 한쪽 편 낮은 담장의 기와가 떨어져 내린 것이다. 깨진 조각을 자세히 들여다보니 오늘 발생한 것으로 추정된다. 사당 담장 안을 들여다보니 유격대가 숨기에 아주 알맞은 장소라고 생각한다. 사당 주변에는 자그마한 공원이 연이어 있고 공원에는 여러 가지 형상의 바위가 조형물처럼 이곳저곳에 자리 잡고 있었으며 나무가 울창하게 전체를 뒤덮고 있다.

그리고 공원 외곽 변두리에도 담장이 둘러 쳐져 있는 이중 담장으로 된 사당이다. 수색대는 사당과 공원을 수색하기로 한다. 수색대원을 제외하고 모든 일본 병사들은 공원과 사당의 뒤와 옆 부분을 에워싼다. 수색대원은 앞과 뒤 방향으로 4명씩 조를 이루어 앞 뒤 각 2개 조 8명씩 공원에 다가가면서 수색한다.

사당 뒤의 담장이 공원 뒷부분인데, 사당의 낮은 담장을 수색조 8명이 가볍게 뛰어 넘어 사당 뒷문으로 다가갔지만 뒷문에 접근할 때까지 유격대의 아무런 징조를 발견하지 못한다. 수색조는 사당 안으로 들어가 전체를 철저히 수색해나간다.

한편, 앞쪽에서 접근하는 수색조는 나무가 우거진 사당 좌우측을 좀 더 조사하려고 접근한다. 이곳은 곳곳에 자연석이 놓여 있고 큰 나무 몇 그루가 고목이 되어 있으며, 사이사이 작은 나무들이 엉키어 자라나 밖에서 보면 아주 칙칙하게 보인다.

일본군이 점령한 이후 공원 관리를 전혀 하지 않아 공원 전체가 야산처럼 잡풀이 우거져버렸다. 수색대가 그늘이 져있는 곳에서 총부리로 나무를 젖히는 순간 하나의 눈동자와 마주친다. 그 눈동자의 주인공은 마주친 눈동자에게 재빨리 무엇인가를 찔러 넣는다.

마주친 일본군의 눈동자는 일시적으로 빛을 발하다가 흐릿해지기 시작한다. 날카로운 비수가 일본 병사의 심장을 찌르는 동안 일본 병사는 비명도 못 지르고 눈이 충혈되면서 중국 유격대원을 쳐다보더니 그대로 주저앉는다.

동행한 병사가 깜짝 놀라 유격대가 있던 곳에 총격을 가한다. 그러나 유격대원은 언제 빠져 나갔는지 총알은 덤불을 맞히고 먼지만 풀썩 일어난다. 총소리에 모든 일본군 병사들이 모여 들었고 총을 쏜 병사는 당황하며 손으로 수풀을 가리키면서 유격대가 덤불 속에 있다고 말하였다. 중대장이 직접 와서 지휘한다.

모든 병사를 반경 30미터 밖으로 나가 엄폐물에 몸을 숨기도록 한다. 그러더니 장갑차 2대를 동원하여 수풀 속에 중기관총을 난사하게 한다. 그리고는 수류탄 십여 개를 수풀 속 여기저기에 던진다. 일본군의 공격에 그제서야 수풀 속에서 반격이 시작된다.

일본군은 장갑차의 기관총을 앞세우고 모든 기관단총과 소총을 동원하여 총반격을 한다. 이때 유격대 쪽에서 수류탄이 날아왔다. 그러나 그 수류탄은 철갑을 두른 장갑차에 맞아 밑으로 구르면서 터져버려 피해는 없다.

일본군은 곧바로 반격이 나오고 있는 곳에 집중사격을 가하고 수류탄 수발을 다시 던진다. 폭음이 공원을 뒤흔들고 나뭇가지가 폭풍에 날리듯 일시에 이리저리 휩쓸리며 부러진다. 수풀 안에서 비명소리가 나고 수류탄 연기와 먼지가 자욱하다. 일본군은 공원 안을 샅샅이 수색한다. 중국 유격대원 5명의 사체를 공터에 끌어낸다.

대대장은 사단장과 통화하여 교전하였던 상황과 결과 그리고 지금까지의 수색결과와 마을의 사정에 대하여 자세히 보고한다. 즉 마을 사람들은 일본군의 정책에 전혀 협조하지 않을 뿐만 아니라 유격부대까지 주둔하고 있다. 게다가 많은 청년들이 유격대 요원이 되고 있다. 그리고 이 마을이 유격대의 온상이고 유격대를 지원해주고 있다는 사실 등을 보고한다. 따라서 이 마을을 계속 수색하는 것이 아니라 완전히 파괴해 버리면 좋지 않을까 건의한다.

사단장은 대대장의 건의를 받아들여 마을을 철저히 파괴하고 거주민들을 모두 제거해버리라고 명령을 내린다. 여기서 제거해버린다는 것은 곧 삼광정책을 시행하라는 의미이다. 대대장은 각 중대장과 소대장을 집합시켜 사단장의 지시를 전달하고 작전명령을 하달한다. 이 마을은 더이상 수색하지 말고 지금 이 완전히 없애버리라고 지시한다.

이어서 각 중대별 소대별로 구역을 나누어 전 가옥을 태워버리도록 하고, 혹 집에 불이 잘 붙지 않을 경우에는 인력을 사용하여 허물어버리도록 한다. 그리고 모든 것을 깨끗이 청소해버리라고 말한다. 깨끗이 청소해버리라는 말은 모두 살해하여서 불에 태워 흔적을 남기지 말라는 의미이다.

1,000여 가구 쯤 되는 소도시를 불태운다는 것은 그리 쉬운 일이 아

니다. 각 소대별로 구역을 나누고, 불을 놓는데 만약에 산 사람이 뛰어 나오면 그냥 사살해 버리도록 한다. 그래서 소대를 한 조에 10명씩 4개 조로 편성하여 6명은 불을 지르고 4명은 여차하면 기관총을 발사할 수 있는 태세를 유지한다. 아까와 같은 유격대의 준동이 예상되어 1개 소대를 장갑차 4대와 함께 대기시킨다. 그리고 현장에 즉시 이동하고 공격할 수 있도록 도시 중심 빈터에서 대기하도록 한다.

소대별로 횃불을 만들어 주택의 나무로 된 부분에 불을 붙이니 바짝 마른 나무가 잘 탔고 불길은 금방 번져 지붕까지 옮겨 붙기 시작하였다.

불이 붙지 않을 경우에는 휘발유를 뿌린 후 불을 붙이도록 한다. 이때 대대장은 기동타격대 소대장을 불러 지금까지 생포한 모든 사람을 사살해버리도록 지시를 내린다. 소대장은 지시를 받고 20여 명의 생포자를 현장에서 사살해버린다. 그리고 사체를 모두 활활 불타는 집의 불구덩이에 던져버린다.

불이 이곳저곳에서 일어나더니 마을 전체로 옮겨 붙는다. 화염이 일어나고 연기가 피어오르자 소도시는 불길에 휩쓸려 연기와 더불어 일대 장관을 연출하고 있다. 불을 지르고 마을 외곽으로 빙 둘러 철수한 일본군은 타오르는 불길을 보며 각자 감상에 젖어 있다.

이번 작전은 김장진과 윤형진도 처음부터 참가하여 일본군의 무주지대와 집가정책을 실제 경험하게 되었다. 집에 불이 붙어 어느 정도 타오르고 연기가 천지를 뒤덮자 수색을 하지 않는다. 불질러버린 집에서 백여 명의 주민들이 불길과 연기를 참지 못하고 마을 밖으로 빠져나온다. 이것을 본 일본군은 총을 쏴서 사살해버린다.

그리고 사체를 불구덩이 속에 던져 넣어 버린다. 불길이 최고조에 달하면서 어둠이 밀려온다.

늦은 여름의 뜨거운 햇볕아래 모든 병사가 온몸이 땀에 젖어 들고 얼굴에는 비지땀이 흘러내린다. 밤이 되어 햇볕이 시들어도 여전히 뜨거운 기운이 온 도시를 덮고 있다. 밤이지만 주변은 대낮처럼 밝다. 윤형진은 고향에서 보름날 달집놀이를 하는 착각에 빠진다.

정월대보름날 아침부터 동네 사람들은 바빠진다. 남자들은 두 패로 나누어 한 패는 가까운 산에서 긴 소나무를 대여섯 그루 베어온다. 소나무가 무성할수록 좋다. 베어온 소나무를 공회당 옆 공터에서 도끼나 낫을 사용하여 곁가지만 다듬어 몇 개의 기둥을 만든다. 한쪽에서는 몇 사람이 지푸라기로 나래(이엉)를 엮어 기둥에 빙 둘러칠 준비를 한다.

그리고 먹을 갈아 먹물을 준비 한 다음 동네에서 제일 글을 잘 쓰는 사람이 붓으로 여러 사람들의 축원을 긴 한지에 정성들여 써서 회당 한쪽에 죽 매달아 말린다. 이때 회당에서는 동네 아낙네들이 모여 제사상에 마련할 음식을 장만하느라 바쁘다.

잔가지를 쳐낸 나무기둥이 준비가 다 되었으면 나무기둥들을 원추형으로 세운 후 꼭대기 부분을 새끼줄로 단단히 묶는다. 이번에는 엮은 나래를 위에서부터 빙 둘러친다. 그리고 나서 새끼로 둘러치어 나래가 움직이거나 떨어지지 않게 묶어둔다. 다음에 원추형의 텅 빈 나무기둥 속에 짚단을 채워 넣는다. 이번에는 소나무에서 쳐낸 곁가지를 하나하나 원추형 외부에 둘러친 나래장(긴 이엉)에 끼워 놓는다.

이렇게 하면 솔가지는 불의 촉매제가 되어 불이 훨훨 잘 타오르게 된다. 그리고 마지막에는 원추형 꼭대기를 나무 짚으로 둥글게 감싸주고 그 끝에서부터 먹으로 쓴 축원문을 길게 내려 걸어둔다. 또한 개인의 축원문도 빙 둘러 달집에 매어놓는다.

저녁 무렵이 되면 제사상을 마련하여 각종 음식을 차리는데 역시 백미는 돼지머리가 오르는 것이다. 해가 넘어가면서 조상에 대한 제사를 지낸다. 동네에서 가장 나이가 많고 흠이 없는 유지가 제사장이 되어 올해 풍년을 기원하고 당산 신에게도 제사를 지낸다.

조상들과 잡신들이 흠향을 하도록 하고 재배를 올린다. 많은 동네 사람들이 달집을 중심으로 빙 둘러 제사장의 일거수일투족에 따라 같이 절하고 개인의 복을 빈다. 동네 아이들도 어른들 틈에 끼어 기웃기웃 빙둘러 서성거리며 구경한다. 제사가 끝나면 먼 동쪽 수평에 하얀 박보다 큰 보름달이 고개를 내밀기 시작한다.

제사장이 달집에 불을 붙인다. 불은 잘 마른 볏짚 단에 옮겨 붙으면서 금세 붉은 기운이 전 달집에 퍼진다. 곁에 꽂아 둔 솔가지가 "틱틱탁탁" 소리를 내면서 잘도 탄다.

이때 고깔모를 쓴 동네 사물놀이패가 쨍쨍거리는 쨍과리의 리듬을 시작으로 달집을 빙빙 돌면서 풍악을 울린다.

"탕 타당 탕 탕, 탕 탕 탕, 탕 탕 탕, 탕 타당 타당, 쾅엥 쾌엥 쾌엥 쾅쾌쾅 쾌갱겡 징...징...징... 둥 두둥두둥 둥 뎅뎅뎅 뎅뎅뎅, 뎅 데뎅 뎅 뎅, 뎅뎅, 뎅 데뎅...뎅...뎅"

동네 사람들은 동산에 떠오른 큰 달을 보며 기원한다. 아낙네들은 달을 보고 두 손을 모아 빌며 입으로 뭣이라고 말하고 있지만 풍악에 파묻히어 입모양만 보인다. 모두들 일제히 소리친다.

"망월(望月)이야! 망월이야! 망월이야! 망월이야! ..."

"망 우려(忘 憂慮)! 망 우려! 망 우려!"

모든 근심과 걱정이 사라지라고 소리친다. 불꽃이 하늘을 찌른다. 불꽃의 붉은 기운이 몸속으로 파고든다. 얼굴이 화끈해지면서 벌겋게 달아

오른 달집에서 멀어진다. 사람들이 달집을 중심으로 빙빙 돌면서 덩실덩실 춤을 추기 시작한다. 달집에 불이 완전히 붙어 주변이 대낮처럼 밝아온다. 지푸라기가 달집에서 떨어지면서 기압차로 하늘로 날아 올라간다.

덩덩덩 덩덩덩 덩 더덩 덩덩 덩덩덩 덩덩덩 덩 더덩 덩덩, 탕타당 탕탕, 탕탕탕 타타당타당, 징...징 징

신명이 난다. 삶의 기원을 달집에 실어 농악소리에 실어 하늘 높이 보름달 위에 올려 보낸다. 일본 병사들이 발사하는 총소리는 사물놀이 소리로 들리었고 불속에서 튀어나와 총을 맞고 쓰러지는 사람은 달집을 빙빙 돌면서 춤추는 사람들이다.

어릴 적 달집 가까이 있다가 일시에 불이 확 붙어 오르자 뜨거운 불길에 자기도 모르게 주춤하면서 물러난 그 느낌이 지금 이곳에서 큰 마을을 불태우며 뒤로 물러선 윤형진에게 몰려온다. 문득 중국 민중들이 불쌍해진다.

살아보겠다고 불구덩이 속을 벗어나 탈출하는 사람들을 추슬러주기는커녕 없어져야 할 표적이랍시고 총질을 해대는 일본군에 몸서리가 쳐졌고 쓰러져가는 사람을 향하여 하얀 이빨을 드러내며 쏘아대는 그 얼굴과 총부리가 잔악하고 혐오스러워진다.

얼마나 불길이 거세어졌던지 큰 기압차로 인하여 하늘에 검은 비구름이 생기더니 검은 비를 뿌리기 시작한다. 검은 비를 피할 집 처마도 이미 타버렸다. 그저 하염없이 불길만 응시하고 있다. 내린 소나기에 의하여 불길이 스스로 잦아들고 주위가 다시 어두워진다. 허무하다.

높은 산기슭에 자리 잡은 아름다운 전원마을이 완전히 폐허가 되어 순식간에 사라져버렸고 그 속에서 아옹다옹하며 살았던 삶의 자취가 허망하게 지워져버렸다.

삼광정책은 실로 잔혹하였다. 1942년 한 해 동안 화북지방에서만 일본군에 구타, 체포, 강간당한 사람 수가 10만 명 이상 달한다. 또한 만주국과 열하성의 경우, 삼광정책으로 인해 최대의 피해를 본 여러 현에서 모두 33만여 채의 가옥이 불태워졌고 16만여 마리의 가축이 손실되었다. 그리고 약 1200만 평의 토지가 황폐화되었을 뿐만 아니라 7만 5천 명이 목숨을 잃었고 3만 명 정도가 체포되어 끌려갔다.

어느 한 자료에 의하면 고북구(베이징 북쪽 만리장성 지역에 있음)에서 산해관(요동성 서쪽 끝 바다와 인접한 도시)까지 설치된 700리의 무주지대의 면적은 4만 2000평방킬로미터였고 1천여 개의 촌락이 폐허가 되었다.

가축은 한 마리도 눈에 띄지 않았고 만리장성 양측의 6개 현에서는 1800만 평의 토지가 황무지로 변해버렸다 한다.

만주국의 관동군은 1943년 6월까지 2,200여개의 집단부락을 건설하였다. 그 후에도 계속하여 1944년까지 약 3,000개의 집단부락이 조성되었고 18만 호가 이곳에 수용된다. 그리하여 1944년까지 열하성과 요서지구에 무인지구가 조성되면서 총 인구 400만 명 가운데 105만 명이 집단부락에 수용된다.

집단부락은 주위에 약 5미터 가량 되는 높은 담을 둘러쳤으며 담 벽에는 총을 쏘기 위하여 관측하는 구멍 즉 총안(銃眼)이 설치되었다. 담 위에는 철조망이 둘러쳐 있거나 가시가 달린 나뭇가지가 촘촘히 꽂혀 있다. 그리고 몇 십 미터 간격으로 망루가 담 벽에 따라 설치되고 네 모퉁이와 대문 위에는 토치카(보루)가 설치된다. 집단부락 안에는 큰길이 만들어져 있으며 몇 십 미터 간격으로 초소가 설치되어 있다.

집단부락 안에서는 일본군이나 괴뢰 군경 혹은 의용봉공대(자위단) 부락경찰 등이 주야로 파수를 보면서 출입자를 통제 감시하고 있다. 집단부락에는 두 개의 대문이 있는데 대문 위에는 '建設部落(건설부락) 自興鄕土(자흥향토) 共存共榮(공존공영) 王道樂土(왕도락토)' 등의 표어가 붙어 있다.

결국 방면군이 화북지방에서 실시한 집가공작은 만주국에서 한 것과 비슷하였으며 집가공작은 경비와 방어 그리고 정치 경제적인 면에서 두 가지 기능을 지니고 있다.

경비, 방어와 관련하여 집가공작은 공산당 측 공작원의 잠입을 방지하고 공산당 측의 물자 공급로를 차단하는 동시에 공산당의 숙영지를 없앤다. 그리하여 공산당 측의 정보 원천을 단절시키어 단순히 민중과 적성을 지닌 사람을 분리할 뿐만 아니라 자체 방위대 및 기타 방위시설을 통한 자위기능을 지니고 있다. 정치, 경제와 관련해서는 유리한 측면과 불리한 측면을 동시에 가지고 있다.

집가공작은 행정, 경제의 각종 정책을 실시할 수 있는 교량으로서 계몽훈련 거점으로서의 긍정적인 역할을 할 수 있다. 그렇지만 집가공작은 주거지와 경작지의 거리를 멀어지게 하여 농경의 효율성과 노동생산성을 떨어뜨렸을 뿐만 아니라, 공작 추진 과정에서 상당수의 경작지가 무주지대로 설정되었기 때문에 경작지 면적의 축소를 초래하였다.

또한, 집가공작은 집단부락이나 경비도로 교량의 수축 공사에 많은 주민들이 동원됨으로써 농업 생산력의 손실과 생산성 저하를 가져왔고 각종 건설과 자재의 수요급증을 유발하여 주민들에게 경제적인 타격을 주어 더욱 빈곤하게 만들었다.

특히 경작지에 비하여 인구가 많은 평원지대에서는 집가공작으로 인한 불리한 요인이 적었지만 상대적으로 인구가 적은 산간지구에서는 그렇지 않았다.

일본군의 식량 확보작전

계절이 무르익어 일본군 점령지 내에도 어김없이 가을이 찾아왔다. 계절은 변신을 자랑이라도 하듯 온 산과 들을 아름다운 색깔로 채색하여 총천연색 광경을 연출하고 있다. 중국 내륙지방, 특히 산맥이 연하여 있고 기암절벽이 근방에 어우러져 있는 고산지대의 가을은 들녘의 가을과 더욱 다른 운치가 있다.

아무것도 모르고 평생 땅만 바라보며 살고 있는 농부들의 일상은 한결같다. 전쟁이 왜 일어났으며 일본군이 어떻게 여기까지 왔는지 그들은 전혀 관심도 없이 얼었던 농토가 봄이 와서 풀리면 씨앗을 뿌리고 여름 한철의 햇볕으로 작물을 키운다. 가을이 되어 풍년이든 흉년이든 관계없이 농산물을 거두어들여 한해의 농사를 마감하고 따스한 겨울을 나면서 사랑으로 세월을 이어나간다.

벼를 심은 논은 타작을 하여 벼 베인 그루터기만 남기고, 여러 작물을 심은 밭은 농산물을 거두어들여 남은 껍질로 자리를 메우면서 공터를 만들어내고 있다. 이때 북지나방면군에서 특별지시가 내려진다.

"추계 및 동계 공세를 유지하기 위하여 모든 사단은 점령지 관할 구역에서 겨울을 날 식량을 보충할 것"이라는 명령이다.

각 관할 사단은 식량확보 작전을 수립하여 방면군 사령부에 보고하고 군사령부는 검토한 후에 큰 무리가 없으면 인가하였으며, 군사령부는 작전결과를 보고하도록 한다. 이 작전은 사단별로 조금씩 시차를 두고 총 9개 사단이 한 달 반 동안 진행하도록 한다. 하달된 대략적인 작전계획은 이러하다.

1. 작전 암호명: 일본 원숭이
2. 작전기간: 1944년 9월 xx일 ─ 10월 xx일 (20일)
3. 작전목적: 동계 소요 군사 식량 확보
4. 작전지역: 각 사단 점령지역 내
5. 획득 세부 항목
   가. 생산 농산물의 징세 40퍼센트
   나. 가축류 및 가금류 징발 40퍼센트
   다. 젊은 노동자 확보
   라. 우마차 징발
6. 작전 부수 목표
   가. 웅거 게릴라 제압
   나. 치안 확보
   다. 계몽활동
7. 동원 병력
   가. 작전 참가: 2개 연대와 4개 포병, 기갑대대
   나. 부대 방어: 1개 연대와 2개 포병 기갑대대

8. 돌발 상황 대비책

　가. 작전 중 사단 지역 내에서 이상이 생기면 대대단위별로 특정 장소에 집합하고 별도 대기 중인 기동차량에 탑승 후 즉각 현장으로 이동한다.

　나. 접전 지역에 전투 상황 발생 시 식량 확보 작전을 완전히 중단하고 방면군 사령부 지시 하에 후속 작전을 수행한다.

9. 중국 인민 처리 지침

　가. 작전 수행 중 반항을 하거나 비협조 시에는 강제 집행을 하고 계속 저항 시에는 현장 사살한다.

　나. 만약 마을 전체가 집단적으로 반항 하거나 게릴라의 활동이 있는 경우 삼광 정책을 수행한다.

10. 확보 식량 처리 및 후송 지침

　가. 확보된 식량은 선발된 노동자들을 이용하여 우마차를 이용 우선 이송한다.

　나. 수송 수단 부족 시 부대 보유 트럭을 지원한다.

　다. 가축은 최대한 산 채로 별도 우리를 만들어 이동을 시킨다.

　라. 사단 본부 내에 생·동물을 수용할 우리를 만들고 중국 노동자들을 활용하여 동물을 양육한다.

이와 같은 여러 항목의 계획에 따라 사단병력은 각 연대별, 대대별, 중대별 작전 구역도를 만들어 식량 확보 작전에 들어간다.

작전 계획에 대하여 좀 더 상세히 설명하자면 작전 암호명 '일본 원숭이'는 일본의 추운 산악지형에서 살고 있는 일본 원숭이가 따스한 온천에 들어가 추운 계절을 지내는 것처럼 이번 한겨울을 잘 보내자는 의미에서 정한 것이다.

세부 획득 명세서에 젊은 노동자를 나포하는 이유는 이들 노동자를 부리려는 책략이다. 즉 사단 병력이 먹고 자고 전투에 전념하기 위해서는 잡다한 일이 많은데 여기에 필요한 인력 확보를 위한 것이다.

예를 들면 군수품이 사단본부 가까운 역에 도착하였을 때 군수품을 하역하여 트럭에 탑재하고, 창고 앞에서 내려 창고 안까지 운반하고 쌓아두는 데 필요한 인력이 많은데 전투요원을 투입하면 전투력이 심히 낭비되기 때문이다.

따라서 비전투요원이면서 이러한 일을 전적으로 담당하는 인력으로 현지에서 젊은이들을 징용하여 강제 노역을 시키는 것이다. 징용인들은 진지 구축하기, 징발한 가축 보살피기, 가축 도살 및 식용화, 식당일, 탄약 나르기, 창고일 하기 그리고 군 작전에 필요한 잡일을 맡아 수행하였다. 심지어 무동력 야포를 끌고 가는 임무를 맡기도 하였다. 이런 징용은 중국 현지인들만이 아니었고 조선에서 끌려온 수많은 사람들이 군에 필요한 작업에 투입되었다.

그리고 산짐승을 징발하여 직접 우마차를 끌도록 하고 그 우마차에 징세하고 약탈한 농산물이나 가금류, 가축 등을 싣고 직접 사단본부로 향하도록 하였다. 젊은 여성들도 많이 끌려가서 주로 허드렛일을 시켰으며, 젊고 인물이 반반한 여자는 여자근로정신대에 합류시켰다.

그리고 사단 점령지 내에 일본군 수천 명이 쫙 깔리면서 일본군이 내세우는 치안문제는 해결되곤 하였다. 일본군의 입장에서 보면 치안문제라는 것은 주민들이 일본군의 정책에 반발하여 저항하거나 세금을 내지 않거나, 가장 문제시 되는 것은 적 중국군과 내통을 하거나 게릴라가 되어 일본군에 적대적인 행위를 하는 것이다.

즉 고분고분하게 말을 듣지 않는 세력을 없애고 일본군의 정책에 따르도록 하는 것이 치안확보와 계몽활동의 주요 목표이기도 하다. 그래서 치안확보와 계몽활동은 현지의 자치행정요원과 함께 수행하였다. 식량 확보 작전은 사단 점령지 중에서 농촌에 대하여 수행되었다. 도시지역은 당연히 제외된다. 도시는 공장들이 밀집되어 주로 공산품을 생산하는 곳으로 식량 확보에는 거리가 있기 때문이며 공산품에 대해서는 별도로 세금을 추징한다.

작전은 담당구역을 1개 소대가 한 마을씩 직접 방문하여 중국의 행정요원을 만나는 것부터 시작된다. 이때 일본에서 파견된 보안요원이 동행한다. 이 보안요원은 지역 민심이나 치안 상태 그리고 농작물 재배 현황 등 모든 것을 행정요원을 따라다니면서 감시 감독하는, 일종의 조선에 파견된 군의 경찰지서장 같은 역할을 하고 있다. 즉 감찰요원인 것이다.

행정요원은 향과 촌마다 한 명씩 두어 모든 행정을 감독하게 하였는데 일제강점기의 면장이나 구장(마을 이장)과 같은 직책이다. 그들은 향(鄕)의 상황을 잘 알고 있기 때문에 일단 행정요원과 그의 수하에 있는 요원들의 말과 자료에 어느 정도 신뢰하고 따라가야만 하였다. 향의 관리는 향리(鄕吏)라 하고 그는 소대장과 분대장에게 향의 농사상태와 여러 가축의 수를 기록한 문서를 작성하여 설명하게 하였다. 징세절차를 간소화하고 시간을 절약하는 방안 중의 하나였다.

첫 마을에 들어가니 사전에 연락을 받고 향리와 보안요원이 마중 나온다. 그들은 마을 정자 밑에서 이 마을의 경작 상태를 보고하고 40퍼센트의 농산물 징수와 징발은 농민을 피폐하게 만들고 다음에 경작하면 수확 때까지 굶어죽기 때문에 20퍼센트로 감소시켜줄 것을 애걸한다. 일본 감찰요원도 그의 말이 전부 사실임을 인정하고 20퍼센트가 적당하다고 조언해준다.

소대장을 통하여 이런 상황을 보고를 받은 사단장은 보급참모에게 지시하여 이렇게 감하여 줄 경우에 식량 확보 계획에 어느 정도 영향을 미칠지 검토하게 한다. 그 결과 30퍼센트까지 감하여 주어도 문제가 없을 것으로 판단된다는 보고에 따라 징세를 30퍼센트로 인하해줄 것을 지시한다.

이에 따라 30퍼센트의 세금 요율과 동물 징발을 결정하니 비교적 큰 저항이 없이 차분히 작전이 수행된다. 이 향은 사단장의 승인 하에 말썽 없이 식량 확보 작전이 끝난 대표적인 지역이고 본보기이다. 그러나 이와는 달리 30퍼센트의 세금을 자발적으로 바치지 않는 지역이 대부분이었다.

대부분의 농민들은 30퍼센트의 세금은 너무 많고 부당하다며 세금거출에 대하여 거부한다. 그들의 지론은 일본군 30퍼센트, 중국자치정부 10퍼센트, 지주 30퍼센트, 유격대에 10퍼센트를 떼어내 주면 총 80퍼센트가 세금으로 나가 도저히 먹고 살 수 없다고 소리친다. 그러나 일본군은 지역 주민들에게 역으로 설명하였다.

"무슨 소리를 하느냐? 너희들이 지주에게 30퍼센트, 유격대에 10퍼센트나 주는 것은 이해가 가지 않는다. 그렇게 엉뚱하게 다른 곳에 주면서 일본군에 30퍼센트의 세금을 못 낸다는 것은 억지이고 중국 유격대에 10퍼센트를 제공하는 것은 중국 유격대와 협조하는 것이나 다름없다.

우리가 그것을 차단할 것이다. 앞으로 당신들 농부들은 지주에게 도지를 주지 않아도 되고 더구나 유격대에 식량을 제공하는 것은 우리 일본군에 적대행위를 하는 것으로 간주할 것이다. 세금은 우리 일본군에 30퍼센트 그리고 행정요원에게 10퍼센트의 세금을 제외하고는 일절 제공하지 말 것을 지시한다. 이것은 일본군의 명령이다."

이것을 통하여 유격대의 병참선을 제거해버릴 것이라고 생각한다.

그러나 이러한 일본군의 지시에도 불응하는 농부들은 강제로 집행할 것을 명령한다. 일부 지역은 향 관리와 보안요원이 농부들을 설득하였지만 막무가내였으며 중국 관리의 소환에도 응하지 않을뿐더러 아예 대문까지 잠가버린다. 소대장은 작전개시 명령을 내린다. 집을 구석구석 뒤져서 농산물이 있으면 아예 몰수해버린다.

대부분 농부들의 창고에는 막 추수를 하여 쌓아놓은 곡식이 들어 있었으며 밭농사에서 나온 여러 가지 잡곡 즉 콩, 깨, 감자, 고구마, 옥수수 등도 들어 있어 일본군은 모조리 탈취해버린다. 그것만이 아니다. 집에 있는 모든 가금류를 몰수해버린다.

그리고 주인이 젊은 사람이면 즉시 체포하여 두 손을 나무기둥에 밧줄로 묶어놓는다. 그리고 일본군의 탈취에 반항하는 사람이 있으면 그냥 현장 사살해버린다. 소대원 41명 중 4인이 각 1개조가 되어 일시에 여덟 집을 수색한다. 나머지 인원은 소대장을 중심으로 하여 혹시 모를 전투에 대비하고 잡아온 농민들을 감시하고 있다.

천영화는 일본 병사 오다카 병장과 한 조가 되어 어느 농부 집에 들어간다. 큰 대문이 있는 것을 보니 제법 농사를 많이 짓는 집인 듯하다. 나무대문이 굳게 닫혀 있자 오다카 병장은 일단 총의 개머리를 이용하여 대문을 '쿵 쿵쿵' 크게 치며 열라고 소리친다. 오다카 병사는 '문열어'라는 말을 능숙한 중국어 발음으로 크게 소리친다.

"카이먼!(문 열어!) 카이먼!(開門)"

천영화는 "이놈들이 이제 중국어까지 해서 남의 나라를 우려먹으려고 하는구나."라고 생각한다. 문은 열리지 않았다.

다시 한 번 인내를 가지고 식은 차 여러 모금 마실 시간을 기다렸는데도 문이 열리지 않는다. 오다카 병장은 대문에서 조금 물러나 대문의 흰지 부분에 기관단총을 난사한다. 대문이 박살나면서 힘없이 떨어져 나뒹군다.

천영화는 세 명의 일본 병사들의 뒤를 따라 마당으로 들어간다. 남자 집주인은 보이지 않고 주인인 듯한 여자가 마루에 앉아서 총을 들고 들어오는 4명의 일본군을 넋 놓고 쳐다보고 있다. 여자는 젊었으나 인물은 중간쯤 되는 밉지도 곱지도 않다.

총으로 위협하는 일본 병사의 위압에 너무 놀란 나머지 아무런 반항도 하지 못하고 그저 일본 병사가 하는 동작을 눈을 동그랗게 뜨고 바라보고 있다. 오다카 병장은 그 여자를 끌다시피 하여 안으로 데리고 들어간다. 집안에는 아무도 없다. 남은 세 사람은 집을 샅샅이 뒤진다.

상당한 농작물이 창고에 척척 쌓여 있는 것을 적발하고, 동물은 소 한 마리 돼지 두 마리 그리고 닭 스무 마리가 있다. 큰집 치고는 별로 여유 있는 상황은 아닌 듯하다. 이마무라 상병은 천영화에게 지시한다.

"소대장에게 가서 체포한 일꾼 4~5명을 데려오라."

천영화는 소대장이 있는 마을 공회당에 가서 소대장에게 수색한 집에 대하여 말하고 농산물과 가축을 징발할 사람 4~5명이 필요하다고 하였다. 소대장은 예비병력 2명과 체포된 농부 4명을 차출하여 준다.

천영화가 다시 그 집에 들어갔을 때는 먼저 여자를 데리고 들어갔던 오다카 병장이 방 밖으로 나와서 멍청하게 총으로 턱을 고이고 여자가 앉았던 마루에 앉아 있다. 처음에 천영화와 같이 수색하고 소대장에게

갔다 오라고 하던 상병은 보이지 않고 방 안에서 연신 무슨 소리가 난다.

천영화가 오다카 병장을 쳐다보자 그는 만족한 듯이 빙그레 웃으면서 너도 나중에 들어가라는 의미의 손짓과 눈짓을 한다. 천영화는 지금 무슨 일이 벌어지고 있는가를 속으로 짐작해본다.

'이것은 엄청난 죄악이다. 상식으로서 아무리 생각해봐도 도저히 있을 수 없는 일이다.' 깊은 번뇌가 천영화의 뇌리를 강타한다. 동물의 대부분은 번식을 위하여 상대의 동의하에 사랑행위를 하지만 유독 인간과 유인원은 그런 상황이 아닌데도 강제로 상대를 범하는 동물이다.

즉 사람은 대부분 개인적인 쾌락을 위하여 죄인 줄 알면서도 절제를 못하고 자기도 모르게 죄악을 저지른다. 조물주는 왜 유독 인간을 그렇게 만들었을까? 천영화는 이것을 번식이라는 생물의 특성 때문이라고 생각해본다. 그렇다면 만약에 인간에게 쾌락을 주지 않았다면 인간의 번식은 어떻게 되었을까?

머리가 유달리 발달한 인간은 계산된 성교만을 한 나머지 번식이 그렇게 성공적이지 못하였을 것이다.

그래서 조물주는 남녀의 성에 쾌락을 부여하였고, 여자는 남자를 떠나가지 못하게 성으로 계속 유혹하게 만들었다. 그리고 유전자 전달의 책임감을 강력하게 주입하였다. 그런데 이번에는 남자라는 푼수가 유전자를 많이 단순하게 아무데나 전달하려 하는 데서 문제가 발생하게 된다.

그 대상이 한정적이지 않고 때를 가리지 않는다. 참으로 여자로서는 이해할 수 없는 수컷이라고 생각되기도 한다. 이것은 인류 번식이라는 생명체의 연속성에 대한 조물주의 전략이기도 하다. 어찌할 수 없는 숙명이다. 오늘 일본군은 조물주 허점을 악용하고 있다. 흔히 '짐승'이라고 표현을 하지만 지금 이 순간 일본 병사들은 짐승보다 더한 행태를 벌이고 있다.

일본 병사들은 집안에 있는 모든 농산물과 가금류 명세서에 의거하여 인부들에게 징세와 징발을 명한다. 이때 두 번째 들어간 이마무라 상병이 엉거주춤 밖으로 나오고 오다카 병장은 새로 집에 들어온 일본인 병사에게 귓속말로 뭔가 주고받는다.

새로 들어온 병사의 얼굴 표정이 갑자기 밝아지면서 미소가 떠오른다. 기쁨의 미소인가? 어떠한 의미인가? 병사 한 명이 다시 그 여자가 들어있는 거실로 들어갔고 나머지 병사들은 인부들이 제대로 작업을 하고 있는지 감독한다.

왜 이 집에 여자만 있고 남자는 어디 갔을까? 그리고 여자 혼자 있다가 저 지경이 되었는데 남자는 도망이라도 한 것일까? 그냥 도망치든가 아니면 세금을 정상적으로 내었다면 이런 일이 없었을 터인데 왜 그렇게 일을 자초하고 있는지 천영화는 이해할 수 없다. 중국인들은 일본인들의 근성을 몰랐기 때문이라고 생각하였다.

그런데 사실 그녀는 보통 사람들보다 키도 몸집도 컸으며 행동과 마음 씀씀이가 여장부였다. 일본군이 징세하러 온다는 소문이 퍼지자 남편은 일본군이 요구하는 모든 것을 그대로 주거나 아예 집안을 꽁꽁 잠가 놓고 몇 마을 건너 있는 처가로 피신하자고 제의하였지만 그 여자는 오히려 남편의 간덩이가 작다고 하고 세금이 너무나 많으니 일본군이 오면 내가 말해서 세금을 많이 깎아볼 것이라고 장담을 하였다.

"사내대장부가 자신의 재산도 지키지 못하고 일본군에게 다 내주어야 하는가? 기껏해야 40퍼센트를 가져갈 것인데 난 내 집을 지키면서 그들이 하는 짓을 두 눈으로 지켜보아야겠다."라고 하면서 남편이 피신하자는 말을 인언지하에 거절하였다. 남편은 할 수없이 아이들만 데리고 처가에 피신을 한 상태였다. 그런데 그녀가 넋 빠진 것처럼 앉아 있었던 것은 대문만 안 열어주면 설마 어떻게 하겠는가. 문을 두드리다 가거나 혹은 담 넘어 오거나 둘 중에 하나겠지.

그러면 그때 나서서 담판을 할 것이라 생각하였는데, 일본군은 전혀 예상 밖의 행동을 하였다. 총을 난사하여 대문을 박살내고 총을 가슴에 겨누면서 다가오는 일본군이 그녀를 일시적으로 놀라 나자빠지게 만들었다.

대문이 박살타는 소리는 바로 옆에 천둥벼락 치는 소리보다 더 크게 느껴졌다. 또한 기관단총의 유탄에 맞아 그녀가 앉아 있던 쪽의 유리창이 깨졌고 핑핑거리며 벽에 날아와 박히는 총알 소리는 그녀가 난생 처음 겪어보는 절체절명의 순간이었다. 그 와중에 시꺼멓고 덥수룩한 일본군 병사가 총을 겨누면서 다가오니 아무리 심장이 강한 여장부라고 해도 몸이 얼어붙을 수밖에 없었던 것이다.

그녀는 너무나 놀라 넋이 빠진 상태가 되었고 잠시 무엇을 어떻게 해야 할지 몰라 그렇게 앉아 있었던 것이다. 농산물과 가축을 다 압수하여 실어 나를 때 안에서 두 발의 총성이 울린다. 새로 왔던 나머지 한 명이 번갈아 들어가고 시간이 지난 뒤였으니 아마도 마지막 일을 보고 마무리 짓는 병사가 총성을 냈을 것이다.

잠시 후 마지막으로 들어간 병사가 입을 굳게 다문 채 나온다. 인상을 보니 그래도 인간의 마지막 양심은 어디엔가 남아 있는 듯 보인다. 제일 먼저 들어갔던 오다카 병장이 무슨 생각을 하였는지 나가서 횟불을 만들더니 집에 다시 들어와 불을 지른다. 습기가 적은 가을이라서 불은 금세 번지며 검은 연기가 치솟고 파란하늘에 구름처럼 먹 수를 놓는다.

수색조 4명은 인부 4명과 함께 다음 집에 들어간다. 불타고 있는 집과 자그마한 밭을 사이에 두고 있는 집인데 불길의 연기가 이집까지 미쳐온다. 옆집에서 있었던 사건을 익히 알고 있는 듯 대문을 활짝 열어 놓고 젊은 남자 주인이 그들을 맞이한다.

낯선 사람 8명이 들이닥치자 주인 옆에 있던 큰 검둥개가 이빨을 드러내며 낮게 소리 내면서 꼬리를 내리고 목털을 곤두세우며 공격적인 자세를 취하고 있다. 이것을 본 병장 오다카는 기관단총의 개머리판으로 개의 머리를 순간 후려친다. 부지불식간에 일격을 받은 개는 "케갱" 소리를 지르며 잠깐 주춤하면서 약간 뒤로 물러나 있다가 이내 송곳니를 드러내며 달려든다.

이를 본 일본군 상병이 검둥개를 향하여 기관단총을 난사한다. 검둥개는 더 이상 짖지 못하고 벌집이 되다시피 하면서 피를 뿜으며 아무런 소리를 내지 못한다. 살인을 밥 먹듯 하는 일본군에게 개 한 마리 사살하는 것은 아무 일도 아니다. 식량 확보 작전을 하면서 식량과 무관하게 강간 살인을 서슴없이 저지르는 일본군에게 이것은 연습하는 수준도 아니다.

만주사변과 중일전쟁이 시작된 후 동원된 다수의 일본군은 처음에는 사람에 대하여 총을 쏘기를 주저하였다. 즉 경험이 일천한 순진한 병사가 대부분이어서 사람을 향하여 총을 쏘지 못하는 군인이 태반이었다.

일본군 지휘부는 이것을 큰 문제라고 생각하고 이것에 대한 해결책으로 사람을 죽이는 실제 경험을 하도록 하였다. 즉 처음 병영에 배치된 신병에게 산 중국인을 세워 묶어놓고 사살하도록 하였다.

그러니까 신병 100명이 새로 들어왔다고 하면 중국인 100명의 눈을 가려 앞에 세워놓고 사살하는 실제 훈련을 한 것이다. 처음에는 사람에

·게 총 쏘기를 주저하였지만 재촉하는 상관들의 성화에 한 명이 발사하면 다른 병사들도 따라서 일제히 발사하였다.

　서 있는 사람이 쓰러져 완전히 죽을 때까지 사격하도록 하였다. 가까이에서 쏘았기 때문에 피 튀는 광경이 그들의 눈에 들어왔고 피가 그들의 얼굴에까지 튀었다. 일본 병사들은 이렇게 사람을 실제로 죽여봄으로써 순진하였던 사람들이 희대의 살인마로 변질되었다.

　개가 비명횡사하자 순간 집안사람들은 모두 제자리에 얼어붙어 아무런 행동을 할 수가 없었지만 일본군은 시간이 없다는 듯 서둘러 일을 진행시키고자 한다. 남자 주인은 손수 세금을 내놓겠다고 하면서 미리 적은 명세서를 내밀어 보인다. 명세서에는 농산물 가축, 가금류 현황이 여러 줄로 요약되어 있다.

　그것을 받아본 오다카 병장은 고개를 끄덕끄덕 거리면서 그 명세서를 인정하겠다는 의사를 보인다. 그러면서 천영화를 비롯한 나머지 병사에게 이 명세서가 맞는지 확인을 해보라고 지시한다.

　일본 병사 두 사람은 곡식류, 천영화는 가축과 가금류에 대하여 확인하게 된다. 소, 말, 돼지, 염소 등을 헤아린 결과 명세서와 일치하였고 가금류를 세어보려는데 닭과 오리 등은 이곳저곳에서 주인의 수난을 아는지 모르는지 모이를 주워 먹고 이리저리 가볍게 옮겨 다니고 있다.

　천영화는 집주인을 오라고 하여 닭과 오리를 한곳에 모아보라고 한다. 집주인이 닭장 안에서 모이를 주면서 닭을 부르니 철없는 닭은

　"꼬꼬고꼬 구구구구...." 하면서 모여든다. 오리와 거위도 좋아라고 소리치며 모여든다. 천영화가 모두 세어본다. 숫자는 틀림없이 맞다. 천영화는 집주인더러 닭, 거위, 오리를 30퍼센트만을 잡아서 닭 가리에 가두어 이송하기에 편리하도록 만든다.

강제로 징수할 때는 40퍼센트의 요율을 적용하게 되어 있지만 천영화는 30퍼센트만을 공출하도록 한다. 마음 같아서는 10퍼센트만 내라고 하겠지만 그로서는 선택의 여지가 없다. 40퍼센트를 내라고 하지 않은 것만 해도 농부를 대단히 배려한 것이다. 다른 일본군 병사들도 농산물의 산정이 맞았는지 별 말이 없이 농산물을 공출하고 있다.

이 집은 벼 이외에도 콩, 수수, 조, 깨 등을 꽤 많이 수확하였고 창고 안에 고스란히 정리되어 있어 파악하는 데 그리 시간이 걸리지 않는다. 그리고 중년의 여자주인이 안내해주어 별일 없이 끝이 난다.

곡식 이외의 농산물을 징수할 때에는 별도의 자루에 담아 겉에 붓으로 농산물의 이름을 쓴다. 이 집에는 소 한 마리, 돼지 두 마리, 개 한 마리가 있어 30퍼센트를 계산하기 어려워 대표적으로 소 한 마리를 내놓도록 하였다. 이 말을 들은 주인은 눈물을 뚝뚝 떨어뜨리면서 아무 말도 하지 못하고 외면한다. 소에 대한 농부의 애정은 대단하다.

소는 10년 정도 된 늙은 암소였는데 주인이 어린 송아지를 사서 정성스럽게 키워 집안의 큰 노동력을 제공하였을 뿐만 아니라 새끼도 여러 마리 낳아 목돈도 벌어들이게 한 소중한 동반자였다. 그런 동물을 빼앗기게 되었으니 아무 말도 못하고 눈물로 하소연하고 있었던 것이다. 그러나 일본 병사들은 그것을 본체만체한다.

천영화는 주인을 힐끔 쳐다보고 그의 심정을 이해한다고 눈짓을 보내지만 어찌할 수 없는 상황이다. "소는 놔두고 돼지 두 마리만 가져가면 어떻습니까?"라는 말이 금방 튀어나올 것 같았지만 만약 그런 말을 하면 후에 반드시 그 대가가 따른다는 것을 익히 알고 있었다. 그는 그만 입을 다물어버리고 슬쩍 다른 것을 조사하는 척하고 외면한다.

같은 인간으로서 마음이 아프지만 더한 일도 수없이 많은지라 그런

가보다고 체념해야 꿈속에서라도 마음이 편할 것 같다. 실제로 내무반에서 일본 병사와 침상을 같이 쓰며 자다보면 상당수의 일본군 병사가 악몽에 시달리곤 한다. 40여 명이 간이침대를 좌우로 놓고 잠든 막사 속에서는 매일 밤 악몽에 시달려 비명을 지르는 소리에 잠이 깨어 한동안 잠을 못 이루어 전전긍긍하는 경우가 많다.

천영화도 요녕성에서 중국 유격대가 습격하면서 기차가 전복되고 기관총이 난사되고 바주카포가 터지며 여러 전우가 피를 튀기면서 죽어가는 것을 본 후에 가끔 악몽에 시달리곤 한다.

최근에는 불태운 마을의 귀신들이 나타나 천영화의 목을 옥죄는 꿈을 꾸기도 하였다. 천영화는 그래서 가급적 피를 보는 장면에는 관여하지 않겠다고 마음속으로 다짐하였다. 하지만 그것은 어디까지나 그만의 생각이고 갈수록 상대를 죽이지 않으면 안 되는 상황이 더 많이 발생한다.

오다카 병장은 소를 징발하면서 구루마(수레)도 같이 징발하여 모든 물품을 싣도록 한다. 농산물과 가축을 가득 실은 구루마는 소대장이 있는 곳으로 중국 농부가 끌고 간다. 오다카 병장은 여자 주인을 힐끔 쳐다보고 잠깐 망설이는 표정을 짓더니 다른 병사들을 재촉하여 다음 집으로 향한다.

천영화는 순간적으로 변하였던 오다카 병장의 표정을 하나도 놓치지 않고 읽는다. 짧은 순간이었지만 오다카 병장은 여주인의 처리에 대하여 고민하였던 것이다. 여주인을 잡아갈까 말까 생각하다가 여자가 제법 나이도 들었고 인물도 변변치 않았던 것이다.

그리고 남자 집주인의 눈물과 적극적인 협조, 그리고 3명의 아이들을 보고 내면 한쪽 구석에 처박혀 있던 작은 조각의 양심이 튀어나와 여

주인까지는 잡아가지 않은 것이다.

여자에 대한 욕정은 이미 앞집에서 해결한 뒤라 더 이상 힘이 있을 리가 없어 여주인은 일단 성노리개가 되지 않았다. 그러나 남자 주인은 소달구지를 끌면서 자연스럽게 인부로 합류하게 된다. 이어서 들어간 집도 나무로 된 큰 대문이 있다. 징세조 네 명은 마치 자기 집 문을 열듯 대문을 활짝 열어젖히며 들어선다. 네 명이 대문 안으로 발을 들여놓자마자 한 남자가 곡괭이를 들고 제일 먼저 들어오는 오다카 병사를 내려찍는다.

오다카 병장은 재빨리 곡괭이를 피하고 기관단총으로 난사해버린다. 병장은 기습공격을 간신히 피하기는 하였지만 곡괭이가 얼굴을 비껴가면서 어깨의 일부를 스쳐 하마터면 총을 놓칠 뻔했다. 만약 놓쳤다면 남자의 재공격에 골통이 박살났을 것이라는 생각이 든다. 병장에게는 아주 위험한 순간이었다.

그가 기관총을 난사하여 주인이 벌집이 되다시피 하여 죽어버리자 세 명에게 수색을 하라고 지시하고 거실을 구둣발로 들어가서는 이 방 저 방 뒤진다. 집안에는 농부의 부모로 보이는 노인 내외와 젊은 부인 그리고 아이들 세 명이 공포에 질려 엉거주춤 서 있다.

오다카 병장은 그들을 서슴없이 살해해버린다. 기관총 소리가 집안을 쩌렁쩌렁 울린다.

잠시 후에 오다카 병장은 증오하는 표정을 짓고 집안에서 나오더니 가택수색을 재촉한다. 천영화가 나중에 집안에 들어가니 총 6구의 사체가 거실 이곳저곳에 흥건하게 피를 흘리며 쓰러져 있다. 선홍빛깔의 선지피가 거실을 온통 물들이고 피비린내가 진동한다.

피가 붉은 것으로 알고 있었는데 선홍색을 띠는지는 미처 몰랐으며 피비린내가 이처럼 얼굴을 돌리고 코를 막게 할 줄도 예전엔 미처 몰랐던 일이다.

인부들이 집안에 있는 모든 농산물과 가축, 가금류를 대문 밖으로 이동시킨다. 오다카 병장은 세 병사에게 집을 불태워버리라고 지시하고 자신은 인부와 같이 약탈한 물품을 가지고 소대장이 있는 곳으로 가서 간단히 상황을 설명한다. 소대장은 고개를 끄덕이며 묵언으로 칭찬을 대신한다. 남아 있던 병사 세 명은 집 주위를 빙 돌면서 여기저기에 불을 붙인다. 천영화는 불을 붙이면서 다비식을 연상한다.

마음속으로 총탄에 사라져간 7명의 명복을 빌었다. 천영화는 부모가 기독교를 믿는 모태신앙이지만 불교의 다비식을 한두 번 보았기 때문에 장작 위에 올리어진 불자의 이별 행사가 오늘 이 순간 불을 붙이면서 강하게 떠오른다. 집은 허망하게 순식간에 타 쓰러져버리고 검은 잔해만 남긴다.

한순간에 일곱 식구의 인생 파노라마가 종지부를 찍게 된다. 인간의 잔인한 손길에 의해 그렇게 만들어진 것이 또 한 번 천영화의 가슴을 아프게 하였으며 그의 무의식 세계에 아주 추악한 기억으로 각인된다.

하루해가 중천을 넘어 서쪽으로 기울기 시작한다. 시간상 이번 집 수색이 마지막이 될 것이라는 생각이 든다.

작전을 밤까지 계속할 수는 없다. 내일도 날이 밝으면 지속하여야 하고 오늘 획득한 모든 물품을 정리하고 사단본부에 들여놓아야 한다. 마지막 집은 마을에서 약간 외딴 집이다. 한눈에 부잣집으로 보였고 생산량이 상당히 많을 것으로 생각되는 집이다.

수색 징발 팀은 마지막 집이라서 빨리 일을 처리하기 위하여 인부 8명과 일본군 2명을 추가 투입한다. 대문은 활짝 열렸으며 늙은 집주인이 그들을 맞이한다. 익히 소문이 나서 일본군에게는 어떠한 방법이나 편법이 통하지 않는다고 생각되어 당할 때 당하더라도 시련을 견디어 보자는 심산이다.

주인에게서 명세서를 건네받은 조장 오다카는 얼굴을 찌푸리며 일본 병사들에게 뭐라고 소곤소곤 거린다. 그리고 그는 소대장이 있는 곳으로 가서 향리와 보안요원에게 명세서를 보이며 이 집이 제출한 명세서의 진위를 물어본다. 향리는 고개를 가로젓고 "분명히 어디에다 감춘 것으로 생각된다."라는 의견을 내고 철저한 수색을 권유한다. 오다카 병장은 수색하려는 집에 돌아와 병사를 모이게 한 뒤에 지시한다.

"이것 말이야. 이 영감 거짓명세서를 제출한 것이 틀림없다. 집안 모든 곳을 샅샅이 뒤져서 찾아내도록 한다." 그리고 천영화에게도 눈에 보이는 쉬운 일거리를 주었다.

"천상노 너는 짐승 숫자를 정확히 파악하도록 하라."

다른 집보다 가축 수와 종류가 더 많은 부잣집이다. 소 3마리, 돼지 4마리, 염소 10마리, 토끼 20마리가 있으며 개가 3마리가 있는데 한 마리는 암캐여서 한 달 정도 된 새끼 7마리를 거느리고 있다.

이때 새끼의 숫자를 세어서 넣어야 할지 약간 난감하기도 하다. 그래서 새끼 7마리라고 숫자만 세어 놓는다. 이외에 닭, 오리, 거위가 수십 마리 있으며 다른 집에 없었던 말이 두 필이나 있다. 천영화는 모든 동물의 숫자가 명세서와 거의 일치함을 확인하고 조장에게 결과를 보고한다. 조장은 고개를 끄덕이면서 인부에게 소와 말 합쳐서 두 마리 그리고 우마차를 끌어내어 획득한 물품을 실을 준비를 하도록 지시한다.

한편 수색조는 큰 창고에 들어가 곡식을 세어보니 과연 주인이 낸 명세서와 똑같고 다른 곳에서도 발견되지 않는다. 그런데 조장은 영악한 인간이었다. 그는 창고에 들어가 걸어두거나 놓아둔 농기구를 꼼꼼히 살펴본다. 특히 삽, 곡괭이 등 땅을 팔 수 있는 농기구를 세밀하게 이리저리 보고 농기구가 놓여 있던 주변도 살핀다. 아니나 다를까 삽과 곡괭이에는 흙이 잔뜩 묻어 있고 놓였던 바닥에는 흙 부스러기가 떨어져 있다.

흙 부스러기를 살펴보더니 그는 고개를 끄덕거리며, 창고에서 쇠로 된 긴 꼬챙이를 챙겨들고 창고 주변의 땅을 돌아다니면서 쭉 훑어본다. 병장은 최근에 땅이 파인 곳을 찾고 있다. 최근에 판 구멍이나 웅덩이는 흙색깔이나 주변의 흙과 비교해보면 금방 알 수 있기 때문에 지금 그러한 곳을 찾는 것이다.

천영화를 비롯한 일본군 병사 3명은 집 바깥으로 나가 집 주변의 밭과 공터 그리고 잡초지역에 파인 흔적을 찾아서 수색에 나섰고 나머지 인원은 집안 곳곳을 수색하였으며 집 뒷부분까지 들어간다.

뒤꼍에도 제법 넓은 밭이 있고 담장이 나지막하게 직각으로 둘러쳐져 있다. 담장 밑에는 여러 그루의 나무가 가을맞이를 하고 있다. 그런데 밭은 이랑이 반듯이 만들어져 있고 뭔가 모를 씨앗이 뿌려져 있다. 병장은 주인을 부른다.

"라이 라이, 헤이 주인장 잠깐 이리와라."

"……."

마지못해 다가오는 주인의 얼굴색이 갑자기 당황하는 빛을 띤다.

"주인장 여기에 뭐 심었으므니까?"

"어 어 어 당 당근이다해."

"당근?"

"하이 하이, 예 예 다 당근이다해!"

단지 부르기만 하였는데 주인의 얼굴이 변하는 것을 본 오다카 병장은 뭔가 찔리는 것이 있다는 것을 직감하고 쇠꼬챙이로 밭의 좌측 부분부터 꾹꾹 찔러보기 시작한다.

몇 번 찔러보았지만 쇠꼬챙이는 일정한 길이 즉 20센티미터 정도만 들어가고 더 이상 들어가지 않는다. 그는 밭의 모든 이랑을 일 미터 간격으로 찔러본다. 거의 헛수고 하였다고 생각할 즈음, 밭의 우측 끝 2/3 부분을 찔러보니 쇠꼬챙이가 쑤욱 1미터 정도 들어간다. 병장은 회심의 미소를 짓는다. 주인은 병장의 미소에서 저승사자의 섬뜩하고 미묘한 표정을 본다. 병장이 그 주변을 몇 번 더 찔러보니 역시 모두 쑥쑥 잘도 들어간다.

오다카 병장은 인부들과 집주인에게 삽과 여러 농기구를 이용하여 이랑의 흙을 거두어내도록 지시한다. 집주인의 얼굴은 사색이 되어 삽을 든 손이 덜덜 떨리면서 진땀을 흘리며 흙을 천천히 거두어낸다. 그러나 그가 잡은 삽에는 힘이 없다. 주인이 제대로 흙을 거두어내지 못하자 병장은 삽을 빼앗아 보란 듯이 자신이 직접 작업을 해 보인다.

이랑의 흙을 20~30센티미터 깊이로 걷어내니 거적과 지푸라기가 눈에 들어온다. 순간 모든 인부와 일본군 병사들은 놀라고 주인의 몸은 얼어붙는다. 겉에 올려있는 것을 걷어내니 수십 개의 곡식자루가 차곡차곡 쌓여 있는 것이 드러난다. 구덩이는 대략 가로 6미터, 세로 4미터, 높이 3미터의 크기로 알곡을 거의 백 가마 정도 숨길 수 있는 공간이다. 쌓인 곡식자루가 어림잡아도 그 정도의 양은 되어 보인다.

조장은 상병에게 지시하여 소대장에게 가서 약식보고를 하고 이 일을 도와줄 인부 10명을 더 데려오라고 한다. 그리고 몇 명의 인부들에게는 이 집의 징수하지 않은 모든 곡물과 가축 그리고 모든 생물을 압수하라고 지시를 내린다.

이때 소대장과 분대장들이 마지막 수색 팀의 활동을 감독하기 위하여 이 집에 들어온다. 곡물을 구덩이에서 꺼내고 수레에 싣는 시간이 꽤 걸린다. 조장 오다카 병장이 주인에게 모든 집안 식구들을 이곳으로 데려오라고 명령한다.

가족 10여 명이 구덩이 앞으로 마지못하여 모이자 조장은 천영화를 포함한 나머지 7명 병사에게 가족을 사살하도록 명령을 내린다. 소대장과 분대장 여타 일본군은 구경이나 생긴 양 보고만 서 있다. 처음에는 8명 병사 모두 그의 말에 대한 사실 여부에 대하여 의심을 가지고 움찔하였지만 이내 조장의 각오가 확연하다고 생각하고 총을 든다.

천영화는 정말 내키지 않게 방아쇠를 당기게 된다. 총알이 제대로 나가 사람을 맞추었는지 어떤지도 모르고, 천영화 입장에서는 그것을 굳이 알고 싶지도 않다. 그래서 정조준 하는 척 하면서 그냥 방아쇠를 연속으로 당기며 눈을 감아버린다. 실제 탄환은 땅바닥만 맞출 뿐 빗나가서 어느 한 사람도 맞추지 못하게 된다.

일가족은 피를 뿌리면서 구덩이 속으로 떨어지고, 병장은 구덩이에 떨어지지 않은 사체를 발로 밀어 넣는다. 병장은 구덩이에서 걷어낸 지푸라기와 거적을 던져 그 위에 덮으라하고 삽을 들어 사체 위에 흙을 퍼서 덮는다. 이번에는 집을 태우라고 지시한다. 사체를 불구덩이에 던져 넣지 않고 묻어준 것을 자신이 나름대로 자비를 베푼 것이라고 착각하고 있는 듯하다.

이 농부처럼 많은 농부들이 일본군에게 생산물을 빼앗기지 않으려고 나름대로 숨겼으며, 이것을 알게 된 군과 관에서는 징세 후에 별도의 수색 팀을 마을에 투입하여 감추어둔 농산물, 특히 쌀과 곡물을 찾아내려 수색하였다.

모든 농민의 집을 다 수색하는 것은 아니다. 면이나 구장에게 제출한 농산물 생산명세서와 실제 가진 농토를 비교하여 어느 정도 생산량이 맞으면 통과가 되었지만, 가진 농토가 많은데 생산량이 적게 신고 되고 세금을 적게 냈다면 바로 이 농부가 수색의 대상이 되었다. 농부들이 숨길 곳은 빤한 것이라서 일단 의심하는 곳이 창고 안의 검불더미, 헛간, 재간 그리고 집안에 있는 텃밭들이 먼저 수색 장소가 된다.

수색 팀은 긴 쇠꼬챙이를 가지고 다니면서 숨길 것으로 예상되는 곳을 푹푹 찌르며 다닌다. 보통 쇠꼬챙이를 이용하여 사람의 힘으로 땅에 눌러 박을 때 부드러운 논밭은 깊게 들어 가봐야 30~40센티미터 정도인데, 그보다 더 깊이 쑥 들어가면 최근에 그곳을 파헤치고 뭔가를 묻거나 숨겼다는 것을 의미한다. 그리고 쇠꼬챙이로 찔렀을 때 느껴지는 감만 가지고도 무엇을 숨겼는지 알 정도로 숙달된 전문가도 있다.

또한 역으로 일반적인 경우 농토의 형질은 쇠꼬챙이를 찔러 넣었을 때 바위나 큰 돌이 걸리는 경우가 거의 없기 때문에 딱딱한 뭔가가 걸리는 것은 역시 의심의 대상이 되어 근처의 땅을 파보기도 하였다. 그리고 한 군데에서 이상한 점을 발견하면 주변의 여러 곳을 찔러보아 종합적으로 판단하였으며, 땅을 찔러 보기 전에 땅의 상태를 보고 판단하기도 하였다. 즉 파일 곳이 아닌데 파였다든가 혹은 최근에 파여진 흔적을 보고 알아내기도 하였다.

조선의 농촌에서는 중국보다 더 심하게 농산물을 빼앗아갔다. 농부들은 굶어죽지 않으려고 일부 나락이나 콩 등을 땅 속에 묻어 숨겼다가 나중에 다시 파내어 식량으로 하였다. 그러나 관과 경찰은 그 첩보를 접하고 실체를 파악하기 위하여 팀을 구성하고 수색한 결과 많은 농부가 실제로 농산물을 숨긴 사실을 적발해내었다. 그러자 이번에는 전담부서를 두어 이것을 대대적으로 단속하게 되었다.

수많은 농부가 단속되었고 세금을 제대로 내지 않고 숨겼다는 명목으로 경찰서에 잡혀가서 구류나 태형을 받았으며 숨긴 양이 많은 농부는 태형은 물론 감옥살이도 하였다. 한편 영리한 농부들도 있었다. 추수 직후에 벼를 숨길 때에는 멀리 떨어진 논에 묻었고, 땅이 얼어붙기 시작할 때에는 집 마당이나 집에서 가까운 텃밭에 묻기도 하였다.

특히 땅이 얼어붙기 시작하는 11월 말이나 12월 초순에 땅을 한 길 이상 파내 그 속에 지푸라기를 푹신하게 깔고 벼 가마니를 차곡차곡 쌓아놓는다. 그 위에는 멍석이나 가마니로 덮고 다시 지푸라기로 덮은 다음, 흙을 20~30센티미터 두께로 깔고 단단히 다지고 나서 적당한 습기가 머물도록 물을 뿌려준다.

하룻밤이 지나 물을 뿌린 흙이 꽝꽝 얼어붙으면 다시 그 위에 부드러운 흙을 20~30센티미터 정도 깔고 적당히 다진다. 이때 다시 흙을 덮을 때 파낸 역순서로 흙을 덮는 것이 중요하다. 그리고 얼어붙은 흙을 쇠꼬챙이로 찔러보아 푹 들어가는 곳이 있는가를 확인해본다.

흙이 잘 얼어붙었다면 쇠꼬챙이로 찔러보아도 원래의 밭이나 논 혹은 마당의 흙을 찔러보는 것과 거의 유사하다. 그리고 여러 가지 농기구를 이용하여 판 흔적이 전혀 드러나지 않도록 마지막 정리를 한다.

그렇게 며칠이 지나면 작업을 한 표가 전혀 나지 않게 된다. 수색 팀이 이상하다고 생각되어 그 지역을 쇠꼬챙이로 찔러보아도 정상적인 지역과 똑같을 뿐만 아니라 삽으로 파보아도 얼어붙은 흙을 더 이상 팔 수 없기 때문에 아무리 숙달된 전문인이라도 적발해낼 수 없다.

농부들은 이렇게 숨긴 벼나 곡물을 해동이 된 보릿고개에 파내어 춘궁기에 귀한 양식으로 사용하여 굶주림을 모면하기도 하였다.

식량 확보 작전을 마치고 연대본부 숙소로 돌아오는 천영화의 발걸음은 그렇게 상쾌하지 않다. 일본군은 작전이라고 하였지만 이것은 민중을 대상으로 하는 온갖 강력범죄가 벌어진 범죄 백과사전이나 다름없었기 때문이다. 구타, 약탈, 살인, 방화, 강간, 사체훼손, 사체유기 등 세상에 있는 모든 강력사건을 다 붙인 것 같다.

지난 3일 동안의 작전은 사람을 정말 피곤하게 만들었다. 차라리 적과 마주하여 총을 쏘면서 전투를 하는 편이 더 낫다는 생각이 든다. 부대 내의 빈 창고에는 백여 명의 생포 인부와 여자들이 거적 하나로 잠자리 삼아 수용된다. 동물을 한 우리에 가두는 것이나 마찬가지이다. 작전은 7일을 더하여 10일 동안 더 진행되었으며 많은 곡식과 가축 그리고 노동력을 편취하였다. 그 이후의 작전은 부대 방어를 하였던 연대와 교대하였다.

후속 작전을 이어가는 연대는 담당 구역에 대하여 역시 10일간 작전을 수행하였으며 앞서 수행한 연대의 작전과 유사하게 진행되었고 결과도 대동소이하였다. 이러한 방식으로 북지나방면군은 점령지에 대한 식량 확보 계획을 수행하여 많은 식량과 노동력, 가축 등을 노획하였다.

아마도 그 정도의 식량이라면 다음 추수할 때까지 전 사단 인원이 먹고도 남을 정도였으며 일본 본토나 만주, 조선에서 식량보급이 끊어져도 자족할 수 있어 앞으로의 전투에는 식량 문제가 전혀 발생하지 않을 것으로 생각된다.

사단장은 작전결과보고를 북지나방면군 사령부에 하였으며 잉여의 농산물과 노동력을 북지나방면군 사령부에 이관 및 이송하도록 하였다.

방면군 사령부는 사단으로부터 인계받은 물자와 인력 관리에 대한 별도의 계획을 수립하였고 병참이 든든하게 되어 여러 가지 작전 계획을 변경하였다. 또한 중국군과 중국 공산당에 대한 공격 계획을 새롭게 마련 할 수 있었다.

각 사단은 순식간에 식구가 크게 불어났고 식량도 넉넉해졌다. 400 여 명 정도로 추정되는 중국인 젊은 남녀 노동자를 수용하기 위하여 그들의 막사를 새로 만들었다. 가축과 가금류를 수용할 축사도 크게 개축하고 곡식을 들여놓을 창고도 만들었다.

물론 이 같은 가건물을 짓는 데는 모두 수용된 중국인의 몫이었으며 집을 짓는 전문 목수는 점령지 시내에서 별도로 차출되었다. 압수한 벼는 매일 군용트럭으로 일정량을 운반하여 사단본부에서 멀지 않은 도정 공장 10여 군데에서 24시간 도정하여 다시 창고에 가득 쌓아놓는다.

징발해온 소 100두는 사단에서 각종 보급품 운반용으로 부리도록 하였으며 나머지 수백 두는 정기적으로 혹은 기념일에 도살하여서 장병들의 급식에 올리도록 한다. 백 필 정도 노획한 말 중 사람이 탈 수 있도록 훈련을 받은 말은 기마부대에 배속하고, 그렇지 않은 말은 견인용 마차로 사용하였다. 기타 돼지, 양, 염소, 토끼 등의 가축과 닭 등 가금류는 역시 도살하여 장병들의 영양식으로 쓰도록 하였다.

한편 노동자로 체포한 남자 400명과 여자 155명에 대한 중국인 농부들의 처리는 다음과 같이 하였다. 먼저 군의관의 건강검진을 거쳐 나이와 건강상태를 고려하고 여자는 인물까지 포함하여 세 그룹으로 나누었다. 건강한 남자는 군 노역으로, 예쁜 여자 수 명을 뽑아 사단의 비서로, 나머지는 허드렛일이나 막노동으로 쓰고 노약자나 어린이는 마루타로 보내버렸다.

유황도(이오지마)의 허상

-유황도와 전투개황-

1944년 8월 제2차 세계대전의 전세는 구축군에 불리하게 전개되기 시작한다. 유럽에서는 미군을 중심으로 한 연합군이 노르망디 해안에 상륙하여 독일을 몰아쳐 본토로 나아갈 준비를 하고 있었다. 또한 소련군도 전쟁 초기에 빼앗겼던 영토를 회복하고 군대를 일본과의 국경에 투입할 수 있는 여유가 생기기 시작한다.

한편, 태평양 전선에서는 미군의 계획적인 공략에 일본군은 패퇴하기 시작한다. 미군은 1943년 11월에 길버트 제도(적도 근처의 마셜 제도와 솔로몬 제도 중간에 있는 섬)에 상륙하면서 최초로 시작된 중부 태평양 점령 작전에서 태평양 해역군이 승리하면서 기선을 잡기 시작하고 1944년에는 많은 섬을 장악한다. 미국은 일명 개구리 뛰는 전법으로 일본이 장악한 섬을 하나씩 탈환 점령하며 일본을 외곽으로부터 압박하기 시작한다.

또한, 미국 전략 기동부대는 1944년 6월 하순에 필리핀 해전에서 일본 해군의 함대와 항공력을 궤멸시킨다. 이어서 상륙 부대가 마리아나 제도를 공격 점령함으로써 괌과 사이판에서 출격하는 B-29의 폭격 사정권에 일본 본토가 들어가게 된다.

이것은 전략적으로 대단히 중요한 사항으로서 지금까지 일본은 자신들의 본토는 절대 폭격당하지 않는다고 대국민 심리전에 활용하기까지 하였다. 그러나 미군의 본토 공격으로 일본인은 공포에 떨게 되었으며 군부에 대한 불신감이 커지면서 전의를 상실하기 시작하였다.

미군은 계속 팔로우 제도를 공격하여 뉴기니로부터 필리핀으로 향하는 남서태평양 해역군의 동쪽 측면을 확보하였다. 1944년 10월에는 남서 태평양 해역군 사령관 맥아더의 지휘 하에 미 육군 2개 군단이 민다나오 섬을 우회하여 중부 필리핀의 레이테 섬(필리핀 중서부에 있는 섬, 인접 부근에 세부 섬도 있음)에 상륙한다.

일본 해군은 거의 모든 전력을 동원하여 레이테 만에 집결한 미국의 수송함대를 공격하지만 압도적인 전력을 보유한 미군의 38기동부대와 7함대의 반격을 받아 치명적인 피해를 입고 퇴각한다. 이 해전을 레이테 만 해전이라고 부른다.

레이테만 해전 이후 일본 연합 함대는 사실상 함대로서의 기능을 상실하였다. 미군의 함정에 대한 일본군의 반격은 최초의 자살 항공특공대인 가미가제와 해상 자살 공격수단인 자살보트 등으로 자살공격조를 별도로 편성 투입하여 저항해야만 하는 지경에 이른다. 미군은 일본의 본토를 공격하기 위한 전략적 거점을 마련하기 위하여 유황도 남쪽으로 1,100킬로미터 이상 떨어진 마리아나 군도인 사이판, 티니안, 로타, 파간 섬을 1944년 2월 22일부터 공격하기 시작한다.

괌과 더불어 위에 열거한 4개의 섬이 마리아나 군도를 구성하는 주
요 섬이고, 미국은 태평양에서의 전략적인 기선을 잡기 위하여 이 마리
아나 군도를 장악한다.

미군은 일본 본토에 직접 타격이 가능한 비행장 확보를 목표로 마리
아나 군도를 공략한 것이다. 사이판과 티니안 전투는 1944년 6월 11일
미국 항공모함에서 발진한 전투기가 공항과 항만을 공격하면서 시작된
다. 미 해군은 상륙 4일 전부터 강력하고 엄청난 폭탄을 퍼붓고, 6월 15
일엔 해병 2개 사단이 사이판의 남부에 위치한 슈가덕이란 해안에 최초
로 상륙한다.

태평양 전역과 유황도. 북마리아나 제도

한 달 후인 7월 21일 마리아나 군도에서 제일 큰 섬인 괌을 공격하여 8월 10일 점령하였으며, 마리아나 군도에서 사이판과 괌의 점령은 미군의 전략적 승리가 되었다.

사이판, 티니안, 괌의 점령은 최대 8,000킬로미터의 항속거리를 가진 미국의 B-29 폭격기가 출격하여 일본 본토를 여유 있게 공습하고 귀환할 수 있는 전진 항공기지를 확보하게 된 전략적 승리였다. 또한, 미국의 잠수함들도 마리아나 군도에서 출동하여 작전 후 기항하여 재보급을 받을 수 있는 병참기지를 확보하게 된다.

미군이 상륙 작전을 수행할 때까지도 일본군은 마라아나 군도의 각 섬을 방어하기 위한 방어진지를 제대로 완성하지 못한다. 그런데 문제는 전략 폭격기 B-29가 본토를 공격하기 위하여 출격할 때 중간지점에 있는 유황도에서 출격한 일본군 제로전투기들이 중간 요격을 하여 생기는 군사적 피해였다. 일본 본토로 미군 폭격기들이 출격하는 것에 대한 첩보를 본토에 제공하여 폭격 효과가 반감되었기 때문에 결국 유황도를 공략하여 점령할 필요성이 강하게 대두된다.

유황도의 미군 공격 포진과 일본군의 전력 배치

아래 튀어나온 산이 수리바치 요새

유황도는 일본 열도 남쪽 1,100킬로미터 떨어진 곳에 있는 화산섬 중의 하나이다. 서기 1500년대에 표류한 일본 어선에 의하여 발견되었고 그 후로 어업 근거지가 되었다. 원래 이곳에는 주민 1,000여 명이 살면서 어업과 사탕수수 농사를 지으며 살고 있었으나 이곳에 일본군 중장 구리바야시 사령관이 부임하면서 1944년 8월까지 주민들을 모두 섬에서 떠나게 한다.

주민들은 니시, 니가시, 미나미, 기타라는 4개 마을에 살고 있었고 주식인 쌀은 전량 일본 본토에서 들여왔다. 이 섬에는 우물이나 개울 같은 식수원이 없어서 빗물을 받아 콘크리트 수조에 저장하여 사용한다.

섬의 남단에는 삼면이 바다에 연하여 있고, 뾰족한 거북이 머리와 흡사하게 불쑥 튀어 나온 높이 170미터의 수리바치라는 유황도에서 가장 높은 산이 자리 잡고 있다.

수리바치 산의 언저리에서 북동쪽으로 갈수록 점점 높아져 북쪽 중앙에는 편편한 고원이 형성되어 있으며, 섬의 북쪽 2/3 지점에 고원이 이어져 작은 구릉처럼 보이는 높이 120미터 정도의 산이 동서로 이어져 있다. 또한 수리바치 산에서 얼마 지나지 않은 곳에서부터 110미터 산이 있는 지역까지 두 개의 활주로가 이 고원에 자리 잡고 있다. 그리고 건설 중인 또 하나의 작은 활주로 한 개가 기타 마을과 니가시 마을 사이에 있고 기타 마을 가까이에는 사단본부가 자리 잡고 있다.

섬의 긴 부분은 7.5킬로미터 폭은 4킬로미터 정도이며 거북 머리처럼 잘록한 수리바치 부분의 길이는 800미터 정도이다.

수리바치 산에서 활주로가 있는 고원으로 이어지는 부분은 검은색 화산재로 덮여있고 가는 모래가 되어 바람에 휘날려서 걷거나 차량이 지나가기에 아주 불편하다. 그러니까 마른 모래가 쌓여 있는 해변을 걷는 것처럼 발이 빠지는 느낌이다.

바위와 자갈투성이의 울퉁불퉁한 고원에는 복잡한 계곡과 능선이 있고 높이는 평균 100미터, 고원에서 제일 높은 곳은 110미터 정도이다. 상륙이 가능한 곳은 남해안뿐이었으나 이곳도 경사가 심하고 푹푹 빠지는 검은 모래투성이다.

유황도 주둔 일본군 전력

1944년 6월 사이판이 미군의 공습을 받아 일본 제31군이 궤멸하자 대본영은 6월 말에 오가사와라(도쿄 남쪽 970킬로미터에 있는 27개의 화산군도) 사단을 제31군에서 빼내어 대본영 직속으로 돌린다. 오가사와라 병단장이자 109사단장이었던 구리바야시 중장은 사단본부를 치치지마(유황도 북동쪽 280킬로미터에 위치한 오가사와라 군도 중 하나)에서 유황도로 옮기고 치치지마에는 후방 보급부대만을 남긴다. 유황도에 본부를 옮긴 구리바야시 중장은 곧 미군의 엄청난 공격을 맞게 된다.

1944년 6월 사이판 상륙작전을 수행하던 미군 항공기는 일본 본토에서 증원되는 전력의 중계기지인 유황도를 처음 공습한다. 미군은 이 공습에서 제로전투기 10대를 공중전에서 격추하고 7대를 지상에서 파괴하였으며 미군 항공기 헬켓 2대가 격추된다.

다음날에도 폭우를 믿고 경계를 풀고 있던 일본 항공기를 기습하여 63대를 지상에서 격파한다.

일본군은 97식 함상공격기를 보내어 미국의 항모 기동부대를 공격하였으나 이번에는 미군의 전투초계기의 요격에 걸려 전멸을 당한다. 미군

클라크 제독 산하의 항공기는 7월초에 다시 유황도를 공습한다. 이 공습으로 총 48대를 보유하고 있었던 일본군의 항공세력은 사실상 전멸하게 된다.

한편 유황도에 도착하여 미 함재기의 공습과 함포사격을 직접 경험한 구리바야시 중장은 유황도의 방어를 위해서는 강력한 지하요새가 필요하다는 사실을 절감한다.

그리하여 일본군이 보유한 대부분의 야포, 박격포, 로켓포들은 상륙해안을 포격할 수 있도록 수리바치 산의 기슭과 비행장 북쪽의 고원지대에 배치한다. 이런 배치는 종래의 전술가들이 생각하는 것과는 아주 동떨어진 개념으로 그의 부하들조차 반신반의 하였다.

병력은 계속 증원되어 초기에 5,000여 명도 되지 않았던 인원이 7월과 8월에 증원됨으로써 13,000명 정도가 된다. 이어서 해군 병력도 2,200여 명이 증강된다. 포병부대들과 대 전차대대도 도착하고, 전투기도 수십 대 증강된다.

일본군은 1944년 4월 남방해역에 병력을 증강하기 위하여 만주에 주둔하던 전차 28대와 병력 약 600명으로 구성된 제26전차 연대를 사이판으로 이동하라 명령하였다. 이 부대는 부산항에 도착하였으나 이때 사이판이 함락되어 대신 유황도로 가라는 명령을 받게 된다.

제26전차 연대는 일본으로 건너가 7월 중순에 수송선 니슈마루를 타고 요코하마를 떠나 유황도로 향한다. 일본으로서는 불행하게도 미국 잠수함 코핀이 치치지마 북방해상에서 니슈마루를 발견하고 2발의 어뢰를 명중시켜 30분 만에 격침시켜버린다.

그 뒤에 전차를 다시 구하여 1944년 12월 중순 이후에야 25대의 전차가 미군에 들키지 않고 무사히 유황도에 증파된다. 일본군은 전차가 기동하기에는 부적절함을 깨닫고 전차를 고정된 포대로 사용하였으며 포탑만 남겨놓고 전차를 묻은 다음 위장한다.

이렇듯 유황도를 방어하기 위한 일본군의 노력으로 1945년 2월 미군이 공격하기 전에 구리바야시 사령관 휘하에 구경 75밀리 이상의 야포 360여 문, 320밀리 박격포 12문, 박격포 · 해안포 수십 문, 구경 75밀리 이상 대공포 등 수백 문, 대전차포 69문, 전차 25대 등을 보유하여 배치하게 된다.

땅속에 파묻었던 전차

요새(要塞)작업

석양이 바닷속에 빠지고 있다. 주황색 구름이 놓치지 않으려 잡아주고 있으나 힘에 부쳐 마침내 서서히 어둠을 남기며 사라진다. 남태평양의 해변과 바다, 하늘은 참으로 멋있다. 육지와 육지에 연한 바다의 모든 것의 색채가 더욱 짙다. 푸른 하늘이 아니라 코발트색 파란 하늘이고 푸른 바다가 아니라 짙은 감청색이며, 떠도는 구름은 하얀 백옥 같으며 태양은 더 이글거린다. 그리고 수평선은 검은 먹으로 마치 한 획을 휘둘러 그은 것 같이 선명하다.

저녁식사를 간단히 하였다. 음식이 참으로 보잘 것 없다. 배를 타고 오면서 먹지 못하였던 싱싱한 채소를 기대하였으나 잡곡에 덮밥이 전부다. 그래도 배는 채워야 한다. 이것이라도 먹지 않으면 내일 아침까지 배고픔에 허덕여야 한다. 저녁을 먹고 나자 중대장 중에 계급이 가장 낮은 중위가 다가와 식사 후 막사 밖에 집합하라고 지시한다. 대대장님의 훈시가 있다고 한다.

모두들 한가로이 밥을 먹고는 꾸역꾸역 막사 앞에 모여들고 열과 줄을 지어 정렬한다. 중위가 앞에 서서 전체 장병을 정리시키니 잠시 후

중좌 한 명이 나타나서 주변보다 조금 높은 곳에 장병들을 내려다보고 선다. 이어서 "대대장님께 대하여 경례!" 중위가 소리치고 모두들 일제히 거수경례를 한다. 대대장이란 사람이 일장 연설을 한다. 연설의 요지는 다음과 같다.

"에- 또, 아노- 제군들 먼 수로 길을 오느라 대단히 수고 많았다. 유황도는 그대들을 진정으로 환영한다. 천황폐하의 지엄하신 명을 받든 귀군들은 앞으로 이 곳 이오지마 섬에서 대일본제국의 영웅이 될 것이라 생각한다. 오늘 밤과 내일 오전까지 푹 쉬어 여행의 피로를 다 말끔히 씻어내도록 하고 앞으로 천황폐하께 최선을 다하여 충성하도록 한다. 그럼 이만 쉬어!"

연설은 간단히 끝났지만 김동욱과 여러 친구들은 대일본제국의 영웅이 될 것이란 의미를 몰랐다. 오히려 일부 친구들은 영웅이 된다는 말이 감격스럽게 다가오기도 한다. 숙소를 지정 받고 지친 몸을 쉬어야 한다는 생각에 잠깐 동안 나누었던 여담을 마치고 모두 침대에 몸을 누인다.

숙소라야 야전 조립식 침대가 좌우일렬로 늘어지고, 불어오는 바람 없이는 햇볕이 강하게 내리쬐는 아침부터 저녁까지 훈김 때문에 머물 수 없는 국방색 천으로 된 야전천막이다.

그런데 이상하게도 천막 위와 옆, 밑에는 물통과 드럼통 수십 개가 늘어져 놓여있다. 나중에 비가 와서야 알게 된 사실이었지만 천막 위에 떨어지는 물을 받아 콘크리트 저수조에 모아두고 식수로 사용한다. 이곳에는 우물을 파봐야 짠물만 나와 식수로 전혀 사용할 수 없기 때문에 간간이 폭포처럼 쏟아지는 빗물을 모아 식수와 허드렛물로 사용하고 있다.

다음 날 텐트가 달구어지는 뜨거움에 모두 잠이 깼었다. 텐트 밖으로 나가 사방을 살펴보니 그제야 이 섬의 윤곽을 알아차릴 수 있다. 약간 높은 곳에 올라가 보니, 자신들은 섬 이쪽 끝에서 반대편 끝이 보이는 작은 섬에 와 있다는 것을 깨닫는다. 군데군데 아열대 특유의 여러 나무가 어우러져 우거진 것이 보인다.

해가 떠오르고 있는 곳의 섬 끝이 바로 잡힐 듯 보였으며, 남쪽과 북쪽으로 완만히 경사져 올라가는 구릉이 눈에 들어온다. 그리고 동남쪽 방향에 활주로가 2개 서쪽으로 1개가 있으며, 수십 대의 비행기가 열을 지어 있다.

대대장의 말대로 저녁에 잠을 잘 자고 오전에 신변을 정리한 뒤 쉬고 나니 몸이 한결 힘을 얻고 가벼워진다. 오후에 점심을 먹고 나니 중대장의 지시가 떨어진다.

"앞으로 두 시간 휴식을 취하고 난 뒤에 내무반 앞에 전원 전투 삽을 들고 집합해라!"

모두들 다시 천막에 들어갔지만 습하고 텁텁한 열대의 공기가 숨을 턱하고 막히게 한다. 더위를 피하려 나무 그늘 밑으로 꼼지락 꼼지락 몰려 나가보았지만 땅에서 올라오는 열기는 참으로 견디기 어려웠다. 나무 그늘 이곳저곳에 앉아 있거나 수건을 깔아 아예 누워 있는 장병도 눈에 뜨인다.

중천을 막 지난 해가 이글거리면서 그 위용을 자랑하고 있다. 대부분의 병사들은 혹시나 작업지시가 취소되기를 기대하였지만 취소가 될 하등의 이유가 없다. 작업시간이 되어 모두 모이자 중대장 중위 계급자가 어제 온 300여 명의 조선 출신 병사들에게 작업지시를 내린다.

"에- 또, 지금부터 작업군을 세 집단으로 나눈다. 오른쪽에서 1/3인이 줄까지는 남쪽에 있는 작업장으로 가고, 나머지는 북쪽 작업장으로 간다. 그리고 나머지 병사는 활주로 작업장으로 가도록 해라. 개략적인 작업을 이야기하자면 앞으로 우리들이 기거하고 전투해야 할 참호를 만드는 작업이다. 상세한 작업 지시는 현장에 있는 작업반장이 할 것이다. 그럼 각자 내무반장의 인솔 하에 출발하도록 해라."

김동욱과 친구들 그리고 1/3 정도인 100여 명의 병사는 남쪽에 있는 산에 방공호를 파기 위하여 행렬을 지어 걸어간다. 검은 모래와 굵은 자갈이 태반인 길을 걸어서 좌우로 잡목이 우거진 지역을 벗어나니 문득 앞이 훤해지면서 활주로와 비행기가 눈에 들어온다. 모두들 환호한다.

"야 비행기다!"

그들은 얼마 떨어지지 않은 거리에서 전투기를 오늘 처음 본다. 높은 하늘에 날아가는 것은 몇 번 바다를 건너면서 보아왔지만 철조망 넘어 가까이 있는 비행기를 대하기는 처음이다. 저렇게 크고 무거운 쇳덩어리 기계가 날아다니는 것이 신비롭기만 하다. 절반 정도의 항공기가 땅굴 속에 들어가 있다. 활주로를 지나 한 시간 가량 터벅터벅 걸어가니 가파른 바다와 인접한 이 섬에서 제일 높은 산이 나온다.

수리바치라고 불리는 이 산의 북쪽에 경사가 진 계곡이 있고 그 계곡 주변에는 나무가 제법 무성하게 우거져 있으며 동굴로 보이는 커다란 입구가 있다. 안내하는 내무반장이 일행을 멈추게 한 뒤 동굴 앞에 세워놓고 작업에 관한 여러 사실을 알려준다.

"지금부터 작업에 관한 전반적인 내용을 알려주겠다. 여러분들은 이 앞에 있는 동굴의 입구를 보고 있을 것이다. 지금 저 동굴 안에서는 이 섬을 지키기 위하여 지하 진지를 구축하고 있는 중이다. 여러분들의 저기 저 뒤에 있는 이 섬의 북쪽 끝 그 쪽 산과 여러분들이 지나쳐온 활주로 주변에서 같은 작업이 현재 진행 중이다.

우리들의 목표는 이 섬이 대일본제국의 본토를 지키는 전진기지로서의 역할을 훌륭히 수행토록 진지를 굳건히 만드는 데 있다. 즉 아무리 적이 폭탄을 퍼부어도 까딱없고, 적이 이 섬에 상륙하려 접근하면 폭탄과 총알을 퍼부어 격멸시킬 수 있는 난공불락의 요새를 만들고 있는 중이다. 또한, 이 동굴을 저쪽 북쪽 지역의 사단본부와 연결하여 상호 협동작전을 할 수 있도록 만드는 것이 우리들의 최종 목표이기도하다.

지금 작업은 거의 막바지에 다가왔다. 앞으로 두 달 정도 작업을 하면 두 개의 갱도가 둥글게 산을 감돌면서 만들어지고 해변을 향하여 기관포를 배치하고 곳곳에 전차를 야포화하여 적의 상륙군을 저지할 것이다. 그리고 몇 개월 더 작업을 하면 북쪽과 남쪽의 지하요새가 연결될 것이다. 지금부터 3개조로 나누어 한 조는 북쪽 진지와 연결하는 작업을 하고 나머지 두 조는 좌우로 빙 돌아 연결되는 진지를 구축한다. 세부 작업 절차는 여러분들이 동굴 속에 들어가면 현장에서 알려줄 것이다. 자! 앞에서부터 차례로 들어가라!”

구리바야시 사령관은 자신의 전략적인 사상을 실현할 지하요새를 건설하기 위하여 일본 본토로부터 광산 기술자들을 데려온다. 이들 전문가들이 여러 층의 터널로 이루어진 지하 요새를 환기가 잘 되고, 동굴 입구에서 터지는 포탄이나 폭탄으로부터 내부의 피해를 최소한으로 줄일 수 있는 형태로 정교하게 설계하였다. 그 설계에 따라 모든 장병과 노무자를 동원하여 요새를 작업하는 중이다.

장병들은 탄식어린 중얼거림과 동시에 엄청난 계획에 놀란 기색을 보이고 자기들이 하여야 할 일이 간단한 작업이 아니란 것을 알게 된다. 그들은 앞으로의 생활이 평탄하지 않을 것을 예상하면서 내무반장들이 이끄는 대로 따라 들어간다. 동굴 진지는 커다란 광장에서부터 시작된다. 오른쪽 방향으로 따라 들어간 김동욱과 그 친구들은 머리를 약간 숙여 수백 미터를 걸어 들어간다.

김동욱은 김해가 고향인 이종학과 충청도 출신 김여택과 오정수와 같은 조가 되었으며 다른 친구들은 뿔뿔이 나누어졌다. 들어가는 동굴 중간 중간에 몇 개의 큰 공터가 있으며, 이 공터에 연이어서 여러 개의 동굴과 빈 공간을 만들어 병사가 기거하거나 보급품을 비축하는 창고, 폭탄과 탄약을 보관하는 탄약고를 만들었다.

막장까지 거의 몇 킬로미터를 들어온 느낌이고, 동굴 깊은 곳에도 곳곳에 제법 널따란 광장이 조성되어 있다.

100여 명의 인원은 다시 3개조로 나뉘어 이번에는 조장에 의하여 인솔된다. 앞장선 조장이 일행을 멈추고 가까이 모여들게 한다.

이 광장에는 밖을 내다볼 수 있는 구멍이 여러 개 뚫려 있었으며 자연 광선이 들어와 광장 내의 물체를 확인할 수 있을 정도로 비추고 있다. 그리고 머리를 숙여야 할 정도로 낮은 통로에도 곳곳에 자그마한 둥근 구멍을 만들어 등불이나 전깃불이 없어도 밖의 빛만으로도 이동하는 데 전혀 지장이 없도록 만들어가고 있다. 어느 한 구멍을 통하여 밖을 보니 동쪽 해변이 한눈에 들어온다.

"자! 자! 이리 가까이들 모여라. 여러분들이 보고 있는 저 굴이 막장이다. 이쪽 12명은 6명씩 들어가 한 시간 씩 갱도를 파고 교대하도록 한다. 중간열 12명은 가마를 이용하여 파내놓은 토사를 굴 입구 밖으로 내보내고 나머지 12명은 콘크리트를 타설하도록 한다.

그리고 다행히 여러분들이 파야 할 땅은 화산이 방출하여 만들어진 화산암과 현무암 그리고 사암 즉 모래로 된 땅이기 때문에 그리 단단하지가 않아 지금 가지고 있는 야전삽으로도 잘 파이고 있다. 그러나 잘 파이는 반면에 자칫 잘못하면 무너져 여러분들이 그 흙속에 파묻힐 수도 있으니 조심하기 바란다.

실제로 많은 장병이 매몰되어 죽거나 부상을 당하여 전투력이 감소된 경우가 허다하였으니 각별히 안전에 유의해주기 바란다. 지금 여러분들은 지상 100여 미터 그리고 동굴로부터 약 1킬로미터 이상 된 곳에서 작업을 하고 있다."

수리바치 북쪽의 해안 엄폐호는 두께가 1.2미터에 달하는 강화 콘크리트로 만들어졌으며 동시에 수리바치 산과 유황도의 북쪽 고원지대에 동굴과 콘크리트 엄폐호로 이루어진 정교한 요새가 건설되고 있다. 지하동굴을 최대로 활용한 유황도의 지하요새는 정교한 청사진에 따라 인공적으로 건설되고 있으며, 거의 대부분의 병력이 방어진지 건설에 동원되고 있다.

지하에 건설된 방어진지의 규모는 작게는 몇 명이 들어갈 수 있는 조그만 동굴부터 크게는 400명 정도 수용할 수 있는 커다란 동굴까지 다양하다. 이러한 동굴들은 대부분 여러 개의 출입구와 서로 교차하는 수많은 복도가 있으며, 유황증기가 뿜어져 나오는 곳이 많아 특히 환기가 잘 되도록 설계되어 있다.

이 수리바치 산에는 7층으로 이루어진 대규모의 지하요새가 조성되고 거미줄 같이 뻗은 복도들이 1,000여 개에 이르는 크고 작은 방들을 연결하고 있다. 6-7층은 전투구간 층이다. 적에게 사격을 가하고 직접 외부와 교전을 할 수 있도록 엄폐화 혹은 방공화 되어 있으며 동굴 밖으로 나가거나 들어올 수도 있게 만들었다. 그리고 5층에는 무기고와 탄약고가 있어 교전할 때 필요한 탄약과 물품을 신속하게 나를 수 있도록 하였다. 3-4층은 작전상황실과 휴식하고 잠자는 숙소를 안치하였다.

이 작전 상황실을 기점으로 주요 시설물이나 요새 입구 그리고 포대는 전화선이 가설되었으며, 요새 밖의 모든 실제 상황을 보고 받고 도식화 할 수 있는 시설물을 설치하여 전체적인 전황을 파악할 수 있도록 만들었다.

물론 요새 깊은 곳도 자연 채광이 어느 정도 되었으며 교대로 사용할 수 있는 휴식 공간도 있다. 3층에는 식당이 있고 음식을 만들기 위하여 필요한 각종 부식물과 식수를 저장하고 있다. 여기에는 여러 개의 커다란 콘크리트 저수조가 있다.

1-2층의 큰 광장에는 각종 차량과 비상 발전기가 배치되었고 저수조가 있어 많은 물을 저장하고 있다. 비가 오면 자동 집수가 되도록 설계하여 만들었다. 요새의 입구에는 여러 가지 포와 기관총이, 굴 입구 양쪽에는 전차 여러 대가 땅속에 묻혀 포탑만 남겨 놓은 채 나무로 위장하여 보이지 않게 해놓고 사격 명령만 기다리고 있다. 이렇게 수리바치 요새 구역을 반독립적인 방어구역으로 만들어가고 있다.

지하요새를 건설하는 작업에서 가장 야심적인 시도는 유황도 내의 강력한 방어거점들을 모두 지하통로로 연결하고 남쪽 끝에 있는 수리바치 산에도 이 지하통로를 이용하여, 미군에 들키지 않고 증원군을 투입하거나 병력을 철수시킬 수 있도록 설계한 것이다. 미군이 상륙하였을 때 이 지하통로는 전체의 2/3 정도인 약 18킬로미터가 완성되어 있었다.

김동욱은 막장에서 땅을 파는 임무를 받았다. 찜통 같은 막장에 들어가니 인상이 고약한 대여섯 명의 병사들이 땀을 뻘뻘 흘리면서 삽과 곡괭이를 내리치고 있다. 나머지 대여섯 명은 파내어 쌓인 흙을 밖으로 보내고 있으며 또 나머지 인원은 흙가마를 이용하여 4명이 1조가 되어 파낸 흙을 밖으로 내보내고 있다.

여기 막장에서도 12명을 두 조로 나누어 6명씩 들어가고 나머지 6명은 대기하도록 지시를 받는다. 막장에서 고참 병사가 하던 일을 멈추고 가볍게 한숨을 몰아쉬며 작업에 관하여 상세한 설명을 해준다.

김동욱은 제일 앞장서서 흙을 파게 되었다. 일이라고는 제대로 해본 적 없었던 김동욱이 흙을 파내는 탄광 일을 제대로 한다는 것이 오히려 이상한 일이다. 일본군 고참병이 김동욱이가 작업하는 동작 상태를 한참 지켜보면서 뭐라고 중얼거린다. 땅 파는 소리 때문에 잘 들리지 않는 김동욱은 그가 작업하는 요령을 말하는 것이라 생각하였다.

그러다가 갑자기 뒤통수에서 불이 난다. 고참병인 조장 계급의 일본 병사가 뒤통수를 주먹으로 갈긴 것이다. 김동욱은 "어이쿠" 하면서 뒷머리를 감싸 안으면서 삽을 놓아버리고 그 조장 계급의 일본 병사를 어이없다는 듯 쳐다본다. 그러자 조장의 주먹이 김동욱의 얼굴로 이어서 날아 들어온다.

김동욱이 잽싸게 피하니 다행히도 얼굴을 약간 스치기만 한다. 피하는 데 화가 난 조장이 삽으로 때리려고 하니 옆에 있던 다른 병사가 말리었고 분을 풀 길 없는 고참병은 거침없이 욕설을 퍼붓는다. 김동욱은 뭐라고 변명도 못하고 물러나 있는다.

작업이 끝나고 일본 조장이 김동욱이 속해 있는 조 전원을 별도로 불러서 가니 "엎드려뻗쳐"를 시킨다. 김동욱 소속 조원들은 시키는 대로 할 수밖에 없어 엎드리니 야전삽으로 일명 "빠따"를 10여 대 때린다. 엉덩이가 불이 나는 것 같다.

"빠가야로, 노로마(멍청이, 얼간이) 조센징! 너 같은 놈들이 우리 대일
본 병사로 들어오다니 참으로 한심하구나! 앞으로 너는 흙이나 퍼담아
날라라. 그렇게 젊은 놈이 삽질도 못하고 뭣에 쓰냐, 밥만 축내는 밥충
이노데쓰!"

"………"

김동욱은 억울하다. 삽질을 하라는 대로 했을 뿐인데 이런 굴욕을 당
하다니 참말로 죽을 맛이다. 그리고 자기 때문에 다른 조선 출신 전우들
이 함께 맞았다는 데 대하여 정말 마음이 아팠다. 일부 친구는 김동욱
때문에 단체 기압을 받았다는 원망스러운 눈짓과 언행을 한다. 그러나
경상도 김해 출신 이종학은 그런 김동욱을 감싸고 위로해준다.

이종학은 김해 임호산 근처에서 출생하였고 타고난 영리함으로 부산
의 유명한 상고를 우수한 성적으로 졸업하였다. 부농인 아버지가 아들의
장래를 위하여 기꺼이 일본의 유수대학에 유학을 보내주어 2년을 수학
하다 집안사정에 의하여 귀국하였다. 그는 귀국 후 두 달여 만에 징용이
되어 이곳에 오게 되었다. 그는 도쿄에서 공학을 수학한 인텔리답게 친
구들을 향하여 다음과 같은 말을 한다.

"야! 친구들아! 우리 동포 전우가 벌인 일은 우리들 모두가 책임지고
해결해야 된다 아니가! 맞제이? 이번 구타 사건도 친구들 모두 조선 동
포들이기 때문에 우리 모두에게 연대 책임이 있으니 개별적으로 미워하
지 말거레이! 그리고 이런 일이 너그들 자신에게 일어났다고 생각하믄
그런 마음을 먹을 수가 없다 아이가. 안 그렇나?"

그는 동포애를 가지라는 말로 전우들을 설득하였다. 사실 이런 일은
김동욱만의 일이 아니었다. 많은 한국인 병사들이 작업이 서툴고 게으르
다는 이유로 일본인 병사들의 화풀이 대상이 되었다.

일이 서툴고 느릿한 것은 당연한 일이었으나 일본군 병사들은 조선 출신 병사를 같은 병사로 취급하지 않았다. "조센징"이라 부르면서 인권 침해성 막말을 해대는 것은 기본이었다.

조선 출신 병사들은 흙을 판다든가 진지를 구축하는 단순한 작업과 오물 등을 치우는 혐오스러운 작업에 동원되었고, 자기방어와 전투를 위한 훈련은 시키지 않았다. 따라서 막상 전투가 벌어지면 제일 앞에 나가서 총알받이 역할을 담당하게 하였다.

작업은 저녁을 먹고 한 시간을 쉰 뒤에도 밤 열두 시까지 계속된다. 3교대라는 것과 낮의 더위를 피해 밤에 일을 해야 한다는 것이다.

그러나 유황도라는 섬의 이름이 작업환경을 말해주듯 땅을 파다가 땅심을 잘못 건드리면 가스가 분출되어 혼비백산 하거나 분출된 가스에 정신을 잃기도 한다. 가스 마스크를 쓰고 작업을 하더라도 효과가 별로 없다.

가스 마스크가 오래되어 그 기능을 상실하여서 오히려 숨이 답답하게 느껴지기만 한다. 먼지투성이의 환경에서 작업을 하자면 공기 정화통을 자주 교환하여야 하지만 보급이 그만큼 뒷받침해주지 못하였다. 게다가 정화통 필터에 먼지가 쌓여 숨을 쉬지 못할 정도로 막혀 있어 공기 정화 능력을 이미 상실해있다.

따라서 작업은 5분여를 계속하지 못하고 한 번 교대 후에 가능한 최대량을 파고 물러났으며 다음 작업조가 들어가 파내진 흙을 밖으로 내보내면 운반조가 손가마를 이용하여 굴 밖으로 퍼 나른다. 이렇게 작업하여 나온 흙과 자갈 모래는 야포를 위장한다든가 전차를 묻는 데 사용하고, 진지 외부의 약한 부분을 콘크리트로 보강하는 데 이용하였다.

밤 열두 시가 지난 후 작업이 끝나면 배가 고파왔지만 전투식량을 줄일 수 없다는 이유로 작업이 끝나도 아무런 야식을 주지 않았다. 모두들 그냥 잠자리에 들었으나 배가 고파 단잠을 이룰 수가 없다. 이런 땅굴 파는 조를 3개조로 편성하여 하루 24시간 계속 진지를 구축하였기 때문에 작업은 계획대로 진행되고 있다.

그러나 그 작업 예상 진도 량이 하루에 불과 몇 미터도 되지 못하여 작업은 더디다. 조선 출신 병사와 노무자는 연일 피해복구와 요새구축에 동원되어 쉬는 시간이 거의 없이 작업만 한다.

이종학은 후회스러웠다. 차라리 도쿄에 남아 있는 것이 낫지 않았을까 생각도 해보았다. 그러나 당시 일본에서 계속 머무른다고 하여도 집에서 보내주는 생활비가 끊겨 거지 생활을 하여야 했고 무엇보다 집안 문제를 해결할 수 없었기 때문에 불가능한 생각이었다.

일본 내에 유학 중이거나 생활하고 있는 대부분 젊은이들을 징용 대상에 포함해 놓고 강제성이 농후한 말로 회유하고 있는 중이기 때문에 일본에 남아 살아가기도 어려운 상황이기도 하였고 십중팔구는 징병이 되었다.

그가 학업을 중단하고 귀국한 것은 아버지가 일본 경찰에 끌려가 감옥에 갇혀있다는 소식이 전해졌기 때문이다. 아버지 이필성은 원래 상당히 요령 있는 사람이었다. 그는 김해평야가 시작되는 임호산 근처에 살고 대대로 농사를 짓고 있었다.

그가 살고 있던 지역에는 김수로왕릉과 대성동고분 등 가락국의 실체가 있는 곳이다. 그리고 낙동강하류 삼각주에 김해평야가 조성되어 지역주민의 식량문제가 해결되었다. 김해평야는 오랫동안 갈대가 무성한 황무지나 다름없었다. 중류부근에 형성된 삼각주에서 부분적으로 농토로 이용되던 곳도 있었으나 홍수의 피해가 잦았으며 그 외의 땅은 갈대

밭의 저습지가 대부분이었다.

일제가 들어와 식량증식을 위하여 1912년에 대저수리조합이 설립되면서 이필성은 이 수리조합의 일원으로 투자하고 제방을 쌓는 당시로서는 대단한 일에 관여하고 활동하였다.

수리조합은 낙동강을 두 지류로 분리하여 홍수 때 일시적으로 몰려드는 물을 배수시키고 물길을 정리하여 제방을 쌓고 수문을 만들어 홍수가 상습적으로 되풀이되던 지역을 옥토로 만들었다. 낙동강 하구 12킬로미터 제방은 대동수문에서 낙동강 하구까지 강변을 따라 인공적으로 쌓았다.

낙동강 하류의 김해평야는 대부분이 삼각주나 갈대밭이었고, 삼각주에 위치한 삼차강이라 불리는 세 갈래의 물줄기는 자주 범람하여 홍수의 피해가 심각하였다. 낙동강 제방은 1931년부터 제방을 쌓고 개폐식인 대동 수문(1934. 4.)과 녹산 수문(1934. 9.)공사가 완공되어 김해평야는 낙동강 본류와 격리된 옥토로 변하였다. 그러나 그 열매는 다 일본으로 향하였다.

이필성은 공로의 대가로 20필지의 개인 농토를 하사받았으며 추가로 10필지를 불하받아 어우리로 다른 농부에게 대여하였고, 이로써 상당한 부를 쌓게 된다. 그러나 1943년부터 일본관청은 지주들에게 더 많은 농지세와 각종 세금을 요구하였고, 1944년에는 급기야 지금은 전쟁을 수행하고 있으니 전투기 2대를 살 수 있는 돈을 기부하도록 개인적인 요구를 받는다. 이필성은 큰 고민에 빠지게 된다.

가지고 있는 돈과 농토를 모조리 팔아서 자금을 충당한다 하여도 전투기 한 대 살 수 있는 돈도 되질 못한다. 그는 관청에 들락거리며 현재 자기 처지를 설명하였지만 상부로부터 상당한 압력을 받고 있던 일본

관리의 태도는 절대 협상 불가였다.

오히려 몇 개월 내로 납부하지 않으면 그동안 받았던 농토와 모든 재산을 압류한다는 통보를 받는다. 그는 백방으로 이 사태를 수습하고자 노력하였지만 별다른 수단이 없었고 약속된 날짜가 지나자 일본 경찰이 이필성을 잡아서 감옥에 넣어버린다.

이 소식은 즉시 아들 이종학에게 전해졌으며, 그는 급거 귀국하여 이 문제를 해결하려 백방으로 뛰어 다닌다. 상당한 뇌물과 자기 소유의 논을 헌납하고 자기 자신도 징용에 동의하여 천황폐하를 위하여 한 몸을 바치겠다는 절충점을 찾게 되어 다행스럽게도 아버지는 석방이 되었고 이종학은 징용이 되어 유황도까지 오게 된 것이다.

이종학은 그동안 몇 번의 공습에서 방공호 속에 들어가 박혀 있을 때만 폭탄이 떨어져 온전히 살 수 있었지만 숨을 곳도 없는 자그마한 태평양 한가운데에 있는 섬에서 살아남아 집으로 돌아간다는 것은 기적이 아니면 불가능할 것이라 생각하였다.

"야 야, 여택아 동욱아! 정수야!"

이종학이가 세 사람을 느닷없이 부른다.

"응 응 왜 왜 그려?"

작업을 시작하기 전에 갖는 짧은 휴식 시간에 몸을 길게 침대 위에 누였던 세 사람은 무슨 생각을 깊게 하고 있었는지 약간은 더듬거리면서 대답한다.

"안 있나. 이렇게 매일 땅이나 파고 메꾸고 있는데 무슨 좋은 일이 있지 않을까 싶어서 그런다 아니가."

"뭐? 좋은 일?" 세 사람은 이구동성으로 반문한다.

"그려 종핵이 넌 뭐 좋은 일이 있을 것 같냐 잉!" 김여택이 오히려 반문하듯 물어본다.

"아이 그게 아니고예. 우리 미래가 참말로 어둡다 아니가? 쬐매 뭐 색다른 기 없나 싶어서 그래봤다 아니가. 안 그러나?"

"종학이 너 일본에서 살았다면서... 그러니까 그— 앞으로 전망이 어떻게 보이는지 현 정국에 대하여 잘 알 것도 같은듸......"

김여택이 띄엄띄엄 말을 이으며 이종학을 쳐다본다. 이종학이 한숨 섞인 목소리로

"내가 보니께네 희망이란 게 한 개도 없어 보인다 아니가..."

그는 눈을 지그시 감고 잠시 망설이다가

"태평양 한 가운듸 이 쬐끄만 섬에서 어디 도망갈 데도 없고 날마다 일본넘들 감시 하에 살면서도... 미군 놈들의 비행기 폭격은 갈수록 세지고 있지...... 참말로 어쩔 수가 없다 아이가?"

"야! 이 쪽바리 일본 놈들 싸악 없애버리고 우리만 살아서 가면 안 될까?" 오정수가 가만히 듣고 있다가 툭 튀어 나오면서 말한다.

"허허 우리 그렇게 혀볼쳐?" 네 사람은 웃으면서 이구동성으로 말하고 낙담과 자조가 섞인 쓴웃음을 짓는다.

모두들 이 땅에서 살아서 집에 돌아갈 가망이 거의 없다는 것을 잘 알고 있었다.

"야야! 그런듸 아주 좋—은 소식이 있디야!" 김여택이 말한다.

"뭔디?" "뭐여!"

"뭐꼬?"

"내가 일본넘들 즈그들끼리 이야기하는 것을 들었는듸..."

나머지 세 사람은 솔깃하여 귀를 모은다.

"저 거시기 말이여, 이번의 그 년(年)말에 말이여 이-쁜 시악시들이 위문 공연을 올지도 모른듸야-아!"

"그려-어? 이쁜 여자들이 여기로 온다고?" 김동욱은 처음 들어보는 좋은 소식이라고 생각하며 물어본다.

"응. 일본 놈 장교가 그러는듸 우리 병사들을 위문허러 본국에서 연예인들 특히 여자들이 대거 공연을 오게끔 계획되어 있디야!"

"그럼 갸이샤? 아니면 광대들 그러니께로 그 뭐꼬 기생들을 말하는 거 아니가?"

"아니 그런듸 갸들이 아니고 뭐라더냐. 이쁜 여자들이 우리들을 위로해주러 온듸야. 노래 같은 것은 허덜 않고. 내가 들어봉게로 아주 큰 배를 하나 몰고 다니면서 여자들을 가득 싣고서 이곳저곳 군인들이 많은 곳을 돌아 댕기면서 위문을 헌다고 들었어!"

김여택이 부연설명 한다.

"그렇게로! 말이여, 말잉게 허는 말이지만 이 삭막한 섬에 이쁜 여자들이 가득 차면 얼매나 좋을까 잉?"
오정수가 두 눈을 지그시 감고 양손으로 사람 형태의 S자를 그려본다.

"어이 이사람 꿈 깨소 꿈 깨... 그 여자들이 우리 조선 여자 아니면 저그 필리핀, 중국, 베트남 에 그렇게로 동남아라고 하는 지구 이쪽 지방 여자들이 태반이라네!"

김여택이 지도를 그려가며 설명한다.

"저런 죅일놈들 봤나. 우리 젊은 놈들 끌어와서 죽어라고 강제 노역시키고 총알받이 시키더니 젊고 애리디 애린 여자까지 데려다가 별짓거리를 시키는구만! 그런듸 그게 정말이여 참말이여?"

김동욱이 흥분한 어조로 일어나면서 말한다.

"참말이여 참말! 우리 조선 여자들이랴 대부분이!"

김여택이 계속 보충설명을 한다.

"그런듸 쩌그 그 높은 놈들은 그 뭐냐. 그렇게 별자리 달은 놈들은 에리디에린 애들을 특별히 배당해준다고 허더구먼! 그러니께니 올 때부터 갈 때까지 갸들 시중만 들게 헌다드만그려!"

"하여간에 말세는 말세여! 이것들에게 언제 어떻게 복수를 허고 죽는디야?" 김동욱이 말한다.

"쉬익 조용해라. 마! 일본 놈들이 들으면 어쩌려고 그러나!"

이종학이 김동욱에게 입에 손을 대고 나직이 말하라고 한다.

"듣기는, 그 새끼들 조선말 허는 놈 한 놈도 여그에 없을 거야!"

"이판사판인디 들었다 혀도 뭐 어쩔 건데. 인자 곧 끝판이 온 것 같은 생각이 드는디 될 테면 되라지 뭐!"

"그러지! 내 생각에도오— 그 위문단 그놈아덜 못 오지 싶다 아이가! 왜냐하면 이렇게 미군기가 자주 출현하여 폭격을 가하는 상황에 그런 배가 눈에 뜨이면 가만 둘 것 같지 않다 아이가!"

"그러것지잉 나도 그런 생각인디!" 오정수도 동의한다.

그런데 실상도 그러하였다. 1944년이 저물면서 재해권과 제공권 즉 항공 전력의 열세로 태평양 전역에서 일본군의 패색이 짙어갔으며 화물선 하나 마음대로 돌아다니지 못하는 처지가 되었다.

원래 1944년 연말위문공연으로 유황도에도 군 위안부 방문이 계획되었다. 그러나 현 전황을 비추어볼 때 계획이 전면 취소될 수밖에 없다. 이곳에 모인 상당수의 일본 병사가 괌이나 사이판 그리고 필리핀 등의 전역에 참전한 바 있다. 그들은 위안부에 관한 경험이 있어 이곳에 오면서도 그러한 방문을 은근히 기대하기도 한다.

폭격기, 전투기 공중공격

9월 말 어느 날 맑은 햇살이 동쪽에서 폴짝 뛰어 나온다. 이글거리는 주황색 커다란 공이 푸른 물결을 박차고 용수철처럼 튀어 올라온다. 주변에는 구름하나 보이지 않고 오늘 따라 수백 킬로미터를 내어다 볼 수 있을 정도로 맑은 날이 상쾌하게 시작된다.

김여택과 오정수는 아침 작업조이기 때문에 6시 기상시간 이전에 눈이 떠져 작업 전에 맑은 공기 좀 쐬려 천막 밖으로 살며시 빠져나와 하늘을 둘러본다.

하루 종일 먼지와 열기 그리고 가스와 싸울 생각을 하니 미리 신선한 공기를 마셔보자는 생각이다. 고향 뒷산에 올라 바라다 보이는 하늘과 태양이 똑같이 거기에 있다. 자의건 타의건 세상에 태어나서 이런 곳까지 와서 있게 될 줄이야 꿈에도 생각을 못하였다.

이렇게 고생하면서 내일의 삶과 희망이 보이지 않는 것이 도저히 믿기지 않는다. 이때 남쪽 하늘 수평선 바로 위에서 수많은 검은 점이 나타난다.

"야야 여택아 저거 쩌그 저게 뭐-여?"

"뭐 뭐 어어-디"

여택이는 한 손을 이마에 들어 올려 세워 목을 빼면서 정수가 가리키는 곳을 쳐다본다.

"야 야 저거 저거 저거는 비 비향기인디이-"

두 사람은 입이 쩍 벌어진 채 다물어지지 않는다. 그것은 강남 갔던 제비 떼가 모여서 일제히 날아오는 광경도 아니요, 겨울 까마귀가 들판의 보리밭에서 놀라 날아오르는 모양도 아니었으며, 들판을 휘젓고 다니는 메뚜기 떼는 더욱 아니었다. 두 사람은 멍하니 점점 커지는 점을 그저 지켜보고만 있다.

"아! 저것이 공습이란 것이구만이잉! 적기가 저... 적기가 다가오는디이-"

그들은 중얼거리면서도 발걸음은 한 발자국도 떨어지지 않는다. 한편으론 아름답기도 하다. 인간이 만들어낼 수 있는 한 폭의 상상화다.

이어서 "애 앵 앵" 사이렌 소리가 온 섬이 떠나갈 듯 자지러진다. 두 사람은 그제야 정신이 든다. 재빨리 천막 안으로 들어가 철모를 쓰고 얼마 떨어지지 않은 대피소로 급히 몸을 피한다. 곧이어 남쪽 수리바치 요새 부근에서부터 "쿵 쿵 쿵" 소리가 계속 이어지면서 들려온다. 그리고 이내 점점 가까이 다가온다.

오정수는 생전 처음 보는 공습 광경을 보기 위하여 살짝 밖을 내어다본다. 마침 방공호 입구가 동남쪽 방향이어서 고개를 약간만 돌리면 모든 상황을 지켜볼 수 있다. 포탄이 비처럼 떨어진다. 차라리 아름답다는 표현을 쓰고 싶어진다.

폭탄비가
내린다.
눈비와 같이
펄펄 펄 우수수
우박과 같이
때로는

우루루룩 투투두둑
떨어진다.

하늘거리던
눈발이
노하여 소리친다.
쾅 쾅 쾅 쾅

　　방공호 안에는 많은 병사들이 대피하여 있다. 폭탄이 미칠지 못할 것
이라는 심리 때문인지 방공호 안쪽 깊숙한 곳에 다닥다닥 붙어 앉아 있
다. 이 방공호는 두께가 최소 1미터 20센티미터 정도로 두껍게 만들어졌
기 때문에 한 곳에 수십 발의 폭탄이 연속으로 떨어져도 콘크리트 일부
만 떨어져 나갈 뿐 폭삭 주저앉는다든지 붕괴될 염려는 전혀 없다.

　　그렇다고 모두가 깊숙한 곳에 앉아 있을 수 있는 것은 아니다. 깊숙
이 대피할 수 있는 장소는 계급이 높은 일본 장교 차지다. 조선 출신 병
사나 노무자는 입구 근처에 대피하여 앉아 있는 것이 당연시 되었다. 조
선 출신 노무자나 병사는 근본적으로 일본인 병사와 격리되었으며 군기
반장이 감시 감독하면서 항시 그들을 분리 이동시킨다.

　　김여택은 마음속으로는 일본 놈들이 감탄스럽기도 하다. 어떻게 그
렇게 일본인과 조선인을 잘 구분할 수 있을까 하고 생각해보니 참으로

신통방통하다. 겉모습을 보면 일본인이나 조선인 생김새가 거의 유사하고, 단지 입 부분만 약간 다르다고 생각하고 있었지만 그냥 관심 없이 보면 똑같기 때문이다. 일본인이 입을 벌리면 뻐드렁니가 거의 90퍼센트 이상이고 그것으로 말미암아 입과 턱 형태가 조선인과 달라 보이기도 한다.

방공호 안은 원래 환기가 잘 되도록 설계하였지만 화산에서 발생되는 가스와 사람이 가득 차 온도가 상승하면서 땀 냄새가 한데 섞이어 괴상한 냄새로 변한다. 오정수는 방공호 입구에 직격탄이 떨어지면 파편이 튀기지 않을 곳으로 몸을 피해본다.

그러나 이 방공호는 직격탄을 맞아도 파편이 안쪽으로 튀지 않도록 N자 모양으로 설계하였다. 입구 모양은 성문을 만들 때 한번 휘어지게 만들어 적군의 포탄이나 성문을 공격하는 전차가 직선으로 충격을 줄 수 없게 만든 것과 원리와 같다.

방공호 안에서 할 수 있는 것이란 아무것도 없다. 그저 적기가 제풀에 못 이겨 물러나는 시간을 기다리는 수밖에 없다. 이번에는 애-앵 거리는 프로펠러 소리가 요란하게 나면서 비행기 수십 대가 낮게 내려오더니 폭탄을 쏟아 붓고 하늘로 치솟아 올라간다. 마치 말벌이 빙빙 돌면서 차례가 되어 침입자를 공격하는 것과 같다.

비행장에 연이어 조성된 방공호에 앉아서 폭격 소리를 들어보니 적기는 비행장과 비행기 그리고 부속 건물을 폭격하고 있음이 틀림없다. 이어서 콩 볶는 것 같은 "타 타다타다탁 탕탕" 소리가 계곡에 연속하여 울려 퍼진다. 기관총 소사이다. 폭탄을 육중한 돌메로 내려치는 느낌으로 표현한다면 기관총 난사는 날카로운 송곳이 심장을 찌르는 느낌이 들어 순간 모든 일본군 병사들의 간담을 서늘하게 만든다.

그렇다고 일방적으로 당하고만 있을 일본군이 아니다. 공습경보가 울리자 모든 대공포와 대공소화기 담당 장병들은 자신들의 위치로 신속하게 이동하여 높은 하늘에서 유유히 날아가면서 폭탄을 비 퍼붓듯 투하하는 B-29를 향하여 대공포가 일제히 불을 뿜는다.

대공포 총알이 공중 최고점에 도달하여 자폭하면서 터지는 검은 연기가 하늘을 뒤덮는다.

마치 파란 도화지에 먹물을 한 방울 한 방울 여기저기에 툭 툭 툭 떨어뜨리는 모양새이다. 오정수는 B-29 폭격지점이 정확하게 어디일까? 그리고 저렇게 높게 날아가면서 목표물을 정확하게 명중시킬 수 있을까? 궁금증이 들었다. 왜냐하면 그냥 아무데나 폭탄을 버리는 느낌이 들었기 때문이다. 통상 공중 폭격전이나 B-29 공습 전에 사전 항공정찰을 통하여 목표물을 정밀 분석하여 공격목표와 우선순위를 정한다.

한 번의 폭격을 위하여 여러 번의 항공정찰을 감행하고 폭격 후에도 항공정찰을 통하여 그 결과를 촬영하고 출격결과에 대하여 평가한다. 폭격 후의 항공정찰은 공격 중간이나 종료 직후에 특수정찰비행기를 동원하여 결과 자료를 얻는다.

B-29는 정밀폭격을 할 수 없다는 단점이 있다. 왜냐하면 항공기 피해를 최소화하고자 대공포 사격거리 밖 고공에서 폭탄을 쏟아내기 때문이다. B-29 같은 폭격기는 대부분 기동성이 없고 전투기와 교전할 수 없는 항공기라서 전투기를 피하여 고공으로 날아서 폭격을 수행해야 하는 단점이 있다.

고공에서 폭탄을 자유 낙하시키면 바람의 영향을 엄청나게 받게 되어 바람의 세기에 따라 목표 밖 수백 미터 혹은 많게는 수 킬로미터에 폭탄이 떨어지곤 한다.

예를 들어 고도 만 미터 상공에서 폭탄이 자유 낙하한다고 가정할 때 지상에 떨어질 때까지의 시간은 10여 분이나 소요된다. 만약 이 시간 동안 옆바람이 지속적으로 분다고 가정하면 자유 낙하하는 동안 폭탄은 대략 수천 미터 이상을 벗어나 엉뚱한 곳에 떨어지게 된다.

따라서 조종사는 기상담당자와 폭격수와 협조하여 폭격지역의 고도마다 바람을 측정하고 그 평균치를 계산, 감안하여 폭격을 하게 된다.

프로펠러 전투기가 B-29를 요격하기 위해서는 같은 고고도로 상승하여야 하나 프로펠러 전투기 자체 성능이 고고도로 상승할 여력이 없다. 어떻게 하여 전투기가 겨우 같은 고도에 도달하였다 하더라도 속도가 현저히 줄어들기 때문에 고공에서 고속으로 날아가는 B-29를 추격하여 격추시킬 수 없게 된다.

이런 사유로 폭격기는 대부분 고공에서 작전을 하게 되고 폭격도 정밀하게 수행할 수가 없으므로 B-29는 일명 융단폭격 혹은 지역폭격을 하게 된다.

융단폭격은 막대한 양의 폭탄을 고공에서 조준기를 이용하여 조준하긴 하지만 대충 목표지점 상공을 지나면서 바람의 영향을 고려하여 쏟아버리는 수준의 폭격인 것이다. B-29 항공기 한 대는 보통 125킬로그램의 폭탄 80발을 싣고 다니면서 투하한다. 한 출격에 동원되는 B-29 비행기가 400대라면 총 32,000발 4,000톤의 폭탄을 퍼붓는 것이다.

이를 유황도의 단위 면적당 환산하자면 3평짜리 방 한 칸에 폭탄 한 발이 떨어지는 격이다. 여기에 전폭기 그리고 전투기가 투하하는 폭탄을 생각하면 어느 정도의 공격인지 상상할 수 있을 것이다.

이렇게 무지막지한 폭격은 폭격지역 안의 모든 목표물을 부숴버릴 수 있을 뿐만 아니라 풀 한 포기 나무 한 그루까지 없애버릴 수 있는 한

마디로 초토화 공격이다. B-29의 공격이 지나가면 연이어 점표적의 정교한 목표물을 공격하기 위하여 전폭기가 저공비행을 하면서 벌떼처럼 나타난다.

전폭기는 수평상태에서 목표물을 공격하는 것이 아니라 5~45도의 각도로 급강하 하면서 일정고도에 도달하면 조준기에 들어온 목표물을 향하여 폭탄을 발사하고 즉시 폭격지점을 급상승 이탈하여 자기 자신이 투하한 폭탄의 파편을 피하면서 적의 대공포 유효 사거리 밖으로 나가는 것이다.

이 폭격방법은 제1차 세계대전 중 항공기에 큰 소리가 나는 방울이나 사이렌을 매달고 강하하면서 기마병들을 공격하여 말들이 놀라서 흩어지게 만들어 전과를 올린 결과로 출발하였다.

급강하 공격방법은 목표를 정밀하게 공격할 때 쓴다. 바람의 영향이 적고 강하 각도가 크면 클수록 오차가 적어진다. 그리고 목표물 가까이 내려가 투하하기 때문에 오발탄이 적어 점표적 공격에 매우 효과적이다.

전투기들은 파를 이루어 1, 2, 3차로 나누어 파상공격을 가한다. 그리고 전투기는 폭격 후 다시 돌아와서 2차 공격으로 기관총을 난사한다. 눈에 뜨이는 사람이나 아직도 저항하고 있는 대공포가 주요 목표가 된다. 그리고 이 폭격군단의 후미와 중간에는 항시 수십 대의 호위기가 있어 적 요격기가 폭격기를 발견하여 공격을 할 경우에, 일차적으로 이 호위기들이 적 요격기를 공격하고 폭격기와 전투기들에 대하여 방어해준다.

이 호위기들은 공중전을 할 수 있도록 폭탄을 달지 않고 경량화 하여 기동성이 좋게 만들어 적과 공중전을 하는 데 유리하게 만든다. (최근 전투기는 미사일과 기관총만을 장착한다.)

전투기 공중전투

제2차 세계대전 중에 전투기, 호위기, 요격기 간의 공중전이 독일과 태평양 전역에서 치열하게 벌어졌다. 2차 대전 중에 벌어졌던 공중전을 일명 "Dog Fighting"이라 부른다. "Dog Fighting"이란 "개 꼬리 잡기"라고 직역할 수 있다. 개들이 싸움을 할 때 서로 상대방 꼬리를 물려고 빙빙 도는데, 자기 꼬리는 내려 감추고 상대방의 꼬리를 결사적으로 물어 버리려고 시도하는 형태에서 따 "Dog Fighting"이라는 이름을 붙였다.

전투기 간 공중전에서 이 개싸움의 형태가 나타났기 때문에 이 용어가 사용된 것이다. 1차 대전 초창기, 전투기들의 공중전은 권총을 가지고 상대방을 쏘는 서부 활극 같은 장면이었다.

그러나 2차 대전 중에는 이것이 줄곧 진보하여 전투기 엔진 앞쪽에 두 대의 기관총을 달고 프로펠러가 회전하는 순간 사이로 총알을 발사할 수 있게 고안된다.

이 방법은 독일에서 최초로 발명하였으며 고속으로 돌아가는 프로펠러 사이로 총알을 발사하므로 정밀한 공격이 가능하여 연합군의 많은 항공기가 희생되었다. 공중 전투기동을 하다 보니 서로 정면으로 교차하는 경우가 속출하였다. 그런데 전투기가 교전을 하면서 정면으로 교차하여 기관총을 발사하는 방법은 공격기와 방어기간의 충돌 위험이 매우 농후하다. 또한 상대 속도가 워낙 크기 때문에 상대 전투기의 격추 가능성은 거의 제로에 가까워진다.

따라서 전투기 간의 공격 형태는 적기의 후방으로 접근하여 교차하는 상대 속도를 줄이고 가능한 한 유효 사거리 내로 접근하여 목표물을 정밀 조준하는 가운데 기관총을 발사하는 전술로 발전된다.

한국전쟁 이후에 열추적 미사일이 발명되었으나 이 미사일도 후방에서 적기의 엔진에서 나오는 열을 감지하여 발사해야 했다. 월남전 이후 레이더로 탐지하여 전방에서 발사하는 미사일이 나올 때까지 조종사들의 전투훈련은 꼬리를 무는 전술이 계속 발전되고 익혀졌다. 그리고 미사일을 다 발사하여 소모한 후에는 최종으로 남는 무장이 기관총이므로 이 기관총을 이용하려 전방발사 미사일이 발명되었지만 "Dog Fighting"을 위한 기동연습은 현재도 사용되고 있다.

그리하여 양쪽 진영의 전투기들이 조우하게 되면 상대방의 후방으로 진입하려는 기동전이 먼저 벌어졌다. 조종사들은 적기를 격추시키기 위하여 Dog Fighting을 전개하여 꼬리를 물고 무장을 발사하게 된다.

그러나 적 전투기 한 대 격추하는 일은 그리 쉽지 않다. 왜냐하면 자기 꼬리가 물릴 상황에 처한 전투기는 기필코 자기 꼬리 쪽으로 적기가 접근하도록 허용하지 않고, 기관총 유효사거리 밖으로 벗어나려 필사적으로 급기동을 하기 때문이다.

급기동은 단순히 상승과 강하만을 하면 오히려 적기에게 더 접근하게 되는 빌미를 주게 되므로 급가속과 급감속 혹은 최대 선회를 하여 적기를 떨쳐내려고 처절하게 기동한다.

이런 기동을 하면 항공기에 걸리는 중력은 몇 배가 걸리게 되고 이렇게 중력가속도가 걸린 상태에서는 뒤에서 총알을 발사하여도 총알이 직선으로 날아가지 않는다. 오히려 항공기 선회 반대방향으로 휘어져 엉뚱한 궤적으로 날아가 명중시킬 수 없게 되는 것이다.

총알이 휘어지는 정도는 항공기 속도가 높고 중력가속도가 클수록 비례하여 더 많이 휘어진다. 이렇게 심하게 기동하는 항공기에 무장을 발사하여 명중시키려면 항공기 후방에 가까이 진입하여 더 많은 선도지점(Lead Point)을 잡아 기관총을 발사하여야 한다.

이것은 역설적으로 공중전에서 적기에 꼬리를 물려 격추 당하기 그렇게 쉽지 않고 격추하기도 그만큼 힘이 든다는 것을 의미한다.

이날 공습경보가 울리자 활주로 비상대기실에서 비상출격 근무를 서고 있던 12대의 항공기 중 8대의 항공기가 폭탄이 떨어지는 가운데서도 재빨리 간신히 이륙하였고 2대의 항공기는 이륙 활주를 하다가 활주로상에서, 2대의 항공기는 시동을 걸다가 폭격기의 폭격에 의하여 피탄 되면서 대파 되었다.

비상대기를 하고 있지 않았던 항공기는 비행장 인근 정글 속에 교묘히 숨겨 놓았다. 모든 전투기를 다 지하땅굴을 파서 땅굴의 엄체호에 넣을 순 없다. 땅굴에는 대략 이십여 대 정도만 넣을 수 있다. 왜냐하면 콘크리트로 격납고와 땅굴을 만들 시간이 없었기 때문이다.

나머지 전투기는 흙으로 2~3미터 정도의 원형 담을 만들어 올려 쌓아 직격탄이 아니면 항공기에 피해가 가지 않도록 만든 보호 엄체로서 임시방편으로 보호조치를 하였다.

그러나 B-29 항공기의 무차별적인 촘촘한 공격으로 상당수의 제로 전투기가 이륙하여 전투도 해보지 못하고 대파되었거나 손상을 입는다.

이날도 평상시와 같이 전투조종사들은 동트기 한 시간 전부터 일어나 항공기 점검을 마치고 그날의 비상출격 준비를 완료한 후 비상대기실에 대기하고 있었다. 여러 조종사들이 긴급출격 복장으로 차 한 잔을 마시면서 몸을 추스르고 있는데, 갑자기 비상출격 명령이 떨어지고 이어서 적 공습경보가 요란스럽게 발령된다.

조종사들은 가죽으로 된 헬멧을 들거나 쓰며 비상대기실 문을 박차고 나가 항공기로 뛰어 각자의 전투기에 올라타고, 정비사들도 허겁지겁 뛰어나와 프로펠러를 돌려주면서 시동 거는 것을 도와준다.

적기는 이미 섬에 폭탄을 투하하고 있다. 누가 먼저고 나중이랄 것도 없이 시동이 걸리는 분대별로 이륙한다. 이날 적기의 내습에도 총 8대의 항공기가 이륙한다. 조종사는 항공기가 지면에서 떨어지자 최대의 추력을 유지하면서 가능한 한 지면과 수면에 가까이 붙어 증속을 시도한다. 최대 속도로 증속되자 동이 튼 태양 쪽으로 급상승한다.

비상대기 중이었던 사카이 사부로 중위는 분대장과 두 대의 요기를 데리고 폭격 속을 무사히 벗어나 적을 기습공격하기 위하여 유리한 위치를 만들려고 태양 쪽으로 선회하고 있다. 그는 일단 고도가 4,000미터까지 상승하자 항공기 기수를 수평으로 눌러 증속하면서 섬 쪽으로 방향을 돌린다.

그동안 최대로 상승한 항공기는 기체가 덜덜덜 떨리면서 프로펠러의 Sine, Cosine의 진동파를 그대로 동체에 전달하고 조종사의 몸을 부르르르 떨리게 만든다.

사카이 사부로 중위는 노련하고 용의주도한 조종사였다. 그가 비행하고 있는 제로전투기의 성능으로는 B-29를 요격하기가 매우 어려워 폭격기 뒤편에 출현하는 미군의 헬켓 전폭기를 기습하기로 마음먹는다. 헬켓 전폭기 중에서 무장을 최대로 한 공격기는 기동이 부자유스럽고 속도도 떨어지기 때문에 접근하여 요격하기 좋다.

B-29 폭격기는 9천~1만 미터 고고도 상공을 고속으로 날아가면서 폭탄을 투하하기 때문에 B-29 폭격기를 요격하려면 이 고도로 상승하여야 하고 속도도 더 많이 내어야만 한다. 그런데 제로전투기의 성능으로는 겨우 올라갈 수 있는 고도인데다 여압이 되지 않아 10분 이상 머무를 수 없을뿐더러 속도가 현저히 떨어져서 그만큼 선도점을 잡아 앞서 있지 않으면 요격기로서의 구실을 하지 못한다.

또 하나 B-29에는 후방을 방어할 수 있는 기관포가 1문 그리고 360도 포탑 회전이 가능한 기관포 4문이 설치되어 있어 후방 혹은 측면 요격을 할 경우에 이 기관포에 격추당하는 전투기가 많다. 사카이 사부르 중위는 이런 사실을 실전을 통하여 잘 알고 있다. 그리고 오늘 최대한 상승한다고 해도 도저히 B-29를 따라 잡을 수 없기 때문에 아예 처음부터 요격할 생각도 하지 않는다.

대신 저고도에서 폭탄을 달고 항공기 무게가 많이 나가 기동성이 저하되어 있는 전폭기를 요격하기로 하고 유리한 위치를 확보하고자 동쪽 방향 태양 쪽으로 몸을 피한 것이다. 그리고 일단 불리할 때나 전투하다가 몰리게 되면 태양 쪽으로 항공기를 돌려 적기에서 도망가거나 숨는 것이 조종사의 기본전술 중의 하나이기도 하다.

섬의 동남쪽으로 돌아 섬을 향하여 기수를 돌려놓고 기수를 약간 누르면서 가속한다. 그러니까 미군기에 대하여 측 상방에서 강하하여 태양 속에 자신의 위치를 은폐하면서 접근한다. 1개 편대 4기는 각기 목표물을 정하여 고속으로 다가가면서 기관총 1단계를 당기니 프로펠러가 돌고 있는 기수 양쪽 엔진 부분에서 기관총 문이 덜컥 열리면서 기관총 열이 나타난다.

이어서 무수한 총탄이 총열을 나와 허공을 가른다. 총알 5발마다 1발씩 넣어둔 예광탄이 아름다운 빛깔을 내며 총알이 날아가는 궤적을 알려주고 있다. 미군기 여러 대가 사방으로 흩어진다. 미군기 2대가 검은 연기를 내뿜으며 바다를 향하여 낙엽처럼 떨어진다.

그러나 이것을 알게 된 미군의 호위기가 가만히 있을 리 만무하다. 즉시 사방에서 벌떼처럼 몰려와 일본 제로전투기 4대를 추격한다. 사카이 사부르 중위는 기수를 거의 수직에 가깝게 내려 꺾고 급강하하면서 최대 출력을 내어 전장을 이탈한다. 그러나 미군기도 끈질긴 면이 있어 계속 추격한다.

사카이 중위는 급강하를 하다가 거의 바다에 부딪힐 정도의 고도에서 갑자기 기수를 들어 올려 이번에도 태양 쪽으로 급상승하여 추적기를 따돌린다.

이것을 조종사의 세계에서는 최후의 필살기(Last Ditch Maneuver)라 부른다. 미군기는 하마터면 기수 올리는 것이 늦어 바다에 충돌할 뻔하고 그것을 수습하고 있는 사이에 일본 제로전투기는 약삭빠르게 태양 속으로 사라져간다.

그러나 상방에 있던 미군 전투기 한 대가 끝까지 따라간다. 사카이 사부르 중위는 항공기를 135도로 방향 전환, 태양 쪽에서 하방으로 따라 오는 항공기에 대하여 oblique(사선의) loop(원을 그리는 수직기동)를 실시하여 적 후방에 들어간다. 미군기는 태양 쪽으로 선회한 사카이 사부르를 놓쳐버렸으며 급상승에 따라 감속을 막기 위하여 기수를 누르고 있는 중이다.

이때 언제 기동을 하였는지 후방으로 몰래 접근한 사카이 사부르의 기관총이 불을 뿜는다. 미군기는 연기를 내뿜으며 검푸른 태평양 물속으로 사라진다. 아름다운 아침의 잔잔하던 푸른 바닷물이 파문을 일으키며 항공기를 아무런 의심 없이 삼켜버린다.

다시 어느 정도 고도를 취하고 속도가 얻어지자 전투지역을 확인해 본다. 아직도 수많은 적 전폭기와 전투기가 섬을 공격하고 있다. 다만 일본기의 요격이 있었기에 이번에는 미군 호위기들이 섬을 중심으로 이동하여 초계를 하고 있어 좀처럼 공격할 틈이 없다.

그렇다고 무작정 수십 대의 적 전투기 속으로 들어가 공격하는 것은 섶을 지고 불속으로 뛰어드는 것과 동일하기에 외곽에 계속 머물면서 기회만 엿보고 있다. 그러나 끝내 기회는 생기지 않았으며 적기는 유유히 공격을 마치고 사라진다.

같은 시간대에 이륙한 4대의 요격기도 이륙하자마자 On The Deck(초저고도 비행)이라는 전술을 구사한다. 이 전술은 이륙하자마자 상승하지 않고 바다에 충돌할 듯 낮게 날면서 상승에너지를 속도에너지로 바꾸고 바다에 바짝 붙어서 비행하기 때문에 적기에게 발각되지 않게 하고 적 요격기의 요격을 어렵게 만드는 전술이다.

마쓰이 군조가 이끄는 편대 항공기 4대는 이 전술을 사용하여 이륙

후 초기에 적기에게 격추당하지 않고 항공기를 최대 속도까지 가속한다. 최대 속도에 이르자 기체가 부르르르 떨렸고 앞에서 힘차게 돌고 있는 프로펠러도 더욱 세차게 굉음을 발한다. 마쓰이 군조는 기수를 수직으로 힘차게 끌어올린다. 항공기의 각가속도에 의거 비행헬멧이 얼굴 아래로 쏠리면서 그 위에 쓴 선바이저가 처지며 내려온다.

온몸에 힘을 주면서 각가속도에 대항하여 항공기 조종간을 당기니 항공기가 순식간에 원을 그리면서 배면 상태까지 도달한다. 이번에는 조종간에 힘을 빼고 좌로 반 회전시키니 방향이 완전히 180도를 돌게 되고 고도가 순식간에 1,700미터나 상승한다.

전투 조종사들은 이 기동을 '임멜만 회전'이라 부른다. 독일의 임멜만이라는 조종사가 고안해낸 공중전투 기동종류 중 하나로 가장 빨리 180도 방향 전환을 하고 고도를 상승할 수 있는 기동이다. 다만 수직 각가속도를 많이 주어 상승하므로 기동이 완료되면 속도가 현저히 떨어지는 것이 단점이다.

편대장 마쓰이 군조는 3대의 나머지 편대원을 좌우측 후방으로 잘 따라 오는지 살펴본다. 다행히 3대는 뒤처지지 않고 여유 있게 따라오고 있다. 그들은 섬에서 북동쪽으로 몇 마일 떨어진 곳에 있었다.

이 지점은 섬을 공격하고 즉 무장을 투하하고 기총 소사를 마친 후 되돌아가는 항공기를 조우할 수 있는 방심하고 있는 적기를 공격하기 아주 좋은 곳이다.

마쓰이 군조는 섬 폭격을 마치고 대공포를 회피하여 남쪽 방향으로 기수를 돌리는 미군 항공기 4대를 발견한다. 마쓰이 군조는 즉시 기수를 약간 내리면서 최대 출력으로 항공기를 가속하여 추격한다. 폭격 후 상승하면서 여유 있게 귀환하던 4기의 미군기는 방심하고 있다.

그들은 후방 경계를 하지 않고 성공적인 임무 수행이라 생각하며 호위기를 믿고 안심하며 상승 선회를 하는 중이다. 마쓰이 군조는 좌측 앞에 가는 2대를 공격하기로 하고, 분대장 하츠나가 군조는 약간 후방에 처진 우측 2대를 공격하라고 지시를 내린다. 최대 출력으로 400미터 정도까지 접근한 일본 항공기 제로전투기 2대에서 불을 뿜기 시작한다.

"타 타타 타타 타타"

"타 타타타타타타타 탕"

전투기 엔진 위에 장착된 2정의 기관총 7.6밀리 탄알과 날개 밑에 장착된 2정의 20밀리 기관포 총알이 경쾌한 소리를 내며 적기를 향하여 날아간다. 순간 2대의 미군 헬켓 전투기 요기의 동체에서 불꽃이 일어났으며 전투기들은 치명적인 부위에 총탄을 맞았는지 검은 연기를 내고 검푸른 바다를 향하여 곤두박질친다. 두 명의 군조가 요기를 격추시킨 후 다시 미군기의 편대장과 분대장을 공격하려할 때에 후방에 있는 두 요기로부터 급히 선회하라는 조언이 나온다. 급선회 회피 기동을 하면서 후방을 둘러보니 미군기 10여 대가 그들의 뒤를 추적 공격하고 있다.

뒤따라오는 두 요기의 항공기가 먼저 불이 붙는 것을 목격한다. 마쓰이 군조는 아차 한다. 적기 추적과 공격만을 생각하다가 후속으로 전장을 이탈한 수많은 적기와 호위기를 간과하였던 자신이 순간적으로 바보처럼 생각된다.

그는 분대장 하츠나가에게 전장을 이탈하자고 말한 뒤에 급강하하기 시작한다. 그러나 이미 때는 늦었다. 악착같이 끝까지 따라오는 미군 전투기의 기관총 역시 불을 뿜는다. 제로전투기 1대는 앞서 추락한 미군기의 뒤를 따라 바닷속으로 사라져간다. 잠시 후 수면에 아름다운 수직과 수평의 파문이 일어난다.

제로전투기 나머지 한 대 즉 마쓰이 군조가 탑승한 항공기는 아군기가 격추되는 것을 보면서 자신들의 뒤에도 미군기가 접근해오자 태양 쪽으로 최대 상승을 하다가 감속이 되니 이번에는 기수를 수직으로 꽂고 강하하면서 ON TE DECK(초저고도비행) 전술을 쓰며 전투지역을 이탈한다. 미군기는 순식간에 멀어지고 기수를 내려 급강하하는 일본 전투기를 더 이상 뒤쫓을 수 없었다. 그저 멍하니 쳐다보고는 전투지역을 이탈하여 기지로 귀환하기 위하여 기수를 남으로 돌렸다. 미군의 지상공격도 종료되었다.

　　마쓰이 군조의 본명은 안재웅(安在雄), 창씨 개명한 이름은 마쓰이 히데오(松井秀雄)이었다. 1924년 개성에서 출생한 그는 당시 서울 서대문구 수색동에 있던 공업고등학교를 다니다가 비행사가 되기 위해 소년 비행병 제13기로 입대하였다. 그는 후에 가미가제가 되어 끝내 산화하였다.

　　섬 전체가 먼지와 연기, 불길에 휩싸였다. 사카이 사부르는 한참 동안 섬의 연기와 불길이 가라앉기를 기다리며 선회하다가 주 활주로의 상태를 확인하기 위하여 저고도 저속 비행으로 활주로 상공을 날아간다. 활주로가 아니라 흙구덩이를 파놓은 것처럼, 달 분화구보다 더한 구덩이가 연속적으로 파여 있다. 이런 곳에 내린다면 항공기가 전복되어 대파되고 조종사의 생명에도 위험이 있을 것으로 판단된다.

실제 공중 전투 장면

이번에는 새로 건설 중인 제3의 활주로에 가보았다. 여기는 주 활주로보다 덜 파였다. 아마도 건설 중이라 활주로처럼 보이지 않고 길을 다듬는 것처럼 보여 폭탄투하가 덜 되었던 것 같다. 그런 까닭에 항공기가 착륙할 만한 어느 정도의 공간이 남아 있었으며, 이곳에 4대의 항공기가 차례로 사뿐히 내려앉는다. 방공호에서 뛰쳐나온 장병들이 항공기가 착륙을 위하여 선회하자 함성을 지르면서 손을 흔들어주고 환호한다.

사카이 사부르 중위를 비롯한 5명의 조종사는 사단본부 전용 요새에서 피해상황을 현장 확인하러 나온 사령관 구리바야시 중장 앞에 서서 출격 결과를 보고한다.

"차렷! 사령관님께 경례"

"충성!"

5명이 일제히 한 줄로 서서 경례한다.

"충성"

"사카이 사부르 중위 외 4명 임무수행 후 귀환하였습니다."

"수고들 하였다!"

사령관은 한 사람씩 일일이 악수한다.

"항공기가 많이 파괴된 것 같은데 여기에 대한 대책이 필요하다. 항공 전력 보존과 앞으로의 전투 방향에 대한 정립이 필요하다. 항공 참모는 연구해서 보고하도록 해라."

그는 수행 참모에게 별도로 지시한다.

조선 출신 병사들과 노무자들은 소총을 들거나 혹은 맨손으로 동굴이나 방공호에 앉아서 공습하는 적기가 물러날 것만 고대하고 있었다. 그들이 할 일이란 폭탄이 터지는 굉음에 두 손으로 귀를 막고 입을 벌려 고막을 보호하는 행동 밖에 없다. 혹시나 자기들이 대피해 있는 방공호에 폭탄이 떨어지지나 않을까? 혹은 무너지지는 않을까? 은근히 걱정하면서 마음을 졸이고 있었다.

잠시 후 공습경보 해제 사이렌이 힘겹고 길게 울리면서 폭격 종료 후 일시적으로 유지되었던 적막을 깨뜨린다. 방공호 안에서 숨죽이며 밖을 기웃 기웃거리고 서로를 의아한 눈으로 쳐다보면서 혹시나 공격하는 비행기나 없는가 하는 조바심을 가지고 병사들이 꾸역꾸역 몰려나오기 시작한다. 이런 모습은 전 섬의 요새와 방공호 엄폐호에서 벌어진다. 한쪽에서는 사상자를 구호하느라 정신없이 돌아가고 있다.

비행장의 비상대기실과 대공포와 대공화기 진지는 위장을 하였으나 미군에 노출되었다. 그리하여 미군의 융단 폭격과 전폭기의 공중 급강하 폭격에 직격탄을 맞거나 간접 피해를 당하여 사상자가 속출하였다. 이들에 대한 응급처치와 시신 수습에 분주하다.

직격탄을 맞은 진지에서는 사격수 전원이 사망하였거나 심한 부상을 입었다. 또한 비상출격을 위하여 대기하던 조종사들과 정비사들 대부분이 사망하였다. 그리고 2개의 활주로가 엉망이 되었다. 깊이 수 미터, 직경 4~5미터의 구덩이가 분화구처럼 편편한 공간이 하나도 없을 정도로 형성되어 있으며, 활주로 주변의 모든 나무들이 불타거나 직격탄에 맞아서 너부러져 있다.

잠시 후 확성기 점검이 있더니 모든 장병은 피해복구에 참가하라는 지시가 나온다. 일본 병사 수천 명 그리고 조선 출신 병사와 노무자들이 야전삽을 들고 피해복구에 가담한다. 제일 급한 것은 활주로 재건이다.

그 다음으로는 완파되어 거의 흔적이 없어진 비상대기실, 부서지거나 무너져 내린 방공포대와 방공호, 그리고 통신시설을 복구하는 일이다. 활주로 폭파구 하나에 수십 명씩 달라붙어 삽으로 파진 곳을 메우고 발로 다진다. 그런 다음 트럭을 이용하여 또 다지고, 부족한 부분은 삽으로 채워 메우면서 다시 다진다. 활주로 포장은 엄두도 내지 못한다.

견고하고 영구적인 시설을 만들려면 아스팔트나 콘크리트 포장을 하여야 한다. 하지만 첫째는 효율성 문제다. 즉 아무리 견고하게 포장하였더라도 미군항공기가 주기적으로 공중 포격을 하면 곧바로 파괴되므로 포장은 오히려 장애요소가 되어 복구하는 데 힘만 더 들게 된다.

두 번째는 아스팔트나 콘크리트를 타설할 수 있는 여러 자재가 많이 소요되지만 현재 진행되고 있는 요새작업에 필요한 양도 간신히 채우고 있는 실정이라서 활주로 건설에 투입할 여유가 없다.

필요한 자재를 본국이나 가까운 섬에서 수송할 수 없을뿐더러 섬 안에서 자급자족하기에는 화산재가 많아 포장자재로 쓰기에 좋지 않다. 따라서 화산재로 된 자갈과 모래투성이의 땅을 평탄하게 골라 활주로를 만드는 일이 오히려 효율적이며 이 일은 장비도 없이 거의 인력으로만 이루어진다.

이렇게 사람의 힘으로만 할 경우에 활주로 복구는 빨라도 4~5일이 걸린다. 그러나 미군의 경우는 트랙터와 불도저를 사용하여 하룻밤 사이에 뚝딱 활주로를 만들어버린다. 이러하니 일본군이 제공권을 잃어버리는 것은 당연한 결과이다.

제2차 세계대전이 끝날 무렵 미 해군의 한 장군은 "태평양전쟁에서의 승리는 잠수함, 레이더, 비행기, 트랙터-불도저 덕분이다."라고 말할 정도였다. 일본 항공대는 미군의 주기적인 공습에 거의 전멸하다시피 하였으며 새로운 전력 보강도 제대로 이루어질 상황이 아닌 아주 처참한 지경에 이른다.

일본군 최후의 공중공격

-조선 출신 병사들의 대화-

오늘 12월 23일 쇼와 일본 왕이라는 사람의 생일이었기 때문에 전날인 12월22일 저녁부터 하루를 쉬면서 자칭 천황폐하가 하사하는 술이라고 하여 병사 2인당 한 병씩을 지급하여 회식을 해도 좋다는 허락이 떨어졌다. 그리고 내일 미군 기지가 되어 버린 괌과 사이판을 공격하러 간다는 소문이 돌았다.

장교들과 하사관들도 내일 괌 공격 이후 혹시 미군이 공격해 올지 모르니 대공 사격준비를 해야 될 것이라고 하였다.

그러나 오늘은 천황폐하 생신이고 내일은 미군을 쳐부수러 출격을 할 예정이며 그동안 진지 작업하느라 고생하였으니 회식을 하며 하루를 푹 쉬라고 하였다. 실상은 출격하여 사지로 떠나는 조종사들의 위로연이라고 말할 수가 있으리라.

병사들은 삼삼오오 휴게실이나 식당에 모여 회식을 하였다. 조선 출신 병사들도 자연스럽게 모여서 술을 마시기 시작하였고 이종학을 비롯한 친한 친구 3명은 여러 가지 이야기를 주고받다가 내일이 자칭 '천황' 생일이라 하니 역사적인 의문점에 대한 대화가 자연스럽게 이어지고 있다.

"오정수 네가 전에 지나치듯 말했던 것으로 기억하는데 예... 네가 경성제대에서 역사를 전공한 것으로 알고 있다 아니가! 맞나? 그런데 예 역사를 전공한 사람이 우찌 예까지 오게 되었나?" 이종학이가 물었다.

"나도 모르겠어. 내가 왜 여기까지 끌려왔는지 모르겠어!"

"나도 모르겠다꼬? 그걸 너 말고 누가 아나?"

"그게 말이야 난 네가 알다시피 대학교에서 역사를 전공하고 있었거든! 난 집안 형편이 좋지 못하여 학업을 계속할 수 없는 상황에 처하였지. 거기에다 군대 징집에 임하라고 일본 관헌에서 우리들을 협박하고 감언이설로 꼬드기고 이름만 대면 금방 알게 될 여러 유명한 명사들과 교수들이 자꾸만 부추겨서 할 수 없이 지원을 했지!"

"그렇다고 이런 데 올라꼬 자원을 했어 예?"

"누가 자원을 해서 이런 곳에 오겠어? 너 종학이도 마찬가지잖여~ 떠밀려온 거! 반은 강제 반은 부추겨서 그랬지."

"당시 집안 형편이 아주 좋지 않았어. 흉년이 2년이나 들은 데다가 농사 진 것 대부분을 공출이다 뭐다해서 뺏어가 버리니 먹고 살수가 없었고 내 월사금과 생활비를 집에서 대줄 형편이 되질 못하였지. 아니 집에는 제비새끼처럼 입을 쫙 벌려 먹을 것을 달라고 지저귀는 동생들이 주루룩 달려 있지.

그래서 난 3학년이 끝나고 바로 휴학계를 제출하고 취직을 해볼까 백방으로 돌아 다녔지만 어느 회사나 단체에서도 그리고 개인 사업가도 받아주질 않았다네. 아니! 아예 일자리가 없는 거야. 그리고 일자리를 구하려고 줄줄이 수많은 사람들이 줄 서있는 거야. 아예 일자리가 나질 않았지. 경쟁자가 엄청나게 많을 뿐 아니라 오물 치우는 그런 일에도 사람이 몰려들어 나는 경쟁자가 되질 못하였다네.

어떤 때 나는 3일을 굶어도 보았지. 정말 힘이 없어 일어날 수도 없을뿐더러 눈에 헛것이 보이기도 하였네! 그러다가 군대에 가면 먹여주고 돈도 주고, 군대에 갔다 오면 학비를 대폭 면제해주고 여러 가지 특전을 준다고 하기에 그냥 눈 딱 감고 지원을 하고 말았다네! 물론 내가 재학 중 그러니까 휴학을 하기 전에는 이름만 대도 알만한 여러 명사들이 군대에 지원하라고 부채질하고 있었지."

"그래 허기는 일본 놈들 지들 전쟁을 한다꼬 우리까지 달달 볶아대고 일본 놈들의 하수인이 되어버린 일부 못된, 자칭 배웠다하는 조선 명사들이 옆에 서서 불난 집에 부채질해대니 어딜 감당해낼 사람이 있어야지! 안 그러노? 맞제이?"

"에이 어쩌끄나 여그 이곳에서 생활이라도 편허거나 뭐 살만해야 하는데 이러코롬 땅만 죽자하고 벌써 몇 개월째 파고 있는디 어디 이거 사람 사는 세상이라고 허겄어?"

김여택이 불평하면서 세 사람을 한 번씩 쳐다본다.

"그려 그려! 나도 이제 이렇게 사는 것이 이골이 났고 싫어. 인간의 한계와 끝이 어디까지인지 알게 되는 것 같여."

오정수가 응대한다.

"안 있나. 우리 그라도 희맹이란게 있지 안타 아니가. 그래도 이렇게 굴을 파고 숨어 있으니깐 미군의 폭격을 살아서 피하고 견디고 있다 아니가. 그러니까 살아서 간다는 희망의 꿈이라고 꾸는 게 아닌가 말이지. 만약에 우리가 이굴이라도 파고 있지 않았다면 벌써 해골바가지가 되었을 거다 아닌교."

그동안 자신들이 미군의 폭격에 살아남아 희망이라고 가질 수 있는 것이 이 동굴 덕분이 아니냐하고 반문을 하는 것이다.

"그려! 니 말도 그럴듯허구나. 그런디 난 이 생활 몇 개월 허다가 얻은 게 병인가봐. 나 시방 폐가 좋지 않아. 아침이 되면 가래가 엄청 나오고 숨쉬기도 에렙네."

오정수가 가슴을 쓸어안으며 말하니 다른 친구들도 같이 자신의 가슴을 한번 내려다본다.

"형만 그렇게 아녀 나도 그려. 하루 종일 먼지 구덕이서 작업을 헝게 그렇지 그것도 몇 개월이나 이 생활을 혔는디 폐가 견디면 용허지 아마 다들 그럴 거야, 말을 안혀서 그렇지."

김동욱도 같은 현상으로 몸이 좋지 않다고 하자 다른 친구들도 이에 동의한다.

"그런디 언지까지 이렇게 땅굴만 파고 안자 있어야 된디야?"김여택이 물어보자,

"내가 알기로는 이 수리바치 산 허고 저짝 사단본부허고 직선동굴길이 관통이 될 때까지 계속헌다고 들었어. 지금 이 수리바치도 거의 다 되었는가벼. 중간 중간에 대포도 같다 놓고 기관총도 배치혀서 상륙군이 오면 갈겨 줄려고 만반의 준비를 허고 있응게로 이제 쬐끔만 더하면 될 것이여."오정수가 대답한다.

"내가 듣기로는 저짝으 관통 동굴도 한 6~7할이나 되었다고 그러든디?"김동욱이 말하자

"맞다. 맞다 이제 거진 다 끝판이 되었다고 카더라. 그래 오늘 회식도 시켜주고 안그러나."이종학이 말하자

"이제까장 증말 힘들었다. 만약에 몇 개월 더 이 짓을 한다면 뭔가 사건을 저지를 것 같여."

오정수가 인내에 한계에 왔다고 자탄한다.

"내일 저녁부터 비행기 출격혀서 미군을 공격헌다고 저러는디 성공헐 수 있을까?" 김동욱이 고개를 갸웃하며 물어본다.

"글시 미군은 뭐 잠만 잘까? 어려울 것도 같고 쉬울 것도 같고 우리가 뭐 알기나 알아야지." 김여택이 대답한다.

"맞어! 비행기도 여그 와서 처음 보는 우리가 뭘 알기나 알아야지. 허여튼 소문에 미군은 우리가 생각하는 상상이상으로 대단하다고 혔어. 지금까지 우리 섬을 폭격헌 것을 보면 대단허잖어. 단박에 알 수 있잖여." 오정수가 혀를 내두르며 미군의 그간의 공격에 몸서리치며 말한다.

"그런디 정수 형! 그건 그거고, 내가 역사에 대하여 몇 가지 궁금헌 것이 있는디 물어보아도 되야? 정수형이 역사를 전공허였다 허니 내가 궁금했던 것을 대답해줄 수가 있을 것 같여!" 김여택이 나서며 말한다.

김동욱과 김여택은 오정수와 이종학을 형이라 불렀다. 왜냐하면 그들의 나이가 두 살이나 위였고 실제 그들의 친형이나 사촌형이 오정수와 이종학과 나이가 같았다. 그래서 자연스럽게 형이라 불렀고 그들이 겪는 고난의 강도와 비례하여 네 사람의 정은 깊어갔다.

그리고 오정수와 이종학은 그렇게 형이라 부르는 그들이 고맙기까지 하였다. 왜냐하면 대부분이 군대 입대 동기이다 보면 나이를 불문하고 막 대하는 병사가 많기 때문에 심리적으로 나이 많이 먹은 병사들은 겉으로 표현은 하지 않지만 이것을 아주 싫어하였고 심지어 이런 문제로 싸우기까지 하는 경우가 자주 있었다.

"형 난 말이여! 난 일본 놈들 그들의 조상에 대하여 좀 알고 싶어! 생김새는 우리와 비슷한데 어떻게 보면 전혀 딴 인종 같기도 하고 참 모를 민족 같아서!?"

김여택이 약간 동떨어진 질문을 한다.

"그려 맞어! 이놈들 참 괴상한 민족이지, 그들 자체가 순수 일본인 혹은 비 일본인으로 구분하려하고 있다네. '순수 일본인'이라는 개념 속에는 고사기, 일본서기에 기록되어 있는 천황의 선조가 「다카마가하라」라는 천계에서 내려왔다는 천손강림 신화가 전제로 되어 있다네. 다시 말하면 유구한 역사를 통하여 혈통과 문화를 공유한 순수한 단일민족이라는 것인데.

하지만 사실상 일본열도에는 선사 시대부터 서로 다른 여러 종족들이 거주하면서 이들 집단이 이동, 혼혈, 소진하는 등 다양한 과정을 거치면서 현대 일본인이 형성되어왔다고 보아야 한다네.

일반적으로 일본 민족이라면 자칭 야마토 민족을 중심으로 한 단일민족이라고 한다네. 여기서 야마토 민족이란 일본 최초의 국가였던 야마토 국가를 구성한 민족의 후손이라는 의미인데, 그러나 사실상 그들이 순수한 피라고 말하는 혼슈지방(일본의 제일 큰 섬)의 가장 일본인 피를 가졌다고 생각되는 여러 사람들의 혈통을 거슬러 올라 가보았는데 놀랍게도 여러 피가 섞여 있고 오히려 한국인의 피가 더 많이 섞여 있다는 것을 알고 얼른 덮어버렸지.

그러니까 한마디로 민족의 근간이 도래 인이고 천하에 밝혀 질까봐 얼른 덮어버린 것이지. 이렇게 볼 때 단일민족 신화는 근대 이래로 일본 왕 중심의 대국을 지향하는 일본이 만들어낸 거짓 산물이라고 할 수 있다네.

그런데 저들이 말하는 왕의 가계도 백제와 많은 연관이 있다네. 여러 역사적 사실 즉 백제가 멸망할 때 나당 연합군에 대항하여 형성된 군대가 백일 연합군인데 이때 일본의 여왕이 백제 왕자 풍의 동생이었다는 설도 있다네. 그리고 백제 멸망 후 수많은 유민들이 일본으로 들어가 살았으며 지금도 그들만의 촌락이 있다네.

그런데 그들만이 아니고 한반도에서 마한, 진한, 변한, 가야, 신라 때 건너간 사람들과 임진왜란 때 강제로 납치된 사람 등을 통하여 지속적으로 피가 섞였지. 그리고 삼국시대 이전부터 왜구라고 불리는 해적들에 의하여 수많은 한반도인들이 일본으로 잡혀가 일본인들의 피에 섞이게 되었다네. 그리고 많은 문물을 전하기도 하였지. 결정적으로 일본 왕 중에 몇 명은 백제 출신이라는 것이네."

"그럼 우리가 일본 놈들의 선조나 은인 아닝가벼? 그런디 왜 그렇게 못 잡아먹어서 난리를 부리지?"

김동욱이 의아한 표정으로 물어본다.

"그건 우리 생각이지 섬나라의 척박한 땅에서 살다보니 일본인들의 본성은 끈질기고 기회주의적인 성격으로 바뀌었지. 자기가 살기 위해서는 어떤 짓도 마다하지 않는, 상황에 따라 아주 쉽게 변하는 카멜레온 같은 한마디로 의리가 전혀 없는 집단으로 변한 것이지. 과거에 우리가 좀 도와 준 것을 가지고 뭔가 바라는 것은 어린아이들 같은 생각이라네.

일본은 조건만 허락한다면 우리를 침략하여 지금처럼 영구지배를 하고, 아예 일본의 속국도 아닌 하나의 현으로 만들어 버리려고 할 걸세. 만약 이런 상태로 앞으로 두세대 그러니깐 40~50년만 더 이 식민지로 있다면 아예 우리의 민족 주체성은 사라지고 일본의 한 부분이 되어 영구히 조선이란 정체는 없어져 버릴 걸세. 또 하나, 그들은 과거에 대륙문명에 대하여 목말라하였지.

서기 300년대에 위나라가 중국에서 맹주역할을 할 때에는 직접 일본의 사신을 알현하기도 하고 일본은 많은 문물을 직접 받아들이기도 하였지. 그러나 위나라가 약하여지고 다른 나라가 중국을 지배할 때에는 일본과의 거래를 끊었고 일본을 싫어하였다네.

그래서 그들은 중국과 직접 거래는 못하고 한반도를 통하여 여러 문명을 받아들이기를 원하였지만 신라와 고구려는 그 일본을 좋아하지 않았고 오직 백제만이 그들에게 여러 문물을 보내주고 알려주고 가르쳐주었다네. 그런데 여기서 왜 백제만이 그들을 문명화하는데 도와주었을까? 여기에 두 가지 설이 있다네.

하나는 왜가 백제에게 무슨 일이 벌어지면 군사를 보내준다는 약속을 하였기 때문에 당시 삼국 관계에서 어떤 별도의 곧 제4의 또 다른 힘의 필요성에 의하여 일본과 백제가 비밀 동맹을 맺은 것이 아닌가라는 설이 있지.

다른 한 가지는 백제왕실과 일본 왕실이 혈연관계가 있어서 그렇게 문물을 보내준 것이라고 하는 설이네. 그런데 국가 간의 군사를 보내주고 동맹을 맺는 데에는 최고지배자간의 문서 행위가 있을 것이고 그 전에 사신의 왕래가 있을 것이며 동맹을 맺었다는 역사적 사실이 기록이 되었을 것인데 그런 것이 전혀 없는 것이 이 설의 맹점이지.

하지만 후자의 경우 실제로 수많은 문물이 건너갔는데 단지 몇 명의 사신을 교환하고 선진 문명을 전해준 것이 아니라 자세히 들여다보면 꼭 자식의 나라처럼 친절하게 거의 모든 분야에서 문화와 문명을 보내고 가르쳐주고 지도를 해주었다네.

그래서 나는 두 번째 설이 유력하다고 생각하네만. 그러니까 두 국가 사이는 어떤 조건에 의한 교류가 이루어진 것이 아니라 조건이 전혀 없는 일방적 교류가 이루어졌는데 이것은 혈연관계가 있었음을 증명해준다고 생각하네…… 여기서 백제도 온조백제, 비류백제로 나누어 생각하는 것처럼 당시의 백제와 같은 혈족의 기마족이 가야를 통하여 일본으로 넘어간 것으로 추정도 하고 있지.

그리고 백제가 망한 후 수많은 귀족들과 유민들이 일본으로 건너가 살게 되었고 그 후손들이 지금도 일본을 이어가고 있지. 그래서 말인데 그들은 백제의 멸망이 뼈에 사무쳤지. 언젠가는 구토 즉 그들의 고향 백제를 찾아야 하겠다는 신념과 집념이 수백 년 아니 천년 이상 그들의 마음속에 쌓였으며 그 쌓인 감정이 우리 조선을 정복하고 식민지로 만들어버리겠다는 생각으로 표출된 것이고, 그들은 실제 우리 조선을 정복하고 자신들의 그동안 쌓인 감정을 마음껏 표출하고 있다고 말하고 싶다네.

또한 임진왜란도 그것의 한 표출 방법이었네. 지금 그들은 과거 백제의 원수를 갚고 있는 걸세. 만약에 지금 이 상황에서 조선이 해방된다고 하여도 일본은 또 다른 침략을 계속할 것이라고 생각하네. 이건 언제까지 내 생각이라네.

여기에서 말이야 우리는 「사요나라」라는 일본의 인사말을 주목할 필요가 있다네. 우리말로 "안녕히 가세요."라는 말의 의미가 있는 이 「사요나라」라는 말을 일본 말로 해석하려면 도저히 해석이 되지 않는다네. 한자음과 이두를 빌려서 문자를 만들어 쓰는 일본말로는 이 말뜻이 왜 그렇게 되었는가? 어떻게 나왔는가? 를 해석할 수가 없다네.

한자로도 해석이 안 된다네. 그런데 말이야. 우리말로는 그냥해석이 되질 않느냐 말이야? 즉 「나라를 사요」라는 말이지. 한반도를 사서 자기 나라로 만들어 보자라는 말일세. 그리고 "나라를 산다."라는 말보다 좀 더 변형으로 「가요 나라」를 대입한다면 "우리들의 과거였던 그 한반도에 있던 나라를 가자."라는 뜻으로 되고 더 비약적으로 말하여 "그 나라를 사서 우리들의 고향으로 돌아가자."라는 일종의 구호가 자기들이 모임이나 개인적으로 헤어지면서 말하는 인사가 되지 않았을까 생각한다네.

그러니깐 그들은 와신상담을 하여 구토회복이란 염원을 그들의 인사말에 넣어 칼을 갈고 있었고 그 칼로 우리 조선인들을 베어내고 있는 것이지. 이건 언제까지 내 개인 생각일 뿐이네 그려!" 오정수는 잠시 숨을 들이키며 입술에 침을 바르며 계속 이어간다.

"말이 나왔으니 말이지 언어 유래를 더 예를 들자면 일본의 인사말 「곤니치와, 곰방와」는 오후와 저녁인사인데, 이 인사의 어원이 우리말의 "곧 일찍이 와, 금방 와"에서 유래되고 변형된 말이라고 할 수가 있지. 요즈음에도 우리가 인사를 할 때 이런 말을 쓰고 있지 않은가!

즉 본토 한반도에 갔다가 "곧 일찍이 와"라는 말과 "금방 갔다 와"라는 말이 이처럼 곤니치와 그리고 곰방와로 인사말이 된 것이라네. 이것은 언제까지 믿거나 말거나 내가 생각해낸 것이라네. 허허허" 오정수가 허허허 웃으며 생각해보면 그럴 것 같지? 라는 표정으로 세 사람을 둘러본다.

"야 정말 그럴듯한데!"

세 사람이 이구동성으로 감탄을 한다.

"그럴 듯한 것이 아니고 실제 어원이 우리의 고어이고 이런 유의 일본 어(語)는 부지기수로 많다네. 일본의 동쪽에 있는 히다치라는 지점이 있는데 왜 그곳 이름이 히다치가 되었는지 일본말로는 설명을 할 수가 없는데, 우리말로는 해돋이라는 말이 해도지→히도지→히다치가 되어 곧 그 지점이 해가 돋는 지점이라는 말로 설명이 되는데 일본말로는 해석이 되지 않는다고 들었어."

"허허 참으로 그럴 듯하네... 말도 그렇고 역사도 그렇고... 그렇다면 일본인들이 시방 즈그들 과거의 원수를 갚고 있는 것이라 생각해도 된다. 아니가?"

다시 한 번 이종학이 묻는다.

"그럴 듯한 것이 아니고 실제로 그랬다네... 그렇지 한마디로 나도 이종학이처럼 그렇게 생각하고 있네. 원래 역사적으로 이웃한 나라끼리 제일 많이 싸우는데, 우리와 일본은 일반적인 이웃의 관계가 아니고 견원 간 즉 원수의 관계라고 그들은 보고 있는 것이야.

두 나라는 존재할 때까지 영원히 다툴 것이며, 일본의 힘이 우위를 점하고 있는 이상 한반도는 평화를 유지할 수 있다고 생각되지 않네, 섬나라인 그들의 특성은 항상 육지를 최고의 덕목으로 삼고 있지. 가장 가까운 육지 그리고 원수의 나라 조선 땅은 그들의 궁극적 목표라네."

"그 말을 들으니 정말 일본 놈들이 왜 그렇게 끈질기게 한반도인 우리 조선 사람들을 괴롭히는 이유를 이해할 수가 있겠네만 그럼 그들이 말하는 천황이라는 일본왕의 명칭은 백제왕의 일부 연장선이라고 말할 수 있겠네?" 김여택이 궁금하다는 듯 질문을 한다.

"그렇지, 그들이 말하는 천황(天皇)은 황제(皇帝) 중의 황제라는 뜻인데 자기들끼리 부르는 것을 그냥 뭐라 할 수는 없는 거야. 원래 황(皇)이란 말은 중국에서 쓴 단어인데 본래의 뜻은 '~부터' 혹은 스스로 자(自)와 왕(王)의 합자로써 처음의 왕을 의미한다네. 곧 중국 최고의 임금으로 삼황(三皇)을 가리키며 천자 상제를 뜻한다네.

나라가 크다보니까는 여러 나라로 쪼개서 왕으로 봉하고 그것을 총괄해서 다스리는 왕을 달리하여 황제라 하였지. 그런데 일본은 그것을 빌리어 자기들은 하늘에서 뚝 떨어진 민족이고 그것을 다스리는 사람을 천자(天子)라고 하여 두 개를 합쳐서 천황(天皇)이라 하였는데, 다른 민족이 보면 가소로운 일이지. 대동아 공영권·팔굉일우·내선일체·황민화라 하는 것들이 천자를 중심으로 이루어져야한다는 망상에 잡혀 있는 말의 장난이지.

그런데 말이야, 그 천자라는 천황의 가계가 기마 민족 국가 설에 의하면, 3세기경 북아시아에서 활동하던 기마민족이 부여·고구려를 거쳐 가야 방면에 정착하고 있다가 4세기 초 낙랑군이 멸망하고 백제·신라가 흥기함에 따라 압력을 받게 되자 바다를 건너 북 구주로 이동하였고. 그 뒤 다시 기나이 지방으로 진출하여 장차 일본열도를 통일하게 될 국가의 모체를 형성하였다네.

이때가 4세기 말엽으로 일본의 천황족(天皇族)이란 가야 출신이며, 천손강림(天孫降臨)이란 가야에서 북구주로 옮겨온 것을 의미한다고 하네. 이것은 동북아시아와 가야·야마토 지방에서 출토되는 무기·마구 등 고고학적 출토품의 유사성으로 보거나, 일본의 건국신화가 부여·고구려·금관국의 그것과 유사한 점으로 보거나, 5세기경의 중국문헌 등을 참고로 할 때 실증된다고 하네. 그러니 일본 왕이 백제와 깊은 관계가 있다는 것은 이러한 것으로 미루어 볼 때 명백하다네."

오정수의 긴 이야기가 끝나자

"여하튼 별로 특별한 민족도 아니면서 그렇게 자신들을 별나다고 생각하는 것이 역겹기도 하네. 그리고 한 하늘에서 같이 살 수 있는 민족이 아니라고 생각되네. 우리가 이처럼 나라를 잃고 그들의 노예가 되다시피 살고 있는데, 두 민족 간에 넘을 수 없는 커다란 장벽이 놓여 있고 그것을 없애버린다는 것은 영원한 숙제가 되리라 생각이 되는구만! 츠츠츠츠!"라고 김여택이 말하자 김동욱과 이종학도 동의하며 한탄한다.

김동욱은 처음 들어보는 역사이야기를 마치 역사를 배우는 학생처럼 귀를 기울여 고개를 끄덕이었으며, 과거와 현재를 연관시키니 자신의 위치가 필연적 역사적 산물이라 생각된다.

일본군의 작전회의

그동안 여러 번의 미군 공습으로 인하여 유황도와 주변에 주둔한 항공력의 70퍼센트가 손실되고 상당수의 대공포가 파괴되었으며 많은 조종사들이 피격되었다. 일본군은 그때마다 활주로를 복구하고 새로운 항공기를 보충하려 노력하였으나 전력의 절대부족으로 더 이상 항공 전력을 전개할 능력과 여유가 없었다. 1944년 11월 하순 이오지마 주둔 육군 항공대의 지하 동굴 작전 회의실에서는 이에 대한 대응책을 마련하려는 회의가 열린다.

이것은 앞서 구리바야시 사령관의 지시에 대한 연구 검토 보고과정이기도 하였다. 먼저 작전참모에 의하여 미군이 지난 4개월 동안 감행한 공습의 횟수, 항공기와 방공망과 지상부대의 피해 현황, 그리고 원인과 대책에 대하여 나름대로 분석한 브리핑이 있었다. 또한 왜 항공력이 그렇게 반감이 되었는가에 대한 원인 규명과 앞으로의 대책을 논의하였다.

그리고 현존 전력의 보존 방법과 이 전력을 이용한 차후 작전의 방향에 대하여 난상토론을 하고 있는 중이다.

작전참모의 브리핑에 모두 숙연하고 참담한 느낌이다. 브리핑 내용에 의하면 미군이 본격적으로 공습하기 이전에는 100여 대나 되었던 항공기가 이제는 30여 대로 감소하였다. 적의 공중공격에 의하여 파괴되거나 격추된 항공기가 70대가 넘었다는 의미다. 조종사도 50여 명이 전사하여 제대로 된 작전을 펼칠 수 없는 상태에까지 이르렀다. 작전참모가 구상한 남은 전력의 활용방안은 다음 세 가지이다.

첫 번째 방안은 레이더와 조기 경보망을 강화하여 미군이 공습하기 전에 이륙하여 적 공격 전력에 대하여 기습 공격을 한다는 방안, 두 번째는 근본적으로 적의 근거지를 기습 공격하여 적 항공세력을 반감시키는 방안, 세 번째는 치지지마에 있는 전력을 합류시켜 적 항공모함에 대하여 공격하는 방안이 나열되었다.

모든 조종사들은 현 전쟁 상황과 아군의 전력 등을 추가로 브리핑 받고 위에 나열된 3가지 방안에 대하여 토론을 한 후에 두 번째 방안을 만장일치로 확정한다. 첫 번째 방안은 지금까지 일본군이 견지하였던 전투개념인데 그 결과가 참담하였고, 이대로 섬에 앉아서 죽을 수는 없다는 모든 조종사들의 심정이 반영되어 부적합 판정을 받았다. 세 번째 방안도 다음과 같은 이유로 부결되었다.

① 지금까지 여러 번 항공 전력을 보충하려 본토나 치치지마 섬에서 출발하였지만 중간에 미군의 항공모함 함재기들에 의하여 요격당하여 많은 전투기를 잃었고, ② 끊임없이 이동하고 있는 적 항공모함을 찾아내어 공격한다는 것은 그만큼 정보도 많아야 하고 해군과의 합동작전도 병행해야 하므로 실현성이 없으며, ③ 이곳의 소규모 전력으로 할 수 있는 작전의 범위를 벗어나므로 가망성이 없는 방안으로 제외된다.

그러나 두 번째 방안 즉, 적의 근거지인 괌이나 사이판을 기습공격함으로써 적이 이곳을 공습하기 전에 적의 항공 세력을 반감시키자는 안은 가장 현실성 있는 안으로 만장일치로 채택된다.

이번에는 채택된 안을 가지고 어떻게 공격을 하면 최대한의 효과를 달성할 것인가에 대한 토론이 계속된다. 이곳 유황도에서 괌까지 직선거리는 1,350킬로미터이고 사이판은 1,150킬로미터인데 항공기가 이륙하여 1,000여 킬로미터를 날아가는 동안 어떻게 하면 적에게 발각되지 않고 목표에 접근할 수가 있느냐가 가장 큰 문제점이다.

제로전투기의 전투행동 반경은 3,000킬로미터에 달하므로 1,500킬로미터 정도는 전혀 문제없는 최적의 공격목표에 해당된다. 다만, 이 항속거리는 최적고도(최소 연료소모 고도)로 항행할 때의 거리이다. 즉 저고도로 비행하면 그 거리가 현저히 줄어든다. 저고도에서는 연료 소모가 그만큼 더 많기 때문이다.

그런데 미군은 적기를 탐지할 수 있는 레이더를 이미 설치하여 작동하고 있고, 목적지까지의 경로에 적의 항공모함이나 잠수함 그리고 전함 등이 있어 일본기의 내습을 미리 경보할 수 있기 때문에 이것을 피할 수 있는 방법이 제일 문제가 된다.

여러 조종사들이 생각해낸 방안중 적 레이더를 피하는 방법으로 초저고도로 바다에 바짝 붙어 항법하는 방법을 논의하였지만 모든 항로를 그렇게 초저고도로 비행한다면 돌아올 연료가 없는 것이 문제가 되었다.

그래서 그들이 생각해낸 방안은 현재 가용한 모든 전투기를 동원하여 중간지점까지는 최적고도로 비행을 하고 그 이후부터 목표 100킬로미터까지는 중저고도, 그 후에는 초저고도로 접근하면서 금속박편을 투하하여 적 레이더를 교란시키어 공격기를 탐색하지 못하게 하는 것이다. 이런 방법으로 적 레이더를 회피하여 괌과 사이판 중 한 섬을 공격한다는 계획이다.

처음에는 전력을 둘로 나누어 괌과 사이판을 동시에 공격하자는 안이 있었으나 전력 집중의 기본 원칙을 위배한다는 이유로 둘 중에 한 섬을 공격하기로 결론을 맺는다.

공격 최종 목표는 사이판 섬에 주기된 적 항공기로 정하였으며, 모든 문서와 통화는 괌 섬을 공격한다는 허위 계획을 내세우도록 한다. 이것은 통신보안을 위한 허위 역정보 제공을 위한 기만작전에 해당된다. 공격 계획의 대강은 이러하다.

초도 몇 대의 항공기는 적의 활주로에 폭탄을 투하하여 적 항공기가 이륙하지 못하게 하고 이후 후속 항공기는 활주로 좌우에 일렬로 세워져 있는 항공기를 공격하여 파괴하는 계획이다. 그리고 기습공격의 효과를 최대로 발휘시키기로 한다. 적 비행장 기습 시간을 해 뜨기 직전으로 정하고 항법에 걸리는 시간을 2시간 30분으로 잡아 새벽 3시 30분경에 이륙하기로 한다.

그 이후로는 각 편대군별, 각분대별로 공격목표가 집중되지 않도록 임무를 배당하였으며, 공격 후 이탈절차, 공격 중 적기 출현 시 전투 요령 등을 집중 논의하였다. 거의 완벽할 만큼 세부 작전 계획을 세워 구리바야시 사령관의 결재만 남겨 놓는다.

육군 항공대 사령관 마츠나가 소장은 구리바야시 사령관에게 항공력의 현황과 전체적인 태평양 지역, 중국 전장의 항공력 운행 실태 등을 보고한다. 그런 다음 유황도의 현재 상황과 괌, 사이판 섬의 공격 계획을 보고한다.

구리바야시 중장도 매우 흡족하게 생각하였으며 이 계획을 다시 본토 총사령부에 보고한다. 별다른 이의를 달지 않아 자동 승인이 되었으므로 구리바야시 중장이 작전 계획에 대하여 최종 승인 서명을 하게 된다. 공격 날짜는 미군이 경계를 풀게 될 크리스마스이브 새벽으로 잡는다. 구리바야시 사령관의 서명에 따라 조종사들은 세부적인 비행 계획을 수립하고자 매우 분주하다. 수립된 작전 세부 계획의 대강은 이러하다.

1. 공격 개시일: 1944년 12월 24일 (일요일, 성탄절 전날 아침)

2. 총 전투 참가 대수: 7개 편대 28대

3. 공격목표: 사이판 섬 미군 항공기

4. 목표물까지의 거리 및 시간: 1,150킬로미터 (2시간 30분)

5. 목표물 접근 방법

   가. 유황도 → 800킬로미터까지 최적고도 5000미터

   나. 목표 800킬로미터 → 1000킬로미터(30분)

   　　고도 300미터로 비행

   다. 목표 1000킬로미터 → 목표물 공격 (30분)

   　　초·저고도인 10~30미터로 비행

6. 초계기 및 호위기: 항공기 부족으로 미 운영

7. 항공기 공격 무장

   가. 기본 무장: 4정의 기관총 최대 적재

   나. 60킬로그램 × 2발 (24대)

   다. 30킬로그램 × 2발 + 금속 박편 살포 외부장착물 (8대)

8. 목표 공격 방법

   가. 적 레이더 회피를 위하여 목표물 접근 100킬로미터부터 금속 박편을 4회에 나누어 살포한다,

   나. 최종 공격 목표지점에 도달하면 최대 출력으로 목표물 확인을 위하여 급상승 후 다시 강하하여 급강하 폭격을 수행한 후 목표물 공격 후 이탈한다.

   다. 최초 공격 이탈 후에 기총 소사를 하기위하여 최초 편대는 좌로 돌아 재진입을 하고 후속의 짝수 편대는 오른쪽으로 선회 후 재진입하여 기총 소사를 한 후 즉시 각자 전장을 이탈하여 귀환한다.

전투기 출격

D-1, 계획된 날이 하루 앞으로 다가왔다. 천황의 생일을 맞아 모든 장병들에게 어제부터 오늘 오후까지 휴식시간을 주고 회식을 하도록 하여 사기를 올렸다. 오후 늦게부터는 내일 새벽에 있을 출격에 모든 항공관계 장병들이 준비하느라 바쁘게 움직인다. 정비사와 무장사들은 전 항공기를 점검하고 무장을 장착하였으며, 조종사들은 별도로 모여 출격 준비를 하고 브리핑 한다.

D-DAY, 드디어 좀처럼 항공작전을 수행하지 않는 심야의 이른 새벽녘이 되었다. 이륙하는 조종사에게 활주로 식별이 가능한 경계를 표시하기 위하여 활주로 좌우측에 일정한 간격으로 죽 나열되어 있는 기름 등불에 일제히 불이 붙여진다.

수리바치 높은 곳에서 바라다보니 활주로에 밝혀진 등불이 바람에 일제히 어렴풋이 깜빡거리면서 이색적인 풍경을 만들어내고 있다. 오늘은 상현달이 중천에 떠서 바다와 섬을 비교적 선명하게 보이게 비추어 주고 있다. 저녁을 먹고 일찍 잠자리에 들어갔던 조종사와 정비사들은 새벽 일찍 일어나 출격준비를 마치고 비행기를 지하 땅굴과 엄폐호에서 밀고 나와 주기장에 일렬로 정렬시킨다.

무장은 무장사들이 어제 오후부터 미리 다 장착하였고 며칠 비행을 하지 못한 관계로 정비사가 미리 시동을 걸어 항공기 가동 여부를 점검도 하였다.

28대의 항공기 중에서 3대가 고장이 나 비행을 할 수 없는 상태가 되어 작전에서 제외되었다. 모든 조종사들이 항공기에 탑승한 후에 시동을 일제히 걸고 각 편대별로 활주로에 나가 정렬한 후 이륙 발진을 한다. 총 25대의 항공기는 최적 항해 고도로 상승하여 남쪽으로 정침한 뒤에 무리를 지어 날아간다.

적에게 발견되지 않도록 항공기 외부 등불은 끄고 달빛에 의하여 비행을 하고 있는데 오늘따라 유달리 달이 밝아 항공기 간의 간격 조절과 대형을 이루는 데 전혀 지장이 없다. 연료를 아끼기 위하여 이륙 후에 최소 연료 사용 고도인 5,000미터로 순항을 하는데 이 고도를 유지하면 적 레이더에 포착되기 아주 좋은 고도다. 아니나 다를까 역시 미군의 감시망을 벗어나지는 못한다.

유황도 남서쪽에서 항해 중이던 미군 순양함의 레이더에 포착되어버린다. 미군 함정은 즉시 항공모함과 사이판 괌 기지에 일본 항공기 출현에 대하여 타전한다. 괌과 사이판에서는 이 급보를 받고 지속적인 적기의 위치 파악을 요구하였으며, 현재 위치와 항공기의 속도로 볼 때 아침 6시 전후에 공격이 예상되어 괌과 사이판 기지에 비상사태를 선언하고 전 장병에 대하여 비상소집을 내린다.

오늘은 크리스마스이브이고 시각은 아주 이른 새벽, 모든 장병이 행복한 꿈을 꾸고 있을 시간에 비상소집을 발동하니 전 섬이 소란스러워진다.

"Hi what's up?" (헤이 무슨 일이야?)

"I don't know anything, but may be we have to take off for dog fighting." (잘 모르겠지만 교전을 하러 이륙해야 할 것 같아!)

"Oh, great! that's what I want to do."

(오! 그래 아주 좋지! 그것 내가 바라던 바야.)

"Come on jap baby, as much as you like."

(일본 애송이 어린놈들 얼마든지 오라지.)

"Goddamn jap! oh my christmas!"

(에이 빌어먹을 일본 놈들. 크리스마스 기분 잡치는구먼!)

괌과 사이판 비행장의 모든 항공기가 일제히 이륙하기 시작한다. 전투기는 편대별로 전투초계를 하기 시작하고, 공중전을 할 수 없거나 무장을 장착하지 않은 항공기 그리고 폭격기나 기타 항공기들은 일단 공습을 피하려 이륙 후 각기 섬 남쪽 200킬로미터 지점에서 공중대피하고 있다.

먼동이 트기 전 미군 수백 대의 초계기가 이륙하여 일본 항공기가 공격하려고 접근하는 경로에 여덟 방향으로 나누어 이중삼중으로 고도별로 공중에서 선회하며 기다리고 있다. 일본 항공대의 원래 목표는 괌이 아닌 사이판이었다. 미군의 도청에 대응하여 군사 보안을 유지하려고 괌을 공격한다고 허위 목표지점을 내세운 것이다.

그런데 이 거짓 정보는 실제로 유용하여 얼마 전까지도 미군 수뇌부는 괌을 공격하는 것으로 알고 있었다. 다만 정확한 날짜와 공격 전력이 얼마나 될 것인가를 예측하기 어려웠다.

그러나 기습선제공격을 좋아하는 일본인의 특성상 크리스마스 아침이라고 생각하였고, 전력은 오리무중이었다. 그리고 항공 전력은 얼마나 많은 전투기가 그간의 공격에서 살아남아 있느냐가 변수였다. 양 섬에 있던 모든 가동 항공기는 전부다 이륙을 하였고 양 섬의 지상 주기장에는 고장이 나서 수리 중인 항공기 20여 대만이 쓸쓸하게 남아 있다.

순식간에 마리아나 군도 주변에는 수백 대의 전투기와 폭격기가 모기떼처럼 앵앵거리기 시작한다. 그러나 레이더를 이용하여 항공사령부 지휘통제실에서 모든 통제를 하고 있어 일사불란하게 대피할 수 있다. 공중에서 초계를 하고 있던 미군기들은 지금 이 시간 정도 되면 적기를 발견할 수 있을 것인데 밝았던 상현달 빛도 이제 새벽이 되어 사라지니 주변이 일시적으로 다시 어스름해진다.

그래서 그런지 한 대의 일본기도 발견하지 못한다. 10여 분 전부터 미군 전투기의 라디오 단일 주파수에는 일본 전투기 접근에 대한 맹목 방송이 반복되고 있다.

Bandit(적기위치) 360/100, 360/95 360/90, 010/100, 010/95, 010/90...

항공기가 접근함에 따라 레이더에 탐색된 적기 위치에 대하여 반복적으로 조종사에게 알려주는 일종의 암호 방송이다. 이 방송은 적군의 수가 많아 한 대, 한 대의 위치를 방송하기 어려운 상황에서 레이더망으로 잡아 관제사가 조종사에게 대량항적에 대하여 위치 정보를 알려주는 방송이다.

즉 360/100이라함은 목표지점 그러니까 사이판 비행장을 중심으로 나침반으로 360방향(북쪽) 100마일(약 186킬로미터)에 적군이 다가왔다는 것을 의미한다. 그런데 문제는 일본 항공기들이 레이더망에서 갑자기 사라져버린 것이다. 그리고 레이더 스코프에 갑자기 수많은 항적을 나타내듯 번쩍거리고, 그동안 탐색이 되었던 적기의 위치는 전혀 짐작할 수 없게 되어버린다.

일본 항공기들은 목표지점 사이판 350킬로미터부터 고도를 300미터 저고도로 강하하기 시작하고 100킬로미터부터는 초저고도로 강하하면서 전방 2대의 항공기에서 금속박편을 날려 보낸다. 알루미늄으로 된 금속 박편은 상승기류를 타고 퍼져 올라가면서 레이더 스코프에 갑자기 수백 대의 항공기로 비추어진다.

온통 적기로 가득 차게 되면서 일본 공격기들의 정확한 위치를 파악 하지 못하게 만든다. 이들에 대한 위치 정보는 적 비행속도를 예상하고 감안한 단순 위치 정보가 된다. 금속 박편은 나머지 6대의 항공기에서 공격전까지 3번을 더 발사한다.

목표물 전방 100킬로미터, 75킬로미터 그리고 50킬로미터, 20킬로미 터 지점에서 발사된 금속박편은 계속적으로 미군의 레이더를 교란시켰 으며 정확한 정보를 제공하지 못하게 하는 효과를 내고 있다. 일본군은 이처럼 전자전 방해수단을 사용하여 일순간 미군의 레이더를 먹통으로 만들고 있다.

이때 해가 동쪽에서 홀연히 나타나면서 비로소 미군 전투기들은 거 친 바다의 파도에 부딪힐 듯 낮게 나는 일본 편대군을 발견한다. 잠시 5분여, 후면 공격을 위하여 도약하려 할 때에 일본 전투기 후상방에서 벌떼처럼 미군 요격기가 달려든다. 그러나 일본 전투기들은 회피기동을 하지 않고 최대 속도로 그대로 직진 비행을 한다.

자기들의 공격목표에 기필코 폭탄을 투하하고야 말겠다는 일념만 가 득하여 그대로 가미가제식 무모한 공격을 감행하고 있다. 여기저기서 미 군 요격기의 기관총 소리가 사이판 섬 언저리에서 울려 퍼지기 시작한다.

일본 전투기들은 기관총에 맞지 않으려고 짧게 "S" 비행을 하면서도 결코 요격기를 상대하지 않고 폭탄을 예정한 활주로와 주기장 그리고 주기장에 주기된 항공기에 폭탄을 투하한다.

미군의 지상 포화도 맹렬히 불을 뿜고 있다. 일본 전투기들은 폭탄을 투하하면서 텅 비어 있는 비행장에 대해서 매우 당황한다.

수백 대의 항공기가 가득 주기되어 있어야 할 비행장에 겨우 10여 대 정도만 눈에 뜨이니 공습에 대한 효과가 미미하게 될 것이고 아군의 피해만 클 것으로 예상되기 때문이다. 그러나 그들은 끝까지 폭탄을 모두 투하하고 1차 공격 후 이탈하여 기총 소사를 위하여 재진입한다.

지상에서 불을 끄고 있는 소방대원과 여러 군사 시설물 그리고 건물에 기관총을 난사한 일본 전투기들은 초저고도로 이탈하여 귀환한다. 곧바로 유황도에 가지 않으면 연료부족으로 중도에 바다에서 불후의 객이 될 가능성이 농후하다. 그리하여 전투기 뒤에서 꼬리를 물고 늘어지는 미군 요격기에 되돌아 반격을 가할 수 있는 상황도 못된다.

일부 일본군 전투기는 기총 소사와 대공포에 맞아 항공기에 불이 붙었지만 끝까지 조종하여 폭탄과 함께 활주로나 미군의 시설에 곤두박질치면서 자폭을 한다. 이것을 지켜본 미군 조종사들과 지상 군인들은 끈질긴 일본인들의 성질에 혀를 끌끌 차면서 전율을 느낀다.

일본 전투기의 거의 절반이 되는 12대의 전투기가 격추되었다. 대공포에 의하여 2대, 미군의 전투기에 의하여 10대가 격추되었다. 총 13대의 일본 전투기만 간신히 전장을 빠져나가 유황도 활주로에 착륙하게 된다.

미군의 피해는 미미하였다. 수리중인 폭격기 다섯 대만 완파되었고 고장 난 몇 대의 폭격기와 전투기가 반파 내지 소파되었다. 활주로에는 폭파구가 여러 군데 형성되어 이곳에는 착륙이 불가능하여 전투기와 이미 공중에 대피한 모든 항공기가 괌으로 일시 대피하게 된다.

괌 비행장은 대피한 항공기로 북적댄다. 괌에는 다행히 두 개의 비행장이 있다. 두 비행장의 2개의 활주로 중 1개의 활주로와 유도로에도 빽

빽하게 주기하여 사이판의 항공기까지 수용한다. 사이판 활주로 복구공사는 채 24시간이 걸리지 않을 것이다. 미군은 효율적인 장비와 엄청난 물량공세 그리고 경험이 풍부하고 노련한 인적 자원을 보유하고 있어 이 정도의 피해는 금방 복구할 수 있다. 일본군의 이와 같은 무리한 작전계획과 성급한 공격 실행은 죄 없는 수많은 젊은 생명을 사라지게 하였다.

한편, 유황도에 돌아온 일본 전투기 조종사들은 폭격 결과에 대하여 디 브리핑을 하고 육군 항공대장과 사령관에게 보고하며, 내일도 다시 출격 명령을 내려달라고 요청한다. 구리바야시 사령관은 흔쾌히 승낙하였고 크리스마스 날 아침에 13대의 항공기가 이번에는 괌을 기습 공격한다.

공격은 아침 식사 후 이륙하여 크리스마스 예배를 보고 있는 시간이었다. 이번 공격에서 활주로에 도달한 일본 전투기는 5대에 불과하였고 8대가 격추되었으며 5대만이 유황도로 귀환할 수 있었다.

이 공격 이후로 몇 대의 전투기도 지리멸렬하였으며 이곳 유황도의 항공 전력은 완전히 소멸된다. 매번 출격하여 성공리에 귀환한 최후의 생존 조종사 사카이 사부로는 본토로 소환된다. 그는 훗날 가미가제 공격명령을 받았지만 무모한 행위라 생각하고 그 명령을 거절한다.

그는 실제 병사 출신 중 장교 특진 사례의 두 명 중 한 명에 속한다. 그는 에이스가 되는 데에는 시력이 중요하다고 생각해 시력훈련을 통해 한낮에도 별을 볼 수 있었다고 한다.

일본군이 자랑하던 제로 전투기

조선 처녀 이화란

1944년 12월 31일. 일본군 병영에서는 유황도 수성에 노고가 많다고 하여 신년을 맞이하는 1944년 마지막 날에 그동안 비축하였던 전투 식량을 풀어 마음껏 배불리 먹게 하고 사케(일본 술 이름, 정종) 같은 술을 지급하여 자축하게 하였다. 그리고 유황도의 총 사령관인 구리바야시 중장은 모든 작업을 중단하고 하루 휴식을 취하라는 특명을 내린다.

유황도 전 장병들은 열광하였다. 곳곳에 모여 "천황폐하 만세"를 합창한다. 병사들은 곳곳에서 점심 이후부터 삼삼오오 모여 일인당 한 병씩 배급하여준 술을 들고 자축행사 즉 회식을 시작한다. 김동욱은 4층 휴식 공간에서 조선 출신 병사 몇 명과 함께 보급된 술을 마시고 있었다.

그동안 김동욱은 수리바치 요새 동굴 깊숙한 곳에서 계속 작업하였기 때문에 적 공습에 대해서는 별 영향을 입지 않았을 뿐더러 이제는 동굴을 파는 데 상당한 기술을 가지게 되었다. 신입 병사나 노무자가 오면 지금은 거꾸로 그 기술을 전수하는 수준에까지 이르렀다.

김동욱 일행 옆에서 일본인 병사 일고여덟 명도 둥그런 식탁에 모여 앉아 술판을 벌이고 있다. 이들은 어떻게 구해왔는지 조선 출신 병사가 벌여놓은 술병의 상표와 전혀 다른 술과 안주를 더 많이 확보하여 먹고 있다. 병사들은 마음을 푹 놓고 마셔보는 술이기 때문에 유쾌하고 떠들썩하게 즐기고 있다. 비교적 술이 약한 마쓰하라 군조는 이미 취하기 시작하여 목소리에 힘이 들어가기 시작한다.

"야 야! 그래도 필리핀, 괌, 사이판에 있을 때가 좋았다. 내가 여기 온 지 여섯 달이 다 되었는데 여자 얼굴에 눈길 한번 주질 못하였다. 왜 그런지 알아?"

"글쎄 왜 그럴까!?" 다른 병사가 응대한다.

"빠가야로!(바보같은 놈!) 이곳에 여자가 없으니 그렇지!"

"그걸 말이라고 하냐? 음! 하기야 지난 7월 초 이후 몇 명 있었던 할머니마저 다 철수해버렸으니 그렇겠지!"

"야! 그런데 정말 옛날이 그립다!"

"옛날? 옛날이 어쨌었는데?"

"내가 말이야 트럭 섬과 사이판 전투에서도 용하게 살아남고서 이곳까지 온 전투의 신(神)인데, 그러한 역전의 용사를 한낱 이런 곳에 가두어놓고 썩히면서 땅만 죽어라하고 파라 하니 되겠어 안 되겠어 엉?" 그는 흥분한 채 불만 섞인 어조로 목소리를 높인다.

"야 야 쉬익! 누가 듣고 찌르면 어찌하려고 그래?"

"야 야! 뭐 내가 틀린 말을 했어? 엉? 틀린 말?"

"아, 아니 그런 게 아니고 네가 틀렸다는 것이 아니고, 네가 있었다는 그 섬, 그 좋았다는 그 섬 이야기 좀 들어보자고!"

흥분하였던 그는 잠시 숨을 고르며 뭔가 생각하다가 말을 꺼낸다. 주변의 병사들이 호기심에 귀를 기울인다. 오늘 여기 술판에 참가한 병사들은 직접 전투경험은 없었고 본토나 조선에서 혹은 이미 전투가 끝난 만주에서 차출되어 이곳에 온 신병 수준의 병사들이었다. 그러니 자칭 전투의 신이라는 그의 말과 그가 근무하였던 곳이 궁금하기도 하였다.

"나는 마리아나 군도 중 하나인 작은 트럭 제도의 하도라는 섬에서 근무를 하였지. 트럭 제도는 열한 개의 작은 섬으로 되어 있는데 그중에서 나는 하도(夏島) 즉 나쓰시마 섬에서 근무를 하였거든. 내가 근무하였던 부서는 시설대로 사단의 모든 물자를 관리하는 대대였었지. 그런데 내가 물자를 관리를 했던 것은 아니었고 사람을 관리하였지. 여자라는 사람들을, 그게 바로 위안부였네."

위안부라는 말에 몇몇 병사가 더욱 궁금해 하며 바짝 그의 곁으로 다가간다. 그들도 익히 위안부에 대하여 들은 풍문이 있었기 때문이다.

"허! 위안부 그거 참 재미있었겠다. 자세히 좀 말해봐라." 여러 병사가 이구동성으로 위안부에 관하여 알고 싶어 한다.

"내가 육군 위안부 소속의 남성료에서 근무하면서 약 60명의 위안부들을 관리하였지."

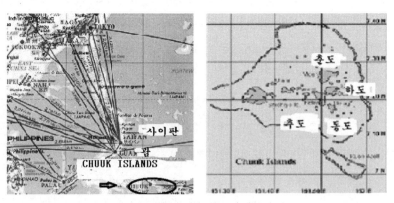

Chuuk islands (일본명, 트럭 제도)

"남성료? 남성료가 뭐지?" 한 병사가 질문한다.

"남성료란 말이야... 에 또, 그러니까 군 위안부는 육군과 해군 두 군 데서 운영하였는데 군 위안부 이름을 육군에서는 남성료, 해군에서는 남 국료라고 불렀지."

"아하! 그럼 그 위안부가 한 섬에 있었던 것은 아니었겠네."

"아니 아니! 같이 있었지 남국료, 남성료 모두 다 내가 있었던 하도 나쓰시마에 있었지. 그 남국료에도 거의 같은 수의 위안부들이 있었다구."

"그럼 그 섬은 매일 북적거렸겠네? 그런데 해군은 배 타고 간다고 치 더라도 육군은 어떻게 그 섬에 갔지?"

"그렇지! 북적거렸지! 육군도 섬별로 돌아가면서 배를 운영하여 하도 에 몰려들었고 그것 때문에 하도는 트럭 제도에서 제일 번화가처럼 사 람들이 오갔고 시장까지 형성되었다네. 나는 거기에서 총 들고 싸우는 대신 이 여자들을 관리하였지. 관리는 그 여자들이 제시간에 일할 준비 가 되었는가? 혹은 도망은 가지 않았는가? 그리고 병사들이 오면 출입증 을 확인하고 입장료를 받고 방을 배당하는 임무를 맡았다네. 그러니까 요금을 내고 순서가 될 때까지 기다리다가, 일 끝나고 나면 그 방에 대 기하였던 병사를 집어넣는 일을 하였구면."

"야 너 그거 너! 정말 재미있는 일을 하였구나. 최전선의 전투에 앞 장서서 반자이(돌격 앞으로) 하였구나. 허 허허"

"그렇지 그렇지! 사나이라면 누구라도 싫어하는 포주 역할을 내가 앞 장서서 한 것이지. 하! 하하! 바로 그런 것이 전투의 신 아니겠어! 하하 하하!"

모두 가가대소하며 왁자지껄 웃어젖힌다.

"야아, 그런데 60명이나 되는 여자들을 어떻게 수용하였지?"

"60명은 아무것도 아니야. 300명 수용하던 곳도 있었다는데, 그러니까 그 여자들을 위한 별도의 막사를 지었지. 우리 병사들 숙소 생각하면 안 되고. 장교 숙소처럼 양쪽으로 방을 죽 10개 정도 만들고 끝에는 목욕탕과 화장실을 지었는데 이러한 병동 3개가 병렬로 열을 지었고 내가 근무한 통제소는 이곳을 출입하기 전에 반드시 들러야 하도록 만들었지. 방 하나에 한 명씩 아리따운 여자들이 아예 거기서 기거하면서 살았고 시간이 되면 남자들을 받았지. 방 크기는 두세 평 정도, 그 안에는 침대 하나와 간단한 개인 사물함, 의자 하나가 전부였다네."

"야 그런데 아무 때나 가면 이용할 수 있었던 거야?"

"야 임마! 사람이 몇 명인데―에? 누구나 아무 때나 이용할 수는 없었지, 한 달에 한 번 정도 출입증이 교부되었고 그 출입증이 있어야만 들어올 수 있으니 많이 오고 싶어도 올 수가 없었지. 그리고 사단이나 함대에서 그렇게 한가롭게 놀도록 놔주지 않았단 말이야, 여기 우리들처럼 말이야. 그러니까 거의 모든 장병이 두서너 달에 한 번 올까 말까하였지. 그리고 한 번에 십 원씩을 냈었는데 이 돈이라면 거저 공짜나 마찬가지였다네."

"그 여자들이 일본 여자들이야 아니면 다른 나라 여자들이야?"

"대충 열에 아홉은 조선 여자들이었고 나머지는 일본 여자들이었는데, 일본 여자들은 돈을 벌려고 자원해서 온 매춘부 출신들이 많았고, 조선 여자들은 전부 다 취업시켜준다는 감언이설에 속아서 그곳까지 오게 되었다네."

"어떻게 그걸 알았어? 그러니까 그 조선 여자들이 속았다는 사실을 어떻게 알 수가 있는가를 물어보는 것이라네."

"어떤 젊은 조선 여자가 있었는데 인물이 아주 출중하였지. 내가 그 여자의 사연을 알아본즉 좋은 직장에 취직을 시켜준다는 미끼를 내걸었다는데 많은 여자들이 그 미끼를 물어 모조리 남방으로 끌려왔다네. 예를 들어 간호사나 비서 등을 모집한다고 하면서 월급이 300원이고 필요에 따라 3,000원까지 선불도 주었다네. 돈이 없는 사람은 정말로 구세주나 다름없는 구인광고였는데 많은 사람이 혹해서 자세히 알아보지도 않고 지원을 하였다네. 그러니까 인신매매나 마찬가지였지."

"야 아 너 그 조선 여자 좋아했구나. 난 일본 여자보다 조선 여자들이 훨씬 더 좋더라. 왜 그런지 알아? 일단 말이야! 조선 여자들은 키도 크고 예뻐, 그리고 이빨도 대부분 여자들이 가지런히 나 있고 무엇보다도 정조관념도 강하고 아무튼 조선 여자들이 난 좋아!"

그러면서 그는 자기 이를 내밀면서 자유롭게 난 이빨을 가리키며 히이- 하고 웃는다.

"침 흘리지 마라. 임마! 그거 좋은 거 아니야! 내가 많이 경험을 해서 잘 아는데 그것도 습관이 되지 습관이!"

"헹! 난 습관이라도 되었으면 좋겠다. 그런데 그 여자들 참 힘들었겠다. 하루에 몇 명씩이나 상대를 했을까?"

"그 여자들 참 불쌍하였지. 하루에 14~15명을 점심 먹고부터 시작하여 저녁 10시까지 받았다네, 그러니까 한 놈 당 20~30분을 생각하면 밥 먹는 시간을 빼고는 거의 쉴 시간도 없었다네."

"야 힘들었겠구나! 그렇지만 한 달 내내 그렇게 생활한 것은 아닐 것 아냐?"

"한 달에 며칠 쉬지도 못하였지. 그리고 그 여자들 한 달에 한 번만 외출이 허용되었는데 이 날은 보건소 가는 날이었지. 차로 가면 금방 갈 수 있는 거리였지만 맑은 공기를 쐬고 바깥세상을 구경한다고 거의 다

걸어갔지."

"그러다 도망이라도 가면 어쩌려고 그랬을까?"

"가긴 어딜 가. 태평양 한가운데 섬에서 어디로 도망을 가느냐 이 말이야. 도망가서 밀림에 들어갔다가는 짐승에게 물려 죽거나 굶어죽기 딱 알맞지."

"그런데 걔네들은 임신은 안 되었을까?"

"별거를 다 물어보네, 그리고 별걱정을 다하서! 너 같은 놈들 때문에 가끔 임신도 하는 여자들이 생기는데, 다 낙태수술을 하였지. 이 놈 같이 미친놈들은 꼭 끼라고 주는 삿쿠(콘돔)를 마다하고 풍선을 불고 노닐면서 맨발로 다니다가 성병 걸리고 임신시키고 지랄한단 말이야."

"야 임마! 내가 그랬냐? 내가? …… 내가 만일 그런 상황이 된다면 나는 그 여자들을 지극히 사랑해줄 테다. 부드럽게 마치 내가 신랑이나 된 것처럼 아니 그 이상 그 여자들을 행복하게 해주겠네!"

그러면서 그는 두 눈을 지그시 감고 두 손을 둥그렇게 하여 여자를 껴안는 시늉을 한다. 그러자 옆에 있던 다른 병사가 가볍게 웃으면서 상대의 머리를 쥐어박으며 말한다.

"야 이 자식아! 빠가야로! 미친놈! 꿈 깨, 꿈!"

지그시 눈을 감고 몸짓을 하던 병사와 머리를 때려주는 두 병사의 행동이 우스꽝스러워 모두다 와아 웃는다.

"야 너 마쓰하라 군조! 넌 참 좋았겠다. 네가 마음에 드는 아무하고나 잘 수 있었을 테니까!"

마쓰하라 군조가 길게 한숨을 쉬면서 말한다.

"하긴 나는 그 조선 여자와 한 달에 서너 번은 잠자리를 가졌었지. 네 말대로 그 짓을 하려는 것은 아니었고 오히려 내가 그들의 정신적인 기둥이 되었었지. 일이 끝나는 밤 10시 이후에는 내가 가는 방에는 으레히 7~8명의 여자들이 모여들어 그들만의 시간을 가졌다네. 난 그들의 하소연을 다 들어주었다네."

"헤! 요놈 봐라. 입에 침도 안 바르고 거짓말하는 것 좀 보거라! 네가 뭐 부처님 반도막이더냐 아니면 예수님 도포라도 입었느냐 이놈! 이실직고 하거라!"

마쓰하라 군조와 동기인 다른 한명 이 마치 신문하듯이 손으로 그를 가리키면서 족치듯 말한다. 다른 병사들도 웃으면서 그의 말에 동의하며 박수를 치면서 모두 그를 가리킨다.

"난 그 여자가 참 좋았다네. 인물이 여러 여자들 중에서도 제일 나았고 아까 네가 말한 그런 류의 전통적인 여성이었지. 참 그것도 인연이라고! 그 여자 참으로 순수하였고 눈물도 많았다네. 여기서 너희들한테만 실토하는데 만약 그 때에 어딜 갈 수만 있었다면, 난 그 여자와 함께 사랑의 도주를 할까도 생각하였다네.

에이! 그 여자 생각하면 우리가 왜 이렇게 무엇을 위하여 고생을 하고 있는지 정말 모르겠어! 그 여자가 살아있는지 어떤지도 아직 모른다네. 살아있기를 나는 기도하고 있지. 그날 이후 미군의 공습으로 섬의 모든 것이 박살이 나서 우리들은 바로 퇴각을 하였거든."

"야 그런데 너 어떻게 미군의 무시무시한 폭격 속에서 살아났어?"

"그러니까 내가 전투의 신이라고 하지 않았느냐!"

"그날 미군 놈들의 비행기가 엄청 몰려와서 조그마한 섬을 침몰시킬 정도로 폭탄을 퍼부었어. 나나 여러 병사들은 다행히 미리 파놓은 동굴 속에서 피해 있다가 살아났지. 동굴 속에 있다고 해도 다 살아난 것도 아니야. 미국 놈들은 용케도 동굴입구에 대고 이번에는 함포를 정확하게 발사하는데 동굴입구에 있던 우리 일본군 병사들이 많이 죽었다네. 그러다가 폭격이 끝나자 살아난 우리들은 침몰이 되지 않은 배를 타고 사이판으로 갔지. 아마도 위안부 여자들은 다 죽었을 것이네.

우리들은 그 여성들을 돌아볼 시간이 없었다네. 사이판에서도 마찬가지로 미군의 공격을 받고 이번에는 이곳 유황도에 오게 된 것이지. 어때! 너희들 같으면 태반이 다 황천에 가 있을 거야. 전 주둔 병력의 7할이 죽었으니까 말이야."

"아쭈! 겨우 살아온 것이 그것도 무용이라고 뻐기고 있네!"

"여하튼 말이야 난 너희들하고는 달라 봐라봐라! 내 얼굴을 봐. 신기가 있지 않아? 하하하!"

"그래 그래! 하이고 천신님 조상신님 우리도 좀 봐주세요!"

"난 말이야 전쟁이 끝나면 그 조선 여자를 찾아갈 거야. 그 여자 아마도 살아있을 거야. 찾아서 내 사람으로 만들 거야. 반드시 하하하!"

"야 이놈아 정신 차려, 다 죽었을 거라메."

"아니야 아마도 그 여자만은 살아 있을 거야, 분명히."

그 여자! 그 조선 여자의 이름은 미도리라는 일본식 이름을 가진, 부모가 서울 용산에 살고 있는 당시 19살 된 '이화란'이라는 처녀이다. 그녀의 얼굴은 갸름한 형태의 서구식 얼굴이었으며 더군다나 그녀의 눈은 동그라니 크고 시원시원한 이국적인 모습을 지녔다. 어디서라도 쉽게 타인의 눈에 뜨이는 미인형 얼굴이었으며 치마와 저고리 속에 감춰진 몸매도 한국인 같지 않은 육감적인 타고난 날씬한 형태의 모습이 중간키와 어우러져 우아한 풍미를 풍기고 있다.

그러나 이 서구적 형태의 모습은 조선시대 여성상인 동글납작하고 긴

눈꼬리를 가진 형상하고는 많이 달라서 크게 주목받지 않는 얼굴이다.

그녀의 아버지는 서울역에서 지게를 가지고 기차에서 내리고 타는 손님들의 짐을 져 나르는 막노동을 하고 있는데 하루 벌어 하루 먹고 사는 그런 형편이었다. 그렇지만 그는 사람은 꼭 배워야 한다는 남다른 생각을 하고 있었다.

그래서 아이들의 어머니도 길거리에서 채소장사를 하면서 뒷돈을 대어 큰 딸인 이화란을 학당에 보내어 졸업시키게 된다. 큰 딸 이화란을 비롯하여 학교에 다니는 자식 네 명 모두 공부를 잘하였을 뿐만 아니라 장학금 혜택을 받게 되어 어느 정도 학비에 대한 부담감도 덜어낼 수 있을 정도로 빼어났다.

그런데 기본적으로 먹고 사는 데 드는 돈과 넷째 딸의 병원비가 문제였다. 아직 학교에 다니지 않은 여섯 살배기 넷째 딸이 폐병에 걸리어 그 딸의 병원비까지 대어야 하니 자연히 빚은 눈덩이가 되어 가족을 괴롭혔다.

하는 수 없이 조상 대대로 물려받은 얼마 되지 않은 세 칸짜리 집을 팔고 한 칸짜리 방을 얻어 사글세를 살게 되었다. 넷째 딸이 병원에 다니면서부터는 사글세마저도 밀리게 되어 달이면 달마다 집주인으로부터 독촉을 받게 된다. 여기에 간간이 꾼 돈을 갚으라는 주변사람들의 방문은 모든 가족을 힘들게 하였다.

여학당을 졸업하는 이화란은 희망에 부풀었다. "내가 어서 벌어 부모님의 짐을 덜어내야겠다."고 생각했다. 많은 돈을 벌어 척하니 부모님에게 안겨주는 장면을 생각하면 작은 미소가 입가에 맺히기도 하였다.

그녀는 구직하기 위하여 시내 곳곳을 전전하게 된다. 그러나 취업을 한다는 것이 그렇게 쉽지 않다. 며칠을 돌아다니면서 이곳저곳에 서류를 내보고 직접 사람이 필요하지 않느냐고 물어보았다. 그녀는 사람을 쓰라고 졸라도 보았지만 반응이 시큰둥하거나 아예 거들떠보지도 않는 곳이 태반이었다.

해가 인왕산 서쪽으로 넘어가려 하는 시각에 허탈한 마음으로 오늘도 허탕을 치는가 생각하며 낙원동 길을 걷고 있을 때였다. 그녀의 눈을 번쩍 뜨이게 하는 신문기사가 길거리 신문 가판대에서 눈에 들어온다.

위안부 지급 대모집 (위안부를 급히 대모집)

ㅇ 연령: 17세 이상 30세 계(이하)

ㅇ 근선(근무지): 후방 ○○부대 위안부(慰安部)

ㅇ 월급: 300원 이상

　(전차 3,000원 계하: 사전에 차입금은 3,000원 이하임)

– ≪경성일보≫ 1944년 7월 26일

『군』 위안부 급구

행선지: ○○부대 위안소

지원자격: 연령 18세 이상 30세 이내 신체 강건한 여성

모집기일: 10월 27일부터 11월 8일까지

계약급대우: 본인 면접 후 즉시 결정

모집인원: 수십 명, 희망자 좌기장소에 지급간의(도착하여 질문)할 것.

　　경성부 종로구 낙원정 195번지, 조선여관 내 광3-263호, 허씨(許氏)

– ≪매일신보≫ 1944년 10월 27일

(실제 기사임)

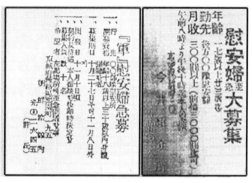

朝鮮総督府機関紙
"毎日新報"
1944年10月27日広告

新聞"京城日報"
1944年7月26日

　이화란은 즉시 이 신문광고를 메모장에 연필로 몇 가지를 적어 넣고 머릿속에 암기한 채 발길을 급히 집으로 돌린다. 그녀는 매우 기뻤다. 어지간한 배경 없이는 좋은 자리에 취직을 할 수 없는 상황에서 300원이란 월급은 엄청난 돈이었으며 3,000원까지 미리 차입도 할 수 있다니 그 정도면 돈이 없어 쩔쩔매고 있는 집안의 모든 문제를 해결할 수 있을 것 같았다.

　해가 꼬박 떨어져 집에 들어온 이화란은 오늘따라 일찍 들어오신 아버지와 저녁을 먹으려 마주 앉게 되었다.

　"어머니 아버지, 저 오늘 좋은 소식을 가지고 왔어요! 저 취직이 쉽게 될 것 같아요."

　"뭐여!" 부모님은 대수롭지 않은 반응을 보인다.

　"저기 말이에요. 제가 여기 적어온 신문 구직 광고에 쓰여 있는 것을 말씀드려볼게요."

　"그려 뭔데 말해 보거라." 아버지도 담담히 대답한다. 그녀는 부모님께 경성일보와 매일신보의 구직광고에 대하여 열심히 설명한다. 설명을 잠자코 듣고 난 아버지는 내키지 않았다.

"내 생각에는 아무래도 이상하다. 이 세상에 그런 좋은 직장이 있을 리가 없고, 그런 직장이 있다면 자기들이 먼저 차지하겠지. 너에게까지 오겠느냐." 아버지는 후하게 임금을 준다는 광고를 믿지 않고 당치도 않는 광고라고 일축한다. 어머니도 부정적인 반응을 보였다.

"그려! 너희 아버지 말씀도 일리가 있으시다. 세상에 그런 공짜 같은 직업이 어디 있겠느냐. 있다 하더라도 여러 가지로 알아보고 신중을 기하여야 할 것이다."

어머니의 말에 이화란은 사기가 떨어지고 시무룩해진다. 부모로서 어떤 알 수 없는 불안함이 느끼어졌고 직감이 좋지 않았기 때문이다. 왜냐하면 초봉이 그렇게 많고 가불까지 해준다는 것 자체가 수상하고, 또한 월 급여가 300원이면 엄청 큰 봉급이기 때문이다. 쌀 한 가마에 100원 정도였으니 쌀 3가마에 해당하는 봉급은 가난한 사람에게는 평생 만져볼 수 없는 정말 큰돈이다. 더구나 10개월 치를 선불로 준다고 하지 않는가. 3,000원이면 모든 빚을 갚고도 1,000원이나 남아 넷째 딸의 치료비로도 충분한 돈이다.

그러나 위안부라는 직업의 이름이 부담스럽다. 위안부가 뭣을 하는 직업인지 전혀 아는 바가 없었다. 주변에 알 만하다고 생각되는 사람에게 물어보아도 도통 알 수 없다는 말만 되돌아온다. 그러나 그들은 돈이 절실히 필요하였다. 일주일을 고민 고민하다가 최종적으로 딸을 거기에 취직시킨다는 결정을 내린다. 다만 10개월 치 월급을 선불로 진짜 주면 구직에 응한다는 조건이다.

이화란은 낙원동에 있는 모집 총책 허 씨에게 아버지와 같이 갔다.

허 씨는 순순히 받아 주었으며 모든 인적사항을 물어 기록하였다. 정말로 10개월 치 봉급을 선불로 순순히 주며 3일 후에 다시 이곳으로 오라는 말을 남긴다.

두 부녀는 나는 듯이 낙원동을 떠나 발걸음을 용산 집으로 향하며 입가에 미소는 떠나지 않는다. 정말 꿈같이 3,000원이란 거금을 가지고 집에 들어가게 되었다. 세상의 어려운 일이 모두 풀리는 것 같이 느껴졌고, 집안 식구들 모두 기뻐서 그 많은 돈을 보고 또 보고 만지작거린다.

다음날 아버지는 오늘만은 지게를 벗어던지고 보란 듯이 빚쟁이들을 찾아가 턱하니 빚을 갚아버렸다. 그리고 아이들 입힐 옷가지와 신발 그리고 먹을 것을 가득 사서 집에 들여온다. 그렇게 꿈같은 3일이 지났다. 막상 집을 떠나 어딘지도 모르는 곳을 떠난다 하니 갑자기 허탈한 마음이 들면서 눈가에 눈물이 맺힌다.

"아버지 어머니 안녕히 계십시오. 제가 눈 딱 감고 한 2년만 고생을 해서 돈 많이 벌어오겠습니다."

이화란은 부모님께 하직인사를 한다.

"오냐! 어린 나이에 멀리 집 떠나서 퍽이나 고생이 되겠지만 잘 있다 오너라. 그리고 몸조심하여라. 건강히 있다 오거라."

"예 그러겠습니다." 몇 번이나 인사를 하면서 어린 동생들을 보니 눈물이 더 쏟아진다. 눈물을 흘리면서 보따리를 들고 떠나는 누나와 언니를 보고 있던 여러 동생들이 덩달아 울면서 매달리며

"누나 어딜 가? 가지 마! 그냥 우리와 같이 살자!"

이화란의 치맛자락을 잡는다. 집안은 온통 눈물바다가 되었으며 아버지는 애꿎은 담배만 뻑뻑 빨아대면서 외면하고 있다. 그러나 그녀는 가야만 했기에 옮겨지지 않는 발걸음을 떼었고 손을 흔들며 아쉬운 작

별을 하게 된다.

낙원동 여관에 들어가니 여전히 허 씨는 위안부 모집에 열중하고 있었다. 그녀가 들어가자 아주 반색을 하고 반기며 한쪽 방으로 안내한다.

"어허허허! 제때 잘 오셨군. 그래야지. 그럼 모레 아침에 직장으로 떠날 예정이니 오늘밤과 내일은 여기서 푹 쉬면서 지내시오."라며 구석지고 조용한 그렇지만 깔끔한 방 하나를 보여주며 들어가 쉬라고 한다.

그녀는 여러 가지가 궁금하였으나 바쁘다며 문을 꽝 닫아버리고 나가는 허 씨를 다시 불러 세울 수도 없었다. 그녀는 막연히 불안한 마음을 가지고 하루를 여관에서 보내게 된다.

방 밖의 동정을 살피니 자신 말고 꽤 많은 여자들이 지원을 한 것 같은데 그녀들과의 접촉을 전혀 허락하지 않았다. 다만 하루 세 끼는 식당에서 제시간에 또박또박 먹을 수 있었다.

여관 식당이라지만 제법 차림 종류가 많아 평소에 먹고 싶은 것을 골라먹을 수 있어 한편으로 마음이 놓이기도 한다. 하룻밤을 지새우고 종일 여관방에 하릴없이 앉아서 있으려니 답답하였다. 그녀는 잠시 산책이나 할 생각으로 여관 문을 나서려 하자 험상궂은 남성이 다가와 제재한다.

"여보시오 낭자!"

"예? 예...에 저요?" 험상궂은 남성이 갑작스럽게 다가오자 저절로 몸이 움츠러지면서 반문 겸 대답한다.

"여기 낭자 말고 누가 있겠소, 어딜 가시려고 그러오?" 인상과는 달리 반말은 하지 않고 굵직한 목소리로 말한다.

"아 예 예 저기 저. 하도 방안이 답답하여 잠깐 바람이라도 쐴까 하고요. 이 근방 좀 잠깐 나갔다오면 안 될까요?"

"안 됩니다. 어느 누구도 내일 아침까지 이곳을 나갈 수 없습니다.

방에 다시 들어가시지요!"

그는 단호하게 말하면서 앞길을 가로막는다. 이화란은 할 수 없이 방 안으로 들어와 하릴없이 시간을 보내고 있는데 노크 소리가 난다. 문을 열어보니 젊고 험상궂은 사람이 나타나 말한다.

"저녁 먹을 때까지 이 여관에 있는 목욕탕을 공짜로 사용할 수 있으니 목욕을 해도 좋소! 그리고 목욕에 필요한 모든 것은 다 목욕탕에서 공짜로 줄 것이니 걱정하지 말고 푹 쉬면서 씻으시오."

"예 예 잘 알겠습니다!" 반신반의하며 대답하였지만 목욕탕에 가보니 청년의 말대로 모든 것을 공짜로 제공한다. 거의 두세 시간 즐겁게 욕조를 오가면서 때를 말끔히 씻어낸다. 시간이 얼마나 지났을까 배에서 꼬르륵 소리가 나 목욕을 그만하고 방에 들어와 시간을 보니 저녁 6시가 되었다. 그녀는 저녁을 맛있게 먹고 10시나 되어서 잠을 자려고 요를 깔았다.

이때 노크도 없이 방문이 "더럭" 열리면서 허 씨가 들어온다. 이화란은 갑자기 불안한 기운을 느끼었으며 콩닥콩닥 심장이 떨리는 소리가 들려온다. 허 씨 뒤에는 아까 낮에 본 젊은 사람 둘이 서 있고 허 씨가 눈짓을 보내자 지그시 문을 닫고 사라진다. 문이 닫히자 허 씨는 다가와 앉아서 이화란을 똑바로 쳐다보며 조근조근 이야기하기 시작한다. 이화란은 갑자기 얼굴이 화끈거리며 당황스러워한다.

"처자 이름이 뭐라 그랬던가?"

"예 이화란이라고 합니다."

"오호 예쁜 이름인지고, 한자(漢子)는 어떻게 되는가?"

"예 화려할 화(華)에 난초 란(蘭)이옵니다."

"아하 화려한 난초 꽃이다 이 말이군. 이름만큼이나 화려하게 예쁘게 보이는군 그려! 하 하 하 하!"

이름자를 듣고 전혀 웃을 이유가 없는데도 허 씨는 허풍을 떨어대며 헛웃음을 치며 부모에 대한 것 등 여러 가지를 물어본다.

"그 그런데 아저씨! 아 아니 사장님, 제가 앞으로 해야 할 일이 무슨 일인가요?"

"아 이제 차츰 알게 될 거야, 내가 알려줄 한 가지는 처자는 굉장히 높은 사람들의 시중을 들게 될 거라는 것. 그러니까 일종의 비서라고 할까! 비서가 되어 근무를 하게 되면 처자의 앞으로의 전도가 훤해질 거야. 암! 높은 사람의 비서만 되면 모든 고생이 끝나는 거지! 하하하하! 여하튼 처자는 우리 회사에 잘 들어왔네. 이제 그대는 인생의 꽃을 우리 회사에서 피우게 될 것이네!"

허 씨는 움츠러진 그녀에게 희망 섞인 말을 건네준다. 그녀는 방 한쪽으로 몰려 앉아 있으면서 불안한 마음으로 그를 주시하고 있었는데 아니나 다를까 허 씨가 슬슬 슬금슬금 그녀에게로 다가온다. 그리고 왈칵 그녀를 껴안으려 한다. 순간 여자의 본능으로 허 씨의 손길을 재빨리 피한다. 그러나 첫 방에 헛물을 들이켠 허 씨는 다시 그녀의 몸을 붙잡고 억센 손으로 그녀를 꼼짝 못하게 얽맨다.

허 씨의 허우대는 보통 젊은이의 몸뚱이가 아니었다. 큰 키에 무술을 연마한 사람처럼 육중한 근육을 지녔으며 그 힘 또한 강하여 도저히 그의 손길에서 벗어날 수 없다.

그녀는 반항을 계속하였다. 그러나 허 씨의 힘에 밀려 얼마 지나자 않아 몸이 스스로 풀려버리고 귓속에서는 계속 허 씨의 음흉한 헛웃음 소리만 메아리치고 맴돈다. 그녀는 사람 살리라고 큰소리로 외치고 외쳤지만 목소리는 목구멍에서 나오질 못하고 도로 들어가 버린다. 허 씨의 손길은 신속하고 정확하였다. 마치 숙련된 기술자의 그것과 같았다. 그녀가 입었던 옷은 하나씩 하나씩 벗겨 던져진다. 육중한 허 씨의 몸이 그녀를 억누른다. 그녀의 반항은 일성의 단말마 비명으로 끝이 나버린다. 생전 처음 당하는 아픔이었다. 이렇게 아픈 경험은 처음이었다.

모든 것이 망가지는 느낌이 들었다. 이제 자포자기만이 그녀의 육체를 지배하고 있었고 그녀 인생의 시작도 자포자기에서 출발하고 있었다.

얼마나 지났을까. 살며시 몸을 빼어낸 그녀의 옆에는 코를 골면서 잠에 떨어진 허 씨가 망측스러운 모습으로 아무렇게나 나둥글어 있다.

그녀는 옷을 신속히 입고 보따리를 집어 들었다. 그리고 슬며시 미닫이를 밀고 여관방을 나선다. 아! 그런데 문밖에 그 젊은 사내놈들이 아직도 떡 버티고 지켜 서 있다. 이번에는 지키는 놈들도 늘어나 다른 두 놈하고 얘기를 나누고 있다. 그녀는 얼른 몸을 숨겼으나 늦었다. 그 젊은 놈이 그녀를 발견하고는 놀라 즉시 뛰어와서 억세게 이화란의 손목을 잡고 보따리를 낚아챈다. 이화란은 다시 방안으로 끌려 들어간다. 허 씨는 이런 상황을 모두 예견이나 한 듯이 흰 이빨을 드러내며 허허허 웃고 있다.

"허허허! 왜 그러시나 처자! 내가 부족해서 그러나? 허허허! 이번에는 내가 최선을 다할 터이니 이리 오시오!"

허 씨는 맨몸뚱이를 힘차게 일으키면서 다가온다. 이화란은 거머리가 나풀거리며 다가오는 것처럼 뒷덜미의 머리카락이 봉곳 봉곳 일어선다. 재빨리 몸을 돌려 다시 밖으로 나가려 하였으나 허 씨의 억센 힘은 방안에서 한 치도 나가게 허락하지 않는다.

이번에는 아까보다 더 징그럽게 그놈이 다가온다. 모든 살이 일어선다. 닭살이 돋는다. 소름이 돋으며 몸이 바르르 떨려온다. 역시 저항을 해보았으나 그놈의 힘을 당해낼 수가 없다. 온몸에서 힘이 빠져 나가고 아까의 아픔이 반복된다. 전신이 얼얼하였다. 비명을 질렀으나 신음소리로 밖에 들리지 않는다. 남자에 대한 이화란의 시작은 이러하였고, 남자에 대한 인식은 강압과 억지 그리고 아픔뿐이었다.

아침이 되자 목적지로 출발해야 한다며 아침밥을 먹자마자 독촉한다. 대충 50명 정도나 되어 보이는 처자들이 모이니 현관이 비좁아 밖에까지 나가게 되었으며 허 씨는 간단히 오늘의 일정을 설명한다.

"에- 오늘 여러분들은 여기서 바로 서울역으로 이동한 뒤에 서울역에서 부산으로 가는 열차를 타고 부산에 도착한 뒤에 하룻밤을 부산역 근처에서 유(留)할 것이다. 그리고 내일 부산역에서 일본 시모노세키로 가게 될 것이다. 여러분들은 선택된 몸이기 때문에 일본에 도착하여 직장에 들어가면 한마디로 팔자를 고칠 터이니 딴 마음을 절대 먹지 말기를 바란다. 여러분들이 시모노세키에 무사히 도착할 때까지 여기 이 청년들이 여러분들을 극진히 보살펴줄 것이니 무슨 일이 있거들랑 즉시 이 사람들하고 상의를 하길 바란다. 그리고 일이 잘 안 풀릴 경우에는 나한테 직접 오도록 하라."

허 씨는 주변에 감시의 눈초리로 서 있는 장정 대여섯 명을 둘러본다. 모두들 힘깨나 쓸 만한 깡패 세계의 놈팡이처럼 보인다.

"자! 여기서 서울역까지는 전차를 탄다. 저쪽 사람부터 종각 쪽으로 걸어가도록 해라, 야야 저쪽 남팔이 너! 애들이 길을 잘 모를 것이니 앞장서서 안내를 해라."

"예 에 알겠습니다." 그들은 여성들을 휘둘러보며

"자 모두들 나를 따라오시오."

놈팡이 한 명이 앞장서서 50여 명 정도나 되어 보이는 여성들을 두 조로 나누었다. 한 조에 세 명씩 감시원이 붙어 전차를 타고 서울역으로

이동하였다. 이들은 서울역에서 경부선 열차를 타고 부산으로 출발하게
된다.

이화란은 생전 처음 기차를 탄다. 아직도 온몸이 뻐근하지만 차창에
벌어지는 여러 풍광이 잠시나마 걱정을 잊게 만든다. 앉아 있던 일행과
서로 통성명을 하면서 이야기꽃을 피우기도 하였다. 그들이 가는 곳과
앞으로 어떠한 생활이 그들 앞에 벌어질 것인가 막연한 추측성 이야기
가 오간다.

일행은 별다른 일 없이 부산역에 도착하여 부산항만이 가까운 여관
에 투숙한다. 큰 방 하나에 10명씩 배정되고 각자 베개 하나 그리고 간
단한 이불 조각을 주어 잠을 자게 한다. 워낙 방바닥이 뜨끈뜨끈하게 데
워졌기 때문에 그 정도의 이불이면 자는 데 문제가 없다. 얼마나 잤을까.
함께 자던 두 명의 친구가 살포시 일어나 여관 방문을 슬그머니 열고 밖
으로 나가는 인기척이 들려왔다.

이화란은 그들이 화장실에 가는 줄로만 알았다. 다시 선잠이 들었을
까 주변이 왁자지껄해지면서 방의 전구 불이 번쩍 켜진다. 우락부락한
사내들의 손에 두 명의 친구가 붙잡힌 상태로 다시 방에 들어오고 있다.

"들어가서 잠이나 퍼 자 이년들아!"

두 친구를 방에 강제로 떠밀어 넣는다.

"내가 오늘은 너희들을 그냥 둔다. 다른 때 같으면 두 다리가 성하지
못했을 것이다. 내가 너희들의 상품성을 생각하여 때리지는 않을 터이니
다신 도망갈 생각 말거라."

이화란은 상품성이란 말이 순간 귀에 거슬려 들어온다. 그녀는 속으
로 그럼 우리가 상품이란 말인가 반문한다. 그녀는 자신의 앞길이 결코

평탄하지 못할 것임을 예감한다.

다음날 아침 일찍 밥을 먹고 바로 항만에 가서 배를 탔다. 뱃고동 소리가 "부-우웅" 이화란의 마음을 울린다. 이 조선 땅을 떠나 어딘지도 모를 곳에 떠돌아다닐 모든 처자들의 마음을 대변하듯 구슬프게 울려 퍼진다. 조선 땅, 지금은 나라 이름도 사라져버려 무엇이라고 불러야 좋을지 모를 이 삼천리금수강산을 영원히 떠나는 것 같아 서글픈 마음이 든다.

부두를 출발한 배는 얼마 지나지 않아 흔들거리기 시작한다. 2~3월 현해탄의 바람은 여객선을 가만히 놔두지 않고 마음대로 흔들어댄다. 모두가 처음 여객선을 타기 때문에 뱃멀미에 속수무책이고 대부분 구토를 하였다. 건장한 놈팡이들마저도 흔들거리는 배 안에 가만히 앉아 있을 뿐 미동도 하지 않고 일부는 구토까지 한다.

배가 너무 많이 흔들리고 풍랑이 거칠어 선장은 일단 대마도에 정박한다. 바람이 어느 정도 잦아들 때까지 기다렸다가 다시 간다고 한다. 현재 바람은 풍랑 수준이었기 때문에 배가 뒤집히지 않으려면 풍랑이 잦아들 때까지 기다렸다가 출발하여야만 한다.

그래서 의도하지 않은 1박을 대마도에서 하게 되었는데, 산 밑에 다닥다닥 붙은 집들을 보니 대마도 항만의 주변도 부산항과 거의 유사하였으며 사람 사는 모습은 어디를 가더라도 비슷하다는 생각이 들었다. 다음날, 어제보다는 훨씬 편하게 항해할 수 있어 생전 처음 시모노세키라는 일본항에 들어가게 된다.

갯내음과 생선 비린내가 물씬 풍겨오는, 부두만이 간직하고 있는 독특하고 이상야릇한 냄새에 그동안 참아왔던 멀미 끝에 구토가 나려고 하였으나 손으로 입을 틀어막으면서 억지로 참는다. 그들은 어디론가 이

끌려 갔고 그 곳에서 일본인들에게 인수인계된다. 그동안 군 위안부를 모집하고 여기까지 감시하여 왔던 허 씨 일행은 잘 갔다 오라는 짧은 한 마디만 남기고 사라진다.

그들의 임무가 끝이 난 것이다. 수십 명의 조선 여성들을 일본인 중 개업자에게 돈을 받고 팔아넘긴 것이다. 이후 이화란을 비롯한 시모노세키에 모인 여자들은 하룻밤을 지낸 뒤에 또다시 배를 타고 도쿄 근처에 있는 일본 최대의 군항인 요코스카 항만으로 간다. 이화란과 여성들은 이곳이 어디인지도 모르고 일본인들의 처분만 기다리게 된다. 갑판에 나와서 보니 큰 군함들이 몇 대 정박해 있는 것이 보였다. 이화란은 이곳에서 바로 옆에 정박한 큰 배로 갈아타게 된다.

거의 300명에 육박하는 젊은 여자 승객 그리고 항해사와 기관사, 선원, 여러 분야에서 일하는 사람들을 합하여 총 360여 명을 실은 대형 여객선이 필리핀을 향하여 출발한다.

이화란을 비롯한 대부분의 여성들은 뱃멀미로 심하게 고생하였다. 밤낮없이 보름을 항해한 끝에 필리핀에 도착하여 육지에 올라서니 정말 살 것만 같았다. 그러나 이것이 비극적인 삶의 시작이 될 줄이야. 위안부 생활은 인간의 삶이 아니었다. 짐승도 이러지는 않을 것이라 생각되었고, 이 세상을 하직하면 이러한 괴로움을 당하지 않을 것이지만 차마 용기가 없어 자진은 하지 못하고 목숨을 이어가는 자신이 밉기까지 하였다.

넉 달을 필리핀에서 시달리다가 다시 배를 타고 상륙하였으며 육지로 깊이 들어간 곳이 나중에 알고 보니 버마(미얀마)라고 하였다. 이곳으로는 150여 명의 여성들이 왔으며 마찬가지로 4개월 동안 일본인들이 말하는 정신대로서 그들에게 봉사한다. 그런데 이곳에서는 일본 놈들뿐 아니라 모기도 한없이 원망스러웠다. 나중에 같이 합류한 베트남 여자에게서 알게 된 사실이지만, 같이 나가 앉아 있어도 모기는 조선 여성만 물고 베트남을 비롯한 동남아 여자들은 잘 물지 않았다.

이유를 물어본즉 그들은 어릴 때부터 모기가 싫어하는 약초 같은 풀을 지속적으로 먹고 있기 때문에 그들의 피부에서는 그 풀의 냄새가 자연스럽게 배어 나와 모기가 잘 달려들지 않는다고 하였다. 신기하기도 하였지만 한편으로는 부럽기까지 하였다.

정글 속에서 그들은 시간과 계절을 잃어버렸기 때문에 1945년 초가 되었을 것이라고 추측하고 있을 즈음 다시 이동명령이 내려왔다. 이번에도 보름 동안 육로로 해안항구에 가서 다시 배를 타고 멀리 태평양의 한 섬에 간다는 것이다. 모두들 싫었지만 거역할 수 없는 일이기에 태국 남부까지는 육로로 이동한 다음 배를 타고 마리아나 군도까지 한 달을 여행한 끝에 도착한다. 1944년 2월초 여성들은 마리아나 군도 중의 하나인 트럭 제도의 하도와 또 다른 섬에 수용되어 계속 봉사하게 된다.

이곳에서 이화란은 마쓰하라 군조를 만나게 된다. 이화란은 그동안 월급이라고 주는 돈을 한푼 두푼 정성껏 모은 1,000원을 깊숙한 곳에 고이고이 간직하고 있었다. 그녀는 외롭고 힘들 때면 그 돈을 살짝 꺼내어 가늠해보았다.

이 돈이면 무엇을 살 수 있을까? 집에 가서 무엇을 할 수 있을까? 생각하면서 새로운 희망을 갖기도 하였다. 이화란은 집에 편지와 소포를 부치려고 한 달에 한두 번 밖에 오지 않는 외출 혹은 달거리 날에 군사 우체국에 갔지만 우체국에서는 위안부의 편지는 군사우편으로 발송할 수 없다고 단호히 거절한다. 일본군은 군위안부의 흔적을 철저히 없애버리려고 별 수법을 다 동원하였다. 집에 안부편지도 못 보내게 하였을 뿐 아니라 위안부란 말을 사용하는 것 자체를 불허하였다.

그리고 2차 대전 종료 후에도 생존한 위안부들을 자기 집에 돌려보내려 하지 않았으며 그냥 현지에 방치해버리고 거들떠보지도 않았다. 일부 여성들을 일본으로 일시 귀환시킨 후에도 한국으로 돌려보내지 않으려고 하였다. 그리고 위안부 여성 스스로 부끄러워 귀국할 수 없다고 아예 현지에 남아서 비참한 생활을 이어간 여성들도 적지 않았다. 이화란은 실망하였고 크게 상심하게 된다. 그러다 그녀는 지금 근무하고 있는 이곳에서 쓸 만한 남자를 하나 자기편으로 만들어 그 남자에게 부탁하여 편지나 소포를 부쳐보겠다는 방법을 생각해낸다.

그녀가 여러 날 관찰한 결과 이곳을 관할하는 요금소에 근무하는 마쓰하라 군조가 제일 마음에 들게 된다. 그는 일본 병사치고는 비교적 남자다웠으며 마음이 따뜻하고 부드러웠다. 그리고 자기들의 하소연을 잘 들어주고 때로는 위로해주기도 하였다. 그녀는 그가 요구할 때마다 자기 방에서 자도록 내버려두었고 한 달이 지나자 둘 사이는 상당히 가까워졌다.

이화란은 자기가 어떻게 이곳에 왔는지, 자기가 살아온 이야기와 자신의 현재 심정을 가감 없이 털어놓기도 하였다. 지겹다고 말할 수도 있었지만 그 남자는 끝까지 다 들어주고 조언까지 해준다. 이 소문이 다른 친구들에게도 전해지자 조선 여자들 여럿이 일이 끝나면 이화란의 방에 모여들어 자기 이야기도 하고 하소연도 한다. 이화란은 부모님에게 보낼 편지를 썼다. 정식 군사우편으로는 갈 수 없기 때문에 그 남자에게 부탁하려고 생각하였다. 그녀는 펜을 들었다. 무슨 말을 쓸까 망설여졌지만 여하튼 안부를 묻는 것부터 시작하기로 하였다. 그러나 막상 펜을 잡으니 눈물부터 맺히기 시작한다.

－부모님 전상서－

어머님 아버님 불효여식 화란이의 절을 받으십시오.
부모님의 큰딸 아직 안 죽고 살아서 이렇게 멀리서 안부의 글 올립
니다. 그리고 동생들도 잘 크고 공부도 잘하고 있는지 궁금합니다.
모두들 공부를 잘하고 속도 안 썩이면 좋겠습니다. 저는 지금 멀리
아마도 이만 리 떨어져 있는 괌과 사이판이란 섬에서 100킬로미터
남쪽에 있는 그러니까 남양군도 중의 하나인 하도에서 잘살고 있습
니다.
저는 이곳에서 군인들의 시중을 들면서 굶지 않고 세 끼 다 잘 먹으
면서 돈도 벌고 열심히 살고 있습니다. 이곳에는 많은 조선 여자들
도 있어 일하는 데 문제도 없고 외롭거나 쓸쓸하지 않답니다.
이곳은 상하(常夏)의 섬이라서 일 년 내내 여름이지만 바닷바람
이 불어와 항시 시원하고 한낮에는 그늘에 앉아 있으면 오히려 추
워서 몸을 옴츠려야 할 정도입니다. 여기는 모기도 없는 나라입니
다. 태평양 가운데 외롭게 떠 있어서 원래 모기하고 쥐 그리고 뱀도
없답니다. 그래서 꽤 살기 좋은 섬이랍니다. 모래사장은 전 해안에
넓게 퍼져 있어 언제든지 모래찜도 할 수 있고, 나무가 울창하게 우
거져 있어 풍광도 이루 말할 수 없이 좋답니다.
그리고 이 편지와 함께 돈 1,000원을 함께 부치니 맛있는 것도
해 드시고 동생들 예쁜 옷도 사주십시오. 여기에 일본 사람들이 즐
겨 입는 작업복을 한 벌 보내니 아버지 일하실 때 입으십시오. 그리
고 어머니께는 은반지 석 돈짜리를 보내니 제 생각하옵소서. 금반
지는 워낙 비싸서 못 보내오니 용서하세요. 그럼 오늘은 이만 줄이
고 다음에 다시 소식 올리겠습니다. 부디 제가 집에 갈 때까지 건강
하게 사십시오.
멀리 괌에서 큰딸 화란이가 올립니다.

이화란은 편지를 써놓고 한없이 넋 놓고 있다. 눈물이 걷잡을 수 없을 정도로 쏟아져 나오기 시작한다. 들고 있던 편지는 눈물이 젖어들었으나 글을 쓴 곳에 떨어지지 않아 글자가 눈물범벅이 되지는 않았다. 이화란은 소포를 정성껏 싼다. 그리고 그 속에 눈물의 편지를 넣는다. 내일 마쓰하라 군조가 방으로 오면 이 소포 좀 꼭 집에 부쳐달라고 할 예정이다.

다음날 일이 끝난 후 방에 들어온 마쓰하라 군조는 순순히 그녀의 요구를 받아주었으며 우체국에 가서 소포에 쓰여 있는 주소로 부쳤다. 다만 발송인을 자신으로 하였다. 그런데 이때 이화란이 집에 부친 돈의 2/3가 군표(점령군이 발행한 일종의 어음 같은 유통화폐)였는데, 이 군표는 해방 후에 일본이 망함에 따라 완전히 쓸모없게 되어버렸다.

한 달 후 미군의 공격이 날로 거세어졌다. 어제부터는 거의 매일 미군기가 공습을 가한다. 이화란을 비롯한 모든 위안부들은 대피할 생각도 못하였으며 어느 누구도 그녀들에게 피하라고 하지도 않는다.

다행히 폭격기들은 그녀들이 거주하고 있는 나무로 만든 임시막사를 폭격하지 않았다. 오히려 그녀들에게는 자유의 시간을 갖는 기회가 되었다.

거듭되는 공습을 받게 되니 배를 띄울 수도 없고 침몰을 당할 위험이 높아 일 보러 오는 병사의 숫자가 바짝 줄어들었다. 사령부에서는 아예 적 공습이 잦아질 때까지 잠깐 출입을 삼가라는 권고가 내려진다. 그래도 일부 병사들은 권고를 무시하고 계속 들어왔고 방에 들어오는 병사들의 수는 20퍼센트 정도 유지되었다.

병사가 줄어들자 여성들은 개인적인 시간을 더 많이 갖게 되었으며 시달렸던 몸이 한결 편하여졌다.

그러나 운명의 날은 서서히 다가왔다. 미군의 마리아나 군도 상륙이 임박함에 따라 B-29에 의한 융단폭격이 증가하고 그녀들이 거주하는 막사 근처에 폭탄이 떨어지기 시작한다. 미 공군은 사전 공중항공정찰 결과에 따라 공격 목표물을 정하는데 위안부들이 거주하는 건물은 군사시설이 전혀 아닌 민간시설과 유사하다고 판단하고 저고도 정밀폭격 목표물 대상에서 제외시켰다.

그러나 B-29의 융단폭격과 중고도 폭격기의 공중공격 그리고 함포사격은 그런 사소한 사항을 고려하지는 못한다. 무차별 폭격이라서 계획되지 않은 민간인 시설물도 덩달아 피해를 입게 된다.

왜-----앵

왜-----앵 애...앵 꽝 꽝 꽝 꽝...

한여름의 매미소리보다 더 요란한 굉음이 높은 하늘에서 끊임없이 울려 퍼진다. 우박처럼 떨어지는 폭탄이 지표면의 건물을 파괴하며 터지는 소리가 사람들의 고막을 터트린다. 이화란은 이제 폭탄 떨어지는 소리가 무서워지기 시작한다. 귀를 양손으로 꼭 막고 침대 밑에 얼굴을 묻고 엎드려 있을 수밖에 없다.

이화란은 갑자기 가족이 생각난다. 부모님 동생들 친구, 친척들 그리고 그들이 자신을 반기는 모습이 스쳐 지나간다. 봄이면 집 뒤 작은 동산에 우후죽순처럼 우거져 늘 화사하게 피어나는 노란 개나리가 펼쳐진다. 개나리 동산 공터에서 따스한 햇살을 받으며 친구들과 고무줄놀이 땅따먹기를 하던 기억이 되살아난다.

이때 창 너머 옆 막사에서 벼락 치는 소리가 들려온다. 온몸이 발기발기 찢어지는 느낌이 들 정도로 그 소리는 매우 컸으며 어떤 알 수 없는 힘이 그녀를 밀어붙인다. 이화란의 몸이 심하게 흔들리며 맥없이 밀려나고 구석으로 몰리게 된다.

바로 이어서 또 하나의 폭탄이 이화란의 바로 옆방을 때린다. 이번에는 폭탄이 떨어지는 소리를 듣지 못하고 하늘이 무너져 내렸다. 지구가 산산조각이 나버렸다. 아니 세상이 끝나버렸다. 순간 검붉은 개나리 동산이 그녀 앞에 펼쳐졌다. 그녀의 몸이 검붉은 개나리 동산을 따라가다가 블랙홀에 빨려 들어간다. 언젠가는 빅뱅이 되어 새로운 세상을 만드는 입자가 될 것이리라.

일본군이 발행한 군표

장병 위안소

-위안부 여성-

9월 하순 어느 날 갑자기 사단본부 뒤 낮은 야산지대에 공사가 벌어진다. 불도저를 이용하여 야산을 파헤치더니 수평으로 공터를 넓게 만든다. 처음에는 산의 높은 곳을 깎아내고 낮은 곳을 메우면서 넓은 터를 다지더니 사단본부와 정문 쪽으로 연결도로를 낸다. 그리고 여러 대의 트럭이 점령지역의 시내에 있는 제재소에서 집을 지을 수 있는 나무기둥과 널빤지 등 건축자재를 실어 오더니, 수백 명의 중국 인부들을 투입하여 임시막사를 짓기 시작한다.

열흘 정도 지나니 건물의 윤곽이 드러났고 다시 일주일이 지나자 건물의 외형이 완성되었으며, 그 일주일 뒤에는 전부 완성되었는지 공사진행 사항에 대하여 사단장이 직접 중간 확인 점검을 한다. 건물 안 각방에는 나무로 된 낮은 침대와 책상과 의자가 하나씩, 그리고 개인 물품을 보관할 수 있는 사물함이 만들어져 놓여 있다.

처음에는 병사들도 이 건물은 장교들이 사용할 숙소로 생각하고 있었으나 정반대의 소문이 떠돌았다. 그리고 숙소 주변에는 빙 둘러 일자 철조망과 원형 철조망이 이중으로 둘러쳐진다. 또한 별도 출입구를 두고 검문소와 유사하게 만들어 이 출입문을 거치지 않고는 출입할 수 없게 만든다.

건물이 다 완성되자 사단장과 여러 참모들이 참석하여 간단한 준공식을 거행하였다. 그리고 출입구 좌우측에는 '將兵 慰安所'(장병 위안소)라는 현판을 아래로 길게 써서 부착하였다. 병사들 사이에서는 반가움에 입이 벌어질 정도의 소문이 떠돌았다.

여자들이 일정기간 이곳에 상주하여 전쟁에 지친 병사들을 위하여 위문공연을 한다는 것이다. 모든 병사들은 놀라움 반 기대 반의 심정으로 혹시나 헛소문은 아니겠지 하는 의구심도 가져본다. 그런데 그런 소문이 정말 놀랄 정도로 기정사실화 된다. 어느 날 중대장과 소대장이 선임하사와 전 중대원을 집합시키더니 그중 선임소대장이 중대원들 앞에 나와 만면에 웃음을 가득 띠며 말한다.

중국전선지구의 군 영내 위안소 전경

"아ー노! 자! 자! 모두 주목해봐라. 너희들에게 아주 기막힌 일, 희소식이 들어왔다."

중대원은 뭘까 매우 궁금한 표정을 지으면서 선임소대장에게 바싹 다가들며 그의 입이 열리기만 기다린다.

"에 에 또 아노ー! 천황폐하께옵서 너희들에게 아주 좋은 선물을 주셨다. 귀관들이 전선에서 적군과 최선을 다하여 싸우고 있다는 말을 들으시고 귀관들의 노고를 조금이라도 위로가 되도록 어여쁜 여자들을 선물로 내주실 것이다. 지금 내 손에 들고 있는 쿠폰은 여러분들이 예쁜 여성들과 마주대할 수 있는 입장표 즉 권리표이다.

이 쿠폰과 돈 10엔을 장병위안소 입장 전에 내고 들어가면 이곳에 들어온 여자들과 여러분이 하고자 하는 것을 할 수가 있다. 이 표는 일종의 권리표로서 장병 각 개인당 일정기간 동안 딱 한 장만 지급되니 소중하게 간직하기를 바란다. 이 권리표는 모든 주의사항 등 설명이 끝나는 대로 지급할 것이다. 지금부터 장병 위안소를 입장하기 전과 입장해서의 주의사항을 하달하겠다.

첫째, 한 사람 당 최대 딱 30분만 여자들과 대면할 수 있다.

둘째, 반드시 입장하기 전에 몸을 청결하게 깨끗이 씻고 들어가기 바란다. 이것은 입장하는 남자의 여자에 대한 기본 예의라 생각한다. 어떤 병사는 냄새나는 몸으로 목욕도 안 했을 뿐만 아니라 내의도 수십 년 묵은 것을 착용하고 입장하여 고얀 냄새를 풍기고 있다. (병사들이 일제히 깔깔깔 웃는다.) 기본이 안 된 사람이라 생각하고 그대로 퇴출될 것이다.

셋째, 여자를 부드럽고 친절하게 대하라. 만약 어여쁜 여자를 때린다든가 어떠한 종류의 행패를 부려 여자가 거부를 하고 운다고 하면 그 병사는 영창에 들어갈 것이다.

넷째, 쿠폰을 쓸 기간과 시간을 부대별로 지정할 것이니 그 시간 외에는 사용이 불가하다는 사실을 잘 알고 있기 바란다.

다섯째, 반드시 삿쿠(콘돔)를 사용하여야 한다. 만약 어떠한 이유로 삿쿠을 사용하지 않으면 여자들이 여러분을 떠밀어버릴 것이다. 그렇게 되면 여러분은 위안소 근무자에 의하여 강제 퇴장을 당할 것이다.

자 이상과 같이 위안소 출입을 할 시에 다섯 가지 주의 사항을 하달하였다. 질문 있으면 해라!"

한 병사가 손을 번쩍 든다. 마치 국민학교 학생과도 같이 생기 있고 발랄하게 손을 들고 말을 잇는다.

"그래 너 말해봐라!"

"여자는 총 몇 명이나 옵니까?"

"100여 명 정도로 알고 있다."

"일본 여성입니까? 아니면 어느 나라 여성입니까?"

"일본 여자는 한두 명이고 대부분 조선 여자들이고 이곳 중국 여자들도 조금 있다고 한다."

조선 여자가 많이 온다고 하니 잠시 웅성거렸고 처음 한 명이 질문하자 연속해서 다른 병사도 나서서 질문한다. 그만큼 그들에게는 기대감이 컸던 것이다.

"그 여자들 예쁩니까?"

"나도 보지 못해서 정확히 알 수 없지만 뽑을 때 최고의 미인들만 뽑아서 아마 여기에 오는 여자들도 미인 중에 미인일 것이다."

"나이는요?"

"아마도 대부분 너희들 또래가 되겠지. 내가 듣기로는 열대여섯 된 아주 앳된 처자도 있다는 소문을 들었다."

"그러니까 그 여자들하고 성적인 행동도 가능하다는 말입니까?"

이곳에 온 지 얼마 되지 않은 조선 출신 병사가 질문한다.

"그것은 네가 생각하고 행동하기에 달렸다. 주의사항에서 말하였듯이 30분 안에 네가 할 수 있는 모든 행동을 다할 수가 있다. 그러나 그 여자들은 엄선된 여자들이다. 성행위를 하려면 반드시 삿쿠를 끼어 서로 간의 성병 전염을 반드시 막아야 한다. 그리고 그 여자들을 때리거나 육체적인 이상한 핍박을 한다든가 이상한 변태 짓을 하는 것은 절대 용납되지 않는다.

그들은 우리 대일본제국의 관물이다. (사람이 관물이라는 말에 일시적으로 웅성거린다.) 자 자! 웅성거리지 말고 조용히 해봐라. 너희들이 개인적으로 30분 할애를 받았지만 그 시간 동안에 관물이 절대 훼손되어서는 안 된다. 만약 훼손을 시킨다면 아까 말하였듯이 관물훼손죄를 적용하여 영창에 들어갈 것이다."

"에- 그럼 쿠폰 한 장만 주시는 건가요? 아니면 나중에 또 주시는 건가요?" 한 병사가 쿠폰에 대하여 물어본다.

"여기에 세워진 건물의 이름은 장병위안소이다. 이 위안소는 5개 사단에 한 개씩밖에 짓지를 못하게 되어 있다. 우리 북지나방면군 15개 사단에서 세 군데밖에 운영되지 않는다. 우리 사단만 이용하는 것이 아니고 나머지 4개 사단이 같이 위로를 받게 될 것이다. 따라서 1차 위안이 완료되면 또 차례가 돌아올 것이니 그때까지 기다려야 한다.

위안소를 많이 지을 수도 있었다. 하지만 많은 별도 관리요원을 두어야 하고 숙소를 짓는 데 드는 비용, 여자 징발 관리 등등 문제가 많아 그렇게 제한되는 것이다. 그러니까 직접 전투를 수행하는 병사 이외에 사람을 관리하는 데 노력과 비용이 많이 들고 전력 방비가 심하기 때문이다. 에− 또 그러니까 여기뿐만이 아니라 전 전선에 걸쳐서 이러한 위안소를 만들어 운영을 하고 있다. 위안부 시설 운영은 막대한 재원이 들어가 최적치의 위안소만을 운영하는 것이다. 이제 알겠는가?"

"그러면 다음 우리 차례가 얼마 만에 돌아올 것인지 알고 있으신가요?"

"내가 그것을 어찌 정확히 알겠느냐. 대충 5개 사단이 돌면 어느 정도 기간이 걸리는지 너희들도 계산이 가능할 것이다. 그런데 그 기간은 너희들이 하는 행동에 달려 있다. 만약 지시사항을 어긴 자는 다음에는 쿠폰을 지급하지 않을 것이다. 에 에 또, 그럼 지금부터 각 소대 선임하사가 여러분에게 쿠폰을 나누어 줄 것이고 잘 간직하고 있거라. 3일 후부터 작전이 시작될 것이다."

모두들 한 장의 쿠폰을 받아들고 심중에는 기쁨과 호기심 설렘이 가득 차 있다. 일본 고참 병사들은 위안소 내막을 진즉 잘 아는지라 자기들만의 대화에서 음담패설이 난무한다. 한 때 병영은 음란한 분위기를 띠게 된다.

"저런 조무래기 하급 병사들하고 똑같이 쿠폰을 받으니 고참병 할 맛이 안 난다."

고참병들은 불만이 가득하다. 특히 조선 출신 병사들을 눈이 돌아가게 째려보면서 선임하사에게 노골적으로 불평한다.

"어찌 조센징 병사하고 자신들이 같은가?"

이 말을 직접 듣게 된 조선 출신 병사들은 뭐라고 말로 표현할 수 없는 심한 감정의 골이 생겨난다. 어떤 조선인 병사들도 자존심이 매우 상하여 불평을 늘어놓는다.

"참 치사하고 더러워서! 내 이 쿠폰 저 새끼들에게 줘버릴까? 더럽다

더러워 에이!"

"아니 아니 저 새끼들에게 돈 받고 팔아먹자."

조선 출신 병사들은 끼리끼리 모여 위안소에 관하여 소문으로 알고 있는 단편적인 이야기를 늘어놓는다.

"야 이거 기대되는 일인걸 하하하, 오래간만에 몸을 풀 기회를 주니 반갑다 반가워. 그것도 우리 조선 출신 여자들이니 얼마나 좋냐!"

이렇게 말한 자는 병장 계급으로 벌써 전선에서만 3년 동안 전전하여 전투 경험이 많은 조선 출신 고참병이다.

그는 서울에서 민간인에 대한 살인강도죄를 짓고 서대문형무소에 수감되어 있다가 일본군에 자원하면 무죄라는 감형 조건으로 오늘에 이른, 한편으로 야비하고 잔인무도한 사람이었다. 그는 다른 조선 출신 병사에 비하여 나이도 조금 많고 계급도 높고 전투 경험도 많은 용사라고 자칭하며 뻐개고 있었다. 그래서 조선 출신 병사들 사이에서는 구제불능의 병사였고 그가 나타나면 자리를 피해버리기 일쑤였다.

"아니 병장님! 거기에 조선 출신 여자들이 대부분이라는데 웃음이 나옵니까?"

옆에 있던 상병이 제동을 건다. 병장은 입가에 띤 웃음을 싹 감추고 태도를 돌변하여 상병의 멱살을 잡더니 조용히 그러나 싸늘하게 잠긴 목소리로 말한다.

"너 고따위 소리 또 나한테 하면 쥐도 새도 모르게 사라질 수가 있어!"

그러나 상병도 이 정도의 일에는 이골이 났는지 반박한다.

"병장님 한번 해보실까요?!"

병장은 쓰윽 쓴 웃음을 지으며 상병의 귀에다 대고 말한다.

"후회하게 될 거야!"

"병장님! 누가 후회하게 될는지 두고 봅시다."

병장은 눈을 흘기면서 자리를 떠난다. 사실 상병은 병장보다 덩치가 우람할 뿐만 아니라 인상으로 말하자면 깡패 우두머리 뺨치듯 우락부락하다. 그런데 그런 인상에도 불구하고 그의 속마음은 여렸고 양순하였으며 불의를 보면 못 참는 성격이었다.

병장이 사라지자 상병도 남아 있는 병사들을 휘둘러 본 후에 자기 갈 길을 간다. 병장과 상병은 천영화와 다른 소대에 배속되어 있던 병사들이다. 두 병사는 같은 소대에 배속되어 사소한 일에도 티격태격하던 사이였다. 남은 병사들은 최근에 이곳까지 같이 온 태릉 출신 전우들이고 이야기는 다시 위안소로 돌아간다. 천영화가 먼저 이상하다는 듯 말문을 연다.

"저기 말이야! 그럼 혹시 지난번에 우리와 같이 평양에서부터 만주를 거쳐 중국에 같이 왔던 그 여자들이 이번에 오는 것 아닐까?"

"그럴 가능성이 많지. 그때 당시 그 여자들이 비서 노릇을 할 것이라고 소문도 났고 실제 수송관들도 그렇게 말하였다는디, 위안소에서 근무하는 것이 비서임무라고 말을 바꾸어 할 수가 있지!"

윤형진도 같은 생각으로 이상하다고 생각되어 응대한다.

"여하간 일본 놈들 말이야 숭악헌 놈들이구먼 숭악혀! 우리덜도 요로코롬 끌고 와 사지에 처넣더니 이젠 그냥 여자들까지 그것도 다 요조숙녀만 골라내어 엉뚱한 짓거리를 시키니 참으로 환장헐 일이구만! 그렇게 내가 애초부터 말허지 않었어 응! 비서라는기 수상하다고. 여그 중국 내 사단수를 비교허자면 그렇게 많은 비서가 필요 없다고 말이여!"

김장진이 자신의 예측이 맞았다는 듯 열을 내면서 말한다.

"보소 보소 그러니께네, 조선 여자들을 데려다가 그것도 거짓말로 취직시켜 준다고 그랬다는데, 여기까장 와서 그렇게 무참하게 젊은 청춘을 짓밟는데 내사마 우이할꼬! 해결책이란기 뭐 있을꼬?"

조영호가 흥분하며 응답하면서 느닷없이 다음과 같은 말을 한다.

"야 느그들만 조용히 듣거래이. 내 느그들 허고 같이 있을 날이 멀지 않았다 아니가! 내사마 아무리 생각해도 내는 일본놈들허고는 같이 생활을 몬하겠다 아니가! 그래서 내사마 뭐 눈 딱 감고 느그들하고 헤어지기로 작심했다 아니가! 내 없다고 서운케 생각허지 말거래이!"

"쉬익! 영호 너 정신 있냐 없냐! 지금 시방 무슨 소리를 허는 거여! 너 어디가서 그런 소리 했다가는 쥐도 새도 모르게 없어질 거여!"

김장진이 입에다 손가락을 대고 조용히 말하라고 한다.

"내사마 그러니깐두루 느그들 믿을 만한 놈들한테만 슬쩍 말하는 게 아닝교! 내허고 같이 갈 사람 있으문 맹 내헌테 조용히 와서 이야기 허거래이!"

조영호의 느닷없는 말에 일순 조용해지자 천영화가 말한다.

"야 그런 이야기는 나중에 하도록 하자. 이런 데서 하다간 일본 놈들이 눈치 채면 큰일 난다. 아까 그 병장 같은 사람이 엿듣고 고자질이라도 하면 어떻게 될지 장담을 할 수도 없다. 그런 사람은 우리 조선 사람들을 오히려 적으로 생각하고 자기출세를 위해서는 역이용 해먹는 수단 방법을 가리지 않는 파렴치한 족속에 속한다. 그런 종류의 대화를 할 때는 믿을 만한 사람이 있을 때에만 하는 신중함을 보여야 한다. 그리고 지금 일본군의 자체 보안활동 중에 중요시되는 항목 하나는 우리 조선 출신 병사들의 탈영방지다. 우리가 귀에 못이 박히듯이 이곳에 와서 들은 이야기 아닌가!"

윤형진이 천영화의 이야기를 듣고 고개를 연신 끄덕거리며 말한다.

"내가 생각하기로는 여기에 오는 조선 여자들이란 우리가 평양에서부터 천진까지 같은 기차를 타고 온 그 여자들이 분명할 거야. 그리고 조영호가 말하는 그런 이야기는 천영화 말대로 조용히 우리끼리 있을 때 한적한 곳에서 다시하기로 하자. 오늘은 우리 조선 여자들이 온다는데 어떻게 그녀들을 대할 것인가 그 이야기를 하는 것이 더 좋을 것 같다."

이에 천영화가 세 사람을 둘러보며 동의하며 말한다.

"그래 그러자! 그런데 너희들 정말 조선 여성들을 여자로 볼래?"

"야 정말 고민이다! 남자로서 피가 끓는데 절제한다는 것이 얼마나 어려운지. 나뿐만 아니라 다들 마찬가지일 거야. 그렇지?"

윤형진이 심각하게 말하자 이 말을 듣고 김장진이 갑자기

"아니 난 참을 수 있어! 나무아미타불!"

두 손을 가슴에 모아 스님이 행동하는 것처럼 가볍게 읍을 한다.

"에키순 니놈! 능청이 심하구나! 아미타불!"

이번에는 윤형진이 김장진의 등을 가볍게 치면서 같은 표정과 몸짓을 한다. 그러자 여러 사람이 그것을 보고 모처럼 큰소리로 웃어젖힌다.

"근데 말이지 안 있나! 내가 여자라몬 자기 방에 들어오는 놈이 혹시 조선 남자인지 아닌지 알아볼 것도 같다 아니가. 조선 남자면 반가버서 할 말도 억수로 많을 것 같고 하소연도 하고 싶을 낀데, 그러니끼니 내가 말하고 잡은 것은 여자의 입장에서 한번 생각하몬 어느 누가 감히 무슨 짓을 할 수가 있을까 싶다 아니가!"

쉬운 말을 어렵게 표현하는 조영호의 말에 모두 알아들었다는 표시로 고개를 끄덕거렸다.

"그려! 그려! 그 여자들 말이여 우리들 또래도 있고 나이가 작은 우리들 누이 같은 동생도 있고 혹은 누나 같기도 할턴듸 어떻게 그런 여자

들을 함부로 손을 대냔 말이다!" 김장진이 말하자

"그래 그래! 바로 그것이다. 그럼 우리들은 그 여자들이 오면 그 여자들을 반가이 맞아주고 그 여자들 대화의 상대가 되어주면서 하소연을 받아주기로 하자. 그 여자들 무진장 집에 가고 싶을 거야, 한마디로 불쌍한 여자들이지. 우리들도 마찬가지지만. 동병상련이라는 말이 있지. 동병상련."

천영화는 조선 여자를 만나든 중국 여자를 만나든 여하튼 자신들이 여자 방에 들어가 취해야 할 행동절차에 대하여 방향을 제시한다.

"글쎄 말이야. 그러야겠지. 동병상련에 처한 우리들이라도 그녀들을 위로해주어야 하지 않을까? 위안소가 아니라 우리들이 위안을 해주는 곳이라고 표현을 해야겠네." 네 사람은 동의를 하며 헤어진다.

위안소가 생기어 여자들이 100여 명이 온다고 하니 이처럼 부대 안팎이 일시적으로 술렁거린다. 과연 며칠 후에 트럭 10대가 사단에 들어와 여자들과 여러 가지 비품들을 내려놓는다. 여자들은 내려서 일정한 대형을 갖추어 관리원들의 지휘 하에 일사불란하게 위안소 안으로 들어간다.

위안소 내부 모습 (잠자리만 남아 있다.)

부록: 손자병법에 비추어 본 일본군 작전

손자병법에서 강조한 주요 골자에 제2차 세계대전 수행 시 일본의 전략을 비추어 보면 다음과 같다.

1. 손자병법 주요 골자

(1) 전쟁을 하고자 할 때는 신중해야 하고 가급적 싸우지 않고 이겨야 한다. (전쟁 신중론, 부전승)

孫子曰: 兵者, 國之大事, 死生之地, 存亡之道, 不可不察也. (시계편)
(손자왈: 병자, 국지대사, 사생지지, 존망지도, 불가불찰야.)

白戰百勝, 非善之善者也, 不戰而 屈人之兵, 善之善者也. (모공편)
(백전백승, 비선지선자야, 부전이 굴인지병, 선지선자야.)

손자가 말하길 전쟁은 국가 존망의 중대한 사안이다. 국민의 생사와 국가의 존망이 기로에 서게 되니 잘 살펴서 하여야 한다. 백 번 싸워 백 번 승리하는 것이 최선의 방법은 아니고 싸우지 않고 적을 굴복시키는 것이 최선의 방법이다.

(2) 전쟁은 속전속결로 치러야 하고 (지구전을 벌이지 말 것) 전쟁의 속성을 잘 알아야 한다. (속전속결, 단기전, 지구전 불허)

　　孫子曰: 兵聞拙速, 未睹巧之久也, 夫兵久而國利者, 未之有也. (작전편)
　　(손자왈: 병문졸속, 미도교지구야, 부병구리국이자, 미지유야.)

　　故兵貴勝, 不貴久, 故知兵知將, 民之司命, 國家安危, 之主也. (작전편)
　　(고병귀승, 불귀구, 고지병지장, 민지사명, 국가안위, 지주야.)

　　전쟁이란 미흡한 점이 있더라도 오래 끌지 말아야 하고, 교묘한 술책이 있을지라도 오래 끄는(지구전)은 하지 말아야 한다. 전쟁은 속전속결로 승리하는 데 가치가 있지 오래 끄는 전쟁은 가치가 없다. 그래서 위정자는 전쟁이란 국민의 생명과 국가의 안위를 좌우하는 것이니 전쟁의 속성을 잘 알아야 한다.

(3) 부득불 전쟁을 할 경우 적에 대하여 모든 것을 알아야 한다. (사전 정보의 획득)

　　孫子曰: 知彼知己 百戰 不殆, 不知彼而知己 一勝一負 不知彼不知己
　　　　　　每戰必殆 (모공편)
　　(손자왈: 지피지기 백전 불태, 부지피이지기 일승일부 부지피부지기
　　　　　　매전필태)

　　상대편의 능력과 아군의 능력을 알고 있으면 백 번 싸워도 위태롭지 않을 것이다. 적의 능력과 의도를 모르고 또한 아군의 능력도 모르면 전쟁 때마다 필히 위태로울 것이다. (통상 百戰 不殆를 '百戰百勝(백전백승)'으로 잘못 사용하고 있음)

(4) 모든 것이 완전할 때 전쟁을 하여야 하고 평소에 완벽한 준비를 해야 한다.
(완벽한 사전 준비)

孫子曰: 多算勝 小算不勝 而況於無算乎? 吾以此觀之 勝負見矣 (시계편)
(손자왈: 다산승 소산불승 이황어무산호? 오이차관지 승부견의)

夫未戰而廟算勝者, 得算多也. 未戰而廟算不勝者, 得算少也. (시계편)
(부미전이묘산승자, 득산다야. 미전이묘산불승자, 득산소야.)

전쟁하기 전에 승산을 따져 승산이 많은 자는 승리하고 적은 자는 승리하지 못한다. 승산이 없는 자는 승리할 수 없다는 사실은 자명하다. 이것으로 전쟁의 승부를 짐작할 수 있다. 전쟁 전에 전쟁을 주도하는 위정자는 적과 아군의 전력을 비교하고 살펴보아야 한다. 이때 비교하여 승산이 있는 자만이 승리를 할 수 있다. 전쟁 시작 전에 상호 전력을 비교해서 승산이 적다면 승리할 수 없다. 즉 완전할 때에 전쟁을 하고 평소에 대비를 해야 한다.

이처럼 손자병법의 주요 골자는 전쟁을 하고자 할 때는 사전에 적을 알고 나의 능력도 안 상태에서 완벽하게 준비한 후에 속전속결 하도록 하였다.

2. 일본군의 2차 대전에 대한 소고(小考)

손자는 적과 싸우지 않고 적을 굴복시키는 것을 최고의 전쟁 사상이라 하였고 싸우게 된다면 모든 것을 완전하게 준비하여 놓고 적과 아군에 대하여 정밀하게 살핀 뒤에 단기에 속전속결 하도록 하였다. 손자병법에 비춰볼 때 일본이 일으킨 제2차 세계대전은 어느 하나 손자의 사상에 부합되는 것이 없다. 따라서 일본의 패전은 이미 정하여진 길을 따라 걸어갔을 뿐이다.

전쟁의 궁극적 목적도 모르는 무지한 일본 왕과 지휘부는 수많은 사람을 죽음의 구덩이로 몰아넣었고 인류를 파국으로 몰아넣었으며 국제사에 영원히 남을 범죄를 저질렀다.

그들은 비굴하게도 패전 후 일본 왕만은 전쟁범죄자의 명단에서 빼달라고 빌었고 미국을 중심으로 한 연합국은 그들의 요구를 받아주었다.

일본은 먼저 만주와 중국에서 전쟁을 일으키어 일본인들의 목표를 일부 달성하였다.

이에 자극받은 대본영 산하의 각 지역의 군부는 경쟁하듯 자원 확보라는 미명아래 필리핀과 동남아시아에서 전쟁을 확대하였다. 당시 대부분 동남아시아는 미국, 영국, 프랑스, 네덜란드 등의 식민지 상태여서 독일과 전쟁하고 있는 유럽의 국가를 상대로 전쟁을 확대하여 수행하게 되었다. 사실상 일본의 전력과 능력으로는 전쟁을 중국과 동남아시아 일부에서 수행하는 것도 버거운 상황이었다. 설상가상 일본 내각과 군부는 미국의 잠재력을 전혀 모르고 진주만을 공습하여 최강대국 미국을 전투에 참여시킴으로써 결국 패망에 이르렀다. 만약 그들 중에 어느 한 전략가가 미국의 힘을 알고 미국을 자국에 유리한 방향으로 유도하였다면 독일과 이탈리아 공격에 온 힘을 쓰고 있는 미국과의 회담에서 아주 유리하게 협상할 수 있었을 것이고 결과적으로 동아시아는 새로운 판도를 이루었을 것이다.

즉, 위에서 살펴본 손자병법의 주요 골자인 전쟁하고자 할 때는 적을 알고 사전에 완벽하게 준비하고 신중히 그리고 속적속결로 하라는 기본 전쟁 사상에 전혀 부합되는 것이 없는 전략 사상의 부재였던 대표적인 졸전이었다.

일본은 미국에 온 전력을 집중하여 대응하여도 밀리는 상황 하에서도 중국에 대한 최후의 공세작전인 이치고 작전은 요행을 바라는 마음으로 수행하기에 이르렀다. 이치고 작전은 무리한 작전이었으며 시기도 부적절하였고 목표도 애매모호하였다. 여기에서 드러난 전략적 맹점을 살펴보면 다음과 같다.

① 중국을 공격하여 완전히 함락시키고 난 뒤에 미국과 전쟁을 계속 수행한다는 전략적 사고도 없었다. 임시수도 중경을 직접 공략하여 장개석 정권을 붕괴시키겠다는 목표도 없었으며 그럴 능력도 없는 일본군은 자신의 역량도 모르고 무작정 작전을 세우고 실행하였다.

② 중국의 마지막 남은 전략적 도시 중경과 성도는 일본군이 공격하여 점령하기에는 거리가 너무 멀었고(직선거리 450킬로미터) 중국군은 험준한 산악지대를 이용해 강력한 방어선을 전개하고 있었다. 설사 중경과 성도까지 진격한다고 하여도 아직도 서북쪽의 남은 영토가 방대하여 중

국이 항복한다는 보장도 없었으며 모택동의 중공군 군대도 화북 지방에 건재하고 있었다. 오히려 전선이 지나치게 확대되어 부담만 커질 수 있었다.

③ 동남아와 중국을 관통하여 육상교통로를 확보하여 일본과 조선 만주를 통하여 병참선을 확보하고 물자를 수송하겠다는 허무맹랑한 계획은 실현 가능성이 거의 제로에 가까웠다. 설령, 수천 킬로미터에 달하는 육상교통로를 어떻게든 확보한다고 해도 일본군으로서는 이를 유지할 능력도 없었다.

④ 중국에서 출격하여 일본 본토를 공격하는 B-29의 발진을 막겠다는 목표 역시 중경과 성도를 점령하지 못한다면 무의미한 것이었다.

⑤ 이치고 작전을 수행할 즈음에 일본은 버마와 인도를 공격하여 전쟁을 확대하였다.

중국작전 수행도 버거운 일본은 전력 집중의 원칙도 간과하였다.

사실상 지나 파견군 내에서도 이치고 작전에 대해 회의적인 시각이 많았다. 한 일본군의 지역 사령부는 단지 비행장을 제압하는 것만으로 중국의 항전 전의를 꺾을 수 없으니 차라리 중경과 성도 공격에 모든 전력을 집중해야 한다고 주장하였다. 또한 식량과 탄약 등 병참선의 확보도 장담할 수 없어 비현실적이라 생각하여 이의를 제기하였다. 그러자 당시 수상이자 육군상은 중국 서남부의 중미연합공군의 비행장을 파괴하는 제한적인 목적에서 작전을 허가하였다. 그러나 대본영 작전 실무진에서 그 지시를 철저하게 무시하였고 작전은 당초 계획대로 "대륙을 관통한다"는 목적으로 진행되었다.

1938년 10월 무한전투 이래 1943년 말 이치고 작전 수행 전까지 중국 전역은 5년째 전략적으로 아무 의미도 없는 지루한 국지전의 반복이었다. 단지 침략만 하면 중국군이 무너지리라 기대한 군부는 당황하였고, 이미 국력이 한계에 직면한 쌍방은 전세에 결정적인 일격을 가하지 못한 채 전선은 큰 변화 없이 교착상태만 이어지고 있었다.

여기에다 두 개의 지나방면군과 화남 지방의 군대는 일본 대본영의 "장기 지구전에 대비해 전력을 비축하라"는 지시를 의도적으로 묵살하고 명확한 전략적 목표도 없이 지엽적이고 분산된 공격만 반복하였다.

이처럼 일본군의 전략적 오류는 전술한 손자병법의 (1) **전쟁을 하고자 할 때는 신중해야 하고 가급적 싸우지 않고 이겨야 한다.** 즉, 전쟁의 신중론(愼重論)과 부전승(不戰勝) 사상에 위배되는 전형적인 망국을 향한 전쟁이었다.

일본은 멍청하게 무계획적으로 중국, 버마, 인도, 필리핀, 태평양, 그리고 심지어 호주까지를 공격하여 지구의 거의 절반이나 되는 지역에서 연합군과 싸웠다.

그 외에도 내몽고와 만주변경에서 소련과 대치하고 있었다. 중국과 한 지역 전선에서 심혈을 기울여 싸워도 전쟁 승패의 행방을 알 수 없는 상황에서 전 전선에 걸쳐 수백만 명의 병력을 투입하였지만 분산되어 제대로 효과를 발휘하지 못하였다. 즉 전쟁수행의 가장 기본인 병력집중의 원칙을 철저히 무시하였고 도외시하였다.

이러한 상황에서 일본군은 1944년 춘계공세로 "이치고" 작전을 벌여 중국 내륙 깊숙이 얼마 정도 전진할 수는 있었다. 하지만 중국의 강력한 저항과 일부 미군의 지원으로 전투는 교착상태에 빠져들게 되었다. 공격을 당하는 중국의 피해도 컸지만 일본군 역시 막대한 인명과 물자를 지속적으로 소모할 수밖에 없었다.

즉 전쟁은 소모전 지구전으로 변질되었다. 이치고 작전 수행도 중국 내의 화북과 화중, 화남지방의 각 전선은 별개의 작전으로 수행되었고 병력은 광대한 지역에 분산되어 있었으며, 특히 화중과 화남의 점령지역은 중국군에 포위된 채 서로 고립된 상황이라 연계작전이나 병참선의 유지가 매우 어려웠다.

이들의 병참선은 장강의 수로를 활용했는데 중국군 유격대의 습격과 미군의 항공 공격이 갈수록 심해지고 있었다. 하지만 태평양작전과 남방작전을 전개하면서 중국에 전력을 추가 증원할 수도, 중국군의 반격을 우려하여 병력을 축소할 수도 없는 진퇴양난(進退兩難)의 수렁에 빠져버렸다.

이와 동시에 일본은 1943년 이후 미 해군의 통상 파괴 작전으로 본토와 남방을 연결하는 해상수송선이 막대한 손실을 입어 일본 경제는 거의 마비상태에 직면하였다. 또한 미국이 장거리 대형폭격기인 B-29를 완성했다는 정보를 입수하게 되었다. 만약 B-29가 실전 배치되어 중국을 발진기지로 삼을 경우 본토가 전략폭격의 위협에 놓이게 되는 것이었다. 이렇게 전선이 교착된 상황에서 이치고 작전을 벌이고 인도를 공격하여 전선을 확대한 일본군은 손자병법의 두 번째 사상인 **전쟁은 속전속결로 수행해야 하고 (지구전을 벌이지 말 것)** 전쟁의 속성을 잘 알아야 한다는 기본 속성을 철저히 무시해버렸다.

일본이 당시 계획대로 중국을 완전히 장악할 수 있었다면 세계사는 다른 방향으로 흘렀을 것이다. 당시 영국과 미국은 중국이 일본에 점령 당하는 데 전혀 관심도 두지 않았다. 왜냐하면 그들은 독일과 이탈리아

추축국의 공세를 막아내느라 이곳까지 신경 쓸 여가가 없었던 것이다. 소련도 자국방어에 다급하여 마찬가지 상황이었다.

따라서 일본이 아시아 각처에 흩어져 있는 병력과 소련을 견제하고 있던 만주의 관동군을 돌려 모든 병력을 집중하여 장기전을 종결하는 공격을 하였다면 중국은 함락이 되었을 가능성도 있을 것이고 세계사는 다른 방향으로 흘러갔을지도 모른다.

이러한 전략적 사고의 부재와 일본 내 전쟁지도 본부인 대본영의 제한적인 명령을 무시하고 자기 멋대로 전투를 벌이는 장수를 가지고는 도저히 승리할 수 없는 상황이었다.

더군다나 당시 일본군의 전력도 최대로 병력과 가용 무기를 다 동원한다 하여도 대치하고 있는 중국과 비교해서 크게 우세하지 않는 전력이었다. 벌써 전쟁 수행 전에 손자병법의 주요 사상에 비추어볼 때 일본은 지고 들어가는 것이었다. 한편 연합군에 다행한 점은 전쟁이란 것이 국가의 안위와 국민의 생명을 전적으로 좌우한다는 사실을 아는 전략가가 일본에 없었다는 것이다. 그들은 전국시대의 사무라이의 용맹과 만용만으로 신무기가 전쟁의 주역이 되는 미래 세대를 이끌어 전투를 수행한 것이었다.

일본은 제2차 세계대전을 일으키면서 대전 내내 핵심을 찌르지 못하고 겉만 도는 작전과 전쟁을 수행하였다. 협상도 모르고, 적도 모르고 아군의 능력도 모르는 손자병법의 "부득불 전쟁을 할 경우 적에 대하여 모든 것을 알아야한다."는 세 번째 사상과   모든 것이 완전할 때 전쟁을 하여야 하고 평소에 완벽한 준비를 해야 한다는 네 번째 사상에 반한 전략과 정책 그리고 전쟁을 수행함으로써 결국 인류최대의 재앙인 원자

폭탄 두 방을 맞으며 수많은 국민을 죽음으로 내몰고 영원히 병자로 만들어놓은 뒤 항복하게 되었다.

일본은 전쟁이 국가의 중차대한 일임을 인식하지 못하고 만주와 상해에서 일시적인 국지적 승리에 도취한 나머지 전략적 목표도 없는 중일전쟁을 일으켰으며, 7년 동안 전쟁을 치르면서 국력을 소진시켰다. 국민의 생사와 국가의 존망에는 아랑곳하지 않고 신중하지 못한 점은 일본 패망에 직결되었다고 할 수 있겠다.

그런데 역으로 만약에 일본 내각에 이러한 점을 헤아릴 줄 아는 각료나 훌륭한 전략가가 있었다면, 혹은 일본 왕이 뭔가를 아는 사람이었다면, 그리하여 조선과 만주에 식민지를 건설하는 것에 만족하여 전쟁을 그만두고 중국의 일부를 점령한 채 중국·미국과 협상하였다면, 중국의 일부는 아직도 일본이 차지하고 있고 만주와 조선은 영원히 그들의 식민지로 남아 있을지 모르는 일이다.

하지만 역사적 필연이나 악연이라고는 할 수 없는 조선이라는 나라는 일본의 패망에 따라 어찌되었든 수십 년간의 노예에서 해방되었고 어지러운 세상에 망자의 등장으로 곧 남북으로 갈라져 싸우고 분단의 아픔을 지니게 되었다.

결과적으로 일본의 전략적 사고의 부재가 전쟁과 하등 관계가 없는 수많은 사람을 죽이고 고통을 겪게 하였으며, 대한민국에 남북분단과 6.25동란이라는 억울하고 비참한 숙제를 부여하였다.

-2권 끝, 3권으로 계속-

지은이 송기준

공군사관학교 졸업
전투기 조종사
전투비행 대대장
합동참모본부/공군본부 근무
대한항공 근무
현재 에어부산항공사 근무
에어버스 기장
시인, 수필가
문학지 『윌더니스』 (현)운영위원장

검은 개나리 2

초판 1쇄 발행일 2016년 3월 25일

지은이 송기준
발행인 이성모
발행처 도서출판 동인
주 소 서울시 종로구 혜화로3길 5, 118호
등 록 제1-1599호
TEL   (02) 765-7145 / FAX (02) 765-7165
E-mail dongin60@chol.com
I S B N 978-89-5506-706-4
정 가 16,000원